EVA-MARIA BAS

Sisis Schwester

Sophie Charlotte in Bayern – Für die Liebe
zu einem Bürgerlichen begehrte sie gegen
die Konventionen ihrer Zeit auf

ROMAN

PIPER

Mehr über unsere Autorinnen, Autoren und Bücher:
www.piper.de

Wenn Ihnen dieser Roman gefallen hat, schreiben Sie uns unter Nennung des Titels »Sisis Schwester« an *empfehlungen@piper.de*, und wir empfehlen Ihnen gerne vergleichbare Bücher.

Von Eva-Maria Bast liegen im Piper Verlag vor:
Bedeutende Frauen, die die Welt verändern:
Die aufgehende Sonne von Paris (Mata Hari)
Die vergessene Prinzessin (Alice von Battenberg)
Sisis Schwester (Sophie Charlotte in Bayern)
Die Queen:
Band 1: Die Queen. Elizabeth II. – Als junge Frau wurde sie zur Königin, als Königin wurde sie zur Legende
Band 2: Die Queen. Elizabeth II. – Als Königin regierte sie ein Land, als Ehefrau und Mutter kämpfte sie um Erfüllung
Band 3: Die Queen. Elizabeth II. – Als Monarchin führte sie ihr Volk in eine neue Zeit und brachte Beständigkeit im Wandel

Unser Versprechen für mehr Nachhaltigkeit
• Klimaneutrales Produkt
• FSC®-zertifiziertes Papier
• Hergestellt in Europa

FSC
www.fsc.org
MIX
Papier | Fördert gute Waldnutzung
FSC® C083411

ISBN 978-3-492-06371-5

Redaktion: Uta Rupprecht
Satz: Uhl + Massopust, Aalen
Gesetzt aus der Adobe Devanagari
Druck und Bindung: CPI Books GmbH, Leck
Printed in the EU

Für Anna

Prolog

Possenhofen, Sommer 1860 bis Februar 1861

»Sophie! Sophie!«

Ludwigs Schrei gellte über die Wiesen von Possenhofen und drang laut und dringlich an ihr Ohr. Lauschend hob Prinzessin Sophie Charlotte den Kopf und zügelte ihr Pferd. Sie kam gerade von einem Ausritt zurück und wollte das Tier zu den Ställen bringen. Nun jedoch wendete sie es und galoppierte mit wehendem Haar – sie hatte die blonde, lockige Pracht, die ihr bis zu den Knien reichte, nur mit ein paar Bändern zusammengebunden – bis zum Seeufer. Dort wartete ihr zwei Jahre älterer Cousin, der, wie so oft, mit seinem Boot von Schloss Berg herübergekommen war, um sie zu besuchen. Als er sie heranreiten sah, eilte er ihr mit glühenden Wangen entgegen. Sie brachte ihr Pferd vor ihm zum Stehen, saß ab und strahlte den gut aussehenden Fünfzehnjährigen an. Er wusste zum Glück nicht, dass sie ein wenig für ihn schwärmte. »Ludwig«, begann sie, »du hast so rote Backen wie die Äpfel, die wir hier im Herbst immer von den Bäumen holen.«

»Kein Wunder!«, rief Ludwig aufgeregt und packte ihre Hand. »Sophie, ich habe den … den … den …« Er rang um Worte und stieß dann hervor: »Den Himmel hab ich erlebt!«

»Aber was ist denn nur geschehen?«

»Vater hatte mir erlaubt, in die Oper zu gehen. Ich habe *Lohengrin* gesehen. Von Richard Wagner. Und Sophie, ich habe geweint, so ergreifend war es. O wärst du nur dabei gewesen!«

»Zu gern wäre ich dabei gewesen!«, stieß sie inbrünstig aus. Mit ihrem Cousin verband Sophie nicht nur die Liebe zur freien Natur, sondern auch und vor allem die Liebe zur Musik. Wie oft schon hatte sie für Ludwig Klavier gespielt und gesungen!

Aufgeregt sagte er: »Ich hab die Noten dabei, Sophie. Ein Geschenk für dich. Und wenn ich das nächste Mal zu dir herüberkomme, dann singst du den Lohengrin für mich.«

Er reichte ihr eine Mappe mit Noten.

Sophie schlug sie auf, begann neugierig darin zu blättern. Sogleich hatte sie die Melodie im Kopf und begann sie zu summen. »Es ist wunderschön«, sagte sie.

»Es ist mehr als das«, begeisterte sich Ludwig. »Sophie, es ist … eine Offenbarung.«

»Sophie!«, unterbrach eine strenge Stimme vom Haus her ihr Gespräch. »Nun komm doch bitte endlich herein, wir essen gleich zu Abend.«

Bedauernd sah Sophie ihren Cousin an. »Tut mir leid. Ich hätte noch so gerne mit dir geplaudert und alles, einfach alles über diese Aufführung erfahren. Aber du kennst Mutter ja. So viel Freiheit sie uns sonst auch lässt, wenn wir nicht alle beim Abendessen um den Tisch sitzen …«

Ludwig sandte ihr ein trauriges Lächeln. »Wenn ich ehrlich sein soll: Ich beneide dich um deine Mutter.«

»Mutter ist wirklich wunderbar«, bestätigte Sophie. »Dabei wird sie so viel kritisiert.« Sie äffte den hochnäsigen Ton der vornehmlich weiblichen Kritiker nach: »*Für eine Familie unse-*

res Standes gehört es sich nicht, sich selbst so viel um seine Kinder zu kümmern. Zum Glück kann Papa die Etikette auch nicht leiden und lässt Mama gewähren.«

Ludwig lachte. »Und sie ihn auch, nicht wahr? Onkel Max ist wirklich der unkonventionellste Mann, den ich kenne. Wobei deine Mutter ja doch eher auf die Etikette bedacht ist.«

»Na ja«, sagte Sophie, »Mama rügt Papa schon immer wieder mal, dass er sich benehmen soll. Vor allem seine Artusrunden mag sie gar nicht. Aber ich liebe ihn.«

Sophie war klar, dass Herzog Max' Benehmen und die Artusrunden nicht die einzigen Probleme zwischen ihren Eltern waren. Ihr Vater verkehrte auch mit anderen Frauen und hatte mit diesen Damen einige Kinder, mit denen er sogar regelmäßig zu Mittag aß. Aber dennoch hatte sie eine glückliche Kindheit, die sich im Winter im Palais der Familie in München und im Sommer vornehmlich auf Schloss Possenhofen am Würmsee abspielte.

Ihr Vater Herzog Max hatte das aus dem 16. Jahrhundert stammende Schloss mit seinen vier Ecktürmen im Jahr 1834 für hundertfünfundvierzigtausend Gulden erworben und es umbauen und erweitern lassen, sodass Gäste und Pferde nun mehr Platz hatten. Sophie liebte den riesigen Park, der das Schloss umgab, sie liebte es, über die weiten Wiesen zu galoppieren, in den dichten Wäldern spazieren zu gehen oder, vom Bootshaus aus, in See zu stechen.

Doch glücklich waren sie nicht nur wegen all dieses Komforts und dem Leben in der Natur, sondern vor allem deshalb, weil sich ihre Mutter Ludovika, genannt Luise, so liebevoll um sie und ihre Geschwister kümmerte. Ihr Cousin tat ihr stets ein wenig leid. Aus einem Grund, den Sophie nie verstanden hatte, erzog man den Königssohn derart spartanisch, dass er manchmal sogar über Hunger klagte. Sophie wusste, dass die Bediensteten auf Schloss Berg Ludwig oft heimlich etwas zusteckten, und auch sie hielt meist etwas Essbares für ihn bereit. Diesmal aber war er derart überraschend herübergekommen, dass sie nichts für ihn hatte.

»Sophie!«, rief Ludovika, in deren Stimme nun deutliche Verärgerung mitschwang, erneut vom Haus her. »Mach sofort, dass du hereinkommst.«

Sophie überlegte kurz. »Möchtest du mitessen?«, fragte sie Ludwig und sah auf seinem Gesicht für einen Moment so etwas wie Sehnsucht und Verlangen aufflammen, doch dann schüttelte er traurig den Kopf.

»Ich habe leider nicht Bescheid gesagt, dass ich über den See fahre«, erwiderte er bedauernd. »Wenn ich nicht bald wieder zurück bin, wird das zu jeder Menge Aufregung führen. Aber morgen, Sophie, da komme ich wieder.«

»Fein«, sagte sie. »Und dann spielen wir zusammen den Lohengrin.«

***

Als Sophie Charlotte am nächsten Morgen von einem langen Ausritt zurückkehrte, erlebte sie eine große Überraschung: Die Kutsche der österreichischen Kaiserin stand vor der Tür.

»Sisi!«, rief Sophie, riss die Eingangstür des Schlosses auf und stürmte nach oben. In der Tat fand sie ihre zweitälteste Schwester im Salon vor, zusammen mit den Eltern und ihrer Schwester Mathilde, dreieinhalb Jahre älter als Sophie und in der Familie Spatz genannt.

Die meisten Kinder in ihrer Familie hatten Spitznamen. Sophies ältester Bruder Ludwig war Louis, die älteste Schwester Helene hieß Nené, Elisabeth war Sisi, Carl Theodor wurde in der Familie Gackel gerufen, und der Jüngste im Bunde, Max Emanuel, hörte auf den Namen Mapperl. Inzwischen waren diese Namen allgemein bekannt, das war aber, wie Sophie wusste, nicht immer so gewesen. Ihre Mutter hatte ihr schon oft erzählt, dass sie einmal bei einer Reise ihre Ankunft mit einem Telegramm angekündigt hatte: *Komme mit Gackel und Spatz.* Eigentlich hatte sie dieses Telegramm an Nené schicken wollen, die sie zu besuchen gedachte. Ihre Tochter hätte selbstverständlich gewusst, wer mit den Kosenamen gemeint war. Doch das Telegramm landete in dem Hotel, in dem sie gebucht hatten, und dort hatte man vermutet, die Herzogin reise mit einem Vogel und einem Gockel, also einem Hahn, weshalb man sie mit zwei Käfigen in Empfang genommen hatte. Sooft Sophie sich diese Schilderung auch in Erinnerung rief, sie musste immer wieder kichern. Zu herrlich war die Vorstellung von den beiden Dienern mit ihren leeren Käfigen.

Nun rief Sophie: »O Sisi, wie wunderbar, dass du da bist!«, und fiel der Älteren um den Hals. Doch Sisi erwiderte die Umarmung nicht so herzlich wie sonst. Erst da fiel Sophie auf, was für ernste Gesichter sie alle machten. Ludovika, die sonst nie die Fassung verlor, sah gar aus, als habe sie geweint!

»Ist etwas passiert?«, fragte sie erschrocken.

»Es ist Marie!«, presste Ludovika hervor und brach zu Sophies Entsetzen nun wirklich in Tränen aus.

»Ist sie tot?«, rief Sophie. Einen anderen Grund konnte sie sich für die Tränen ihrer Mutter nicht vorstellen.

Doch Ludovika schüttelte zu ihrer unendlichen Erleichterung den Kopf. »Aber nein, wo denkst du hin!«

Sophie atmete erleichtert auf. Wie an allen ihren Schwestern hing sie auch an Marie sehr. Und Marie dauerte sie fast noch mehr als Sisi. Marie hatte nämlich in Gestalt von Maria Theresia von Habsburg nicht nur eine ähnlich schreckliche Schwiegermutter wie Sisi, nein, sie hatte auch noch einen furchtbaren Mann geheiratet. Heiraten *müssen!* Ohne ihn jemals zuvor gesehen zu haben, musste sie im Alter von siebzehn Jahren dem Kronprinzen von Neapel das Jawort geben. Nicht einmal bei der Hochzeit hatte sie ihren Bräutigam persönlich kennengelernt. Wie Marie ihrer kleinen Schwester erzählt hatte, wäre sie sonst schreiend davongelaufen. Aber die Ehe war per procurationem geschlossen worden: Ein Stellvertreter ihres Gatten hatte den Bund der Ehe mit ihr geschlossen, bevor Marie zu ihrem angetrauten Gemahl in ihre künftige Heimat gereist war.

Sophie hatte einmal ein Gespräch zwischen Marie und Sisi belauscht, in dem Marie der großen Schwester im Vertrauen erzählt hatte, Franz Prinz von Kalabrien sehe nicht nur ausgesprochen unvorteilhaft aus, er interessiere sich außerdem viel mehr für seine Religion als für sie. Obendrein habe er furchtbare Angst vor seiner Stiefmutter, die die eigentliche Regentin sei. Sisi hatte bitter aufgelacht und erklärt, sie kenne dieses Problem, wobei ihre Schwiegermutter freilich nicht die Stief-, sondern die richtige Mutter ihres Gatten sei. »Aber sie bestimmt, wo es langgeht, und sie ist der eigentliche Mann am Wiener Hof, wie man sagt.«

Dann hatte Marie die Stimme gesenkt, und Sophie hatte genau hinhören müssen, um weiterhin alles zu verstehen. »Er kann die Ehe nicht vollziehen«, hatte Marie geflüstert. »Er leidet an einer… Anomalie. In der Hochzeitsnacht hat er sich ständig übergeben.«

»Oh«, stieß Sisi betroffen aus. »Kann man so etwas nicht… behandeln?«

»Doch, aber davor hat er zu viel Angst«, hatte Marie erwidert und ergänzt: »Offen gestanden bin ich auch nicht so unglücklich darüber. Ich habe nicht wirklich das Verlangen, ihm näherzukommen.«

Sophie hatte zwar nicht gewusst, wovon ihre Schwestern sprachen und was das war – die Ehe vollziehen –, aber sie vermutete, dass Maries Gatte es mit dem Magen hatte, und fürchtete nun, die Probleme ihrer Schwester hätten etwas damit zu tun. Vielleicht lag Franz, der kurz nach der Hochzeit mit Marie aufgrund des Todes seines Vaters König von Neapel geworden war, nun ebenfalls im Sterben?

Sophie war ganz in ihren Gedanken versunken und schreckte auf, als sich ihr Vater vernehmen ließ: »Das ist nun einmal so, wenn man heiraten muss, obwohl man nicht will. Man hat sie geopfert.«

»Max!«, rief Ludovika empört.

»Vater hat doch recht«, mischte sich nun Mathilde ins Gespräch. Dann wandte sie sich an Sisi. »Man wollte Marie nur, weil du Kaiserin bist. Maries Schwiegervater hat sich von euch Hilfe in seinem so wackeligen und von Aufständen gebeutelten Land erhofft. Und weil man sie geopfert hat, ist sie nun in dieser Situation.« Vorwurfsvoll sah sie ihre große Schwester an.

»Da kann die Sisi doch nichts dafür!«, verteidigte Sophie ihre Schwester. »Also, dass der damalige König von Neapel Marie als Schwiegertochter wollte, weil Sisi Kaiserin ist. Aber nun sagt mir doch endlich, in was für einer Situation sie ist!«

»Tausend italienische Freiwillige haben unter der Führung von Giuseppe Garibaldi von Genua aus nach Sizilien übergesetzt, um das Land von den Bourbonen zu befreien«, wandte sich Ludovika nun erklärend an ihre Tochter. »Sie wollten das Königreich beider Sizilien in einen zu gründenden italienischen Nationalstaat eingliedern. Die Armee hat sich auf ihre

Seite gestellt, und es ist ihnen nach mehreren Schlachten gelungen, Neapel zu erobern, die Hauptstadt des süditalienischen bourbonischen Königreichs.«

Sophie schlug sich entsetzt die Hand vor den Mund. »Haben sie Marie etwas angetan?«

»Sie konnte mit ihrem Mann, ihrer Schwiegermutter und den Resten ihrer Armee in die Festung von Gaeta fliehen«, erwiderte Ludovika. »Aber man hat sie umzingelt.«

»Ich weiß wirklich nicht, warum Franz Josef ihnen nicht hilft!«, polterte Herzog Max ärgerlich und ergänzte, an seine zweitälteste Tochter gewandt: »Sie hat dich so inständig um Hilfe gebeten.«

»Und ich hätte ihr so gern geholfen und teile eure Sorge, glaubt mir«, beteuerte Sisi verzweifelt. »Deshalb bin ich ja auch sogleich zu euch geeilt. Aber der Kaiser kann momentan nichts für sie tun! Ihr wisst doch, dass wir im Sardinischen Krieg herbe Verluste hinnehmen mussten, die Lombardei ging uns verloren.«

»Und was wird nun aus Marie?«, fragte Sophie voller Angst.

»Das ist ja das Schlimme, Kind«, flüsterte ihre Mutter. »Sie ist ganz auf sich allein gestellt. Wir können nur noch für sie beten.«

***

Den ganzen Herbst über – Sisi war schon lange wieder abgereist – war die Familie voller Angst um Marie. Zum Glück besuchte Ludwig Sophie oft in Possenhofen, die Begegnungen mit ihm waren willkommene kleine Fluchten für sie.

Viele Stunden verbrachten sie miteinander im Musikzimmer und studierten Wagners Werke ein. Oft saß Ludwig in einem hohen Lehnsessel und ließ sich Tee und Gebäck schmecken, während Sophie sang: »Heil, König Heinrich! Segenvoll mög Gott bei deinem Schwerte stehn! Ruhmreich groß dein Name soll von dieser Erde nie vergehn!« An schönen Tagen gingen sie anschließend spazieren, und Ludwig bat Sophie fast täglich, auch hier draußen in der Natur für sie zu singen, eine Aufforderung, der sie gern Folge leistete. Sie liebte es, wenn ihre Stimme in den weiß-blauen Possenhofener Himmel stieg, hinauf zu den Vögeln, zu den Wolken. Dann stellte sie sich manchmal vor, dass ihre Stimme sich wie ein fein gewebter Teppich über ihnen ausbreitete. Vielleicht reichte er sogar bis zu Marie und beschützte sie.

»Du hast eine wunderschöne Singstimme, Sophie«, sagte Ludwig dann jedes Mal. Und jedes Mal wurde ihr bei seinen Komplimenten ganz warm ums Herz. Wenn sie schon einmal heiraten musste – und daran kam sie wohl nicht vorbei –, dann sollte es einer wie Ludwig sein. Ein Freund, der sie verstand und der die gleichen Interessen hegte wie sie.

Nur dass Ludwig irgendwann einmal König werden würde, das störte Sophie. Am Beispiel ihrer Schwestern Sisi und Marie sah sie ja, wie schrecklich das Leben an der Seite eines Königs war.

Seit sechs Jahren war Elisabeth nun schon mit dem österreichischen Kaiser Franz Joseph verheiratet. Wie steif das Leben am Wiener Hof war, wusste Sophie nicht nur aus Erzählungen, sie hatte sich bei ihren Besuchen selbst davon überzeugen können. Besonders Sisis Schwiegermutter, ihre Tante Sophie, war grauenhaft, wie Sophie fand, ebenso sehr wie die Schwiegermutter von Marie. Vielleicht mussten Schwiegermütter einfach unangenehm sein, dachte Sophie. Und das Leben bei Hofe auch. Andererseits war das Leben am bayerischen Königshof längst nicht mit dem der österreichischen Kaiserin zu vergleichen. Sisi durfte ja nicht mal ein Paar Schuhe zweimal tragen, eine ungeheure Verschwendung!

***

»Schau, was ich hier habe«, sagte Ludwig, als er eines Nachmittags wieder einmal nach Possenhofen herüberkam, diesmal zu Pferd.

»Was ist das?«, fragte Sophie, als er ihr das Buch zeigte, das er gerade aus seiner Satteltasche gezogen hatte.

»Ein Buch«, erwiderte Ludwig und lächelte mit leisem Spott.

»Das sehe ich!«, ereiferte sie sich und stemmte die Arme in die Hüften. »Hör auf, mich zu verspotten. Was ist das für ein Buch?«

Er begegnete ihrer nicht ganz ernst gemeinten Empörung mit einem liebevollen Lächeln. »Es ist von Wagner«, erklärte er. »Sein *Ring*. Es ist ein großartiges Werk, das auf dem Nibelungenlied basiert, Sophie, und es besteht aus vier Teilen: Rheingold, Walküre, Siegfried und Götterdämmerung. Und jetzt schau, was er im Vorwort schreibt.«

Eifrig schlug er das Buch auf und deutete auf eine Stelle, die er mit Bleistift unterstrichen und mit drei Ausrufezeichen am Rand versehen hatte. *Im vollen Sommer soll an einem Vorabende das Rheingold und an den drei folgenden Abenden die Hauptstücke Walküre, Siegfried und Götterdämmerung zur Darstellung kommen.*

Mit leuchtenden Augen sah er Sophie an. »Stell dir das nur vor, liebste Base«, sagte er. »Vier Tage lang Wagners gewaltige Musik! Er will dazu die großartigsten Sänger und Musiker verpflichten. Und geschehen soll das Ganze«, Ludwig machte eine weit ausholende Bewegung gen Himmel, »in einem eigens dafür errichteten Gebäude.«

»Das ist ja wundervoll«, flüsterte Sophie hingerissen. »Wann soll es so weit sein? Und wo ist dieses Gebäude?«

Ludwig stieß ein Seufzen aus. »Das ist es ja. Es gibt dieses Gebäude noch nicht und auch keinen, der es finanzieren könnte. Wagner sucht nun einen Fürsten, der alles bezahlt.«

»Wer aber könnte das sein?«, fragte Sophie ratlos und ging im Geiste alle Fürsten durch, die sie kannte.

»Mir fällt keiner ein«, sagte Ludwig da auch schon. »Aber eines Tages werde ich König sein, Sophie. Und wenn das Werk dann noch nicht zur Aufführung gelangt ist, werde ich diesen Ort erschaffen. Wozu soll Wagner sich mit einem Fürsten begnügen, wenn er auch einen König haben kann?«

***

Das Weihnachtsfest verbrachte man voller Sorge um Marie, nur schleppend kamen die Nachrichten aus der Festung Gaeta. Sophie erfuhr, dass Franz Anstalten machte zu fliehen, doch Marie wollte ihre Truppen nicht im Stich lassen. Es hieß, sie kümmere sich aufopferungsvoll um die Soldaten, die mit ihr ausharrten, verarzte Verwundete und rede ihnen gut zu, weiterzukämpfen. Und einmal sei sie sogar selbst auf die Zinnen der Burg gestiegen, um sich an der Verteidigung zu beteiligen. Sophie war außer sich vor Angst um ihre große Schwester und bewunderte sie andererseits zutiefst. Und da war sie nicht die Einzige: Marie war inzwischen zur Heldin geworden. Dennoch, aller Widerstand war vergeblich, am 13. Februar 1861 musste Gaeta kapitulieren, und Marie war keine Königin mehr – Franz II. ging ins römische Exil. Aber immerhin war sie nun in Sicherheit. Und das, fand Sophie, war doch das, was zählte. Vielleicht würde nun doch noch alles gut werden.

Teil 1

1865–1867

Kapitel 1

Seine Majestät, der König, für Sie, Eure Königliche Hoheit.«

»Danke!« Sophie, die mit ihrer Hofdame Nathalie von Sternbach im Salon der Münchner Familienresidenz, dem Herzog-Max-Palais, saß, legte die Lektüre beiseite, die sie gerade aufschlagen wollte, während die Hofdame demonstrativ nach einem Buch griff.

Sophie war dankbar für die Ablenkung.

Vorhin hatte ihre Mutter schon wieder vom Heiraten angefangen. Nachdem Sophie ihr endlich klarmachen konnte, dass sie den sehr um sie bemühten Herzog Philipp von Württemberg auf keinen Fall ehelichen wollte, hatte Ludovika ihr nun den Sohn des portugiesischen Königs, Prinz Louis von Portugal, vorgeschlagen. Sophie wollte aber überhaupt noch nicht heiraten, und erst recht keinen Mann, den sie gar nicht kannte. Mit Ausnahme von Nené, der Ältesten, war keine ihrer Schwestern glücklich verheiratet: Auch Mathilde, die zweitjüngste Tochter von Herzog Max und Herzogin Ludovika, war vor vier Jahren den Bund der Ehe eingegangen. Mit Luigi Trani, einem Halbbruder des abgesetzten Königs Franz II. von Neapel, war Mathilde jedoch alles andere als glücklich.

Gleich darauf stand Ludwig auch schon in der Tür und riss sie aus ihren Gedanken. Doch seine tief liegenden Augen blickten bekümmert, als er seiner Cousine zur Begrüßung die Hand küsste.

»Ludwig!«, sagte sie erschrocken. »Ist etwas passiert?«

»Ja«, erwiderte er tonlos und ließ sich auf einen der chintzbezogenen Sessel sinken. »Ich musste ihn nun endgültig fortschicken.«

Sophie wusste sofort, von wem Ludwig sprach. »Wagner.« Es war keine Frage, sondern eine Feststellung.

Nachdem Ludwig vor einem Jahr aufgrund des plötzlichen Ablebens seines Vaters Maximilian König geworden war, hatte er sich an das Versprechen erinnert, das er Sophie gegenüber an jenem Sommertag 1860 ausgesprochen hatte: Wenn er einmal König wäre, würde er Wagner bei seinem Vorhaben unterstützen und ihm ein Festspielhaus bauen. Er hatte ihn ausfindig machen und nach München bringen lassen und ihn aufgefordert, den »Ring des Nibelungen« zu vollenden. Voller Dankbarkeit hatte sich der bis über beide Ohren verschuldete Wagner ans Werk gemacht, und mit dem gleichen Eifer hatte sich Ludwig seiner neuen Aufgabe als König gewidmet, auf die der damals Achtzehnjährige eigentlich nicht im Mindesten vorbereitet gewesen war. Er hatte Berge von Akten studiert, Audienzen gegeben und sich von seinen Ministern beraten lassen. Doch wann immer der König Sophie besuchte, sprach er kaum von seinen Pflichten als König, sondern schwärmte vor allem von Wagner und von dem Festspielhaus, das er für ihn bauen lassen wollte, wofür er Gottfried Semper hatte gewinnen können.

Sophie konnte ihn verstehen. Dieser Mann war ja auch ein wahres Genie! Doch mit dieser Ansicht schien sie allein zu stehen: Wagner fiel in der Münchner Gesellschaft immer mehr in Ungnade, was zum einen an seiner teilweise recht kauzigen Art, vor allem aber an den hohen Kosten lag, die er durch seine künstlerischen Ansprüche und seine Ideen verursachte. Vielen war auch der Einfluss, den der Tondichter auf den König hatte, nicht geheuer; zumal bekannt geworden war, dass Wagner Ludwig einredete, er solle zwei seiner wichtigsten Minister entlassen!

»Die Münchner Bürger protestieren gegen Wagner, Sophie«, berichtete Ludwig nun. »Sie fordern, dass ich mich von ihm distanziere.«

Bestürzt sah Sophie ihren Cousin an. »Wie grauenhaft. Du willst ihn also deshalb wirklich fortschicken?«

»Ich habe meine Mutter um Rat gefragt«, erwiderte er leise. »Eben weil ich nicht wusste, was ich tun sollte. Ich war … ich bin ratlos. Und soeben war ich auch bei Carl Theodor.«

Sophie nickte. Nicht nur sie stand ihrem Cousin nahe, auch mit dem sechs Jahre älteren Carl Theodor, Sophies zweitältestem Bruder, war er gut befreundet. Und ebenso mit Sisi, mit der er im engen Briefkontakt stand.

»Und? Was haben sie dir geraten?«

»Sie stellen sich vehement gegen Wagner. Und ich denke, ich muss ihrem Rat folgen. Ich habe keine andere Wahl.«

»Oh, Ludwig, das tut mir so leid!«, rief Sophie. »Du wolltest doch für ihn das Festspielhaus bauen. Du hattest so viele Pläne mit ihm. Was wird denn nun? Wo soll er denn jetzt hin?«

»Erst einmal in die Schweiz«, erklärte Ludwig. »Und dann sehen wir weiter.«

Sophie sah ihren Freund und Vertrauten an. Und auf einmal spürte sie das Gefühl drohenden Unheils in sich aufsteigen. Sie schluckte.

***

Das Gefühl drohenden Unheils sollte sich in den kommenden Wochen und Monaten noch verstärken und sich zu einer großen, alles niederdrückenden Sorge ausweiten: Otto von Bismarck, Preußens Ministerpräsident, wollte Österreich als Führungsmacht im Deutschen Bund ablösen. Bereits im Februar 1866 hatte er im preußischen Kronrat auf eine militärische Lösung gedrungen. Nachdem es Bismarck gelungen war, im April 1866 mit Italien ein Bündnis gegen das österreichische Kaiserreich zu schließen, sah sich Kaiser Franz Josef zum Aufrüsten seiner Armee gezwungen. Lange hatte er noch die Hoffnung gehegt, den Konflikt auf diplomatischem Wege lösen zu können. Doch diese Hoffnung zerschlug sich endgültig, als die Preußen bereits am 10. Mai ihre Mobilmachung abgeschlossen hatten.

»Ich verstehe das nicht!«, sagte Sophie zu ihrem Bruder Carl Theodor beim gemeinsamen Ausritt über die Wiesen von Possenhofen. »Vor zwei Jahren haben Preußen und Österreich doch noch gemeinsam Krieg gegen Dänemark geführt. Warum rüsten sie nun gegeneinander?«

»In ebendiesem Krieg gegen Dänemark liegt der Grund für den Konflikt«, sagte Carl Theodor grimmig. »Damals wie heute geht es darum, wer Holstein und Schleswig bekommt. Diese damalige Auseinandersetzung, der zweite Schleswig-Holsteinische Krieg, brach aus, weil die Dänen das unabhängige Herzogtum Schleswig annektieren wollten. Und nach dem österreichisch-preußischen Sieg mussten die Dänen Holstein und Schleswig an Preußen und Österreich abtreten.«

»Ja, das weiß ich«, sagte Sophie mit leiser Ungeduld. »Und ich weiß auch, dass unser lieber Schwager Franz Joseph die beiden Herzogtümer als eigenständige Mitglieder im Deutschen

Bund belassen wollte, während Preußen sie in sein eigenes Staatsgebiet zu übernehmen gedachte. Aber man hat sich doch geeinigt!«

»Das hat man«, bestätigte Carl Theodor. »Preußen verwaltet Schleswig und Österreich mit dem Deutschen Bund Holstein.«

»Aber dann ist doch alles gut!«, rief Sophie.

»Eben nicht«, schnaubte Carl Theodor. »Vielleicht wäre alles gut, wenn es diesen Bismarck nicht gäbe! Er gibt einfach keine Ruhe.«

»Und wo stehen wir?«

»Zwar hofft Ludwig immer noch auf eine diplomatische Lösung, aber ihm ist klar, dass Bayern seine Verpflichtungen gegenüber dem Deutschen Bund erfüllen muss. Damit stehen wir an der Seite Österreichs.«

Sophie atmete erleichtert auf. Wenigstens das. Sie hätte es nicht ertragen, sozusagen mit ihrer eigenen Schwester im Krieg zu liegen, die schließlich die Kaiserin Österreichs war.

* * *

Sophie sah Ludwig auch in den kommenden Tagen nicht oft. Es schien ihr, als wäre mit Wagners Fortgang und dem zu erwartenden Ausbruch eines Krieges jede Freude aus Ludwig gewichen. Nur noch selten besuchte er Sophie auf Schloss Possenhofen – was nicht mit Regierungsgeschäften zu entschuldigen war, denn am Anfang seiner Regentschaft hatte Ludwig sich viel mehr um seine Aufgaben gekümmert, als er das jetzt tat. Und so musste sie auch bedauernd verneinen, als Herzog Max sie am Abend des 22. Mai fragte: »Weißt du, wo der König steckt?«

Erstaunt sah Sophie ihren Vater an. »Nein«, sagte sie. »Er war schon lange nicht mehr hier. Das weißt du doch.«

»Nun, er war auch schon lange nicht mehr in München«, ließ sich Sophies Bruder Carl Theodor, in der Familie liebevoll Gackel genannt, vernehmen. »Eigentlich hätte er heute den Landtag eröffnen sollen. Aber man hat vergeblich auf ihn gewartet.«

Herzog Max ergänzte: »In der Stadt herrscht helle Aufregung, sie rennen alle herum wie die aufgescheuchten Hühner! Die Zeitungen schreiben, der König sei durchgebrannt.« Das Familienoberhaupt grinste, nahm einen großen Schluck Bier und rülpste dann genussvoll.

»Max, bitte!«, rügte ihn seine Ehefrau.

»Ach, ich vergaß, deine geliebten Manieren«, sagte er. »Dabei sind wir doch unter uns.«

»Als würdest du dich in Gesellschaft besser benehmen«, bemerkte Ludovika streng. »Und außerdem kann man auch, wenn man nur mit seiner Familie am Tisch sitzt, ein Mindestmaß an Umgangsformen an den Tag legen.«

»Ludwig verhält sich wirklich unverantwortlich«, lenkte Carl Theodor aufs eigentliche Thema zurück. »Immerhin haben wir vor elf Tagen mobilgemacht. Und auch diese Mobilmachung hat er nur höchst widerwillig unterschrieben.«

»Das mag ja sein«, sagte Carl Theodor. »Durch Untätigkeit hat jedoch noch niemand einen Krieg verhindern können. Und nach allem, was ich gehört habe, hat Ludwig sich an den Verhandlungen überhaupt nicht beteiligt, sondern alles von der Pfordten überlassen.«

»Der Ministerpräsident ist auch viel erfahrener als Ludwig«, hielt Sophie dagegen.

»Ach«, schnaubte Carl Theodor, »das mag zwar stimmen, aber trotzdem müsste der König jetzt hier sein und sich um die Tagesgeschäfte kümmern. Er kann nicht einfach alles schleifen lassen.«

»Vielleicht hält er Bayern in diesem Krieg für zu unbedeutend?«, mischte sich nun erstmals die andere Sophie, Carl Theodors Gemahlin, ins Gespräch. Sophie lächelte ihrer Namensschwester dankbar zu.

»Unbedeutend ist auf jeden Fall unser Heer«, befand Carl Theodor und hieb die Gabel in seinen Knödel, als könnte er durch diese Vehemenz etwas an diesem Umstand ändern. »Weder Ludwigs Vater noch sein Großvater haben sich während ihrer Regentschaft um das Heer groß gekümmert. Und Ludwig schon gleich dreimal nicht.«

»Warum fragt ihr nicht Tante Marie?«, erkundigte sich Sophie hastig und in der Hoffnung, das unangenehme Gespräch damit zu beenden. »Sie wird ja wissen, wo der König ist.«

»Ich werde mich bei ihr erkundigen«, sagte Ludovika.

Doch die Königsmutter wusste ebenfalls nicht, wo sich ihr Sohn aufhielt, oder wenn sie es wusste, wollte sie es nicht sagen.

Fünf Tage später erfuhr Sophie es dann vom keineswegs durchgebrannten, sondern im Gegenteil heimgekehrten König persönlich: Wie so oft stand er plötzlich einfach vor ihr. Diesmal traf er sie bei einem Spaziergang an. »Ludwig!«, rief sie und starrte ihn an, als wäre er ein Gespenst. »Wo um alles in der Welt warst du? Alle waren in heller Aufregung, es hieß schon, du seist durchgebrannt.«

»Das wäre ich auch am liebsten, Sophie, glaube mir«, gab er zu. »Aber ich weiß um meine Pflichten.«

»Ist das so?«, fragte in diesem Moment eine Stimme hinter ihnen.

Erschrocken wandten Ludwig und Sophie sich um und sahen sich Carl Theodor gegenüber, Sophies älterem Bruder und Ludwigs Freund.

Ludwig lief rot an und presste die Lippen aufeinander. Sophie wusste, was in ihm vorging. Er konnte es gar nicht leiden, respektlos behandelt zu werden. Und als Respektlosigkeit betrachtete er Carl Theodors Frage sicherlich. Auch der kannte seinen Cousin gut genug, um zumindest zu erahnen, was in Ludwig vor sich ging. Obwohl er das höfische Leben hasste, bestand er doch darauf, dass man ihm die entsprechende Ehrerbietung entgegenbrachte. Und Carl Theodor war zwar sein Vertrauter, aber vor allem war er auch sein Untertan.

»Ludwig«, lenkte Carl Theodor daher rasch ein, »ich bin doch auf deiner Seite. Und deshalb sage ich dir offen, dass sich die Stimmung immer mehr gegen dich kehrt. Wie ich höre, hast du heute nachträglich das Parlament eröffnet?«

»Ja«, murmelte Ludwig. »Und du hast schon recht, Gackel, man hat mir deutlich zu verstehen gegeben, dass ich das schon vor fünf Tagen hätte tun sollen.«

»Ludwig«, sagte Carl Theodor, »ich möchte noch mal wiederholen, dass ich zu dir stehe und dass ich die folgenden Worte nur sage, um dich zu warnen: Es gibt Stimmen, viele Stimmen, die verlangen, du sollest abdanken.«

Ludwig wurde blass. »Was?«, rief er. »Nur weil ich ein paar Tage nicht da bin, soll ich gleich abdanken?«

»In anderen Zeiten würde man dir das vielleicht verzeihen, aber wir stehen unmittelbar vor einem Krieg! Da muss ein König für sein Volk da sein.«

Wütend sah Ludwig ihn an. »Ich bin nach Possenhofen gekommen, um diesem unglaublichen Wahnsinn endlich zu entfliehen. Und stattdessen muss ich mir Vorhaltungen machen lassen! Geh fort. Ich möchte mit Sophie allein sein.«

»Ludwig…«, setzte Carl Theodor noch einmal an, doch der König machte eine Handbewegung, als wollte er eine lästige Fliege verscheuchen.

Carl Theodors Miene versteinerte. »Eure Majestät«, sagte er und deutete eine Verbeugung an, um sich dann abzuwenden und auf das Wohnhaus zuzugehen.

Seufzend wandte sich Ludwig Sophie zu. »Nur du, nur du allein verstehst mich!«, klagte er.

»Aber wo warst du denn nur, Ludwig?«, fragte sie.

»Am einzigen Ort, an dem es sich lohnt zu sein«, sagte Ludwig und strahlte plötzlich über das ganze Gesicht. »Bei Wagner war ich.«

»In der Schweiz?« Erstaunt sah Sophie ihn an.

»Natürlich!«, gab Ludwig zurück. »Er hatte doch Geburtstag. Dreiundfünfzig Jahre alt ist er geworden. Oh, Sophie, es war ganz wunderbar. Wir haben viel gesungen und eine Bergwanderung unternommen.«

»Du bist ganz allein in die Schweiz gereist?«, vergewisserte sie sich noch einmal. »War das nicht viel zu gefährlich?«

Doch Ludwig winkte ab. »Mein Flügeladjutant Paul von Thurn und Taxis hat mich begleitet«, sagte er, als wäre dieser die königliche Leibgarde. »Es konnte also gar nichts passieren.«

Sophie sah ihn zweifelnd an. Sosehr sie Ludwig auch zugetan war, sie war ebenfalls der Ansicht, er hätte nicht zur Geburtstagsfeier des verehrten Wagner reisen dürfen, während sein Parlament darauf wartete, dass er es eröffnete, und in Preußen Bismarck zum Krieg rüstete. Aber das sagte sie ihm natürlich nicht.

Kapitel 2

»Wenn ich das so sagen darf: Sie sind eine bezaubernde Schönheit«, raunte der Erzherzog Sophie ins Ohr.

Schaudernd und Halt suchend griff Sophie nach ihrem Weinglas und wechselte einen Blick mit ihrer Hofdame Nathalie von Sternbach, die neben ihr saß. Ludwig Viktor, der jüngste Bruder des österreichischen Kaisers, war ihr furchtbar unsympathisch. Fieberhaft überlegte Sophie, was sie diesem schmierigen Kaiserbruder, den ihre Mutter eigens nach Possenhofen beordert hatte, erwidern konnte. Nachdem Sophie sowohl den Herzog von Württemberg als auch den portugiesischen Kronprinzen abgewiesen hatte, war Ludovika erneut auf der Suche nach einem passenden Bräutigam für ihre Jüngste, und Erzherzog Ludwig Viktor war ihr als genau der Richtige erschienen. »Noch einen Habsburger als Schwiegersohn, das könnte mir schon gefallen«, hatte sie gesagt. »Und du wärst ganz in Sisis Nähe.«

Sophie hatte das Gesicht verzogen. Sie liebte ihre große Schwester zwar heiß und innig, den Wiener Hof jedoch und das dort herrschende strenge Spanische Hofzeremoniell fand sie schlichtweg grauenhaft. Dennoch hatte sie nachgegeben.

Wenigstens ansehen musste sie sich den jüngeren Kaiserbruder, das war sie ihrer Mutter schuldig. Denn ihr war ja klar, dass sie sich einer Eheschließung nicht auf ewig entziehen konnte. Immerhin war sie schon neunzehn Jahre alt – jede ihrer Schwestern, abgesehen von der ältesten, Helene, genannt Nené, war in diesem Alter bereits verheiratet gewesen! Und Nené hatte damals schon einiges hinter sich gehabt. Den Kaiser von Österreich hätte nämlich eigentlich sie heiraten sollen …

Ihre Mutter hatte gemeinsam mit ihrer Schwester Sophie, die wiederum die Mutter des Kaisers war, wunderbare Pläne geschmiedet. Monatelang hatte Nené zusätzlichen Unterricht bekommen, um auf ihre Rolle vorbereitet zu werden, und im August 1853 war Mama Ludovika mit Nené zur kaiserlichen Sommerresidenz nach Ischl gereist, damit sich die Auserwählten persönlich kennenlernen konnten. Auch die damals fünfzehnjährige Sisi hatten sie mitgenommen, und als der junge Kaiser das Mädchen erblickte, hatte er sich unsterblich in sie verliebt. Danach war die arme Nené eine verschmähte Braut, und Mama Ludovika hatte es nicht ganz so leicht gehabt, ihre Älteste doch noch unter die Haube zu bringen. Doch inzwischen war Nené mit dem Erbprinzen von Thurn und Taxis verheiratet. Und soviel Sophie wusste, war sie sehr glücklich.

Da spürte sie etwas auf ihrer Hand, zwei Finger strichen ihr über die Haut. Ganz zart war die Berührung. Erschrocken sah sie auf und blickte in das grinsende Gesicht des Erzherzogs. Hastig entzog Sophie ihm die Hand. »Was erlauben Sie sich!«, zischte sie und sah sich erschrocken um. Ob jemand Zeuge dieses unpassenden Verhaltens geworden war?

Doch zu Sophies Erleichterung schenkte ihnen niemand Beachtung. Ihre Mutter plauderte angeregt mit Sisi, die zu Sophies Entzücken ebenfalls mit nach Possenhofen gereist war, und ihre Schwägerin, Carl Theodor und ihr Vater unterhielten sich wieder einmal über die Preußen.

»Was sagen Sie dazu, Erzherzog?«, wandte sich in diesem Moment zu Sophies unendlicher Erleichterung Carl Theodor an den Kaiserbruder.

»Pardon, Herzog, ich war gerade im Gespräch mit Ihrer bezaubernden Schwester«, entschuldigte sich Ludwig Viktor. »Würden Sie die Frage bitte wiederholen?«

»Preußen, Ludwig Viktor«, antwortete nun Sisi an seiner statt. »Mein Bruder möchte wissen, wie du die Situation mit Preußen siehst.«

»Nun«, der Erzherzog runzelte die Stirn und sah verärgert aus, »Bismarcks Verhalten ist eine riesige Frechheit. Das sieht auch mein Bruder, der Kaiser, so.«

»Die Saupreißn können es eben nicht ertragen, dass sie sich die Macht im Deutschen Bund mit Österreich teilen müssen«, brachte es Herzog Max auf den Punkt, was ihm ein tadelndes »Max!« von Ludovika einbrachte.

»Er hat doch recht«, meinte Sisi lachend und legte ihrem Vater, dem sie schon immer sehr zugetan gewesen war, eine Hand auf den Unterarm. »Es ist so wohltuend, deine frische und unkonventionelle Art wieder einmal zu erleben.«

»Du bist halt von meinem Fleisch, Madl!« Herzog Max strahlte und zwinkerte seiner Tochter zu.

Der Erzherzog wollte sich das Gespräch jedoch nicht entreißen lassen. »Er hat nichts unversucht gelassen, um uns zu schwächen!«

»Was hat er denn getan?«, fragte Sophie, die froh war, dass sich das Gespräch in eine unverfänglichere Richtung bewegte.

»Zum Beispiel hat er verhindert, dass Österreich dem deutschen Zollverein beitritt«, schnaubte der Erzherzog. »Und er blockierte vehement Reformpläne, mit denen wir den Deutschen Bund stärken wollen.«

»Das verstehe ich nicht«, sagte Sophie. »Preußen ist doch selbst Mitglied im Deutschen Bund.«

»Die Saupreißn sind auch nicht zu verstehen, Maderl!«, polterte Herzog Max. »Und die Politik ist sowieso nichts für euch Weibsbilder.«

»Da haben Sie recht, werter Herzog«, stimmte Ludwig Viktor schmierig zu und hob sein Glas.

***

»Oh, Sisi, ich habe noch nie einen grauenhafteren Menschen kennengelernt!«, rief Sophie auf dem Ausritt, den sie nach dem Abendessen mit ihrer Schwester machte. Wie meist, wenn Sisi ihre Familie in Possenhofen besuchte, war sie mit ihrem Hofstaat im nahe gelegenen Schloss Garatshausen untergekommen, sodass die Schwestern wenig Gelegenheit hatten, miteinander zu sprechen. Es befand sich im Besitz ihres Bruders Ludwig und bot mehr Platz als Possenhofen.

Mit einem liebevollen, aber auch etwas resignierten Lachen sah Sisi Sophie an. »O Kleines, ich habe schon befürchtet, dass du so reagieren würdest. Ich teile deine Meinung. Luzi-Vuzi, wie wir ihn nennen, passt nicht zu dir. Und du auch nicht zu ihm. Er ist ohnehin eher … nun ja, dem männlichen Geschlecht zugetan.«

»Oh«, machte Sophie verlegen. »Das hätte ich gar nicht vermutet. Er war doch recht eindeutig …«

»Womöglich, um das zu überspielen«, sagte Sisi.

»Luzi-Vuzi?«, fragte Sophie dann und musste kichern. »Das passt zu ihm. Er ist so schleimig! Allein schon sein Äußeres.

So … geleckt. Und dann sagt er ständig Dinge, die einen in Verlegenheit bringen.«

»Sei froh, dass er nicht seinen Zynismus auf dich losgelassen hat. Nein, der Luzi-Vuzi ist keiner für dich, wenn ich auch zugeben muss, dass er mir besonders in meinen Anfangsjahren am Wiener Hof treu zur Seite stand.«

»Und jetzt nicht mehr?«, fragte Sophie. »Was ist passiert?«

»Ach, er liebt seine Mutter heiß und innig, ich hingegen kann sie nicht ausstehen. Daher ist unser Miteinander inzwischen etwas angespannt. Aber auch wenn er keiner für dich ist, ich hätte mich gefreut, wenn du ihn geheiratet hättest. Dann hätt ich dich bei mir gehabt, Sopherl, und das hätte mir die Einsamkeit ein wenig vertrieben.«

Erschrocken sah Sophie sie an. »Bist du immer noch so unglücklich?«

»Das weißt du doch, Kleines«, sagte Sisi. »Die Frau Schwiegermama ist ein Drachen und das Leben bei Hofe furchtbar steif. Wie glücklich war ich doch hier in Possenhofen!« Sie machte eine weit ausholende Bewegung.

»Und Franz Josef?«, fragte Sophie leise.

»Ach, er ist nun mal der Kaiser, ständig muss er Pflichten nachkommen, ständig ein Bad in der Menge nehmen. Und du weißt, wie sehr ich das hasse. Wenn er ein bloßer Schneider wäre, wäre vieles einfacher.«

»Wäre es nicht«, widersprach Sophie lachend. »Du glaubst doch nicht, dass Mutter dir die Ehe mit einem Bürgerlichen erlaubt hätte. Und schon gar nicht mit einem einfachen Schneider.«

Sisi seufzte. »Nein, sicher nicht. Aber stell dir das nur mal vor, Sopherl, wie es wäre, bürgerlich zu sein. Wir könnten lieben, wen wir wollten …«

»… und frei sein wie zwei Vögel«, nahm Sophie den Gedanken auf.

Die beiden Schwestern sahen einander an und lachten.

Dann sagte Sisi übergangslos: »Der Franz Josef hat auch nicht geglaubt, dass du Luzi-Vuzi nimmst. Ach, Sophie, ich wünsch dir so sehr einen Mann, der dich glücklich macht.«

»Das wünsch ich mir auch!«, sagte Sophie und gab ihrem Pferd die Sporen.

***

Am Abend kam Ludovika ohne anzuklopfen ins Zimmer ihrer Tochter. »Ich habe Neuigkeiten für dich. Der Erzherzog ist ganz hingerissen von dir. Er hat gerade bei deinem Vater um deine Hand angehalten.«

Erschrocken keuchte Sophie auf. »Er wird sie ihm doch nicht gegeben haben!«

Die Vorstellung, mit »Luzi-Vuzi« verheiratet zu sein, war mehr, als sie ertragen konnte.

Ludovika kniff für einen Moment die Lippen aufeinander und sagte dann: »Du kennst deinen Vater. Er hält den Erzherzog für einen Schnösel, und das hat er ihm auch deutlich zu verstehen gegeben. Und ebenso, dass die Entscheidung bei dir liegt.«

»Vater hält Luzi … ähhh … den Erzherzog nicht nur für einen Schnösel, er *ist* auch einer. Und zwar ein ganz furchtbarer«, sagte Sophie erleichtert.

Zu ihrer Überraschung versuchte ihre Mutter nicht, sie zu überreden, sondern nickte nur seufzend. »Es hätte mich verwundert, wenn du anders denken würdest. Es ist mir unsagbar peinlich gegenüber meiner Schwester – immerhin ist er der Bruder des Kaisers –, aber ich werde ihm und ihr deine Entscheidung mitteilen. Ich gehe davon aus, dass er dann recht bald abreisen wird.«

Sophie war erleichtert: »Danke, Mutter.« Sie stand auf, um die Arme um ihre Mutter zu schlingen. »Ich bin so froh, dass du mir nicht böse bist.«

»Wie könnte ich das, Kind«, sagte Ludovika, »ich will ja auch, dass du eine glückliche Ehe führen kannst. Und das könntest du mit ihm nicht, so viel ist sicher.«

Sie küsste ihre Tochter nachdenklich auf die Stirn und sagte: »Aber so langsam müssen wir uns schon Gedanken darüber machen, wo wir einen Mann für dich herbekommen. Und irgendwann wirst du Ja sagen müssen. Alle wirst du nicht abweisen können.«

Kapitel 3

Tatsächlich war Ludwig Viktor bereits am nächsten Morgen verschwunden. Er hatte sich denkbar knapp und kühl von Sophie verabschiedet, aber das war ihr allemal lieber als seine unangenehme Gegenwart. Zu ihrem großen Bedauern war mit ihm auch Sisi samt ihrem Hofstaat abgereist, und Sophie, die sich darauf gefreut hatte, noch ein paar Tage mit ihrer Schwester zu verbringen, war ein wenig niedergedrückt. Am 14. Juni hatte Sophie gerade das Haus verlassen, um zu überlegen, was sie mit dem Tag noch anfangen sollte, da stand plötzlich Ludwig vor ihr, einen riesigen Blumenstrauß in der Hand.

»Heute, meine liebe Base, habe ich eine Überraschung für dich. Erweist du mir die Ehre, mich zu begleiten?«

Mit einer weit umfassenden Bewegung wies er in Richtung See, wo seine königliche Barke lag. »Wir werden einen Ausflug auf die Roseninsel machen«, erklärte er. »Und dort singst du mir Wagner vor. Meine Lakaien werden dafür sorgen, dass es uns an nichts fehlt.«

»Aber …«, setzte Sophie an und wandte sich zum Haus um. »Ich muss erst Mutter fragen.«

»Tu das«, sagte Ludwig. »Tante Ludovika wird jedoch wissen, dass sie mir als dem König diesen Wunsch nicht abschlagen kann.«

Ludwig sollte recht behalten. Ludovika runzelte zwar die Stirn, doch um ihren Mund lag ein leises Lächeln. »Die Roseninsel«, sagte sie. »Soso.«

Sophie liebte die Roseninsel, ebenso wie ihre große Schwester Sisi, die sich früher häufig mit Ludwig dort getroffen hatte, wenn sie die alte Heimat besuchte. Sophie war stets ein wenig eifersüchtig gewesen. Und nun nahm Ludwig *sie* mit.

»Ich bin froh, dass du mich begleitest, Sophie«, sagte er und lächelte sie beinahe zärtlich an. »Mir geht diese ganze Sache mit Preußen und Österreich derart auf die Nerven … Ständig will man Entscheidungen von mir, die ich nicht treffen möchte.«

Sophie nickte. »Ich kann dich verstehen, Ludwig«, versicherte sie. »Ich beneide dich wirklich nicht darum, dass du König sein musst. Aber …«, sie zögerte und hoffte, er würde nicht verärgert sein, wenn sie diese Frage stellte, »müsstest du nicht dennoch in diesen Tagen in München sein? Die Preußen sind doch unlängst in Holstein einmarschiert.«

Ludwig zuckte die Achseln. »Ich habe diese ganze Kriegerei so satt«, sagte er. »Und ob ich nun auf der Roseninsel oder in München bin, wird am Kriegsverlauf nicht wirklich etwas ändern. Oder glaubst du das?«

Da musste Sophie ihm recht geben. »Nein, natürlich nicht.« Dennoch klang ihr noch Carl Theodors Bemerkung im Ohr, der fand, ein König müsse in diesen Tagen an der Seite seines Volkes stehen.

Inzwischen waren sie auf der Roseninsel angekommen und gingen Seite an Seite zu der pompejanisch-bayerisch anmutenden königlichen Villa. König Maximilian II. hatte die Roseninsel 1850 von der Fischerfamilie Kugelmiller erworben und sich hier ein Sommerdomizil bauen lassen. Zärtlich sah Ludwig Sophie von der Seite an. »Du bist so ein lieber und teilnehmender Geist«, sagte er. »Und manchmal habe ich das Gefühl, wir beide leben in einer Umgebung, die uns nicht begreift und falsch beurteilt. Wir leben wie auf einer Oase im Sandmeer der Wüste.«

Zu Sophies Entzücken hatten die Diener auf der Wiese inmitten der Rosen bereits ein herrliches Picknick gerichtet. Das ist furchtbar romantisch, dachte Sophie und verspürte plötzlich Herzklopfen. Was für einen Zweck Ludwig wohl mit diesem Picknick verfolgte? Ob es mehr war als nur ein Ausflug von Cousin und Cousine?

Sie hatten sich gerade niedergelassen, als schnaufend ein rotgesichtiger Mann des Weges gerannt kam. »Eure Majestät!«, keuchte er. Sophie erkannte in ihm den bayerischen Ministerpräsidenten von der Pfordten, dem Ludwig im Grunde alle wichtigen Entscheidungen überließ.

»Österreich hat einen Bundesexekutionsantrag im Deutschen Bund eingereicht, um militärisch gegen Preußen vorgehen zu dürfen«, informierte der Ministerpräsident den König keuchend. »Diesem wurde mehrheitlich zugestimmt. Preußen ist aus dem Deutschen Bund ausgetreten.«

»Ah«, machte Ludwig gelassen und steckte sich eine dicke blaue Weintraube in den Mund. »Das war ja zu erwarten. Schließlich sind sie in ein Land einmarschiert, das ebenfalls Mitglied im Deutschen Bund ist.«

»Das bedeutet, dass wir uns nun endgültig im Krieg mit Preußen befinden, Eure Majestät«, erläuterte der Ministerpräsident. »Eure Majestät sollten, mit Verlaub, schleunigst nach München zurückkehren. Wichtige Entscheidungen müssen getroffen werden.«

»Ach!«, winkte Ludwig ab. »Die treffen Sie doch viel besser als ich. Wie Sie sehen, nehme ich gerade mit meiner lieben Base ein Frühstück ein.«

»Aber …«, setzte von der Pfordten verzweifelt an, doch Ludwig scheuchte ihn mit der gleichen abfälligen Geste fort wie seinerzeit Carl Theodor. »Stören Sie uns nicht weiter, Ministerpräsident«, befahl er. »Und machen Sie endlich Ihre Arbeit.«

Mit einem vorwurfsvollen »Majestät!« tat von der Pfordten, was sein König von ihm verlangte, und fuhr mit dem Boot über die spiegelglatte Wasserfläche des Würmsees davon.

***

Als Sophie Stunden später zurückkehrte, herrschte auf Possenhofen hektische Betriebsamkeit. »Kind!«, rief Ludovika. »Deine Brüder müssen in den Krieg ziehen, selbst der kleine Mapperl. Carl Theodors Einheit bricht bereits morgen von München aus auf.«

»Oh«, erwiderte Sophie etwas hilflos. »Das klingt ziemlich ernst.« Besonders beim Gedanken an ihren zwei Jahre jüngeren Bruder, der erst sechzehn war, zog sich ihr das Herz zusammen.

»Ist es auch«, sagte ihre Mutter in einer Mischung aus Stolz und Sorge. »Ich soll dich schön von Gackel grüßen. Und du sollst Ludwig ins Gewissen reden, dass er sich seiner Verantwortung stellt. Dein Bruder war ziemlich erzürnt, als er erfahren hat, dass der König sich auf der Roseninsel aufhält, während sein Land in den Krieg zieht.«

»Ja«, sagte Sophie bedrückt. »Ich werde sehen, was ich tun kann.« Doch allzu groß war ihre Hoffnung nicht: Sie ahnte, dass Ludwig ihr gegenüber auch deshalb so offen war, weil sie ihm stets Verständnis entgegenbrachte. Das war die Rolle, die er ihr zugedacht hatte. Und solange sie nicht von ihr abwich, war zwischen ihnen alles gut.

Der Krieg lag wie ein Schatten über diesem Sommer, er drückte die Stimmung in Possenhofen und in ganz Bayern. Die Familie sorgte sich nicht nur um Sophies Brüder an der Front, sondern auch um Sisi. »Die preußischen Truppen rücken auf Wien vor«, erstattete eine zutiefst besorgte Ludovika eines Morgens Bericht, nachdem sie einen Brief ihrer zweitältesten Tochter erhalten hatte. »Der Hof flieht aus der Hofburg und aus Schönbrunn.«

»Ist Sisi in Gefahr?«, rief Sophie erschrocken.

»Ich fürchte, ja«, erwiderte ihre Mutter ernst. »Wobei sie schreibt, dass sie mit den Kindern nach Ungarn will. Wohl auch, um die Besitzansprüche der Habsburger auf Ungarn zu sichern.«

»Das passt Tante Sophie ganz sicher nicht«, versetzte Sophie. »Sie hasst doch die Ungarn.«

»Ja.« Ludovika seufzte. »Wohingegen deine Schwester mit fast schon närrischer Liebe an diesem Land hängt – warum auch immer. Sie hat ja sogar eine ungarische Hofdame, eine ungarische Vorleserin und spricht die Sprache, obgleich die weiß Gott nicht einfach ist.«

Sophie wusste ganz genau, warum Sisi Ungarn so liebte, denn darüber hatte sie sich mit ihr einmal ausgetauscht. »Du müsstest dieses Land sehen, Sophie«, hatte sie gesagt. »In Ungarn geht es längst nicht so streng zu wie in Wien. Die Pferde sind so unglaublich edel, und die Reiter in ihren Uniformen äußerst schneidig.« Ein merkwürdiger Glanz hatte in den Augen ihrer Schwester gelegen, und Sophie war der Verdacht gekommen, dass einer dieser Reiter es ihr ganz besonders angetan hatte.

Doch bevor Sophie nachhaken konnte, hatte Sisi schon bemerkt: »Allein die Tatsache, dass meine Schwiegermutter Ungarn so wenig mag, führt dazu, dass ich es umso mehr liebe.«

Ludovika und Sophie waren nicht die Einzigen, die sich sorgten. Carl Theodors Frau Sophie, ihres Zeichens Tochter des sächsischen Königs Johann und der bayerischen Prinzessin Amalie, die wiederum Ludovikas Schwester war, konnte nicht gut mit der Angst um ihren Gatten umgehen. Schließlich war sie erst vor wenigen Monaten Mutter geworden: Ausgerechnet an Heiligabend, dem Tag, an dem auch Sisi einst das Licht der Welt erblickt hatte, war die kleine Amalie geboren.

Sophie bemühte sich, ihre Schwägerin abzulenken, so gut es ging. Die beiden Frauen musizierten stundenlang zusammen, unternahmen lange Spaziergänge mit der kleinen Amalie oder picknickten auf den endlosen Wiesen Possenhofens.

Auch Ludwig sah Sophie in den kommenden Tagen oft. Zwar war der König zunächst pflichtschuldigst nach München zurückgekehrt und hatte sich sogar dazu hinreißen lassen, nach Franken zu fahren und dort die Truppen zu besuchen. Doch bereits am 2. Juli – inzwischen wussten sie, dass Sisi in Ungarn in Sicherheit war – war er schon wieder zurückgekehrt. Mit einem Strauß Blumen stand er am 3. Juli plötzlich im Salon von Possenhofen und sagte zu Sophie: »Das war anstrengend, ich benötige dringend etwas Erholung. Wagner und die Roseninsel. Mach mir die Freude und begleite mich.«

Sophie zögerte, sah fragend zuerst zu ihrer Mutter und dann zu ihrer Schwägerin, die sich beim Eintreten des Königs beide erhoben hatten. Und natürlich nickte Ludovika, um seinem Wunsch zu entsprechen.

Dennoch hatte Sophie diesmal kein gutes Gefühl, als sie

mit ihrem Cousin auf die Insel fuhr. Später sollte ihr klar werden, dass das, was sie gequält hatte, eine Vorahnung gewesen war: Während sie sich dort wieder einmal ein köstliches Picknick schmecken ließen, wurden die österreichischen Truppen in der Schlacht bei Königgrätz vernichtend geschlagen. Einer Schlacht, an der sich Bayerns Truppen im Grunde gar nicht beteiligt hatten. Das bayerische Heer war einfach zu langsam gewesen: Erst am 22. Juni – da waren die Preußen bereits in Böhmen einmarschiert – hatten sie die für sie vorgesehenen Standorte erreicht. Dennoch sollte es noch bis zum 26. Juli dauern, bis nach der letzten Schlacht bei Uettingen, in der Preußen über die bayerische Armee siegte, offiziell Waffenstillstand herrschte.

Am 23. August 1866 wurde der Prager Frieden zwischen Preußen und Österreich geschlossen, der Preußen die Vorherrschaft in Norddeutschland sicherte und Österreich verpflichtete, seine Herrschaft in Holstein zu beenden und obendrein zwanzig Millionen Taler zu zahlen.

***

»Das preußische Heer war nun mal viel besser aufgestellt«, sagte ein enttäuschter Carl Theodor, als er rund eine Woche später gemeinsam mit seinem jüngsten Bruder Mapperl aus dem Krieg zurückkehrte. »Die Preußen haben viel modernere Gewehre als wir. Man kann sie von hinten nachladen statt von vorne, das geht viel schneller. Und sie waren in der Überzahl, zumal ihnen ja auch noch die Italiener mit dreihunderttausend Soldaten zur Seite standen.«

»Und die österreichischen Truppen mussten im Gegensatz zu den Preußen an zwei Fronten kämpfen«, pflichtete ihm sein Vater bei. »Gegen Italien und gegen Preußen. Das hat sie zusätzlich geschwächt.«

»Ich bin einfach nur froh, dass du heil zurückgekehrt bist«, rief Carl Theodors Gemahlin glücklich. »Deine Abwesenheit hat mir schon sehr zu schaffen gemacht.«

»Ganz schmal bist du geworden«, gab ihr Ehemann zärtlich zurück. »Aber jetzt bin ich ja wieder bei dir.«

Liebevoll lächelte das Paar einander zu, dann wandte sich Carl Theodor wieder an seine jüngere Schwester. »Und was macht der Ludwig?«

»Was soll er schon machen«, erwiderte sie ausweichend, »sein Land regieren.«

Carl Theodor lachte schallend. »Nein, Sophie, das tut er eben nicht. Wie ich aus sicherer Quelle weiß, hat er die Friedensverhandlungen mit Preußen ebenfalls seinem Ministerpräsidenten überlassen. Der hat sich zwar wacker geschlagen, und Bayern hat nur geringe Gebietsverluste zu verzeichnen, aber dennoch wäre das eigentlich Ludwigs Aufgabe gewesen.«

»Und so gering waren die Gebietsverluste gar nicht«, mischte sich nun Mapperl ein, der, wie Sophie besorgt feststellte, ungemein erschöpft wirkte. »Bayern hat immerhin das Bezirksamt Gersfeld in der Rhön, das Bezirksamt Orb und die Exklave Kaulsdorf in Thüringen verloren.«

»Dazu kommen noch die dreißig Millionen Gulden, die wir an Preußen zahlen müssen. In München fordert man nun immer lauter Ludwigs Rücktritt«, stellte Carl Theodor fest.

Erschrocken sah Sophie ihn an. »Ist es wirklich so schlimm?«

»Was hast du denn gedacht? Wir waren im Krieg, und der König hatte sich aus dem Staub gemacht. Das nimmt kein gutes Ende, Sophie.«

Kapitel 4

»Und wennst den Ludwig heiratest?«, fragte Ludovika. »Nun, wo der Krieg vorbei ist, müssen wir uns wirklich wieder dringend um deine Vermählung kümmern.«

Überrascht – und auch ein wenig verärgert – unterbrach Sophie, die gerade wieder einmal am Klavier saß und Wagner übte, ihr Spiel und sah ihre Mutter an. Sosehr sie verstand, dass Ludovika sie unter die Haube bringen musste – sie hatte das Gefühl, als würde ihre Mutter kein anderes Thema mehr kennen als die Vermählung ihrer Jüngsten. Andererseits, hatte sie nicht dann und wann schon selbst darüber nachgedacht? Dass es nicht das Schlechteste wäre, Ludwig zu heiraten? Und hatte sie bei diesem Gedanken nicht sogar ein wenig Herzklopfen verspürt?

»Sopherl? Was hältst denn jetzt vom Ludwig?«, hakte ihre Mutter nach, Ungeduld in der Stimme. »Immerhin besucht er dich fast täglich. Und er bringt dir jedes Mal etwas mit. Blumen oder Süßigkeiten … und dann diese romantischen Ausflüge auf die Roseninsel! Kind, hast du nicht auch das Gefühl, dass er dir den Hof macht?«

»Dass er mir den Hof macht?«, fragte Sophie verblüfft. »Nein, dieses Gefühl hatte ich bisher eigentlich nicht.«

»Also, wenn er dir nicht den Hof macht, dann ist sein Verhalten mehr als merkwürdig«, sagte Ludovika entschieden. »Kein Mann, der einer Frau *nicht* den Hof macht, besucht sie täglich und schenkt ihr Blumen.«

»Wir sind halt einfach Freunde, Mutter.«

Trotzig drehte Sophie sich wieder um und spielte weiter.

»Ach, Freunde, Freunde …« Ludovika winkte mit einer beinahe ärgerlichen Geste ab. »Freunde sein, das ist was für Kinder. Aber nichts für einen Mann und eine Frau im heiratsfähigen Alter. Das Schlechteste wär's nicht, dann würdest du Königin von Bayern.« Eindringlich und eine Antwort erwartend nahm sie ihre Tochter ins Visier. Die unterbrach seufzend erneut ihr Klavierspiel und sagte ausweichend: »Immerhin wäre er besser als dieser scheußliche Erzherzog Ludwig Viktor.«

Und just in diesem Moment kündigte ein Diener die Ankunft des Königs an.

»Na, was sag ich. Schon wieder kommt er zu dir geeilt. Und bestimmt hat er wieder Blumen für dich«, sagte Ludovika lächelnd.

Kurz darauf betrat Ludwig den Raum, und wie Ludovika es vorausgesehen hatte, überreichte er Sophie lächelnd einen Strauß Blumen. Sie hatte das Gefühl, ihn plötzlich mit ganz anderen Augen zu sehen. Warum war ihr, obwohl sie ja von jeher ein klein wenig für ihn schwärmte, nie aufgefallen, wie gut er aussah? Seine Gestalt war hochgewachsen, sein Gesicht wirkte edel, sein dichtes braunes Haar betonte den seelenvollen Ausdruck seiner großen, dunklen Augen.

»Eure Majestät«, begrüßte Ludovika ihn. »Wie schön. Wir sprachen gerade von dir.«

Ludwig lächelte sein etwas scheues Lächeln, während er

Sophie einen flehenden Blick zuwarf. Sie wusste, er wäre lieber mit ihr allein gewesen, um ihr sein Leid zu klagen. Denn nach wie vor litt Ludwig schrecklich unter Wagners Fortgang. Und ein wenig auch unter der immer noch sehr gegen ihn gerichteten Stimmung im Volk.

»Oh«, sagte der König nun jedoch höflich zu Ludovika. »Das freut mich.«

»Nimm doch Platz«, sagte Ludovika und ließ Ludwig Tee und Gebäck servieren. Direkt, wie das ihre Art war, kam sie dann gleich zur Sache. »Ich habe mich gefragt«, begann sie, »ob du gegenüber meiner Tochter ernste Absichten hegst.«

»Wie bitte!« Ludwig sprang so rasch auf, dass er sich sein Knie am Tischbein schlug und der Tee durch die heftige Bewegung über die Ränder der dünnen Porzellantassen und in die Untertassen schwappte. In einer Mischung aus Empörung und Entsetzen starrte er seine Tante an. »Das ist impertinent!«

»Aber weshalb denn?«, erwiderte Ludovika. »Nicht nur mir ist die Häufigkeit deiner Korrespondenz mit Sophie aufgefallen. Und deine häufigen Besuche!«

»Mutter…«, setzte Sophie peinlich berührt an, doch da war Ludwig schon aufgesprungen. »Das höre ich mir nicht an!«, schnaubte er, warf Sophie noch einen bedauernden Blick zu und war bereits zur Tür hinaus.

Sophie wollte im Boden versinken. Ihre Mutter war bekannt für ihre unverblümte Art, und es war nicht das erste Mal, dass sie Sophie oder jemand anderen in ihrer Umgebung damit sehr brüskierte.

»Das ist vielleicht ein Benehmen!«, empörte sich Ludovika derweil. »Nur weil man der König ist, kann man sich doch nicht alles erlauben.«

Sophie schwieg bedrückt. Bedrückt ging sie zu Bett, und sie war auch noch bedrückt, als sie am nächsten Morgen zum Frühstück herunterkam. Da betrat ein Diener den Raum. Auf dem Silbertablett, das er in der Hand hielt, lag ein Brief für Sophie. Aufgeregt erkannte sie Ludwigs Handschrift.

Zu ihrer Erleichterung saß sie allein bei Tisch. Ludovika und ihre Schwägerin bevorzugten es, das Frühstück auf ihrem Zimmer einzunehmen, anschließend ließ die Herzogin sich stets von ihrer treuen Garderobiere Johanna Beutelrock ankleiden. Und ihr Vater weilte wie meist weit fort von der Familie.

Sophie wusste, dass ihre Eltern miteinander nicht glücklich waren. Was sicherlich auch daran lag, dass Ludovika, eine Tochter des ersten bayerischen Königs, seinerzeit in die Ehe mit Sophies Vater gezwungen worden war.

Eigentlich war ihre jüngere Schwester Maximiliane Josepha Caroline für die Verbindung mit Herzog Max in Bayern bestimmt gewesen, doch als diese an den Folgen einer Erkältung starb, fiel die Wahl auf Ludovika. Sowohl Sophies Mutter als auch ihr Vater waren zum Zeitpunkt ihrer Eheschließung anderweitig verliebt gewesen, ja, sie hatten einander nicht einmal sonderlich gemocht. Sophies Vater hatte eine Bürgerliche geliebt, Ludovika den portugiesischen Prinzen Dom Miguel von Bragança, der sie auch hatte heiraten wollen. Doch der bayerische König hatte der Verbindung nicht zugestimmt: Ein Prinz ohne Land – er lebte nach einem gescheiterten Putschversuch im Exil in Wien – erschien ihm für seine Tochter nicht standesgemäß. Das Dramatische an der Sache: Als Dom 1828 schließlich doch König geworden und damit standesgemäß war, hatte er erneut um Ludovikas Hand angehalten, die Offerte kam allerdings zu spät: Einen Tag zuvor hatte sie Max geheiratet. Das war bitter, zumal Max ja ebenfalls über kein

Land verfügte und obendrein nur Spross einer Wittelsbacher Nebenlinie war.

Dass ihre Eltern miteinander kreuzunglücklich waren, das war Sophie klar gewesen, seit sie denken konnte. Dennoch verlief ihre Kindheit, die sich zwischen dem Herzog-Max-Palais, das ihr Vater 1831 gebaut, und Possenhofen, das er vier Jahre später gekauft hatte, abspielte, keineswegs ebenfalls unglücklich: Ihr Vater, der ganz und gar kein Familienmensch war, hatte zwar nicht viel Zeit mit ihnen verbracht, aber sie waren auch ohne ihn zufrieden, vor allem in den herrlich langen Sommern auf Possenhofen am Würmsee. Das Gefühl von Freiheit, das sie hier, fern jeglicher höfischer Etikette, genießen konnten, war einfach wunderbar. Da auch Ludovika zum einen sehr tierlieb, zum anderen ausgesprochen naturbegeistert war, verbrachten sie ihre Tage meistens draußen, umgeben von Pferden und Hunden.

Dennoch war die Ehe ihrer Eltern für Sophie das beste Beispiel einer Ehe, wie sie selbst sie niemals führen wollte.

Mit fliegenden Fingern öffnete sie nun das Schreiben und begann zu lesen:

Liebe Cousine! Wie schauderhaft mißlungen war mein gestriger Besuch! Der Eindruck, den ich erhielt, war für mich ein so fataler, daß ich wahrscheinlich im ganzen heurigen Sommer nicht wieder hinüberkommen werde – sage das aber niemandem! – Um Eines ersuche ich Dich noch, zweifle nicht an meiner treuen und aufrichtigen Freundschaft für Dich. Es tut mir wirklich leid, Dich jetzt längere Zeit nicht mehr zu sehen, aber unter den gegebenen Umständen ist mir das Kommen zu sehr verleidet.

Dir, liebe Cousine, von ganzem Herzen einen vergnügten Sommer und einen vergnügten Landaufenthalt wünschend, bleibe ich zeitlebens Dein treuer Vetter Ludwig.

Sophie hatte Tränen in den Augen, als sie den Brief wieder zusammenfaltete und in seinen Umschlag schob. Ludwig lag ihr wirklich am Herzen, und es war eine schreckliche Vorstellung für sie, dass sie ihn nun so lange nicht zu Gesicht bekommen würde! Überraschend schmerzhaft war aber auch seine Zurückweisung: Nun lag die Antwort auf ihre leise Frage, ob er ihr vielleicht doch den Hof gemacht hatte, knallhart und gnadenlos vor ihr. Ludwig empfand keinen Deut mehr für sie als Freundschaft. Und in diesem Moment der Zurückweisung wuchsen ihre eigenen zarten und zaghaften Gefühle für Ludwig ins Unermessliche. Vielleicht, dachte Sophie, war das ganz normal: dass man etwas erst dann zu schätzen wusste, wenn man es verloren hatte?

Von ihren Gedanken gequält hielt sie nichts mehr auf ihrem Stuhl. Hastig sprang sie auf und ging unruhig im Zimmer auf und ab. Was sollte sie nur tun? Was ihm erwidern? Wobei es ein Brief war, der keine Erwiderung forderte. Eher klang er nach einem Abschied. Und genau deshalb tat er auch so weh.

Da öffnete sich die Tür, und ihr älterer Bruder Carl Theodor betrat das Frühstückszimmer. Wie immer sah er mit seinem lockigen und in der Mitte gescheitelten blonden Haar, dem feinen, jedoch stets ernsten Gesicht und seiner schmalen, aber kräftigen Gestalt hinreißend aus.

»Gackel!«, rief Sophie ihren Bruder bei dessen Spitznamen und ging eilig zu ihm, um sich von ihm begrüßen zu lassen. Sie erhoffte sich durch seine Anwesenheit etwas Ablenkung von ihren gar zu dunklen Gedanken. »Wie schön, dass du hier bist. Frühstückst du mit mir?«

Doch der Ältere schüttelte nur den Kopf und sah sie ein wenig unbehaglich an. »Was?«, fragte Sophie. »Was ist?«

»Ach«, erwiderte er, »der Ludwig schickt mich zur Mutter.«

»Um noch mal zu unterstreichen, dass er an einer Verbindung zu mir kein Interesse hat?«, fragte sie lakonisch.

»Tut mir leid, Sopherl«, sagte er. »Das muss sehr kompromittierend für dich sein.«

»Ach, iwo«, meinte Sophie leichthin und versuchte, so zu tun, als könnte ihr Ludwigs Zurückweisung gar nichts anhaben. »Ich wär ja auch nie auf die Idee gekommen, den Ludwig zu heiraten. Er ist einfach nur ein lieber, ein sehr lieber Freund. Aber Mutter ist ja nicht zu bremsen.«

»Was man auch verstehen kann«, verteidigte ihr Bruder die Herzogin. »Du solltest schon langsam mal unter die Haube kommen.«

»Das weiß ich, und das meine ich auch nicht«, sagte Sophie. »Mir geht es eher darum, dass sie immer so furchtbar direkt ist.«

»So kennen wir sie«, erwiderte ihr Bruder grinsend.

»Da hast du recht.« Sophie seufzte. »Aber das macht die Situation auch nicht unbedingt besser.«

Eine halbe Stunde später begegnete Sophie ihrem Bruder erneut, als er gerade auf den Steg eilen wollte, wohl um, wie Sophie vermutete, über den See nach Schloss Berg zu fahren. In seiner Hand hielt er einen Brief.

Leise trat sie zu ihm. Er fuhr herum. »Sophie!«

Sie deutete auf den Umschlag. »Ein Schreiben von Mutter an Ludwig?«

Carl Theodor, offensichtlich in einem Gewissenskonflikt, zögerte.

»Gackel«, sagte Sophie. »Ich weiß es doch ohnehin. Was soll es denn sonst sein!«

Dabei sah sie ihren älteren Bruder so flehentlich an, dass er nachgab. »Also schön«, sagte Carl Theodor. »Ja, es ist ein Schreiben von Mutter an Ludwig.«

Auffordernd streckte sie die Hand aus. »Lass es mich lesen.«

»Sophie!«, sagte er. »Das geht nicht. Du kannst nicht anderer Leute Briefe lesen.«

»Wenn es in den Briefen anderer Leute um mich geht, kann ich das sehr wohl«, beharrte sie. »Um dein Gewissen zu erleichtern, Brüderlein«, setzte sie an, machte eine rasche Handbewegung und schnappte sich das Kuvert, »musst du ihn mir auch gar nicht geben. Ich hole ihn mir einfach.«

»Sophie!«, rief ihr Bruder, konnte sich ein Lachen aber nicht verkneifen. »Du bist unmöglich.«

»Ich weiß.« Sie grinste. »Und ich weiß, dass du ihn mich eigentlich lesen lassen willst, dich aber nicht traust, weil du Angst hast, dass Mutter etwas mitbekommt. Deshalb verschwinde ich jetzt im Bootshaus.«

»Aber du bringst ihn mir wieder!«, mahnte Carl. »Und zwar schnell, bevor Mutter etwas merkt.«

»Selbstredend«, versprach sie. »Sonst kriegen wir beide Ärger, und darauf haben wir beide keine Lust.«

Mit diesen Worten öffnete sie die Tür zum Bootshaus und setzte sich auf den schmalen Steg. Zum Glück war der Umschlag nicht verschlossen, sodass sie den Bogen ganz einfach herausziehen konnte. Sie sah die vertraute Handschrift ihrer Mutter und begann zu lesen.

Nach den Mittheilungen, die mein Sohn mir überbracht hat, halte ich jede weitere Erörterung für überflüssig. Ich habe zwar geglaubt, Ihr Benehmen habe zu anderen Erwartungen berechtigt, allein, nun erkenne ich zur Genüge Ihre Absichten und kann die Sache definitiv für bereinigt und abgemacht erklären. Von Fortsetzung eines Briefwechsels kann natürlich keine Rede sein.

Sophie keuchte auf und schlug sich erschrocken die Hand vor den Mund. Es war schon schmerzhaft genug, von Ludwig derart zurückgewiesen worden zu sein. Und nun sollte sie gar keinen Kontakt mehr mit ihm pflegen? Das war mehr, als sie ertragen konnte!

***

»Ich schreibe dem König trotzdem. Auch wenn Mutter mir jeden Kontakt verboten hat.« Trotzig sah Sophie ihre Hofdame Nathalie von Sternbach an.

»Glauben Sie wirklich, dass das eine gute Idee ist?«, wandte die vierzehn Jahre ältere Freiin ein. »Ihre Mutter hat Ihnen die Korrespondenz mit dem König nicht ohne Grund verboten.«

»Und was soll das für ein Grund sein?«

»Den, den sie Ihnen auch schon genannt hat: Die häufige Korrespondenz mit dem König und seine zahlreichen Besuche haben wohl bereits zu Gerüchten geführt. Wenn der König Sie dann nicht heiraten will, kompromittiert er Sie.«

»Es wird doch möglich sein, einfach nur befreundet zu sein!«, schnaubte Sophie. Dann wiederholte sie: »Ich mache da nicht mit. Ich werde weiter mit ihm korrespondieren. Und Sie werden mir helfen.«

»Und wie soll ich das tun?«, erkundigte sich die Hofdame.

»Sie werden meine Briefe an Ludwigs Flügeladjutanten Paul von Thurn und Taxis übergeben«, befahl Sophie.

Nathalie von Sternbach zögerte einen Moment, doch dann nickte sie zustimmend. »In Ordnung«, sagte sie. »Ich will Ihnen helfen – solange es bei den Briefen bleibt.«

»Versprochen«, sagte Sophie.

Der Plan ging auf: Es gelang Ludwig und Sophie tatsächlich, ihre Korrespondenz erneut aufzunehmen. Ihr Ton hatte sich nicht verändert, sie begegneten einander voller Freundlichkeit, und schnell war Wagner wieder das beherrschende Thema in ihrem Schriftverkehr.

Der Austausch mit ihrem Cousin tat Sophie gut, doch er konnte nicht das persönliche Treffen ersetzen – und sie auch nicht über die Tatsache hinwegtrösten, dass Ludwig sie zurückgewiesen hatte. Mit jedem Tag, der verging, vermisste sie ihn mehr. Und sie mussten es lange ohne einander aushalten: Den ganzen Sommer und den ganzen Herbst sahen sie sich nicht, auch Weihnachten verging, ohne dass sie einander wiedergetroffen hätten.

Sophie wurde immer trübsinniger. Es war, als wäre mit Ludwig ein Stück Glanz aus ihrem Leben gewichen. Betrübt schrieb sie ihm: *Ich fürchte, liebster Ludwig, es ist ein Abschied für immer. Ernsthaft trage ich mich mit dem Gedanken, ins Kloster zu gehen.*

Und Sophie meinte durchaus, was sie schrieb. Wenn sie sich besonders einsam fühlte, dann lag sie in ihrem Bett und betrachtete das goldgerahmte Bildchen der Mutter Gottes, das ihr die Großmutter einst geschenkt hatte und das seitdem immer über ihrem Bett hing – ob sie nun in Possenhofen war oder im Münchner Palais. Unglaublich, wie viel Kraft sie daraus zu schöpfen vermochte. Und sie fand, es wäre allemal besser, ins Kloster zu gehen, als auf immer mit einem Mann verheiratet zu sein, den sie vielleicht nicht einmal leiden mochte!

Je mehr Zeit verstrich, desto bedrückter wurde Sophie. Vor allem, weil sie ja wirklich in Ludwig verliebt war, während er sie immer und immer wieder nur seiner Freundschaft versicherte. Und selbst seine Schwärmerei für Wagner begann ihr auf die Nerven zu gehen. Nicht zum ersten Mal hatte er ihr geschrieben, dass er seinem Leben in dem Moment ein Ende setzen würde, in dem auch der wesentlich ältere Wagner dahinschied. *Du weißt, daß ich nicht viele Jahre mehr zu leben habe, daß ich diese Erde verlasse, wenn das Entsetzliche eintritt, wenn mein Stern nicht mehr strahlt, wenn er dahin ist, der treu geliebte Freund; ja, dann ist auch meine Zeit aus, denn dann, dann darf ich nicht länger leben.*

Sophie schossen die Tränen in die Augen bei diesen Worten, zumal sie wusste, dass Ludwig es wirklich ernst meinte. Der Gedanke an eine Welt ohne Ludwig aber war so schmerzhaft, dass Sophie dachte, es wäre vielleicht besser, sich doch jetzt schon ganz von ihm zu lösen und ihm nicht weiter zu schreiben. Wahrscheinlich hatte Ludovika recht, und es war das Beste für sie.

Tränenblind schrieb sie ihm, dies werde ihr letzter Brief an ihn sein und er solle ihr auch nicht mehr schreiben. Doch Ludwig hielt sich nicht daran.

Meine Liebe Sophie!
Schwer kommt es mir an, diese Zeilen an Dich zu richten, aber ich halte es für meine Pflicht, gerade jetzt Dir zu schreiben. – Schmerzlich ist es mir, sollten Wir wirklich von nun an Unseren schriftlichen Freundschaftsverkehr auf immer unterbrechen, denn (wie ich es Dir zu wieder-

holten Malen in meinen Briefen versicherte) nie wirst Du aufhören, mir theuer zu sein, zeitlebens werde ich Dir die aufrichtigen und innigen Gefühle meiner treuen Freundschaft bewahren. Oh, hege keinen Groll im Herzen, liebe Sophie, höre meine Bitte und bewahre mir ein gutes Andenken in Deinem Herzen, entziehe mir Deine Freundschaft nicht, oh, sie tut mir so wohl.

Aufschluchzend schob Sophie den Brief in ihre Schreibtischschublade.

Wahrscheinlich würde sie nie erfahren, ob auch Ludwig ihr danach nicht mehr hatte schreiben wollen, oder ob sie nur keine Briefe mehr erhielt, weil ihr heimlicher Bote aus Ludwigs privatem Umfeld entfernt worden war.

Kapitel 5

»Bist du traurig?«, fragte ihre Schwägerin Sophie sie, als sie einige Wochen später an einem kalten, spätwinterlichen Abend in Sophies Salon im Herzog-Max-Palais in der Münchner Ludwigstraße zusammensaßen. Wie jedes Jahr im Winter waren sie in die Großstadt übergesiedelt, da sich Possenhofen nicht ausreichend heizen ließ.

Sophie liebte das dreigeschossige klassizistische Palais mit seinen Wandbespannungen aus Seide und dem edlen Mobiliar, auch wenn es so ganz anders war als Possenhofen. Der Architekt Leo von Klenze hatte großen Wert auf eine erlesene Ausstattung gelegt, er hatte besonders kostbare Materialien verwendet und sich bei der Gestaltung an der antiken Mythologie orientiert. Schon als kleines Mädchen hatte Sophie staunend vor dem Fresko gestanden, das Wilhelm von Kaulbach für den für siebenhundert Gäste ausgelegten Ballsaal gemalt hatte und das *Amor und Psyche* zeigte. Auch am *Bacchuszug*, einem Relieffries, den Ludwig Schwanthaler persönlich geschaffen hatte, hatte sie sich nicht sattsehen können. Besonders hatte Sophie in Kindertagen aber den Zirkusbau geliebt, den ihr Vater 1833 auf der Rückseite des Gebäudes hatte errichten lassen. Hier traten sowohl Schauspieltruppen auf als auch Herzog Max höchstpersönlich: Wie Sophie liebte ihr Vater das Reiten, und er zeigte es auch gerne vor Publikum – stehend auf den Rücken seiner Pferde. Max musizierte auch gern, seine große Leidenschaft war die als »Lumpeninstrument« verkannte Zither. Sein ständiges Spiel auf diesem Instrument hatte ihm den Spitznamen »Zither-Maxl« eingebracht.

Inzwischen hielt Sophie sich besonders gern in der Bibliothek auf, die mit ihren fünfundzwanzigtausend Bänden genügend Lesestoff bot.

»Sophie?«, wiederholte ihre Schwägerin ihre Frage und unterbrach damit Sophies Gedanken. »Du wirkst so niedergeschlagen.«

Sophie nickte. »Ich habe Ludwig zwar mitgeteilt, dass ich keinen Kontakt mehr zu ihm haben möchte, aber nun, wo er mir tatsächlich nicht mehr schreibt, vermisse ich ihn schrecklich.«

»Vielleicht will er dir ja schreiben, hat aber keine Möglichkeit, dir seine Briefe insgeheim zukommen zu lassen.«

»Was ist mit Paul?«, fragte Sophie.

»Weißt du das denn gar nicht?«, fragte ihre Schwägerin mit großen Augen.

»Was weiß ich nicht?«

»Er hat seinen Flügeladjutanten seiner Position enthoben, Paul muss jetzt in einem Artillerieregiment dienen.«

»Was?«, sagte Sophie verwundert. »Dabei standen die beiden sich doch so nah. Allerdings«, sie runzelte die Stirn, »hat Ludwig sich in seinen letzten Briefen zunehmend unzufrieden über ihn geäußert.« Es traf sie, dass sie solch wichtige Ereignisse im Leben ihres Freundes nun nicht mehr von ihm selbst erfuhr. Schließlich hatten sie doch früher alles miteinander geteilt!

»Ich habe da etwas gehört«, informierte ihre Schwägerin sie. »Aber das mag nichts Weiteres als Klatsch und Tratsch sein.«

»Und was?«, fragte Sophie.

»Nun, offenbar hat Paul sich mit einer Sopranistin eingelassen, die kurz darauf behauptete, ein Kind von ihm zu erwarten. Das hat den König so erzürnt, dass er ihn regelrecht verstieß. Paul soll es deshalb sehr schlecht gehen.«

»Woher weißt du das?«, hakte Sophie nach.

»Carl Theodor hat es mir erzählt. Und der weiß es von Nené, und die …«

Sophie nickte rasch. Ihre älteste Schwester war schließlich mit Pauls Bruder verheiratet, da war es kein Rätsel mehr, woher die Schwägerin das wusste.

Während sie noch darüber nachgrübelte, warum Ludwig von der Affäre seines Flügeladjutanten derart gekränkt sein mochte, sagte ihre Schwägerin: »Ich nehme aber an, beim Hofball wirst du Ludwig wiedersehen? Dann kannst du ihn ja direkt darauf ansprechen.«

Sophie schluckte und nickte. Obgleich Ludwig das Bad in der Menge hasste, würde er natürlich beim Hofball anwesend sein. Sie war sich aber ganz und gar nicht sicher, ob sie sich auf das Wiedersehen freute. Zu viel Gesagtes und Ungesagtes stand zwischen ihnen, zu verunsichert war sie. Und sie hatte Angst, dass sie bei diesem erneuten Zusammentreffen nur noch stärker verletzt werden würde.

Ihre Schwägerin schien ihre Gefühle zu erahnen. »Jedenfalls wird er hingerissen sein, wenn er dich erblickt. Mit deinen großen blauen Augen und dem langen hellblonden Haar wirst du die schönste Frau auf dem Fest sein.«

Sophie lächelte nur knapp. Sie bezweifelte, dass Ludwig das überhaupt bemerken würde!

Als sie den Festsaalbau der Münchner Residenz betraten, herrschte schon erwartungsvolles Gedränge, und es dauerte eine ganze Weile, bis sie Ludwig entdeckte. Doch als sie ihn dann sah, klopfte ihr Herz so heftig, dass es sie, obwohl sie sich über ihre Gefühle für ihn ja im Klaren war, selbst überraschte. Er sah aber auch wirklich prachtvoll aus in seiner Uniform eines Chevauxlegers-Obersten. Und das empfand nicht nur sie so: Wo immer er sich befand, war auch immer eine Traube von Damen um ihn, die ihn regelrecht anhimmelten, was Sophie irritierte. Bisher hatte er sie noch nicht entdeckt, doch dann hob er den Blick, sah sie einen Augenblick an, lächelte. Zaghaft lächelte sie zurück, glaubend und hoffend, dass er zu ihr herüberkäme, doch er kam nicht, sondern wandte sich wieder dem Gespräch mit den ihn umgebenden Damen zu. Sie spürte leisen Ärger in sich aufsteigen. Was ist das nur für ein kindisches Benehmen, schalt sie sich selbst. Du tust, als hättest du ein exklusives Anrecht auf ihn.

Dennoch konnte sie ihre Blicke nicht von ihm lösen, als er mit Gräfin des Méloizes, der Gemahlin des französischen Gesandten, den Ball eröffnete und dann der Reihe nach mit den übrigen Damen des diplomatischen Korps und den höchstgestellten Damen des hoffähigen Adels tanzte.

Sophie selbst blieb nicht lang allein. Auch sie tanzte mit einem hochgestellten Mann nach dem anderen, doch immer wieder wanderten ihre Augen zu Ludwig, wurden regelrecht magisch von ihm angezogen.

Und dann, es war schon nach Mitternacht, stand er plötzlich vor ihr und lächelte sie auf diese ganz eigene Weise an. »Sophie«, sagte er. »Darf ich bitten? Oder kratzt mir deine Mutter dann die Augen aus?«

»Sicher nicht in aller Öffentlichkeit«, sagte sie, während sie sich fragte, ob Ludwig sie deshalb den ganzen Abend kaum beachtet hatte – aus Angst vor ihrer Mutter?

»Es ist so schön, dich wieder nahe bei mir zu haben, Sophie«, sagte er, als sie sich auf dem Parkett drehten. »So schön und so vertraut.«

»Ja«, brachte sie heraus. »Das finde ich auch.« Es fühlte sich gut an. Und so richtig.

»Ich kann dich nicht wieder entschwinden lassen, Sophie«, raunte er. »Ich kann es einfach nicht. Ich muss dich wiedersehen.«

Sie spürte ihren Herzschlag in der Kehle. Wie gut er roch!

»In zwei Tagen«, sagte er, »beim Ball im Hotel Bayerischer Hof, da kommst du auch?«

»Ja«, flüsterte sie. »Da komme ich auch.«

»Wirst du dann wieder mit mir tanzen?«

»Wenn du geruhst, mich um einen Tanz zu bitten?«

»Ich bewerbe mich schon jetzt. Und der König hat schließlich immer Vorrang.«

Kapitel 6

Zwei Tage später war Sophie vor dem Hofball noch aufgeregter. Sie hatte ein flaues Gefühl im Magen, als sie das Herzog-Max-Palais verließen, um in die Kutsche zu steigen, die sie die kurze Strecke bis zum Bayerischen Hof bringen sollte. Auch diesmal war er schon vor ihr da, doch diesmal beachtete er sie sofort. Er eilte auf sie zu, kaum dass sie den Saal betreten hatte – es schien gar, als habe er auf sie gewartet. Ludwig küsste Sophie die Hand, bat sie um den ersten Tanz und erklärte, nur äußerst widerwillig tanze er auch noch mit anderen Damen. Im Lauf des Abends forderte er sie öfter auf, als es schicklich war.

»Jetzt wird das Gerede aber erst recht losgehen«, vermutete Sophie, als sie wieder einmal in seinen Armen über das Parkett schwebte.

»Und die Frau Mama wird zornig sein«, stellte Ludwig fest. »Aber diesmal nicht, dafür werde ich sorgen.«

»Was meinst du?« Verwirrt sah sie ihn an.

Doch er lächelte nur geheimnisvoll. »Warte es ab.«

Sophie sollte nicht allzu lange auf die Folter gespannt werden. Gleich am nächsten Morgen, früh um acht Uhr – Sophie war noch nicht einmal aufgestanden, sondern gerade dabei, ihre morgendliche Tasse Tee zu sich zu nehmen –, kam Nathalie mit einem Brief in ihr Zimmer geeilt. »Seine Majestät war trotz des langen gestrigen Abends offenbar nicht zu müde, Ihnen noch zu schreiben.«

»Offenbar«, bestätigte Sophie strahlend. »Oder gleich heute Morgen. Es ist ja noch unglaublich früh.« Mit fliegenden Fingern riss sie das Kuvert auf und hätte angesichts der vertrauten Schrift am liebsten laut gejubelt. Ein Gefühl, das sich mit jeder Zeile verstärkte. Sie konnte kaum glauben, was sie da las.

Meine geliebte Sophie! Die Knospe, die unbewusst (als Freundschaft) in meiner Seele keimte, ist aufgegangen, ist Liebe zu dir, meine theure Sophie, innige, aufrichtige, ungeteilte Liebe. Was ich damals, als ich noch kaum das Knabenalter verlassen hatte, als Kronprinz zu dir sprach (dir andeutete), wiederhole ich nun klar als Mann und König: Ich liebe Dich und schwöre Dir Treue. Willst Du meine Gattin werden? Genossin meines Throns? Königin von Bayern? Ich glaube fest und sicher: Wir werden miteinander glücklich werden.

Sophie schluchzte laut auf vor Glück. Ihr Herz raste. Es war ihm also ebenso ergangen wie ihr.

»Was ist denn geschehen?«, fragte ihre Hofdame besorgt und legte anteilnehmend eine Hand auf die von Sophie.

»Oh«, sagte sie und sah ihre Vertraute glücklich an, »Sie werden es nicht glauben! Der König hat um meine Hand angehalten!«

»Ich gratuliere Ihnen von ganzem Herzen!«, rief Nathalie von Sternbach. »Es steht Ihnen ins Gesicht geschrieben, wie glücklich Sie sind.«

»Das bin ich in der Tat«, jubelte Sophie und schlug die Decke zurück. Nun hielt sie nichts mehr in ihrem Bett. »Und aufgeregt. Furchtbar aufgeregt, um genau zu sein. Ich muss sogleich Mutter davon unterrichten.«

Sie sprang aus dem Bett, schlüpfte in ihren Morgenmantel und eilte zur Tür.

»Wollen Sie sich nicht zunächst ankleiden?«, wandte Nathalie von Sternbach ein. »Und den normalen Weg abwarten? Zumal Ihre Mutter die Dinge mit ihrer Art vielleicht etwas …«

Doch Sophie war bereits in ihre seidenen Pantoffeln geschlüpft und eilte zum Appartement ihrer Mutter im ersten Obergeschoss, wo sie Ludovika in bester Stimmung beim morgendlichen Tee antraf. Sophie sah, dass ihre Mutter einen ebensolchen Brief in der Hand hielt, wie sie ihn erhalten hatte.

»Ludwig hat doch um deine Hand angehalten!«, rief sie ihrer Tochter strahlend entgegen. »O Kind, ich wusste, dass er der Richtige für dich ist.«

»Deswegen bin ich hier«, erklärte Sophie. »Ich habe ebenfalls einen Brief von ihm bekommen.«

»Und deinem Gesichtsausdruck nach zu urteilen hast du nichts gegen diese Verbindung einzuwenden?«

Dankbar sah Sophie ihre Mutter an. Sie wusste es sehr zu schätzen, dass sie auf die Gefühle und Wünsche ihrer Kinder Rücksicht nahm.

Jetzt nickte sie ihrer Mutter lächelnd zu und sagte: »Lassen wir ihn nicht zu lange warten. Teilen wir ihm unsere positive Entscheidung sogleich mit.«

»Die Königsmutter Marie schlägt vor, dass wir es gleich heute Abend offiziell machen«, sagte eine beglückte Ludovika wenig später zu ihrer Tochter, nachdem unzählige Briefe zwischen dem Herzog-Max-Palais und der Residenz hin- und hergegangen waren.

»Heute Abend schon?« Sophie sah sie überrascht an.

»Spricht etwas dagegen?«, erkundigte sich ihre Mutter stirnrunzelnd. »Aus meiner Sicht kann es nicht schnell genug gehen.«

»Nein, es spricht natürlich nichts dagegen«, sagte Sophie rasch. »Was hat sie sich ausgedacht?«

»Heute Abend besucht der König eine Vorstellung im Hoftheater. Wir werden ebenfalls hingehen. Und dann wird deine künftige Schwiegermutter dich in die königliche Loge bitten.«

Sophie nickte aufgeregt. »Das ist eine gute Idee.«

Ihre Mutter lächelte zufrieden, beugte sich vor und gab ihrer Tochter einen Kuss auf die Wange. »Bald bist du Königin von Bayern.«

***

Die Menge begann zu jubeln, als die Königinmutter Sophie am Abend bei der Theateraufführung wie verabredet in ihre Loge bat und sie neben Ludwig Platz nahm, der ihr ein liebevolles Lächeln schenkte. »Sie jubeln der künftigen Königin Bayerns zu«, flüsterte er.

»Und deiner Frau.«

»Und meiner Frau«, gab er zurück, und sie bemerkte mit einer leisen Verunsicherung, vielleicht auch Enttäuschung, dass er dabei wenig euphorisch, vielleicht sogar etwas gequält klang. Aber das konnte doch nicht sein! Schließlich war er es gewesen, der um ihre Hand angehalten und ihr einen glühenden Liebesbrief geschrieben hatte! Für einen Moment befürchtete Sophie, Ludovika habe, nachdem er am Hofball so innig mit ihr getanzt hatte, vielleicht Druck auf ihn ausgeübt, und er hätte sich gebeugt, doch das passte nicht zu ihm. Außerdem hätte er ihr davon sicherlich geschrieben. Schließlich vertrauten sie einander alles an.

Als habe er ihre Gedanken gelesen, lehnte er sich in diesem Moment zu ihr herüber und flüsterte: »Ich habe die ganze Nacht kein Auge zugetan, meine liebste, teuerste Sophie. Und gleich heute Morgen hielt mich nichts mehr in meinem Bett, und ich musste zu meiner Mutter eilen, um ihr alles zu berichten. Dass ich in Liebe zu dir entbrannt bin und um deine Hand anhalten möchte. Und dann habe ich schon die Briefe geschrieben – an deine Frau Mama und an dich, mein treues, liebes Herz.«

Erleichtert atmete Sophie aus. Das klang schon sehr viel besser. Ja, sie würden doch aus Liebe heiraten. Das Schicksal ihrer Eltern und ihrer Schwestern würde sich bei ihr nicht wiederholen!

***

»Du stehst in jeder Zeitung«, sagte Carl Theodors Gattin Sophie am Tag nach der Bekanntgabe der Verlobung und überreichte ihrer Schwägerin und Namensschwester einen ganzen Stapel Zeitungen. Neugierig schlug Sophie das zuoberst liegende Exemplar des *Wiener Fremdenblatts* vom 25. Januar 1867 auf.

Der elektrische Draht hat vollauf zu thun, Privatmittheilungen im ganzen Lande zu verbreiten, las sie. *Wo man geht und steht, aller Zungen wissen nur von der Verlobung des Königs zu sprechen.*

»Der *König* ist in aller Munde«, meinte Sophie lachend. »Ich ja wohl weniger.«

Doch ihre Schwägerin hörte ihr gar nicht richtig zu. »Und hier«, sagte sie und zog eine weitere Zeitung hervor. »*Der*

Puck schreibt: *Man sagt, große Ereignisse werfen ihre Schatten voraus. – Das wichtigste Ereigniß der abgelaufenen Woche hat gezeigt, daß dieses Gesetz durchaus keine universelle Gültigkeit habe.*«

»Wie meinen sie das?«, fragte Sophie.

»Nun, wohl, dass die Verlobung sehr überraschend kam.«

»In der Tat, so ist es«, murmelte Sophie.

»Hast du eine Idee, was seinen plötzlichen Umschwung bewirkt haben könnte?«

»Ich denke«, sagte Sophie, »oder besser: ich *hoffe,* dass es ihm so ging wie mir: Dass wir uns längere Zeit nicht gesehen haben, hat uns erst gezeigt, was wir aneinander haben. Und wie wichtig wir uns sind.«

Kapitel 7

Gleich am Tag nach ihrer Verlobung vereinbarte die engagierte Brautmutter Ludovika einen Termin für ihre Jüngste im Atelier des berühmten Fotografen Franz Hanfstaengl in der Münchner Maximilianstraße. Schließlich werde, so hatte sie erklärt, Sophie als Bayerische Königin bald schon Münzen, Medaillen und sogar Geschirr zieren. Man hatte sich an jenem Morgen viel Mühe mit ihrem Äußeren gegeben, und als Sophie sich in Begleitung ihrer Mutter auf den Weg zum Atelier machte, war sie in ein üppiges Kleid aus weißer Seide gehüllt und trug ihr sommerblondes Haar in aufgesteckten Zöpfen. Ihre blauen Augen strahlten erwartungsfroh. Es war, fand die junge Braut, alles so ungemein aufregend! Und auf den Termin bei Herrn Hanfstaengl freute Sophie sich sehr. Sie fühlte sich bei ihm gut aufgehoben, und das nicht nur, weil er ein alter Freund ihres Vaters war, sondern auch, weil er sein Handwerk auf das Beste verstand.

Es gab eine ausgesprochen gelungene Lithografie von Hanfstaengl, die Herzog Max mit seiner Zither zeigte. Auch das zauberhafte Porträt von Sisi anlässlich ihrer Verlobung mit dem Kaiser von Österreich hatte er seinerzeit gezeichnet. Und als

Sophies Schwester Marie König Franz von Neapel-Sizilien heiraten musste, hatte er trotz des traurigen Anlasses eine wunderschöne Fotografie ihrer Schwester gefertigt. Auch Franz Hanfstaengls Sohn Ernst, der seit einigen Jahren im Atelier seines Vaters arbeitete und, wie Sophie fand, ebenfalls ausgesprochen begabt war, war ihr schon einmal begegnet. Ja, die beiden würden sie, da war sie sich sicher, ideal in Szene setzen.

Kaum hatte sie das Fotogeschäft betreten, eilte Ladeninhaber Hanfstaengl bereits auf sie zu. »Eure Königlichen Hoheiten!«

Er bedachte erst die wie immer gestreng wirkende Ludovika und dann auch Sophie mit einem Handkuss. Auch sein Sohn Ernst machte seine Aufwartung, doch Sophies Blick flog immer wieder zu dem dritten Mann, der ebenfalls bereitstand, um sie zu empfangen. Er war sehr groß, wirkte selbstbewusst und trug sein etwas zu langes und sehr dichtes helles Haar nach hinten gekämmt.

Das ist der schönste Mensch, den ich je gesehen habe, fuhr es ihr durch den Kopf. Gleich darauf verbot sie sich diesen Gedanken mit aller Entschiedenheit. Zum einen passte »Schönsein« nicht zu einem Mann. Vor allem jedoch war sie verlobt. Und verliebt! In Ludwig! Wie kam sie also dazu, dem großen Schönen immer wieder solche Blicke zuzuwerfen? Zumal er diese zu Sophies großer Verlegenheit auch noch bemerkte und sie mit einem betörenden, wenn auch zurückhaltenden Lächeln erwiderte.

Und dann stellte er sich endlich vor.

Zunächst begrüßte er die stets wachsame Ludovika, die ob des Blickwechsels zwischen ihrer Tochter und dem Fotografensohn etwas konsterniert wirkte, mit einem Handkuss, um dann Sophie mit einem ebensolchen zu bedenken. »Gestatten? Edgar Hanfstaengl. Sohn und Prokurist des Hauses.«

Bei der Berührung seiner Hand und der unglaublichen Nähe seiner Lippen war Sophie für einen Moment, als müsste sie in Ohnmacht fallen, so intensiv war das Gefühl. Reiß dich zusammen, befahl sie sich und richtete all ihre Aufmerksamkeit auf den Fotografen.

Zu ihrer großen Erleichterung belegte Franz Hanfstaengl sie sofort mit Beschlag und gab ihr genaue Anweisungen, was sie tun sollte, sodass sie hoffte, man werde ihr ihre Überforderung – oder vielmehr Irritation – nicht anmerken. Sie drehte und wendete sich, posierte, wie Hanfstaengl es wünschte, und ließ sich sogar ihr knielanges, welliges Haar öffnen. Dabei war sie sich jedoch immer der überwältigenden Nähe Edgars bewusst. Aber ebenso bewusst war sie sich, dass er für sie unerreichbar war. Und sie für ihn. Und sie schämte sich ihrer Gefühle. War sie denn noch ganz normal? Schließlich war ihr Herz doch in Liebe für Ludwig entbrannt! Oder konnte man so etwas Tiefes für zwei Männer zugleich empfinden?

»Sophie, du hast dich wirklich ungehörig benommen!«, schalt ihre Mutter, als sie das Atelier Stunden später wieder verließen. »Wie konntest du Herrn Hanfstaengls Sohn derart anstarren. Du bist die künftige Königin von Bayern!«

»Ich habe ihn nicht angestarrt«, erwiderte Sophie schwach.

»Das hast du sehr wohl«, beharrte ihre Mutter. »Das war äußerst ungehörig, Sophie.«

Sie schluckte, denn sie wusste, dass Ludovika recht hatte und dass es dem armen Ludwig gegenüber unrecht war. Sophie beschloss, sich jeden Gedanken an Edgar Hanfstaengl sofort aus dem Kopf zu schlagen.

»Der König erwartet Sie bereits«, informierte sie ein livrierter Hausdiener, als sie kurz darauf am Herzog-Max-Palais eintrafen. Sofort begann Sophies Herz wie wild zu klopfen, und ihr schlechtes Gewissen schnürte ihr die Kehle zu. Zumal ihre Mutter sie schon wieder so strafend ansah! Sie würde, beschloss Sophie, besonders freundlich zu Ludwig sein und das Atelier Hanfstaengl nie wieder betreten. Und nie mehr auch nur einen Gedanken an den großen, schönen Edgar verschwenden!

»Ludwig!«, sagte sie, als sie kurz darauf, gefolgt von Nathalie von Sternbach, den Salon betrat. Sie eilte auf ihren Verlobten zu und sprudelte hervor: »Stell dir vor, Ludwig, ich habe Verlobungsfotos machen lassen. Sie sind bestimmt wundervoll geworden. In großen Schritten geht es nun unserer Hochzeit entgegen. O Ludwig, ich bin so aufgeregt.«

Doch er erwiderte ihr Lächeln nicht, sondern deutete nur anklagend auf eine Zeitung, die auf dem Tisch lag.

»Ja«, sagte Sophie, über den Ärger ihres Verlobten verwundert und auch etwas konsterniert. »Die Zeitungen berichten. Natürlich tun sie das.«

»Natürlich tun sie das«, bestätigte Ludwig finster. »Aber es geht darum, *wie* sie berichten.«

Sophie überflog den Artikel.

Die Verlobung hätte noch eine gute Weile ausstehen können, wenn sie überhaupt je zu Stande gekommen wäre. Da half die alte Herzogin Ludovica nach, und so fand sie auch hier sehr bald die Mittel und Wege, den jungen König zu einer bestimmten Aeußerung zu veranlassen.

»Sie macht mich vor dem ganzen Land zum Idioten!«, schnaubte Ludwig. »Als wäre ich nicht fähig, meine eigenen Entscheidungen zu treffen, und stünde unter der Fuchtel meiner künftigen Schwiegermutter.«

»Wir beide wissen, dass es nicht so ist, und das ist doch das Wichtigste«, sagte Sophie sanft, um ihren Verlobten zu beruhigen.

»Nein, das ist nicht das Wichtigste«, fuhr Ludwig sie an und stürmte wieder hinaus. Ohne sich von ihr zu verabschieden.

Sophie schluckte. Dann sah sie ihre Hofdame an und bemerkte, dass auch Nathalie von Ludwigs Auftritt regelrecht erschüttert war. »Was ist nur in ihn gefahren?«

***

»Mir geht es recht schlecht«, klagte Ludwig, als sie am nächsten Morgen um fünf Uhr früh Seite an Seite am Staatsbahnhof standen, wo der Zug von Sisi, die sich auf dem Weg in die Schweiz befand, kurz haltmachte. Natürlich wollten sich weder Ludwig noch Sophie die Gelegenheit entgehen lassen, sie zu sehen. Auch Ludovika, Max, Carl Theodor und dessen Gattin Sophie waren selbstredend zum Bahnhof geeilt, ebenso Mapperl, der seit diesem Jahr im 3. Chevauxlegers-Regiment »Herzog Karl Theodor« seinen Dienst versah. Heute hatte er freibekommen, um seine große Schwester treffen zu können.

»Ich habe seit gestern einen Katarrh, und bei dieser Kälte wird er sicher nicht besser«, fuhr Ludwig fort.

Sophie fühlte Erleichterung in sich aufsteigen. Das also war der Grund für seine schlechte Stimmung am Vortag gewesen. Es war ihm nicht wohl gewesen, und er hatte nicht klagen wollen. Obwohl sie wusste, dass es unmöglich war, hatte sie in der

Nacht schlecht geschlafen und immer wieder überlegt, ob er irgendwie von den Blicken zwischen ihr und dem Fotografen erfahren und sich deshalb so benommen hatte.

»Mein Ärmster«, sagte sie nun liebevoll. »Es wird auch nicht lang dauern, die Sisi muss ja gleich weiter. Oder magst lieber doch schon wieder heimgehen? Ich sag der Sisi schon, dass dir nicht wohl ist. Das wird sie verstehen. Sie ist ja selbst gar zu oft gesundheitlich angegriffen.«

Er schenkte ihr ein schiefes Lächeln, seufzte dann und erklärte: »Bin doch kein Schwächling. Außerdem: Der Kaiserin von Österreich gebührt die Ehre, durch den bayerischen König begrüßt zu werden, wenn sie durch München reist. Und du weißt, wie sehr ich die Sisi bewundere.«

Ja, das weiß ich, dachte Sophie. Und nicht zum ersten Mal überlegte sie, wie ähnlich die beiden sich in gewisser Weise waren. Wie Sisi war auch Ludwig eher menschenscheu. Und wie ihr war auch ihm das offizielle Hofprotokoll verhasst. Es versetzte ihr jedoch einen kleinen Stich, dass Ludwig so sehr betonte, dass es der König war, der hier zur Kaiserin kam. Und nicht der künftige Schwager zur Schwägerin.

Da fuhr der kaiserliche Zug schon in den Staatsbahnhof ein, und da der Aufenthalt wirklich nur sehr kurz war und Sisi ihre Privatsphäre schätzte, betraten die beiden frisch Verlobten hintereinander den Zug. Gleich darauf lag Sophie in den Armen ihrer wie immer wunderschön anzusehenden und tadellos gekleideten und frisierten großen Schwester. »Ach, Sopherl«, sagte Sisi und strich ihr wieder und wieder über das Haar. »Was sind das für wundervolle Nachrichten. Du und der Ludwig. Ich freu mich so für dich.«

Sophie wusste, dass Sisi hinsichtlich der Heiratskandidaten für ihre kleine Schwester in engem Austausch mit ihrer Mutter stand und durchaus nicht jeden Vorschlag goutierte. Dann endlich bedachte Sisi auch den ungeduldigen Ludwig mit ihrer Aufmerksamkeit. Der ergriff ihre Hand und bedeckte sie mit Küssen, wie er das stets tat, wenn er ihr begegnete.

Mit einem Mal erinnerte sich Sophie an einen Vorfall vor einigen Jahren. Auch damals hatte Ludwig Sisi so eifrig die Hand geküsst, dass Sophie ihre Schwester später verspottet und gefragt hatte, ob die Hand noch dran sei bei den ganzen Küssen.

Dann wandte sich Sisi dem Rest der Familie zu. Sie hatte kaum alle begrüßt, da ertönte eine Stimme von der Tür her. »Verzeiht, Eure Kaiserliche Hoheit, aber der Zug muss sich nun wieder in Bewegung setzen.« Ein Diener hatte die undankbare Aufgabe, das Familientreffen abzukürzen.

Für einen Moment fürchtete Sophie, Ludwig werde eine Szene machen, denn er ging nicht immer gut mit der Dienerschaft um, doch da sagte Sisi bereits: »Es tut mir leid, dass unser Treffen so kurz war. Aber wenigstens haben wir uns überhaupt gesehen. Und spätestens zur Hochzeit treffen wir uns ja dann wieder.«

Sie winkten dem Zug noch nach, und als er hinter dem Horizont verschwunden war, blickte Ludwig, der Sisi gegenüber der strahlende Charmeur gewesen war und nicht hatte erkennen lassen, dass er sich unwohl fühlte, mit einem Mal wieder ganz leidend drein. »Der Katarrh hat mich bös erwischt«, erklärte er und legte sich den Handrücken an die Stirn. »Ich muss schnell heim, ins Bett.« Damit ließ er Sophie, ihre Eltern, ihre Brüder und ihre Schwägerin einfach stehen.

Vom Bahnsteig aus blickte Sophie ihm hilflos nach. Aus dem Augenwinkel bemerkte sie, dass Carl Theodor und seine Frau einen empörten Blick wechselten. Unwillkürlich erschauderte Sophie, die plötzlich von einer großen Unruhe überfallen wurde. Seit Ludwig ihr den Antrag gemacht hatte, war der gute Freund aus Kindertagen manchmal so kalt und abweisend, wie sie ihn noch nie erlebt hatte. Und dann war er wieder ganz liebevoll und zärtlich, in Liebe entbrannt. Beklommen fragte sich Sophie, ob diese Zärtlichkeitsausbrüche nur daher rührten, dass er sein abweisendes Verhalten wiedergutmachen wollte? So, wie sie ja nach der Begegnung mit Edgar Hanfstaengl auch besonders überschwänglich zu Ludwig gewesen war?

»Kommst du, Sophie?«, drang Ludovikas Stimme in ihr Bewusstsein.

Erschrocken blickte Sophie auf. Alle anderen waren bereits in die Kutsche gestiegen.

Sie seufzte leise. »Ja, ich komme«, sagte sie.

Der Brief, den sie am Mittag von ihrem Verlobten erhielt, begann mit einem Kompliment, das den Eindruck vermittelte, er sei ihr doch in aller Zärtlichkeit zugetan. Ludwig schrieb, er könne es kaum erwarten, bis sie endlich Königin sei, sei sie doch *wie ein Engel, eine Blume, geistreich und schön.* Doch als Sophie weiterlas, wurde sie plötzlich mit einem derartigen Hass konfrontiert, dass es ihr schwerfiel, die Lektüre nicht sofort zu beenden. Allerdings richtete sich dieser Hass nicht gegen sie, sondern gegen seinen Onkel Otto, den einstigen König von Griechenland, und seine Tante Amalie. Die beiden planten nämlich, ihn in München zu besuchen, eine Vorstellung, die dem König ganz und gar nicht gefiel. *Das Entsetzliche naht,* teilte er ihr mit. *Der harthörige, ganz vernagelte König und seine plumpe, sich in Alles mischende dicke Nudel, die Königin. Ein solches vierschrötiges, tratschendes Wesen wie jene bausbackige, unförmige griechische Majestät gibt es kein zweites Mal.*

Sophie schluckte. Ludwig war gewiss kein Menschenfreund, das hatte sie eigentlich immer gewusst. Oder besser gesagt: Es gab Menschen, die er regelrecht vergötterte, so wie Wagner. Aber die meisten, die mochte er nicht wirklich leiden. Früher, als sie noch Kinder gewesen waren, hatte Sophie darüber gelacht, und gelegentlich waren sie gemeinsam über Diener und Bedienstete hergezogen. Es war ein Spiel gewesen. Jetzt bemerkte Sophie, dass bei Ludwig bitterer Ernst dahintersteckte. Sie schauderte.

Kapitel 8

Ludovika hatte schlechte Laune, wie jeden Samstag. Denn samstagabends fand die Artusrunde ihres Gemahls statt, die sie so gar nicht leiden mochte. Der Herzog ließ die Mitglieder dieser Runde stets mit der Kutsche abholen und entführte seine Gäste dann mit beleuchteten Fotografien in ferne Länder. Im Gegensatz zu ihrer Mutter fand Sophie diese Runden, wenn all die feinen und wichtigen Herren ihr Haus betraten, stets ausgesprochen spannend. Natürlich war es ihr verboten, daran teilzunehmen, aber als sie noch ein kleines Mädchen gewesen war, hatte sie, gemeinsam mit ihren Geschwistern, oft heimlich die goldenen Flügeltüren zum grünen Salon im Erdgeschoss einen Spalt geöffnet und gelauscht. Sie liebte es, ihren Vater von seinen Reisen in die Ferne berichten zu hören. Sie mochte auch den Moment, wenn er dann zur Zither griff, und sie lauschte interessiert, wenn die Männer sich über die Politik, die neueste Literatur oder Musik unterhielten oder auch volkstümliche Lieder zum Besten gaben. Einzig der Zigarrenrauch, der die Luft ganz blau färbte, störte Sophie ebenso wie die Tatsache, dass die Herren immer lauter wurden, je länger die Runde andauerte und je mehr Bier sie zu sich nahmen. Einmal war sie zu später Stunde einem angetrunkenen Mitglied der Artusrunde im Foyer begegnet und hatte sich ein wenig gefürchtet.

»Du wirkst dieser Tage sehr bedrückt«, sagte Ludovika nun in Sophies Gedanken hinein, während sie gemeinsam ihren Nachmittagstee einnahmen.

»Ich bin auch bedrückt, Mutter«, gestand Sophie.

Wachsam sah ihre Mutter sie an. »Und was ist es, das dich derart quält?«

»Ach, es ist nur, wie abfällig Ludwig über die Menschen spricht.«

Ludovikas Blick wurde noch ein wenig wachsamer. Sie stellte ihre Teetasse ab und beugte sich vor. »Welche Menschen genau?«

»Nun, eigentlich alle Menschen«, murmelte Sophie. »Aber in diesem Fall trifft es seinen Onkel und seine Tante. Er war schon vor ihrer Anreise alles andere als begeistert und schrieb mir regelrechte Beleidigungen, vor allem gegen seine Tante. Und nun, wo sie tatsächlich da sind, ist es noch viel schlimmer geworden.«

»Das ehemalige griechische Königspaar?«, vergewisserte sich ihre Mutter. »Aber wie ich von Königsmutter Marie weiß, nehmen sie sehr großen Anteil an eurer Verlobung.«

»Und ebendas scheint Ludwig zu stören«, sagte Sophie. »Hör dir das mal an.« Sie faltete den Bogen auseinander und las vor: *Das verfluchte Lumpenvieh, das Griechenweib, o welch eine Lust, sie abzustechen wie ein Huhn.*

»Das ist empörend!«, rief Ludovika. »Empörend, respektlos und ungezogen. Ich werde mit Marie, der Königsmutter, sprechen.«

»Nein, bitte nicht, das macht es alles nur noch schlimmer«,

wehrte Sophie ab. »Ludwig hasst Einmischungen aller Art. Und er ist kein kleiner Junge mehr, der von seiner Mutter ermahnt werden kann.«

Ludovika nickte. »Da hast du natürlich recht. Und schreibt er auch, womit seine Tante derart seinen Zorn auf sich gezogen hat?«

»Ja.« Sophie las vor: *So weit hat es jene, wie ich sicher glaube, durch ihr Getratsch gebracht, dass man sich in der Stadt erzählt, ich liebte Dich nicht. O Welt, O Menschen!*

Ludovika lachte auf, es klang etwas gekünstelt. »Also, das ist ja nun wirklich Unsinn.«

Traurig sah Sophie sie an. »Und wenn es doch kein Unsinn ist? Ich glaube manchmal auch, dass er mich nicht liebt«, stieß sie hervor.

»Aber Kind, wie kommst du denn darauf!« Ludovika beugte sich über den Tisch und legte ihre Hände auf die ihrer Tochter. »Wenn der Ludwig dich nicht lieben würde, dann hätte er doch nicht um deine Hand angehalten! Du weißt, dass er niemals heiraten wollte, das hat er oft genug gesagt.«

»Und er weiß genau, dass er es eines Tages tun muss, dass man von ihm einen Thronfolger erwartet. Was, wenn ich einfach das kleinste Übel war?«, stieß Sophie hervor. »Seit wir verlobt sind, ist er so anders.«

»Inwiefern?«

»Nun, manchmal ist er immer noch so lustig wie dereinst, als wir noch Kinder waren. Und manchmal schreibt er auch gar liebevoll und zärtlich. Dann aber wieder weicht er mir aus, zieht sich zurück. Was, Mutter, wenn er schon längst bereut, dass er überhaupt um meine Hand angehalten hat?«

»Das tut er nicht, Kind, da bin ich sicher«, sagte Ludovika.

Sophie aber beobachtete, dass sich ihre Augen leicht verengten, wie immer, wenn Ludovika über etwas nachdachte oder ihr etwas nicht geheuer war. So sicher, wie sie tat, war ihre Mutter also doch nicht.

***

Noch am Abend bekam Sophie die Antwort auf ihre quälende Frage – in Form eines neuerlichen Briefes von Ludwig. Offenbar hatte Ludovika doch mit Ludwigs Mutter Marie gesprochen, und Sophie verspürte leisen Ärger über diese Einmischung. Doch als sie die Zeilen las, die Ludwig ihr schrieb, war sie ihrer Mutter dann doch dankbar. *Aber liebe Sophie, zweifelst Du an meiner innigen Liebe zu Dir, das thut mir leid, wirklich von Herzen leid. Ich hoffe, die Sache beruht nur auf einem Mißverständnis von Seiten Deiner Mutter.*

Mit einem leisen Lächeln auf den Lippen faltete sie das Papier wieder zusammen und schob es ins Kuvert. Zu ihrer großen Freude hatte er sie in diesem Schreiben auch bei ihrem richtigen Namen und nicht Elsa genannt, wie er das in den meisten Briefen seit ihrer Verlobung getan hatte. Sie wusste, dass dies in Anlehnung an Elsa von Brabant in Wagners Oper »Lohengrin« geschah, nur irritierenderweise unterzeichnete er nicht mit Lohengrin, Elsas Verehrer, wie es bei diesem Vergleich zu erwarten gewesen wäre, sondern mit Heinrich. Damit setzte er sich mit dem deutschen König Heinrich der Vogler gleich. Und der war in Wagners Oper keineswegs eine romantische Figur, sondern eher ein neutraler Richter. Noch so eine von Ludwigs Merkwürdigkeiten, aber immerhin: Jetzt nannte er sie Sophie, versicherte sie seiner Liebe, und dabei ließ er es nicht bewenden. Am nächsten Tag erhielt Sophie einen weiteren Brief von ihm, in dem er die Vermutung anstellte, dass an all diesen Missverständnissen *nur dieses ewige Einmischen und*

Schwätzen unserer Mütter schuld sei. *Wie lästig und unangenehm, doch weg damit, die Hauptsache ist, Wir lieben uns wahrhaft und innig und diese Liebe ist in unseren Herzen gewurzelt. Nun gute Nacht. Hoffentlich schläfst Du besser, als Du vermuthest.*

In der Tat vermochten Ludwigs Worte sie zu beruhigen. Was ihr auch umso wichtiger war, als am morgigen Tag ihr offizielles Verlobungsfoto angefertigt werden sollte. Wie schwierig wäre es gewesen, hätte sie mit all ihren Zweifeln vor die Kamera treten müssen. Zu ihrer Erleichterung würde die Aufnahme allerdings nicht bei Hanfstaengl gemacht werden, sondern selbstredend beim Königlich Bayerischen Hof-Fotografen Joseph Albert in der Brienner Straße.

An diesem Abend schlief Sophie mit einem Lächeln auf den Lippen ein. Aber in der Nacht, da träumte sie von Edgar Hanfstaengl.

***

»Wenn Königliche Hoheit Seine Majestät nun unterhaken würden – ja, so ist es gut«, wies Joseph Albert das junge Paar an. Sophie tat, wie ihr geheißen, Ludwig jedoch war heute wieder einmal ungeduldig und unfreundlich. »Was dauert das denn so lange!«, schnauzte er.

»Ich bedaure, Eure Majestät, die Technik braucht ihre Zeit«, stammelte der arme Fotograf, der Sophie schrecklich dauerte. Andererseits, dachte sie, wusste er ja, worauf er sich eingelassen hatte. Schließlich war dies nicht das erste Bild, das er vom König anfertigte.

Doch als Sophie die Aufnahme später zu sehen bekam, erschrak sie. So sah kein glückliches Paar aus! Während sie direkt, wenn auch etwas traurig, in die Kamera blickte, sah Ludwig über ihren Kopf hinweg irgendwo in die Ferne, als wünschte er sich weit fort von diesem Ort, und vor allem: weit fort von seiner Verlobten. Allein, Ludwig schien sich nicht daran zu stören und ließ sich lediglich zu der Aussage hinreißen: »Wunderbar. Dann haben wir das jetzt hinter uns. Ich werde das Bild all meinen Ministern schenken.«

Zärtlich lächelte er Sophie zu. Sie erwiderte sein Lächeln. Dass er das Bild seinen Ministern schenken wollte, fand sie dann doch wieder hinreißend. Es versöhnte sie ein wenig damit, dass Ludwig derart auf seine Tante geschimpft hatte und so schlecht gelaunt gewesen war, während das Foto angefertigt wurde. Ohnehin war Ludwig ausgesprochen bemüht.

Während bei Hofe die Vorbereitungen für Sophies Einzug nach der Hochzeit im Gange waren und ihr Hofstaat zusammengestellt wurde, bestand er darauf, anlässlich ihres Geburtstages am 22. Februar ein Familiendiner zu veranstalten. Fünf Tage später sollte es dann einen großen Hofball zu ihren Ehren geben. Sophie war gerührt, hatte aber auch ein wenig Angst vor dem Zusammentreffen an ihrem Geburtstag. So liebevoll und charmant Ludwig derzeit auch war, so war er doch auch unberechenbar. Was, wenn er sich danebenbenehmen und ihr den Geburtstag verderben würde? Andererseits, alle, die am Tisch sitzen würden, kannten den jungen König gut und wussten um seinen schwierigen Charakter. Und mit Sophies Bruder Carl Theodor war er sogar befreundet, selbst wenn dieser in letzter Zeit vermehrt Kritik an seinem Freund geübt hatte, vor allem wegen Ludwigs Rolle im Krieg.

»Sie machen sich zu viele Gedanken«, beruhigte Nathalie von Sternbach Sophie, als diese ihr ihren Kummer anvertraute. »Ludwig brauchte wohl ein wenig, um sich in seine neue Rolle einzufinden, aber jetzt ist er doch ausgesprochen bemüht und entfaltet einen rührenden Eifer darin, Ihnen seine Liebe zu zeigen.«

»Das stimmt«, erwiderte Sophie erleichtert. »Und es ist ja in der Tat auch nicht immer einfach, wenn sich ständig jemand einmischt.«

Nathalie sollte recht behalten. Sophies Geburtstagsfeier war so unbeschwert, wie sie das unter den gegebenen Umständen eben sein konnte, und Ludwig war rührend bemüht um die Jubilarin, seine Braut. Sophie hatte einen wundervollen Tag. Bis Ludwig sich am Ende des Festes zu ihr hinüberbeugte und begann, über den bevorstehenden Hofball zu schimpfen, auf den sie sich doch so freute. »Ein grauenhaftes Vergnügen wird das sein«, raunte er ihr zu. »Aber ein Gutes hat es doch, und nur deshalb habe ich auch zugestimmt.«

»Nämlich?«, fragte sie zurückhaltend.

»Die lästigen Glückwünsche zu unserer Verlobung können wir dann alle auf einmal entgegennehmen. Jeder, der einigermaßen hoffähig ist, wird uns zu diesem Anlass seine Aufwartung machen wollen und uns gutes Gelingen beim Schaffen des Thronfolgers wünschen. Eine schreckliche Vorstellung, dass sich das über Monate zieht. So haben wir es an einem einzigen Abend erledigt.«

Sophie kniff die Lippen zusammen. Seine Äußerung verletzte sie. Dass er wegen seiner Menschenscheu keine Lust auf den Ball hatte, konnte sie ja noch verstehen. Aber dass er alles, was mit ihrer Verlobung zu tun hatte, so schrecklich fand und so widerwillig absolvierte – erst den Termin beim Fotografen, dann das Entgegennehmen von Glückwünschen –, das nahm sie dann doch persönlich. Insofern war ihre Vorfreude auf den Hofball nun ebenfalls sehr gedämpft, zumal Carl Theodor und ihre Schwägerin Sophie erklärt hatten, dem Fest fernbleiben zu wollen. Sophie, die seit der Geburt ihrer Tochter ohnehin eine sehr zarte Konstitution hatte, hatte sich beim Familiendiner eine Erkältung zugezogen. Es wollte einfach nicht besser werden. Die junge Frau litt unter Fieber und Schüttelfrost, und ihr liebender Ehemann wich nicht von ihrer Seite.

Kapitel 9

Zum Hofball, den Minister Fürst Chlodwig zu Hohenlohe-Schillingsfürst anlässlich ihrer Verlobung in den Räumen des Bayerischen Außenministeriums ausrichtete, waren siebenhundertfünfzig Menschen eingeladen, die keineswegs alle dem Hochadel entstammten. Man hatte bei der Auswahl der Gäste Wert darauf gelegt, Vertreter der verschiedensten Stände einzuladen, neben Adeligen auch einfache Bürger, Journalisten, Künstler und Gelehrte.

»Ich frage mich, was sich der König dabei gedacht hat«, sagte Ludovika verschnupft, als die Kutsche auf das Festgebäude zufuhr. »Sogar die *Neuesten Nachrichten* bewerten das als eine unerhörte Tat. Ich denke, dass nun manch einer, der eigentlich gern gekommen wäre, der Festivität fernbleiben wird.«

»Nun sei doch nicht so überheblich«, versetzte Max. »Das ist ja nicht zum Aushalten! Es ist doch gut, dass dein künftiger Schwiegersohn seine Freude über die Verlobung mit allen Bürgern teilen möchte.«

»Du immer mit deinen demokratischen Ansichten!«, schnappte Ludovika und fächelte sich empört Luft zu.

In diesem Moment kam die Kutsche vor dem festlich

erleuchteten Außenministerium zum Stehen. Diener öffneten die Tür, nacheinander stiegen Sophie und ihre Eltern aus. Ludwig erwartete sie schon, und bei Sophies Anblick glitt ein solches Strahlen über sein Gesicht, dass sie ihm seine abfälligen Bemerkungen über die Verlobung sofort verzieh. Inzwischen glaubte sie, ihn zu verstehen: Er empfand das Interesse der Öffentlichkeit als Einmischung in seine intimsten Angelegenheiten, was ihn außerordentlich peinlich berührte. Aber all das war völlig egal, wichtig war doch, dass er sie, Sophie, wollte. Wie viel besser ist das, dachte sie, als ein Bräutigam, der der Öffentlichkeit das reinste Glück vorspielt, während ihm an seiner Braut ganz und gar nicht gelegen ist.

»Wie wunderschön du bist«, flüsterte er ihr zu. »Und dass du ein Kleid in unseren Landesfarben Weiß und Blau trägst, ist nachgerade genial.«

Sophie lächelte. Ludwig war schon immer ein Ästhet gewesen und stets sehr aufmerksam, was sie und ihre Kleiderwahl betraf. Er lächelte ihr unermüdlich zu, während sie zu einer Quadrille neben ihm tanzte. Auf ihrer anderen Seite befand sich der österreichische Gesandte, auf seiner anderen seine Mutter.

»Lass uns nun mit deinen Eltern anstoßen«, sagte er, als der Tanz beendet war.

Er nahm sie bei der Hand und zog sie mit sich fort zu Herzog Max und Herzogin Ludovika, die am Rande der Tanzfläche standen und zu ihnen herüberblickten.

Auf sein Zeichen hin brachte ein Diener sogleich Champagner und reichte ihn den Gästen auf einem silbernen Tablett.

»Liebe Sophie, liebe Schwiegereltern«, sagte Ludwig und hob sein Glas, »wie schön, dass dieser Ball ein so großer Erfolg geworden ist.«

»Alle freuen sich auf eure Hochzeit«, sagte Ludovika und nahm einen Schluck Champagner.

Sofort verdunkelte sich Ludwigs Miene. »Ja«, sagte er knapp. »Das ist wohl so.«

Dann wandte er sich ab, als hätten sie über etwas sehr Unangenehmes gesprochen, und sah sich suchend im Raum um, als hoffe er, dort einen Ausweg zu finden.

Was ist denn nun schon wieder?, fragte sich Sophie und konnte nicht umhin, sich einzugestehen, dass ihr seine ständigen Stimmungswechsel langsam auf die Nerven gingen.

Ludwig hatte inzwischen seinen Justizminister Eduard von Bomhard erspäht und winkte ihn mit einer großen Geste zu sich.

»Sagen Sie«, erkundigte er sich, als der Mann vor ihm stand, »wie spät mag es sein? Ob ich wohl noch das Ende von Schillers Maria Stuart im Theater sehen kann?«

Sophie wechselte einen entgeisterten Blick mit ihrer Mutter. Ludwig wollte allen Ernstes den Hofball zu ihrer Verlobung verlassen, um ins Theater zu gehen?

Selbst der sonst stets so gelassene Max schien das ungehörig zu finden. Und der arme Justizminister lief feuerrot an. »Mit Verlaub, Eure Majestät«, sagte er. »Aller Augen sind auf uns gerichtet. Wie würde es wohl wirken, wenn ich, vor meinem König stehend, auf die Uhr blicken würde?«

»Herrgott, dann stell ich mich eben so, dass es niemand merkt«, herrschte ihn Ludwig an und schob sich so dicht an seinen Minister heran, dass dieser unbemerkt auf die Uhr blicken konnte. Von Bomhard warf erst Sophie, dann deren sprachlosen Eltern einen entschuldigenden Blick zu und flüsterte dann: »Das Stück ist noch nicht vorbei, Eure Majestät.« Dann senkte er die Stimme noch weiter, wohl, damit Sophie und ihre Eltern seine Worte nicht hören konnten, Sophie vernahm sie aber trotzdem: »Mit Verlaub, Majestät, welchen Eindruck werdet Ihr bei Eurer Braut erwecken?«

Doch Ludwig schien das nicht zu kümmern, auch die Mühen seines Ministers, den Einwand gegenüber ihr und ihren Eltern geheim zu halten, wischte er beiseite: »Ach, die Sophie versteht das schon. Die weiß, dass mir dieser Ball ein Graus ist.«

Damit schenkte er seiner Braut und deren Eltern noch ein knappes Lächeln, machte auf dem Absatz kehrt und war verschwunden.

»Das … ist unerhört!«, stieß Ludovika hervor, während die Gäste um sie herum, die den Abgang des Königs natürlich ebenso bemerkt hatten wie die Verlegenheit des Ministers und die Empörung der Brauteltern, zu tuscheln begannen. »Der König ist fort!«, hallte es durch den Raum. Und wieder: »Der König ist fort!«

Und Sophie, die vor zwei Stunden noch so teils neidvoll, teils bewundernd beäugte strahlende Verlobte, wurde nun das Ziel zahlreicher teils mitfühlender, teils höhnischer Blicke.

Sie hätte im Boden versinken wollen!

Kapitel 10

»Es tut mir leid. Es ist wohl an der Zeit, den Priester zu holen, Eure Königlichen Hoheiten.«

Es war der 9. März 1867, und der Arzt hatte gerade die Tür zu Sophies und Carl Theodors Gemächern hinter sich geschlossen, wo Sophie seit Tagen ums Überleben kämpfte. Aus der ursprünglich harmlosen Erkältung, die sie sich bei dem Familienessen zugezogen hatte, war eine schlimme Kehlkopfentzündung geworden, die sich einfach nicht mehr bessern wollte.

»Nein!«, rief Ludovika und bedeckte ihr Gesicht mit den Händen. Sophies Mutter Amalie, die aus Sachsen herbeigeeilt war, brach in Tränen aus, und auch ihr Gatte Johann weinte. Schockiert sah sich Sophie nach ihrem Bruder Carl Theodor um, der den Arzt vollkommen fassungslos anstarrte. Dann wich seine Erstarrung, er packte den Mediziner bei den Schultern und schüttelte ihn leicht. »Nein!«, rief er. »Nicht meine Sophie. Wir haben doch gerade erst ein Kind bekommen! Die kleine Amalie soll nicht ohne ihre Mutter aufwachsen. Und Sophie wird doch bald zweiundzwanzig. Sie hat sich so auf das Fest gefreut!«

Während er sprach, wurde er nicht müde, den armen Mediziner zu schütteln, bis schließlich sein Vater Max eingriff.

»Gackel«, sprach er seinen Sohn bei dessen Kosenamen an. »Der Herr Doktor kann nichts dafür.«

Diese Worte brachten Carl Theodor halbwegs zur Besinnung. »Entschuldigen Sie bitte«, presste er heraus.

»Schon gut«, versicherte der Mediziner und rieb sich die linke Schulter. »Ich verstehe Sie und Ihren Schmerz.«

»Dürfen wir zu ihr?«, flüsterte Carl Theodor, dessen Wut so schnell verflogen war, wie sie gekommen war, und der nun ganz eingefallen und viel kleiner wirkte als sonst.

»Aber sicher«, sagte der Mediziner. »Es ist gut, wenn sie ihre Lieben jetzt bei sich hat.«

Nacheinander betraten sie das Zimmer. Mit einem Aufschluchzen ließ sich Carl Theodor neben seiner Frau nieder und nahm ihre Hand. Ihre Eltern eilten an ihre andere Seite. Auch Sophie wollte zu ihrer geliebten Schwägerin treten, da griff Ludovika von hinten nach ihrem Arm, um sie zurückzuhalten. »Lass ihnen noch ein wenig Zeit, um sich zu verabschieden«, sagte sie mit belegter Stimme.

»Gut«, flüsterte Sophie, während ihr die Tränen über die Wangen rannen. »Du hast recht.«

Sophie von Sachsen starb noch am selben Abend, kurz nachdem sie die letzte Ölung erhalten hatte. Wie betäubt verließen die Familienmitglieder nacheinander das Zimmer im Herzog-Max-Palais, wie betäubt saßen sie dann im Salon beisammen, versuchten, einander Trost zu spenden, und fanden doch selbst keinen. »Entschuldigung«, rief Carl Theodor irgendwann aufschluchzend und rannte hinaus.

»Gackel!«

Sophie wandte sich zur Tür und eilte ihm nach. Auf keinen Fall wollte sie ihren Bruder jetzt allein lassen. Sie folgte ihm, die

Treppen hinab. Offenbar war er im Begriff, das Haus zu verlassen.

»Gackel!«, rief sie wieder, als er gerade die Eingangstür erreicht hatte. »Gackel, warte.«

Er wandte sich um, und in seinem Gesicht lag so viel Leid und so viel Schmerz, dass Sophie es kaum ertragen konnte.

»Ach, Gackel.«

Sie eilte die letzten Stufen auf ihn zu, und dann fiel ihr ihr großer Bruder in die Arme und weinte unter den Augen der betroffenen Dienerschaft wie ein kleiner Junge.

Sophie schob ihn zu dem Sofa, das in der Eingangshalle bereitstand und auf dem üblicherweise Gäste darauf warteten, dass sie hineingebeten wurden, ließ ihn aber die ganze Zeit über nicht los, sondern hielt ihn fest in den Armen.

»Ich habe sie so geliebt«, schluchzte Carl Theodor, während sie ihm über das Haar strich. »Mein Leben ist zu Ende.«

Sie widersprach ihm nicht. Sie erinnerte ihn nicht an seine Tochter, die ihn nun umso mehr brauchte, nicht daran, dass Sophie gewollt hätte, dass er wieder glücklich werden würde. Für Worte wie diese war es noch viel zu früh. Und sie brachte auch nicht die Kraft auf, sie auszusprechen, dazu war sie viel zu sehr in ihrer eigenen tiefen Trauer gefangen. Und sie wusste zudem, dass Gackel sie nicht würde hören wollen. Also hielt sie ihn nur. Hielt ihn und hielt ihn, ohne zu bemerken, dass ihre Eltern und ihr jüngerer Bruder nacheinander auf der Treppe erschienen, um nach ihnen zu sehen, und sich dann leise wieder fortschlichen. Hielt ihn, bis seine Tränen irgendwann versiegten, aber nicht, weil er Trost gefunden hätte, sondern weil er für den Moment alle Tränen geweint hatte.

Und dann wurde es noch schlimmer. Carl Theodor warf den Kopf zurück und stieß einen wilden Schrei aus, in dem all sein

Schmerz und all sein Leiden lag, so laut, dass das ganze Palais unter ihm erzitterte.

***

Über dem Palais, über ganz Bayern lag ein riesiger grauer Trauerschleier, unter dem sie sich alle nur irgendwie schemenhaft bewegten. Der Tod von Sophie, dieser liebenswerten, musikalischen jungen Frau war zu schrecklich, als dass ihn irgendjemand hätte begreifen können. Die *Münchner Neuesten Nachrichten* vermeldeten: *Der so schnelle Hingang der edlen, durch die Vorzüge ihres Geistes und Herzens gleich ausgezeichneten Frau wird in allen Kreisen schmerzlich empfunden.* Auch die Dienerschaft stand unter Schock. Stumm saßen Sophie und ihre Hofdame Nathalie im Salon beisammen. Es gab keine Worte. Da öffnete sich die Tür, und ein Diener kam herein. »Ein Brief von Seiner Majestät«, erklärte er respektvoll, und Sophie bemerkte gerührt, dass auch seine Augen rot geweint waren.

»Danke«, sagte sie und nahm den Brief entgegen. Dann wandte sie sich an ihre Hofdame. »Er will wohl kondolieren. Er hätte allerdings auch selbst kommen können.« Seit Ludwig einfach so vom Hofball verschwunden war, hegte sie einen tiefen Groll gegen ihn. Zumal er sich nicht mit einem Wort entschuldigt hatte. Vermutlich war ihm nicht einmal bewusst, wie sehr er sich danebenbenommen hatte.

»Wahrscheinlich hat er Angst zu stören«, wandte Nathalie ein. »Und in diesem Fall könnte ich ihn sogar ausnahmsweise verstehen.«

Ansonsten fand Nathalie von Sternbach das Benehmen Ludwigs ohnehin meistens empörend und ungehörig.

Sophie nickte. »Wahrscheinlich haben Sie recht. Seine Worte werden mir sicher etwas Trost spenden.«

Doch als sie das Papier entfaltet und zu lesen begonnen hatte, erstarrten ihre Züge.

»Was?«, fragte Nathalie, die sie besorgt beobachtet hatte. »Was ist?«

»Das …« Sophie brach ab. Sie hätte nicht in Worte zu fassen vermocht, was beim Lesen dieser Zeilen in ihr vorging.

Stumm reichte sie Nathalie den Brief. Auf dem Gesicht der Hofdame zeichnete sich wachsendes Entsetzen ab, während sie las: *Grause Dich nur recht inmitten der gräßlichen Leichendüfte, umgeben von einer weinenden Familie, ich fühle mich recht behaglich in meiner Wohnung.*

Fassungslos sah Nathalie Sophie an. »Was für ein … Scheusal.«

Sophie hätte ihre Hofdame rügen müssen, immerhin beleidigte sie ja den König, aber Nathalie hatte recht. Diese Worte Ludwigs waren an Abscheulichkeit nicht zu übertreffen. Und sie übertrafen auch alles, was er sich bisher schon geleistet hatte.

Nathalie nahm den Brief wieder auf, um ihn ins Kuvert zu stecken, da bemerkte Sophie, dass auf dem letzten Teil des Blattes, das sie, da das Schreiben sehr kurz gewesen war, gar nicht ganz entfaltet hatte, noch etwas gezeichnet war. Sie machte Nathalie darauf aufmerksam, und gleich darauf starrten die beiden Frauen entsetzt auf den Grabhügel, den der König gezeichnet hatte. Darauf befanden sich ein Totenkopf und ein Kreuz.

Sprachlos sahen Sophie und Nathalie einander an. Dann stieß die Hofdame hervor. »Den können Sie auf keinen Fall heiraten, Eure Königliche Hoheit.«

***

Zwei Tage nach Sophies Beerdigung suchte ein sichtlich verzweifelter Ludwig seine Verlobte im Herzog-Max-Palais auf.

»Ludwig«, begrüßte sie ihn kühl – ein herzlicherer Empfang war ihr angesichts seines Briefes beim besten Willen nicht möglich.

Doch wieder einmal schien Ludwig kein Gespür für die Gefühlslage seines Umfelds zu haben.

»Lassen Sie uns allein«, befahl er der Dienerschaft.

Nathalie warf Sophie einen fragenden Blick zu, und als diese resigniert nickte, tat sie jedenfalls so, als würde sie das Zimmer verlassen. Sophie wusste, dass ihre Hofdame sich, wie auch die vorigen Male, wenn Ludwig begehrt hatte, mit seiner Verlobten allein zu sein, lediglich hinter eine extragroße Zimmerpflanze zurückzog, von wo aus sie das Geschehen beobachten und im Zweifelsfall eingreifen konnte. Ohnehin hatte Ludovika überall heimlich »Königswachen« positioniert, die einerseits darauf aufpassen sollten, dass Ludwig ihrer Tochter nicht zu nahekam, die sie andererseits aber über die Gespräche informieren sollten. Ganz allein würden sie also nicht sein, selbst wenn die Diener nicht zu sehen waren. Was Ludwig vermutlich sehr wohl wusste.

Als die Diener verschwunden waren, ließ er sich auf das Sofa fallen. »Dein Bruder hat mir die Freundschaft aufgekündigt!«, kam er ohne Umschweife zum Thema. Das wunderte Sophie nicht, obwohl sie Carl Theodor den Brief des Königs nicht gezeigt hatte. Sie wollte ihn in seinem Schmerz nicht noch mehr verletzen. Aber es war davon auszugehen, dass Ludwig seinem Freund ebenfalls kondoliert hatte. Und wenn dieses Schreiben nur halb so schlimm ausgefallen war wie das an sie …

»Weshalb das?«, fragte sie.

»Nur wegen eines Briefes!«, rief er anklagend. »Stell dir das mal vor!«

»Was hast du ihm denn geschrieben?«, erkundigte sie sich zurückhaltend.

»Nun, meine Meinung halt«, sagte er. »Dass es mir leidtut, aber dass er auch froh sein soll, wenn die Leichendüfte dann in Kürze verfliegen. Und es ist ja auch nicht schön, ständig an ein solch leidendes Weib gebunden zu sein.«

Eigentlich hätte Sophie sich nicht mehr wundern brauchen. Aber dennoch schaffte es Ludwig wieder einmal, sie aus der Fassung zu bringen. Sie spürte Wut in sich aufwallen, Wut darüber, dass er derart despektierlich und pietätlos über ihre geliebte Sophie sprach.

»Das ist abscheulich, Ludwig«, sagte sie und sah ihn aus ihren großen blauen Augen eisig an.

»Nicht wahr?«, ereiferte sich der König und beugte sich vor, um ihre Hände in die seinen zu nehmen. »Ganz genau so empfinde ich auch. Es ist grausam von deinem Bruder, mich zu verstoßen.«

»Nein, Ludwig«, widersprach sie und löste ihre Hände aus der Umklammerung. »*Du* bist grausam. Wie kannst du solche Dinge schreiben? An mich und an Gackel?«

»Ich verstehe nicht«, sagte er und sah sie ratlos an. Dann lächelte er und fuhr fort: »Aber es gibt Wichtigeres. Viel Wichtigeres. Weißt du, dass Wagner endlich wieder da ist? Seit zwei Tagen, also seit deine Schwägerin tot ist? Er residiert im Bayerischen Hof, Sophie, ist das nicht wunderbar? Ich bin so glücklich.«

»Dann ist es ja gut, Ludwig. Wenn nur du glücklich bist.«

Sophie erhob sich. »Wenn du mich nun entschuldigst. Ich habe wegen des Todesfalls noch viel zu tun.«

Kaum hatte Ludwig das Zimmer verlassen, kam Nathalie hinter ihrer Pflanze hervor. »Das ist ungeheuerlich«, schäumte sie.

»Allerdings«, gab Sophie ihr recht und nahm die Hände ihrer Vertrauten in die ihren. »Ach, liebste Freundin, was soll ich nur tun?«

Ernst sah ihre Hofdame sie an. »Sie können die Verlobung lösen. Und dazu rate ich Ihnen dringend. Wenn er sich jetzt schon so benimmt, wie wird es dann erst sein, wenn Sie verheiratet sind?«

»Kann ich das wirklich? Er ist der König!«

»Ich stelle eine Gegenfrage: Wenn ich mich richtig erinnere, wollten Sie doch niemals einen Mann heiraten, mit dem Sie nicht glücklich sind?«

Verzweifelt sah Sophie die Hofdame an. »Aber *irgendeinen* Mann werde ich heiraten müssen. Und ich kenne auch Ludwigs gute Seiten.«

»Die sind aber lange nicht mehr zum Vorschein gekommen.«

»Da haben Sie recht«, sagte Sophie ernst. »Und vor allem ist da eines: Ich zweifle nach wie vor an Ludwigs Liebe.«

»Dann sollten Sie ihm das mitteilen.«

»Ja«, sagte Sophie nachdenklich. »Ja, das will ich tun.«

»Und Sie sollten darüber nachdenken, ob *Sie ihn* noch lieben. Nach all dem.«

***

Nathalies Frage klang noch lange in Sophie nach. Und deshalb wurde der Brief, den sie am Abend seines Besuchs an Ludwig verfasste, auch distanzierter als alles, was sie jemals zuvor an ihn geschrieben hatte. Sie unterstrich nochmals, wie pietätlos sie seine Briefe und sein Auftreten empfunden hatte, und merkte am Ende ihres Schreibens an, dass es wichtig sei, ihre Liebe zueinander nochmals zu prüfen, bevor sie tatsächlich in den Bund der Ehe einträten.

Ludwig ließ sich mit seiner Antwort einen Tag Zeit, doch zwei Tage nach seinem fragwürdigen Besuch ging erneut ein Schreiben Seiner Majestät im Herzog-Max-Palais ein. Nun nannte er sie wieder Elsa.

Meine liebe Elsa! Meinen wärmsten Dank für Dein gestriges liebes Briefchen. Vollkommen kann ich Dich beruhigen über Deinen am Schluss Deines Billets ausgesprochenen Zweifel. Von allen Frauen, welche leben, bist Du mir die teuerste, von den Verwandten Wilhelm von meinen Untertanen ist mir Künzberg einer der liebsten, der Gott meines Lebens aber ist, wie Du weißt, R. Wagner.

Auch Sophie verehrte Wagner. Und sie verstand, dass Ludwig ihn bewunderte. Seine übertriebene, fast schon unterwürfige Ehrerbietung war ihr aber nicht erst jetzt zuwider, und erneut spürte sie ein Gefühl in sich aufsteigen, das sie in Bezug auf Ludwig nun schon einige Male erlebt hatte: Wut! Brennende, rasende Wut. Mit einer heftigen Bewegung zerknüllte sie sein Schreiben und warf es in eine Ecke. Die Botschaft war eindeutig: An seine Gefühle für Wagner konnten die, die Ludwig seiner künftigen Frau gegenüber hegte, nicht mal annähernd heranreichen. Und er hatte aus ihrem Brief auch nur ihren Zweifel an *seinen* Gefühlen zu ihr herausgelesen, nicht aber ihre Zweifel an ihren eigenen Gefühlen. Aber das war ja kein Wunder, dachte Sophie bitter. Es zeigte sich immer und immer mehr, wie selbstbezogen ihr wunderbarer Ludwig war!

Am selben Tag kam noch ein weiteres Schreiben ihres Verlobten, in dem dieser sich förmlich überschlug vor Begeisterung: Wagner, sein heiliger, angebeteter Wagner, wolle sie kennenlernen, ihre Wangen müssten doch gewiss vor Freude erröten. »Meine Wangen erröten ganz und gar nicht vor Freude«, schäumte Sophie gegenüber ihrer Hofdame. »Sie erröten höchstens vor Zorn.«

»Dann gehen Sie nicht hin«, empfahl die Ältere gelassen.

»O doch, ich werde hingehen, Nathalie!«, erklärte Sophie mit blitzenden Augen. »Wagner kennenzulernen, das lasse ich mir nicht entgehen. Zumal ich seine Musik ja durchaus bewundere.«

»Sie wissen aber auch, dass er maßlos ist und seinen Einfluss auf den König ausnutzt. Und dass er für Ihre Familie eine Persona non grata ist.«

Sophie zuckte die Achseln. »Dann muss das Treffen eben heimlich stattfinden. Und ich weiß auch schon, wo.«

Kapitel 11

Sophies ältester Bruder Ludwig Wilhelm, genannt Louis, ein hochgewachsener, schlanker und, wie Sophie fand, immer sehr schneidig aussehender Mann, lebte mit seiner Frau Henriette in der Münchner Kanalstraße. Zur Empörung seiner Mutter hatte er sich seinerzeit ihren Heiratsplänen widersetzt und sich auf eine Beziehung mit der aus bescheidenen Verhältnissen stammenden Augsburger Schauspielerin Henriette Mendel eingelassen. Sie war seine große Liebe. Was natürlich riesige Empörung hervorgerufen hatte. Sophie, damals noch recht jung, hatte ein Gespräch zwischen ihrem Vater Herzog Max und dessen Ältestem belauscht. »Wenn jemand verstehen kann, dass ein Mann sich ab und an mit einer Bürgerlichen vergnügen muss, dann bin ich das, mein Sohn«, hatte er gesagt. »Aber das ist doch nichts zum Heiraten! Und dann auch noch eine Schauspielerin! Halt sie dir doch als Mätresse und heirate eine Dame aus unseren Kreisen. Du hast doch auch Pflichten als Erstgeborener, Herrgott noch mal!«

Doch Ludwig hatte sich standhaft geweigert, und als Henriette obendrein schwanger geworden war und 1858 ein uneheliches Kind zur Welt gebracht hatte, hatte er sie vor den

Altar geführt und auf seine Rechte als Erstgeborener verzichtet.

Tatsächlich war Henriette so zauberhaft, dass sie es geschafft hatte, die Herzen der Familie ihres Mannes zu gewinnen. Ludovika wurde am Ende sogar Taufpatin der kleinen Louise Marie Elisabeth, auch wenn sie zur Taufe nicht selbst erschienen war, sondern sich von der Arztgattin Amalie Kolb hatte vertreten lassen. Und Sisi hatte die ungewöhnliche Verbindung ihres ältesten Bruders ohnehin von Anfang an unterstützt. Nicht zuletzt deshalb, wie Sophie vermutete, weil ihre ältere Schwester die Etikette hasste. Kein Wunder bei dieser schrecklichen Schwiegermutter, die am Wiener Hof wie ein Feldwebel über die Einhaltung des Protokolls und sämtlicher Regeln wachte und vor allem ihrer ungestümen jungen Schwiegertochter das Leben zur Hölle machte. Sisi hatte seinerzeit sogar an König Maximilian II. geschrieben und sich für ihren Bruder starkgemacht.

Inzwischen waren sie und Henriette gute Freundinnen. Was vielleicht auch daran lag, dass die beiden Frauen in Trauer vereint waren: Das zweite Kind von Ludwig und Henriette, ein 1859 geborener kleiner Junge, war mit knapp drei Monaten an Bauchschwindsucht gestorben. Sisi konnte den Schmerz mehr als gut nachfühlen, hatte doch auch sie ihre älteste Tochter im Alter von zwei Jahren durch eine Krankheit verloren.

Letztendlich hatte König Maximilian seinen Segen gegeben und Henriette und ihre Kinder in den bayerischen Adels- und Freiherrenstand erhoben. Henriette war nun eine Baronin von Wallersee und führte mit Ludwig und ihrer Tochter ein glückliches Familienleben in der Münchner Kanalstraße. Und wie Sophie es erwartet hatte, zögerte ihr ältester Bruder keine Sekunde, als sie ihn fragte, ob in seinem Hause ein geheimes

Treffen zwischen ihr und Wagner stattfinden dürfe. Er sagte umgehend zu, und Sophie schrieb an Richard Wagner:

Verehrter Freund!
Wegen unserer Zusammenkunft habe ich mit meinem Bruder Alles genau besprochen und ich hoffe, mit Vorsicht wird der Plan gelingen. Ist Ihnen Samstag um 1 Uhr eine gelegene Zeit, so bitte ich Sie, möglichst pünktlich in der Kanalstraße 33 einzutreffen. An der Haustüre wird Sie meine Schwägerin erwarten und Sie in ihre Wohnung führen, woselbst ich mich etwas später einfinden werde. Nur muß ich Sie inständig bitten, ja nicht den Wagen Ihres Gasthofes zu benützen, sondern in einer Droschke zu fahren und diese augenblicklich nach Ihrer Ankunft an dem bewußten Hause fortzuschicken. Mein Bruder wird dafür sorgen, daß Sie wieder abgeholt und in den Gasthof gefahren werden. Wie muß ich es beklagen, daß nur auf solche Art ein Kennenlernen möglich ist, wie viel lieber würde ich Sie in meinen Zimmern begrüßen; aber da dies durchaus nicht sein darf, so füge ich mich in das Unvermeidliche und freue mich, daß es überhaupt möglich ist, den Freund zu sehen und zu sprechen.

Als Sophie am Samstag, dem 16. März, in Begleitung ihrer Hofdame Nathalie von Sternbach in die Kanalstraße einbog, war sie tatsächlich etwas nervös. Und dann blieb sie, wie vom Blitz getroffen, stehen.

»Was?«, fragte Nathalie von Sternbach verwundert und auch etwas besorgt.

»Da …«, stammelte Sophie und starrte den großen blonden Mann an, der gerade ein Haus in der Nachbarschaft ihres Bruders verlassen hatte und auf sie zukam. Allerdings hatte er sie noch nicht entdeckt.

»Das … das ist er.«

»Wer?«, fragte Nathalie begriffsstutzig. »Wagner? Aber der sieht doch ganz …«

»Nein«, unterbrach Sophie sie aufgeregt. »Das ist Edgar. Edgar Hanfstaengl.« Ihre Hofdame war die Einzige, der sie ihre Verwirrung hinsichtlich der Begegnung mit dem Fotografensohn anvertraut hatte. Aber auch ihr gegenüber hatte sie nicht zugeben können, wie sehr Edgar sie durcheinandergebracht hatte. Angesichts von Sophies Aufregung schien dieser das jedoch in dem Moment klar zu werden. »Oh!«, war alles, was Nathalie von Sternbach dazu einfiel.

Inzwischen hatte Edgar sie ebenfalls entdeckt, und seinem Gesichtsausdruck nach zu urteilen brachte ihn die unverhoffte Begegnung ebenso aus dem Konzept wie Sophie.

»Königliche Hoheit!«, sagte er, als er vor ihr stand, und deutete einen Handkuss an. »Sie hier?«

»Ich besuche meinen Bruder!«, stieß sie hervor. »Er wohnt in der Kanalstraße.«

Dann deutete sie mit einer fahrigen Bewegung auf ihre Begleiterin. »Das hier ist meine Hofdame Nathalie von Sternbach.«

Hanfstaengl deutete auch ihr gegenüber einen Handkuss an, dann fragte die aufgeregte Sophie: »Und Sie? Was machen Sie hier?«

»Ich wohne hier.«

»Sie wohnen in der Kanalstraße?«

»Ja.« Hanfstaengl grinste. »Haus Nummer 10.«

»Oh, das ist ja wirklich nur wenige Häuser von meinem Bruder entfernt.« Und bevor sie weiter nachdenken konnte, hatte sie schon hervorgestoßen: »Er hat eine Bürgerliche geheiratet. Er hat sich für die Liebe gegen die höfische Tradition gestellt.«

»Wie mutig von ihm«, sagte Edgar und sah sie so eindringlich an, dass ihr schwindelig wurde. »Ich würde das auch jederzeit tun. Also, wenn ich von Adel wäre.«

Sophie war vollkommen klar, dass dieses Gespräch gleichzeitig noch auf einer anderen, nonverbalen Ebene stattfand, und was er ihr damit sagen wollte. Und überhaupt: Konnte das ein Zufall sein? Dass sie ihm wiederbegegnete, ausgerechnet jetzt, wo sich die Dinge mit Ludwig so zum Negativen entwickelten?

»Wir müssen weiter, Königliche Hoheit«, drängte Nathalie.

»Ich weiß«, sagte Sophie bedauernd. »Mein … Bruder wartet. Es war … es war schön, Sie getroffen zu haben.«

»Die Freude war ganz meinerseits.«

Edgar senkte leicht den Kopf, als die Damen, einander untergehakt, an ihm vorbeigingen. Einem Impuls folgend wandte sich Sophie noch einmal um. Er stand noch immer an der gleichen Stelle und sah ihr nach.

***

Ein Charakterkopf, schoss es Sophie durch den Kopf, als sie Richard Wagner gegenübersaß, einem kleinen Mann mit großer Nase, der sie formvollendet und in breitestem Sächsisch begrüßt hatte. Auch seine Gefährtin Cosima, mit der Ludwig, wie Sophie wusste, engen Briefkontakt pflegte, war zugegen, ebenso wie natürlich Nathalie von Sternbach, die sich jedoch im Hintergrund hielt.

»Teuerste«, begann Wagner das Gespräch, während seine wachen und auch ein wenig durchdringenden Augen sie aufmerksam musterten. »Ich bin so glücklich, nein, ich bin tief ergriffen, dass Majestät eine Gefährtin gefunden hat, die ihn so innig versteht.«

Nicht alles, widersprach Sophie stumm. Ich verstehe nicht alles. Seine grausame Seite, die verstehe ich nicht. Und ich will sie auch gar nicht verstehen.

Doch sie lächelte nur höflich und sagte: »Die Freude ist ganz meinerseits. Es ist wundervoll, einmal vor dem Schöpfer derart großartiger Kompositionen zu stehen – oder zu sitzen. Wie mein Verlobter Ihnen sicherlich schon erzählt hat, bewundere ich Ihr Werk sehr.«

»Ich habe es mit großer Freude vernommen«, plauderte Wagner. »Und ich höre, Sie singen die Elsa aus Lohengrin, die Senta aus dem Fliegenden Holländer und die Elisabeth aus Tannhäuser ganz vortrefflich?«

»Nun, sicherlich gibt es weitaus bessere Sängerinnen«, sagte Sophie verlegen.

»Würden Sie für uns singen?«, mischte sich da Cosima von Bühlow ins Gespräch. »Sie würden uns eine sehr große Freude bereiten.«

»Ich …«, wand sich Sophie.

»Bitte!«, bekräftigte Wagner.

»Also schön.« Sie wandte sich zu ihrer Gesellschafterin um. »Bitte begleiten Sie mich auf dem Klavier. Ich singe die Elsa.«

»Wie passend!«, fand Cosima. »Wo Majestät Sie doch in seinen Briefen mit Elsa anspricht.«

Sophie sandte ihr einen irritierten Blick. Wie viele Details hatte Ludwig der Sekretärin seines Angebeteten noch verraten?

Dann stand sie auf, trat neben das Klavier und begann zu singen. Sofort vergaß sie all ihren Kummer und all ihre Sorgen. Sie sang einfach, ging vollkommen in der Musik und in ihrer Rolle auf. Als sie geendet hatte, war es eine Weile lang ganz still.

Dann sagte Wagner leise. »Das war großartig. Ganz und gar großartig. Ich bin zutiefst ergriffen.«

Cosima pflichtete ihm bei.

»Nun kann ich es noch weniger erwarten, am *Meistersinger* weiterzuarbeiten, damit er bei Eurer Hochzeit uraufgeführt werden kann.«

Sophie lächelte. Unverbindlich.

Wagner sah sie fragend an, und in diesem Moment wusste Sophie, dass er vermochte, auch ihre ungesagten Worte zu hören. Dass er alles wusste. Vielleicht hatte Ludwig ihm seinerseits geschrieben, dass es zwischen ihnen nicht zum Besten stand – wenn er es denn überhaupt bemerkt hatte, denn eigentlich traute Sophie ihrem Verlobten keine Selbstkritik zu. Aber sie ahnte, dass Wagner ihn durchschaute. Und Cosima von Bühlow erst recht.

Wohl, um die etwas angespannte Stimmung aufzulockern, plauderte Wagner: »Übrigens erlebten wir, als wir hier ankamen, eine köstliche Überraschung.«

Fragend sah Sophie ihn an, dankbar stieg sie auf seinen leichten Tonfall ein.

»Ja«, bestätigte Wagner. »Ihre entzückende Nichte hat mir die Tür geöffnet – sie war wohl für den Fasching verkleidet. Offenbar hielt sie mich für den Schneider Ihres Herrn Bruders und bat uns, im Salon zu warten.«

»Oh!«, rief Sophie. »Das ist mir aber peinlich.«

Wenn Ludwig wüsste, dass die kleine Maria den vom König so angebeteten Komponisten für einen Schneider gehalten hatte!

Doch Wagner lachte nur. »Das muss es nicht. Und wir waren ja nicht ganz unschuldig an der Situation. In meiner Aufregung waren wir eine halbe Stunde zu früh.«

Zum ersten Mal seit der Begegnung kam Sophies Lächeln aus tiefstem Herzen, als sie sagte: »Ja. Aufgeregt – das war ich auch.«

***

Kurz nach ihrer Begegnung mit Wagner übersiedelte Sophie wieder zu ihrer Familie nach Possenhofen, wo sie die freudige Nachricht erwartete, dass ihre älteste Schwester Nené am 9. Mai in Regensburg von ihrem zweiten Sohn entbunden worden war. Albert hieß der Kleine, und Sophie hoffte, alsbald zu ihrer Schwester reisen zu können, um ihren Neffen auf dieser Welt willkommen zu heißen.

Aber nun standen ihr erst einmal lange Wochen in Possenhofen bevor. Ihr Bruder Carl Theodor war schon kurz nach dem Tod seiner Frau an den Würmsee gefahren, und auch Ludwig reiste in seine Sommerresidenz Schloss Berg. Von dort aus besuchte er Sophie regelmäßig, allerdings immer erst am späten Abend. Als Sophie ihn darauf ansprach, erfuhr sie, dass ihr Verlobter seinen Tagesablauf immer weiter nach hinten verschoben hatte und sich erst am Nachmittag aus dem Bett bequemte. Wie schon in München verlangte er bei diesen Treffen stets, mit Sophie allein zu sein, und auch hier fand Nathalie von Sternbach ein Versteck, um »Königswache« zu halten.

Offenbar hatte Ludwig gemerkt, dass er sich etwas mehr um seine Verlobte bemühen musste. Er war zärtlicher und zugewandter, nahm ihre Hände in die seinen, beschwor ihre schönen Augen, küsste sie auf die Stirn, und eines Abends brachte er sogar einen Bediensteten mit, der die Krone der Königinnen von Bayern bei sich hatte. »Ich habe sie extra aus der Schatzkammer der Residenz holen lassen«, erklärte Ludwig. »Ich will doch gerne wissen, wie meine Liebste damit aussieht.«

Und als Sophie die Krone aufgesetzt hatte, zeigte sich Ludwig regelrecht ergriffen. »Ich wusste es doch, wie schön du mit dieser Krone aussehen würdest.« Als er wieder ging, blieb Sophie nachdenklich zurück. Ob Ludwig sich ändern und am Ende doch noch alles gut werden würde? Vielleicht hatte Wagner ja seinem königlichen Freund ins Gewissen geredet?

Doch andererseits war Ludwig in der letzten Zeit viel zu oft wankelmütig gewesen, und in der Tat sollte sich Sophies leise Hoffnung bald schon wieder zerschlagen. Ein neuer Mensch trat in Ludwigs Leben, dem er seine ganze Begeisterung schenkte – oder zumindest so viel, wie nach Richard Wagner noch übrig blieb: sein Berater Richard Hornig.

Fortan fand Sophie noch weniger Platz in seinem Leben. Ludwig ergriff, so schien es ihr, jede Gelegenheit, um von ihr fortzukommen. Wenn er nicht gerade mit seinem Berater unterwegs war, reiste er gemeinsam mit seinem Bruder Otto nach Eisenach oder fuhr mit seiner Mutter für mehrere Wochen nach Rom. Alles schien wichtig, außer Sophie. Und je mehr Ludwig sich von ihr zurückzog, je merkwürdiger und wankelmütiger er sich zeigte, desto schwerer fiel es ihr, sich den Gedanken an Edgar Hanfstaengl zu verbieten. Immer wieder schlich er sich ein. Und so langsam fragte sie sich, warum sie ihn immer mit aller Kraft aus ihrem Kopf zu verbannen suchte. Eigentlich hatte doch Ludwig ihre Treue und Loyalität gar nicht verdient. Nathalie von Sternbach hatte schon ganz recht, sie täte gut daran, zu überlegen, ob es nicht besser wäre, die Verbindung mit Ludwig zu lösen. Und warum sollte sie nicht auf ihr Herz hören, das immer deutlicher für einen Bürgerlichen schlug? Warum sollte ihr kein Glück mit einem Bürgerlichen beschieden sein, nur weil sie eine Frau war? Die Ehe ihres Bruders war doch das beste Beispiel, dass eine solche Verbindung wunderbar funktionierte! Liebe war doch die weitaus wichtigere Grundlage für eine Ehe als der Stand. Andererseits hatte sie ja bis vor Kurzem noch geglaubt, in Ludwig verliebt zu sein. Allerdings war das gewesen, bevor dieser angefangen hatte, sich derart merkwürdig zu benehmen.

Sophie fiel an diesem Abend erst spät in einen unruhigen Schlaf. Und als sie am nächsten Morgen erwachte, wusste sie, was sie zu tun hatte: Sie musste Edgar Hanfstaengl wiedersehen!

Kapitel 12

»Wir benötigen unbedingt noch weitere Abzüge meiner Verlobungsbilder«, sagte Sophie am nächsten Morgen beim Frühstück beiläufig zu ihrer Mutter.

Überrascht sah Ludovika auf. »Aber wir haben doch noch sehr viele.«

»Es werden rasch weniger«, log Sophie. »Ludwig hat mich darauf hingewiesen, dass alle eine solche Fotografie haben wollen.«

»Wenn das so ist«, sagte Ludovika und tupfte sich geschmeichelt den Mund, »dann werde ich gleich einen Boten schicken und weitere Abzüge bestellen.«

»Das kann ich doch selbst machen«, platzte Sophie heraus und schickte, als sie den irritierten Blick ihrer Mutter bemerkte, rasch hinterher: »Es sind ja schließlich auch meine Bilder.«

»Du hast merkwürdige Ideen, Kind«, versetzte Ludovika. »Ich nehme an, die Leute haben recht, wenn sie sagen, wir hätten euch zu frei erzogen. Wie kommt die künftige Königin Bayerns darauf, selbst Abzüge beim Fotografen zu bestellen! Außerdem, wenn ich dich daran erinnern darf, befinden wir uns nicht mehr in München, sondern in Possenhofen. Die Strapazen einer solchen Reise für einige Fotoabzüge wären unverhältnismäßig.«

»Du hast ja recht, Mutter«, sagte Sophie rasch und senkte den Blick. Sie hoffte inständig, dass Edgar die Gelegenheit ergreifen und ihr die Bilder selbst ausliefern würde. Doch sie wollte lieber auf Nummer sicher gehen.

»Aber der Diener soll sagen, dass die Hanfstaengls mir die Bilder persönlich überreichen sollen. Ich möchte nicht, dass sie in falsche Hände geraten.«

Ludovika sandte ihrer Tochter zwar erneut einen skeptischen Blick, sagte aber nichts. Vermutlich schob sie das merkwürdige Verhalten ihrer Tochter auf die typische Nervosität einer Braut vor der Hochzeit.

Sophie sollte nicht enttäuscht werden: Edgar überbrachte ihr die Bilder höchstselbst, und als sie sie mit zitternden Händen entgegennahm, berührten seine Finger die ihren. Sie verharrten viel zu lange in dieser Position, ihre Blicke versanken tief ineinander – bis Nathalie von Sternbach sich mit einem Räuspern in Erinnerung brachte.

»Wir werden bestimmt noch weitere Abzüge benötigen. *Viele* Abzüge«, sagte Sophie hastig.

»Das würde mich … sehr freuen, Königliche Hoheit«, sagte Edgar lächelnd und deutete zum Abschied eine leichte Verbeugung an.

Als er fort war und die Tür hinter sich geschlossen hatte, wirbelte sie zu ihrer Hofdame herum. »Ich habe mich in ihn verliebt, Nathalie«, sagte sie und fiel ihr um den Hals. »Bis über beide Ohren.«

»Das sehe ich«, sagte die Ältere, während sie ihrem Schützling etwas unbeholfen den Rücken tätschelte. »Genauer gesagt habe ich das schon bei Ihrer Begegnung in der Kanalstraße bemerkt.«

»Ich muss Edgar einfach wiedersehen«, brach es aus Sophie hervor. »Ich brauche die Möglichkeit, mit ihm über das zu sprechen, was zwischen uns ist. Mehr will ich gar nicht. Ich habe mich lange dagegen gewehrt, aber nun, wo Ludwig sich so verhält …«

»Das verstehe ich«, sagte Nathalie. »Und ich helfe Ihnen. Aber es wird noch eine Weile dauern, zunächst steht der Besuch der Alençons aus Frankreich an. Und dann die Krönung Ihrer Schwester Sisi als Königin von Ungarn.«

»Aber an der werde ich doch gar nicht teilnehmen«, wandte Sophie ein.

»Da haben Sie auch wieder recht.«

***

Doch vor dem Besuch der Alençons, bei denen es sich um Mitglieder des ehemaligen bourbonischen Königshauses handelte, sollte noch ein weiteres Ereignis die Possenhofener in Atem halten. Als Ludovika am nächsten Morgen ihre Post öffnete, stieß sie einen leisen Schrei aus.

»Was?«, fragten Sophie und Carl Theodor wie aus einem Mund. »Was ist geschehen?«

»Der Brief ist von Helene«, sagte Ludovika. »Ihrem Mann geht es sehr schlecht. Es scheint, als ob er … die Ärzte machen sich große Sorgen!«

»Das gibt es doch nicht!«, stieß Carl Theodor hervor. »Erst Sophie und nun auch noch Maximilian!«

»Sag so etwas nicht«, fuhr Sophie dazwischen. »Es ist ja noch nicht gesagt, dass er es nicht schafft.«

Die Nachricht traf sie bis ins Mark. Ausgerechnet Nené, der einzigen unter den Schwestern, deren Ehe wirklich glücklich war und die voll in ihrem Leben aufging, sollte nun vielleicht der geliebte Mann genommen werden? Ebenso wie Carl Theodor, der ja ebenfalls sehr geliebt hatte, seine Frau? Wie ungerecht das Leben doch war, dachte Sophie, dass es Menschen, die einander nicht liebten, aneinanderschmiedete und jene, die einander in tiefer Liebe verbunden waren, auseinanderriss!

»Was ist denn mit Maximilian?«, fragte Sophie nach. »Was genau fehlt ihm?«

Stirnrunzelnd starrte Ludovika auf den Brief. »Er kränkelt wohl schon eine Weile, aber nun scheint sich sein Zustand in dramatischer Geschwindigkeit zu verschlechtern«, sagte sie. »Er ist ganz aufgedunsen und offenbar innerhalb kürzester Zeit um Jahrzehnte gealtert.«

»Was sagen denn die Ärzte?«, rief Carl Theodor voller Sorge, und Sophie konnte ihm ansehen, dass er sich an die Krankheitsgeschichte seiner Frau erinnert fühlte. Bei ihr hatte das Unheil schließlich auch mit einer vermeintlich ganz leichten Erkältung begonnen.

»Sie konnten den Obermedizinalrat von Pfeuffer als ärztlichen Ratgeber gewinnen«, berichtete Ludovika ihren Kindern vom Inhalt des Schreibens. »Er vermutet ein schweres Nierenleiden und verordnet eine Kur in Karlsbad.«

Hoffentlich ist es noch nicht zu spät, dachte Sophie beklommen.

Kapitel 13

»Können wir diesen Besuch nicht absagen?«, maulte Sophie. »Offen gestanden finde ich es pietätlos, eine Gesellschaft zu geben, während es Maximilian so schlecht geht.«

»So groß ist die Gesellschaft nun auch wieder nicht«, erwiderte Nathalie von Sternbach tröstend. »Und wenn ich es richtig verstanden habe, war es Ihren Eltern unmöglich, den Alençons abzusagen, weil diese den Besuch auf Possenhofen als festen Bestandteil ihrer Reiseroute eingeplant haben. Sie kommen aus Wien, wo sie Clémentine, die jüngere Schwester des Herzogs, besucht haben, und wollen dann weiter, um an der Krönung Ihrer Schwester Sisi teilzunehmen. Sie müssten sich sonst Hals über Kopf in einem Hotel einquartieren. Das wäre schon sehr kompromittierend.«

»Wir haben einen Trauerfall«, hielt Sophie dagegen. »Und außerdem geht es Nenés Ehemann immer schlechter. Ich kann da nichts Kompromittierendes erkennen.«

»Sie werden sich fügen müssen«, sagte Nathalie. »Außerdem müssen Sie ja auch nicht mit zur Jagd. Die Alençons werden verstehen, dass Sie so kurz vor Ihrer Eheschließung für diese Dinge keine Zeit haben.«

»Aber dennoch werde ich mit den Herren plaudern müssen«, sagte Sophie. »Und danach steht mir jetzt so gar nicht der Sinn. Aber alles Lamentieren hilft wohl nichts, ich kann es ja doch nicht ändern.«

»Und es gibt noch etwas anderes«, sagte Nathalie zögernd.

»Ja?« Sophie, die gerade das Zimmer verlassen wollte, wandte sich gespannt zu ihrer Hofdame um.

»Nun, mir ist zu Ohren gekommen, dass Herzogin Ludovika hofft, Ihr Herr Bruder könne sich für die Tochter des Herzogs, Marguerite, interessieren.«

Sophie lachte ungläubig und auch empört auf. »Wie kann sie nur! Das ist nun wirklich pietätlos gegenüber meiner armen verstorbenen Schwägerin. Aber ich fürchte, da hat Mutter sich verrechnet. Carl Theodors Herz ist noch lange nicht frei für eine andere.«

Sophie sollte recht behalten: Carl Theodor verhielt sich gegenüber Marguerite, neben der er selbstredend platziert worden war, zwar ausgesprochen höflich und charmant, aber doch zurückhaltend, wie Sophie mit einiger Genugtuung feststellen musste. Dabei war Marguerite nicht nur ausgesprochen hübsch, sondern auch sehr sympathisch. Unter anderen Umständen, dachte Sophie, wäre sie glücklich über eine solche Schwägerin gewesen.

Sie selbst saß neben dem jungen Herzog Ferdinand von Alençon, einem ernst und ein wenig melancholisch dreinblickenden Herrn Anfang zwanzig mit modernem Schnauzer und in der Mitte gescheiteltem blondem Haar. Alles an ihm wirkte, wie Sophie fand, ausgesprochen korrekt und akkurat. Sein Vater, der Herzog von Nemours, der ihr gegenüber neben Ludovika saß, sah seinem Sohn in gewisser Weise ähnlich, strahlte aber mehr Güte aus als der junge Mann. Zu ihm fühlte Sophie sich sogleich hingezogen. »Meine jüngste Tochter Blanche wird ganz aufgeregt sein, wenn sie erfährt, dass wir mit der künftigen Königin von Bayern gespeist haben«, sagte der Herzog und prostete ihr charmant zu.

»Oh, dann müssen Sie für Ihre Tochter eines der Verlobungsbilder mitnehmen, die von meiner Tochter angefertigt wurden«, ließ sich Ludovika stolz vernehmen. »Es ist dir doch recht, Sophie?«

»Ja«, sagte sie, etwas peinlich berührt wie immer, wenn ihre Mutter sie derart in den Mittelpunkt stellte. »Natürlich ist mir das recht.« Mit einem fast zaghaften Lächeln fügte sie hinzu: »Es ist mir eine Ehre.«

Das Abendessen begann mit einer leichten Rinderbrühe, und nachdem sie den ersten Löffel genommen hatte, wandte Sophie sich dem neben ihr sitzenden Ferdinand zu.

»Sie stammen aus dem Hause Bourbon-Orléans?«, plauderte sie. Zum Glück hatte sie ihre Hausaufgaben gemacht – genauer gesagt, zum Glück hatte Nathalie sie mit allen Informationen versorgt, die sie für einen angenehmen Abend mit dem Herzog benötigte.

»Ganz richtig, Hoheit.« Der Herzog schien sich über ihr offenkundiges Interesse an seiner Familie zu freuen.

»Das heißt, Sie leben im Exil?«

Ferdinand nickte und nahm einen Schluck Wein. »Es ist schon tragisch«, setzte er das Gespräch fort. »Wir Bourbonen haben seit 1589 in Frankreich regiert, bis die Französische Revolution allem ein Ende bereitete.«

»Ihr Großvater war der letzte König aus dem Hause der Bourbonen, Louis Philippe?«, fragte Sophie.

»Richtig«, sagte er. »Für meinen Großvater war es sehr schlimm, seinen Thron zu verlieren und das Land verlassen zu müssen. Und ich – nun ja, ich träume auch davon, eines Tages wieder zurückkehren zu dürfen. Ich war vier Jahre alt, als wir vertrieben wurden.«

Sophie nickte. »Das kann ich gut verstehen.« Und dann dachte sie, dass es, so schwierig es auch ansonsten sein mochte, ein klarer Vorteil ihrer Verlobung mit Ludwig war, dass sie in Bayern bleiben durfte.

»Und was machen Sie jetzt?«, erkundigte sich Sophie. Sie fand wider Erwarten Gefallen an der Unterhaltung. »Ihrer Uniform entnehme ich, dass Sie beim Militär sind?«

»Ganz richtig«, bestätigte er. »Ich komme gerade von einem Einsatz auf der Philippinen-Insel Mindanao zurück.«

»Was genau haben Sie dort gemacht?«

Ferdinand verzog das Gesicht und beugte sich leicht zurück, damit der Diener seinen leer gegessenen Teller wegräumen konnte. »Einen Aufstand niedergeschlagen«, erwiderte er. »Anschließend habe ich die Gelegenheit genutzt und bin eine Weile durch Asien gereist.«

»Wie interessant«, rief Sophie.

»Ja«, bestätigte er. »Aber als ich im April zurückgekehrt bin, erwarteten mich einige unschöne Überraschungen.«

»Das tut mir leid. Darf ich fragen, was das für Überraschungen waren?«

Ferdinand seufzte. »Während meiner Abwesenheit ist meine Großmutter, die ehemalige Königin Marie Amélie von Frankreich, gestorben.«

»Oh«, sagte Sophie rasch. »Mein herzliches Beileid.«

Die Alençons hatten also ebenfalls einen Trauerfall zu beklagen!

»Danke«, erwiderte Ferdinand. »Damit ändert sich natürlich einiges.«

»Was denn?«, wollte Sophie wissen.

»Nun«, sagte Ferdinand, »seit wir im Exil sind, haben wir in Claremont House gelebt, das Queen Victoria uns freundlicherweise überlassen hat. Nach dem Tod meiner Großmutter wurde uns dieses Wohnrecht durch einen Parlamentsbeschluss wieder entzogen.«

»Dann haben Sie nun schon zum zweiten Mal Ihr Zuhause verloren«, konstatierte Sophie.

»Ja«, sagte Ferdinand traurig. »Das war wirklich ein herber Verlust.«

Sophie lächelte ihm aufmunternd zu. Und war erneut dankbar dafür, dass ihr dieses Schicksal nicht blühen würde. Auch wenn sie nach der Hochzeit in die Residenz umziehen musste: Sie durfte doch zumindest in ihrer Heimat bleiben. Was für ein unglaubliches Geschenk!

Kapitel 14

»Das kann nicht sein! Das kann doch einfach nicht wahr sein! Was ist das nur für eine Zeit!«, jammerte Ludovika, als sie wenige Tage nach ihrer Rückkehr beim Frühstück ihre Post durchsah.

Ludwig hat die Verlobung gelöst, schoss es Sophie durch den Kopf. Sie fühlte sich in ihrer Vermutung bestätigt, als Ludovika ihre Litanei mit den Worten fortsetzte: »Mein Kind, mein armes, armes Kind.«

»Was ist denn, Mutter?«, erkundigte sich Carl Theodor mit müder Ungeduld in der Stimme. Seit seine Sophie gestorben war, war er nur noch ein Schatten seiner selbst. Früher hatte er immer ausgleichend auf gelegentliche Launen ihrer Mutter gewirkt, aber dafür schien ihm jetzt buchstäblich der Nerv zu fehlen.

Ludovika hob den Kopf und sah erst Carl Theodor, dann Sophie an. »Dieser Brief hier«, sie deutete auf das Kuvert, »ist von meiner Schwester Sophie. Stellt euch nur vor – ihr Sohn Maximilian ist tot.«

Sophie schrie leise auf und hielt erschrocken die Hand vor den Mund. »Maximilian?«, fragte sie dann. »Sisis Schwager? Der Kaiser von Mexiko?«

»Ja.« Ludovika schluchzte auf.

Erzherzog Ferdinand Maximilian Joseph Maria von Österreich war der zweitälteste Sohn von Erzherzog Franz Karl und Prinzessin Sophie von Bayern. Als vor drei Jahren die Mexikanischen Interventionskriege ausbrachen, war er auf Betreiben Kaiser Napoleons III. als Kaiser von Mexiko inthronisiert worden. Vor Kurzem war er jedoch von der legitimen Regierung des Präsidenten Benito Juárez entmachtet und gefangen genommen worden. Sophie war ihm nicht allzu oft begegnet, hatte ihn aber als fantasievolle Künstlernatur in Erinnerung. Ferdinand Maximilian hatte sich sehr für Literatur interessiert und war ihr viel sympathischer gewesen als sein Bruder Luzi-Vuzi, ihr ehemaliger Heiratskandidat. Und er sollte nun tot sein? Sophie konnte es nicht glauben! Sie wusste, dass sie nicht die Einzige war, die den charmanten Mann ins Herz geschlossen hatte; laut Sisi gab es eigentlich niemanden am Wiener Hof oder in der Bevölkerung, der ihn nicht gemocht hatte. Sisi hatte auch erzählt, er sei der Lieblingssohn seiner Mutter Sophie gewesen, Franz Joseph sei manches Mal durchaus eifersüchtig auf seinen Bruder gewesen – eben weil ihm alle Herzen zuflogen. Und so wenig Sophie ihre Tante sonst auch leiden mochte, jetzt hatte sie einfach nur Mitleid mit ihr.

»Aber warum?«, hörte Sophie ihren Bruder Carl Theodor wie durch einen Schleier fragen. »Was ist denn nur geschehen?«

»Ich weiß es nicht genau«, antwortete Ludovika unter Schluchzen. »Aber wir werden es bald erfahren. Meine Schwester kommt zu uns und wird uns sicher berichten.«

»Meine Güte«, murmelte Sophie erschüttert. »Ich kann es gar nicht glauben. Wird Sisi sie begleiten?«

»Davon ist nicht auszugehen«, erwiderte Ludovika. »Sie ist doch noch in Ungarn.«

Kapitel 15

Bereits zwei Tage später kam eine vollkommen aufgelöste Kaisermutter Sophie mit ihren Hofdamen in Possenhofen an. Ludovika hatte darauf bestanden, ihre gramgebeugte Schwester allein in Empfang zu nehmen, und so beobachtete Sophie nur beklommen von ihrem Fenster aus, wie Sisis sonst stets so sehr auf Etikette bedachte Schwiegermutter regelrecht aus der Kutsche und in die Arme ihrer Schwester fiel, die sie hastig nach drinnen brachte. Auf Anweisung Ludovikas störte niemand die beiden Schwestern.

Ob die Erzherzogin zusammen mit der Familie zu Abend essen oder sich stattdessen in ihre Gemächer zurückziehen würde, war noch nicht sicher. Sophie rechnete eigentlich nicht damit, doch kurz vor dem Abendessen teilte ein Diener ihr mit, die Tante werde an der Mahlzeit teilnehmen.

»Tante Sophie«, begrüßte sie unsicher ihre so gestrenge Namensschwester, vor der sie stets ein wenig Angst gehabt hatte. »Mein tief empfundenes Beileid. Ferdinand Maximilian war wirklich ein ganz außergewöhnlicher Mensch. Ich bin froh, dass ich ihn kennenlernen durfte.«

Zu ihrer Verwunderung und Bestürzung fiel die Ältere ihr

mit einem Aufschluchzen um den Hals. »Ach, mein liebes Kind«, sagte sie. »Ach, mein liebes Kind!«

Über die Schulter ihrer Tante warf Sophie ihrer Mutter fragende Blicke zu, doch die nickte nur heftig, was vermutlich bedeuten sollte, dass Sophie ihre Sache gut machte.

Beruhigend strich sie ihrer Tante über den Rücken, dann kondolierte auch Carl Theodor.

»Es tut gut, bei euch zu sein«, sagte die Kaisermutter, nachdem die Diener den ersten Gang aufgetragen hatten. »Wobei ich den Mord an meinem Sohn auch hier nicht vergessen kann.«

Sophie wusste inzwischen, dass Maximilian standrechtlich erschossen worden war. Die genauen Hintergründe kannte sie aber nicht, und sie traute sich auch nicht, danach zu fragen. An ihrer Stelle erkundigte sich Carl Theodor: »Möchtest du darüber reden oder belastet dich das zu sehr?«

Tante Sophie schnitt ein Stück Fleisch ab, steckte es in den Mund und kaute energisch. Dann legte sie ihr Besteck zur Seite und sagte: »Ich denke, es wird mir guttun, davon zu erzählen. Wie es aussieht, hat Napoleon ihm dreist ins Gesicht gelogen und ihn schamlos ausgenutzt. Letztendlich ist der französische Kaiser schuld an seinem Tod.«

»Napoleon?«, fragte Sophie verwundert.

Die Kaisermutter nickte vehement. »Er war es ja, der in Mexiko ein eigenes Reich gründen wollte, das militärisch und wirtschaftlich von Frankreich abhängt.«

»Das weiß ich«, sagte Sophie. »Und der Kaiser dieses Reichs war Ferdinand Maximilian. Aber …«

»Richtig«, fiel ihre Tante ihr ins Wort. »Und mein Maximilian hatte so große Pläne!«

»Aber Sisi hat mir damals erzählt, es habe einen Volksentscheid gegeben, der ganz klar ergab, dass das mexikanische Volk ihn als Kaiser wollte.«

»Und ebendas stimmte nicht!«, rief Tante Sophie. »Dieser Volksentscheid war gefälscht. Mein armer Junge musste die ganze Zeit über ein Volk herrschen, das ihn nicht wollte. Hätte er das gewusst, er hätte sich doch niemals darauf eingelassen! Er hat ja vor Übernahme der Kaiserwürde sogar noch die Bedingung gestellt, dass das mexikanische Volk mit ihm einverstanden sein muss.«

Sophie musterte ihre Tante nachdenklich. Sie hätte ihr nicht zugetraut, dass der Wille des Volkes für sie eine große Rolle spielte. Vermutlich hatte der Tod ihres Sohnes sie verändert.

»Wir haben Napoleon von Anfang an nicht getraut«, fuhr Tante Sophie leise fort. »Aber Ferdinand Maximilian hat für bare Münze genommen, was der Kaiser ihm einredete: Dass sich die Mexikaner nichts mehr wünschen als einen Habsburger als Kaiser. Er dachte, er könnte in Mexiko seinen großen Traum verwirklichen und einen modernen, liberalen Staat aufbauen.«

»Das ist wirklich ungeheuerlich, wie übel man ihm da mitgespielt hat«, ließ sich nun Carl Theodor leise vernehmen. »Was willst du jetzt tun?«

Tante Sophie seufzte. »Was soll ich denn tun? Ich kann nichts tun. Nichts bringt mir meinen geliebten Jungen wieder zurück. Aber fortan ist Napoleon mein erklärter Erzfeind.«

Und dann brach sie zur Bestürzung aller Anwesenden in Tränen aus.

Erst später sollte Sophie von ihrer Mutter erfahren, dass ihre Tante sich auch selbst die Schuld am Tod ihres Sohnes gab. Dass sie in Mexiko nicht willkommen waren, war Maximilian und seiner Gattin Charlotte nämlich schon bei ihrer Ankunft klar geworden, weil der Empfang alles andere als herzlich gewesen war. Sie wurden im Hafen von Veracruz keineswegs von Honoratioren, sondern von zerlumpten Bettlern empfangen, der verrottete Regierungspalast war dem Zusammenbruch nahe, und Maximilian hatte seine erste Nacht dort auf dem Billardtisch verbracht, nachdem er feststellen musste, dass seine Matratze voller Flöhe war. Schnell begriff Sisis Schwager, dass er auf sehr breite Ablehnung stieß und die meisten Mexikaner den ehemaligen Präsidenten Juárez unterstützten, der von den Franzosen abgesetzt worden war. Als Frankreich dann 1866 seine Truppen abzog, hatte Kaiser Maximilian im Grunde keine Chance mehr, sich gegen Juárez zu behaupten. Immer wieder, so erfuhr die bestürzte Sophie von ihrer Mutter, hatte er verzweifelt um Hilfe gebeten, seine Frau Charlotte war sogar nach Europa gereist, um zuerst Napoleon III. und dann Papst Pius IX. um Unterstützung anzuflehen. Doch Napoleon, der Maximilian ja erst in diese Lage gebracht hatte, war untätig geblieben, und der Papst hatte lediglich versprochen, für sie zu beten. Schließlich hatte sich Maximilian mit seinen letzten Truppen in der Stadt Querétaro verschanzt, bis diese am 14. Mai 1867 durch einen Verrat fiel. »Kurz davor hat er noch daran gedacht zu fliehen«, berichtete die verstörte Ludovika ihrer Tochter. »Und seine Mutter hat ihn aufgefordert, zu bleiben und durchzuhalten. Das verzeiht sie sich nie.«

***

Es war Nathalie von Sternbach, die Sophie aus ihren trüben Gedanken wegen der Trauer um den verstorbenen Maximilian und der Sorge um den kranken Gatten ihrer Schwester Nené zu reißen vermochte.

»Sie werden ihn wiedersehen. Schon morgen«, verkündete die Hofdame am Morgen des 26. Juni.

»Was?«, fragte Sophie aufgeregt und fügte ein gestammeltes »Wie denn?« hinzu. »Haben Sie etwa Bilder bestellt?«

Ihre Hofdame lächelte. »Nun, von meiner Freundin Antonie von Kaan weiß ich, dass ein gewisser Edgar Hanfstaengl mindestens ebenso in Liebe für Sie entbrannt ist wie Sie für ihn.«

»O wirklich?«, rief Sophie und ergriff aufgeregt Nathalies Hände. »Und woher hat diese Hofdame davon Kenntnis?«

»Ihr Bruder ist mit einer Tante von Edgar Hanfstaengl verheiratet. Und dieser Tante hat er sich wohl anvertraut.«

»Wie wundervoll!«, flüsterte Sophie. »Auch wenn ich natürlich weiß, dass es für unsere Liebe keine Chance gibt.«

»Mit dieser Einstellung sollten Sie aber nicht zu dem Treffen gehen!«, schalt Nathalie von Sternbach sie.

»Sie haben recht«, sagte Sophie. Hatte sie nicht neulich erst darüber nachgedacht, wie ungerecht es war, dass ihr als Frau verwehrt sein sollte, was ihr Bruder leben durfte? »Sie müssen mir alles erzählen!«, bat sie ihre Hofdame und sah ihr aufgeregt ins Gesicht. »Wer hat das Treffen arrangiert? Wo findet es statt? Was soll ich anziehen? Wie mein Haar tragen?«

»So gefallen Sie mir schon besser, meine Liebe«, meinte Nathalie von Sternbach lachend. »Ich habe das Treffen gemeinsam mit Antonie von Kaan arrangiert. Es wird auf dem Hochschloss Pähl stattfinden, also zwischen dem Würmsee und dem Ammersee. Es gehört Franz Hanfstaengl, der es 1844 erworben hat.«

Sophie nickte. »Aber wird das nicht sehr auffallen?«, fragte sie besorgt.

»Nein, gewiss nicht!«, versicherte Nathalie von Sternbach. »Ihr Verlobter lässt sich ja ohnehin nicht blicken; soweit ich weiß, weilt er derzeit auf dem Hochkopf. Ich habe schon mit Ihrem Bruder Carl Theodor gesprochen, er wird uns begleiten. Und Edgar wollte eigentlich mit seinem Vater Franz kommen, nur hat der dummerweise für morgen einen derart wichtigen Auftrag erhalten, dass er verhindert ist und Edgar alleine schicken muss. Da dieser aber von seiner Verwandten Antonie von Kaan begleitet wird, ist nichts Verwerfliches dabei.«

»Aber Carl Theodor…«, setzte Sophie an. Nachdem ihr ältester Bruder Ludwig seine Rechte als Erstgeborener zurückgegeben hatte, war Carl Theodor an dessen Stelle gerückt und der erklärte Liebling ihrer Mutter. Und die wäre ganz und gar nicht erfreut, wenn sie von dem heimlichen Treffen erfahren würde.

»Er weiß natürlich nicht, was wirklich hinter dem Treffen steckt«, beruhigte Nathalie sie, die ihre Gedanken erahnte.

»Aber was haben Sie ihm gesagt?«

»Nun, das Hochschloss eröffnet einen wunderbaren Fernblick gen Süden. Es würde sich daher durchaus als Kulisse für weitere Aufnahmen anbieten, die wir natürlich zuvor in Augenschein nehmen müssen.«

»Sie sind wirklich die Beste!«, sagte Sophie. Doch im nächsten Moment verdunkelte sich ihre Miene wieder. »Ich kann nicht dorthin fahren«, stieß sie hervor. »Es wäre nicht recht.«

Nathalie wusste sofort, wovon sie sprach. »Wegen der Erkrankung Ihres Schwagers und der beiden Trauerfälle?«, vermutete sie.

»Ja«, bestätigte Sophie. »Das wäre… einfach nicht richtig. Ich würde mir schäbig vorkommen, ausgerechnet jetzt…«

»Hören Sie mir zu«, bat Nathalie von Sternbach und sah sie eindringlich an. »Normalerweise würde ich Ihnen aus tiefstem Herzen zustimmen. Aber zum einen denke ich, dass es sowieso ein Treffen ist, das sich… nicht gehört.«

»Da haben Sie natürlich recht.«

»Und zum anderen … Es war ein enormer Aufwand, dieses Treffen zu organisieren. Ich fürchte, ein zweites Mal wird mir das nicht gelingen.«

Erschrocken und irgendwie auch erleichtert, weil ihr die Entscheidung ja im Grunde abgenommen wurde, sah Sophie ihre Hofdame an. »Unter diesen Umständen können wir das Treffen natürlich auf keinen Fall absagen.«

Am Abend des 26. Juni 1867 ging jedoch eine entsetzliche Nachricht in Possenhofen ein: Erbprinz Maximilian Anton von Thurn und Taxis hatte den Kampf gegen seine schwere Krankheit nicht gewonnen, er war im Alter von nur sechsunddreißig Jahren dem Nierenleiden erlegen. Nené war außer sich vor Kummer und Schmerz. Und Sophie wusste, dass sie ihr beistehen musste. Und wollte.

Kapitel 16

Trotz der schlimmen Nachrichten war Sophie – wenn auch mit sehr schlechtem Gewissen – zu ihrem Treffen mit Edgar Hanfstaengl aufgebrochen. Nathalie hatte ihr nochmals ins Gewissen geredet, dass ein weiteres Treffen so schnell nicht zu arrangieren sei und Sophie in Possenhofen nichts tun könne. Zur Beerdigung nach Regensburg würde man ohnehin erst am folgenden Tag aufbrechen.

Dennoch war Sophie niedergedrückt, als sie Edgar Hanfstaengl traf. Obwohl sie ungemein aufgeregt war und heftiges Herzklopfen verspürte, nahmen die Ereignisse der letzten Tage ihrer Begegnung doch das Leuchten und die Leichtigkeit.

»Es tut mir leid, was Ihre Familie gerade durchmachen muss«, sagte Edgar leise, als sie Seite an Seite über das Gelände des Hochschlosses spazierten – unter dem Vorwand, nach einem besonders schönen Aussichtspunkt für die Aufnahmen Ausschau zu halten.

Sophie nickte. »Danke.« Sie sah ihn von der Seite an und lächelte. »Erzählen Sie mir von sich.«

»Sie sind doch viel interessanter«, wehrte er charmant ab.

»Bitte«, bat sie leise. »Ich möchte alles wissen.«

»Nun«, sagte er, »ich fürchte, im Vergleich zu dem Ihren ist mein Leben vollkommen langweilig. Ich bin Handelsmann und Großhandelsmann und habe meine Ausbildungen in London und Stettin absolviert.«

»London«, sagte Sophie verträumt. »Ich würde so gerne die Welt sehen.«

»Oh, das ist in der Tat lohnenswert«, versicherte Edgar. »Ich war auch Kontorist beim Teehandelshaus Clark und in dieser Eigenschaft in Asien unterwegs. Das war wirklich eindrucksvoll.«

Neugierig sah Sophie ihn an. Seine Schilderungen interessierten sie so sehr, dass sie darüber sogar ihre Nervosität vergaß. Zumal ihr Ferdinand von Alençon erst kürzlich von diesem Kontinent berichtet hatte. »Asien«, sagte sie. »Das erscheint mir wie eine andere Welt.«

»Das ist es auch«, bestätigte er. »Die Menschen sind dort durchwegs sehr klein, dunkelhaarig und zierlich.«

»Na, da sind Sie als das komplette Gegenteil sicherlich sehr aufgefallen«, vermutete Sophie.

»O ja«, bestätigte er lächelnd. »Wo immer ich auftauchte, folgten mir ganze Horden von Kindern. Sie wollten mich unbedingt berühren.«

Das kann ich verstehen, schoss es Sophie durch den Kopf. Sie sprach es natürlich nicht aus, sondern fragte: »Weil Sie so anders aussehen?«

»Ja«, bestätigte Edgar. Inzwischen waren sie an einer Brüstung angekommen, an die sie sich nebeneinander lehnten, während Edgar fortfuhr: »Ich wurde dort ›der Mann ohne Farbe‹ genannt.«

Sophie musste lachen. »Der Mann ohne Farbe«, wiederholte sie. »Das ist … besonders.«

Er stimmte in ihr Lachen ein, dann sagte er: »Aber die Welt in Asien, die ist wirklich voller Farben, Hoheit, ich wünschte, Sie könnten das einmal sehen. Die Frauen tragen bunte Gewänder, die sie um ihre Körper wickeln. Überall wachsen riesige Palmen, der Strand am tiefblauen Meer ist fast weiß … Wie gerne würde ich Ihnen all das zeigen!«

»Und wie gerne würde ich es mir von Ihnen zeigen lassen«, erwiderte sie flüsternd und blickte dann auf ihrer beider Hände, die so dicht nebeneinander auf der Brüstung lagen, dass nur noch eine Winzigkeit fehlte, um einander zu berühren. Und dennoch lag in dieser Winzigkeit ein ganzes Leben. Oder besser: ein ganzes Königreich.

»Sie werden bald Königin von Bayern sein«, flüsterte er und lenkte damit das Gespräch endlich auf sie beide und den Grund, warum sie hier waren. »Ich hätte nie gedacht, dass das hier … dass das möglich ist.«

»Es ist kompliziert zwischen uns«, erwiderte Sophie.

Edgar schloss für einen Moment die Augen, dann sagte er: »Ich wollte gerade die Frage stellen, ob ich hoffen darf. Aber natürlich darf ich nicht hoffen. Ich bin nur ein Bürgerlicher.«

»Wie egal mir das ist!«, rief sie, und dann überbrückte sie einfach das Königreich und das Leben, wandte sich ihm zu und legte ihre Hände in die seinen. Die Berührung machte sie schwindeln, gleichzeitig fühlte sie sich aber auch geborgen und gehalten wie nie in ihrem Leben.

***

»Er ist so wundervoll!«, schwärmte sie am Abend, als sie mit Nathalie in ihren Gemächern zusammensaß. »Auch wenn ich nach wie vor ein schlechtes Gewissen habe, dass ich ausgerechnet jetzt so glücklich bin. Meiner trauernden Familie und natürlich auch Ludwig gegenüber. Doch selbst wenn ich weiß, dass es keine Hoffnung für uns gibt – ich liebe einfach das Gefühl, das er in mir wachruft, auch wenn mir klar ist, dass ich es nicht festhalten kann. Es ist so wunderbar, so leicht, so weit und so…«, sie suchte nach Worten, »so gewaltig. Ja, das trifft es vielleicht am ehesten.«

Ihre Hofdame lächelte sie liebevoll an. »Sie haben ein leidenschaftliches Wesen. Leidenschaft und Liebe sind aber nicht immer das Gleiche.«

Sophie lächelte. Doch ihr Glück konnte nicht von langer Dauer sein, sie würde es nicht leben dürfen. Als Nathalie von Sternbach gegangen war, nahm sie das Verlobungsfoto zur Hand, das Ludwig und sie selbst gemeinsam zeigte, und betrachtete es aufmerksam. Nein, sie waren ganz offensichtlich beide nicht glücklich. Und dennoch war sie mit ihm, dem König, verlobt! Sie konnte sich nicht einfach auf einen anderen Mann einlassen, schon gar nicht auf einen Bürgerlichen! Ihrer Mutter, die ohnehin schon so viel durchmachen musste, würde das Herz brechen. Ihre ganze Familie litt derzeit so sehr, da durfte sie ihnen nicht noch mehr Kummer bereiten.

Hilfe suchend warf sie einen Blick auf das goldgerahmte Madonnenbild über ihrem Bett, und wie immer gab ihr dieser Anblick Kraft. Entschlossen drehte sie sich zu ihrem Sekretär um, zog Papier und Stift heraus und begann zu schreiben.

Mein geliebter Edgar,
Ich kann Dir gar nicht sagen, wie glücklich unsere Begegnung und das gegenseitige Bekenntnis unserer Liebe mich gemacht hat. Aber dennoch, Du weißt es so gut wie ich: Hoffnung gibt es keine für uns. Was bleibt uns – Entsagen.

Mit Schauder blicke ich in die Zukunft, der Tag meiner Trauung steht wie ein schwarzer Schatten in meiner Seele, ich möchte entfliehen dem unbarmherzigen Schicksal! Warum mußte ich Dich kennen lernen, jetzt da meine Freiheit in Fessel geschlagen ist? – Ich liebe Dich so innigst, mein Edgar, wenn Du bei mir bist, da kann ich es Dir nicht so sagen, wie tief Dein liebendes Bild in meinem Herzen ruht, so tief, daß ich so schmählich alle Pflichten gegen meinen König vergaß! Dennoch, geliebter Edgar, bitte ich Dich von Herzen, ein Wiedersehen zu ermöglichen. Komm mit Deiner treuen Antonie von Kaan in sieben Tagen ins Herzog Max Palais. Ich werde dort auf der Rückreise aus Regensburg einige Tage verbringen und erst dann wieder nach Possenhofen reisen.

Mit einem Seufzen verschloss sie den Brief, steckte ihn in den Umschlag und ließ ihn dann auf ihrem Sekretär liegen. Am nächsten Morgen würde sie ihn ihrer Hofdame übergeben – mit der Bitte, ihn über Antonie von Kaan Edgar Hanfstaengl zukommen zu lassen.

Kapitel 17

Die Beerdigung in Regensburg war herzzerreißend. Sophie war sich sicher, noch nie eine derartige Trauer erlebt zu haben, auch wenn die Trauer um Carl Theodors Frau Sophie von Sachsen ebenfalls enorm und entsetzlich gewesen war. Nené konnte sich kaum fassen, sie wusste gar nicht, wohin mit sich und ihren vier kleinen Kindern. Auch Maximilians Eltern – Fürst Maximilian Karl von Thurn und Taxis und dessen Ehefrau Baronesse Wilhelmine von Dörnberg – waren gänzlich verstört. Die ganze Stadt trug Trauer, die Bürger säumten die Straßen, als der Wagen mit dem Sarg des Erbprinzen zur Grabkapelle der Thurn und Taxis fuhr. Die Regensburger liebten das Erbprinzenpaar – die karitative Helene, aber auch ihren Mann, der für seine Großzügigkeit und Herzensgüte bekannt gewesen war.

Selbst Ludwig vermochte es dieses Mal, anteilnehmende Worte zu finden, und schrieb:

Ich fühle mit Euren Lieben den tiefen und gerechten Schmerz, welche dieselben und die gesamte Taxische Familie empfindet und ermesse sehr wohl, welch eine Fülle von Hoffnungen mit dem teuren Leben des Dahingeschiedenen erloschen sind.

»Ich kann es gar nicht glauben, immer noch nicht«, sagte Sophie zu ihrer Schwester Sisi, als sie nach der Bestattung in der Fürstengruft die Gelegenheit hatten, miteinander zu sprechen. »Ich mache mir furchtbare Sorgen um Nené.«

»Ich mir auch«, murmelte Sisi bekümmert. »Sie hat ihn so geliebt, so unendlich geliebt.«

Sophie nickte und ließ ihre Blicke zu Mathilde und Marie schweifen. Beide waren in Begleitung ihrer Ehemänner erschienen. Mathilde war vor einem halben Jahr Mutter geworden; Maria Theresa Magdalena von Bourbon-Sizilien, genannt Mädi, hatte im Januar das Licht der Welt erblickt und wurde während der Beerdigung selbstredend von einem Kindermädchen betreut. Doch trotz ihres jungen Mutterglücks wirkte Mathilde nicht glücklich, um ihren Mund lag, wie Sophie fand, ein verbitterter Zug, was vielleicht an den zahlreichen Affären ihres Ehemannes liegen mochte.

Auch Marie hatte vor fünf Jahren ein Kind zur Welt gebracht, was ein riesiger Skandal gewesen war, denn ihr Ehemann war bekanntermaßen außerstande, Kinder zu zeugen. Nachdem das Königspaar seinerzeit seinen Thron verloren hatte, war Marie – häufig in Begleitung von Mathilde – in Europa herumgereist, und zu Ludovikas Empörung hatten die beiden Schwestern dabei für allerlei Skandale gesorgt. Die einstige Königin von Neapel, so erzählte man sich sensationslüstern hinter vorgehaltener Hand, sei nackt im Meer geschwommen, außerdem hatte man sie angeblich gesehen, wie sie Zigarillos rauchte! Die Gerüchteküche brodelte, sogar skandalöse Fotos waren aufgetaucht. Zwar hatte Marie steif und fest behauptet, dass es sich dabei um Fälschungen handle, doch dann war sie schwanger geworden.

Sophie erinnerte sich noch genau daran, wie ihre große Schwester im Herbst des Jahres 1862 Zuflucht in Possenhofen gesucht und Mama Ludovika sie in ein Kloster gesteckt hatte. Dort hatte Marie im November ein uneheliches Kind zur Welt gebracht, Daisy de Lavaysse, das nach der Geburt zu Pflegeeltern gegeben worden war. Sophie hatte noch oft an die Kleine denken müssen und wusste, dass ihre Schwester Kontakt mit dem Kind hatte. Sie selbst hatte es aber nie kennengelernt, denn Maries »Fehltritt« wurde in der Familie totgeschwiegen. Plötzlich fragte sich Sophie, ob man ihr einen »Fehltritt« mit Edgar wohl auch verzeihen würde. Wieder schweiften ihre Augen zu der gramgebeugten Helene.

»Was denkst du gerade?«, fragte Sisi sie.

»Ach, ich denke, wie ungerecht es doch ist, dass die Einzige von uns Schwestern, die glücklich verheiratet war, ihren lieben Mann nun verloren hat.«

»Ja«, bestätigte Sisi. »Das Schicksal ist nicht nur manchmal schrecklich grausam. Wobei Marie es geschafft hat, ihm zu trotzen.«

Sie deutete auf ihrer beider Schwester, die gerade zu ihrem Ehemann getreten war und ihn zärtlich anlächelte. »Ich hätte nicht gedacht, dass er ihr alles verzeiht und sie zurücknimmt. Zumal ja alle von der Sache wussten.«

»Er scheint sie wirklich zu lieben«, sagte Sophie. »Was mich aber am meisten an ihm beeindruckt, ist, dass er einen Teil der Schuld auf sich genommen hat, weil er eben keine Kinder zeugen konnte. Das ist ja peinlich für einen Mann.«

Sisi nickte. »O ja, das ist es«, bestätigte sie. »Hätte er sich nur gleich am Anfang der Operation unterzogen, wie er es dann schlussendlich getan hat, hätte er Marie vielleicht viel Kummer und Leid erspart.«

»Aber am meisten Kummer hat Nené«, sagte Sophie. »Es ist gut, dass sie für einige Zeit mit uns nach Possenhofen kommt.«

Sisi nickte. »Es wird Franz Josef zwar nicht gefallen«, sagte sie, »aber ich werde mit euch fahren. Sie braucht mich jetzt. Du weißt, wie eng unsere Bindung ist. Lang kann ich allerdings nicht bleiben, ich muss Franz Josef auf einen Staatsempfang nach Salzburg begleiten, Napoleon und seine Gemahlin werden erwartet.«

»O Sisi, das ist ja wunderbar!«, freute sich Sophie. »Du bist genau das, was Nené jetzt braucht.«

Sie zögerte einen Moment, denn sie wusste, dass sie eigentlich auch direkt nach Possenhofen fahren sollte. Aber sie hatte Edgar doch gebeten, ins Herzog-Max-Palais zu kommen, um sie zu treffen. Freilich könnte sie ihm eine erneute Nachricht zukommen lassen und ihn bitten, sie am Würmsee aufzusuchen, aber dort wäre sein Besuch erst recht unpassend.

Kurz darauf kam ihr vollkommen überraschend Ludwig zu Hilfe. Er ließ ihr eine Nachricht zukommen, in der er sie bat, nach ihrem Aufenthalt in Regensburg kurz in München Station zu machen, um den Renovierungsfortschritt in der Residenz zu begutachten.

***

Zwei Tage später traf Sophie in München ein, wo die Hochzeitsvorbereitungen in vollem Gange waren. Sophies Aussteuer wurde genäht, natürlich aus den teuersten Stoffen – dem Wunsch des Königs folgend versah man die Brokate mit Lohengrin-Szenen –, Medaillen mit dem Doppelporträt wurden geprägt und Gedenkblätter an die Hochzeit gedruckt.

Außerdem wurde der Kaiserwagen Probe gefahren, eine hundertfünfundzwanzig Jahre alte Kutsche, mit der einst, am 12. Februar 1742, Kurfürst Karl Albrecht zu seiner Kaiserkrönung gefahren war. Und in der Residenz waren die Arbeiten in vollem Gange, um die Hofgartenzimmer als Wohn- und Repräsentationsräume für Sophie umzugestalten. »Interessant, dass er gerade diese für mich ausgewählt hat«, sagte Sophie mit einiger Bitterkeit in der Stimme zu Nathalie von Sternbach. »Seine eigenen Zimmerfluchten könnten nicht weiter entfernt liegen. Und er will nicht nur für mich umbauen, sondern auch für sich: Einen Wintergarten auf dem Dach seiner Wohnung hat er in Auftrag gegeben. Dreißig Quadratmeter groß. Dabei hatte sein Vater doch auch schon einen bauen lassen.«

»Das ist für Ludwig vermutlich erst recht ein Grund, sich ebenfalls einen zu errichten«, überlegte die Hofdame Nathalie und fügte hinzu: »Vielleicht ist es ja auch ein romantisches Hochzeitsgeschenk an Sie? Möglicherweise möchte er dort gemeinsam mit Ihnen dinieren?«

***

Als der Tag anbrach, an dem sie Edgar treffen sollte, hatte Sophie ein furchtbar schlechtes Gewissen, vor allem ihrer trauernden Schwester und auch Ludwig gegenüber, der schließlich alles für ihre Hochzeit vorbereiten ließ. So innig ihre Gefühle für den Fotografensohn auch waren, sie hatte nicht das Recht, sie auszuleben. Aus Respekt und Verantwortung ihrer Familie und Ludwig gegenüber. Daher war ihr das Herz schwer, während sie auf Edgar wartete. Denn sie wusste, es würde ein Abschied werden. Und sie schien nicht die Einzige zu sein, die Skrupel hatte.

»Antonie von Kaan hat Bedenken bekommen«, informierte Nathalie von Sternbach Sophie am Morgen des geplanten Treffens im Herzog-Max-Palais, während Sophie fahrig an ihrer Frisur herumzupfte, die, wie sie fand, heute überhaupt nicht saß. »Sie begleitet Hanfstaengl zwar, aber sie hat auch deutlich gemacht, dass sie dafür nicht mehr lange zur Verfügung steht.«

»Oh«, machte Sophie verwundert. »Weshalb denn das? Sie war doch eigentlich bisher sehr hilfsbereit.«

»Ich kann es nicht sagen«, erwiderte Nathalie. »Möglicherweise hat sie Skrupel bekommen, als ihr bewusst wurde, wie ernsthaft Ihre Gefühle füreinander sind.«

Sophie nickte nur stumm. Sie sagte ihrer Hofdame nicht, dass sie Frau von Kaans Dienste in Zukunft ohnehin nicht mehr benötigen würden.

Obwohl es eigentlich im höchsten Maße unschicklich war, ließen Nathalie und Antonie von Kaan die beiden Liebenden allein, nachdem Edgar Hanfstaengl wenig später das Palais betreten hatte. »Ich vertraue Ihnen«, hatte Nathalie Sophie noch gemahnt und dann die Tür hinter ihr geschlossen.

»Sophie. Liebste Sophie.« Edgar zog sie in seine Arme, dass Sophie die Beine weich wurden. »Ich konnte es nicht aushalten ohne dich. In jeder Sekunde war ich in meinen Gedanken bei dir.«

Seine Küsse wurden fordernder, und so gern Sophie sie mit all ihrer Leidenschaft erwidert hätte – sie wusste, dass sie sich nicht in eine kompromittierende Lage bringen durfte. Außerdem würde sie Edgar damit falsche Hoffnungen machen.

Schweren Herzens löste sie sich deshalb von ihrem Liebsten und trat einen Schritt zurück. »Es geht nicht, Edgar«, sagte sie. »Du weißt, dass ich dich liebe, aber du weißt auch, dass ich beim König im Wort stehe. Ich habe eine Verantwortung. Dem ganzen Land gegenüber.«

Gekränkt und zutiefst enttäuscht sah er sie an. »Das weiß ich. Aber ich dachte …«

»Was dachtest du, Edgar?«

»Nun, da du mich hergebeten hast, hoffte ich, dass es vielleicht doch noch eine Chance gibt. Auch wenn ich eigentlich natürlich weiß, dass …«

»Ich liebe dich, Edgar, von ganzem Herzen. Aber …«

Mit unendlicher Traurigkeit im Blick sah er sie an. »Lass gut sein, Sophie. Ich verstehe schon.«

Ohne ein weiteres Wort wandte er sich ab und ging zur Tür. Sie stand eine Weile lang wie zu Eis erstarrt. Er war schon längst hinausgegangen, als sie sich endlich aus ihrer Starre zu lösen vermochte.

»Edgar!«, rief sie und stürzte ihm hinterher – und direkt in die Arme ihrer Hofdame.

»Er ist fort«, sagte Nathalie und sah sie ratlos an. »Was ist denn nur geschehen?«

»Ach, Nathalie!« Sie stürzte sich in die vertraute Umarmung ihrer Hofdame und ließ ihren Tränen freien Lauf.

»Bitte beruhigen Sie sich doch.« Fürsorglich führte Nathalie von Sternbach sie zum Sofa und hielt ihr die Hände, als sie sagte: »Nun erzählen Sie der Reihe nach.«

»Er wollte …«

»Die Situation ausnutzen?«, fragte Nathalie entsetzt. »Ich hätte Sie doch nicht mit ihm allein lassen sollen.«

»Ausnutzen nicht direkt«, beruhigte Sophie, »aber er … er hat mich geküsst, und ich glaube, er dachte, dass diese Begegnung bedeutet, dass unsere Liebe vielleicht doch eine Chance hat.«

»Und Sie haben ihm diese Hoffnung genommen?«

»Ja. Nach allem, was in den letzten Wochen über meine Familie hereingebrochen ist, kann ich ihnen doch nicht noch mehr Kummer bereiten. Ich war fest entschlossen und überzeugt, dass Edgar und ich keine Chance haben. Aber als er dann so verletzt aus dem Zimmer gestürzt ist … ich hätte ihm so gerne alles erklärt, ihm alles gesagt, was mich bewegt. Und dann hat es sich so unglücklich entwickelt. Und jetzt ist er fort, und ich kann es nicht mehr richtigstellen.«

»Dann schreiben Sie ihm«, riet die treue Hofdame.

»Das ist eine gute Idee, das werde ich tun«, rief Sophie erleichtert. »Ich kann mich in Briefen ohnehin so viel besser ausdrücken als im direkten Gespräch mit ihm. Zumal mich seine Nähe so … so …«

»Verwirrt?«, half Nathalie von Sternbach.

»Ja, verwirrt«, bestätigte Sophie. Dann setzte sie sich an den kleinen Sekretär und begann zu schreiben:

Warum, liebster Edgar, haben Sie mein Benehmen so verkannt? Ist es nicht Liebe, daß ich meinen leidenschaftlichen Gefühlen Zwang anthat? O Edgar, vor Allem bitte ich Sie inständig, kommen Sie bald wieder zurück, jede Stunde bin ich bereit Sie zu sehen – gewiß, wenn wir wieder beisammen sind wird es beßer werden. An meiner treuen Liebe dürfen Sie nie, nie zweifeln – ich habe in diesen Tagen unsagbar gelitten u. weder Toni noch Nathalie haben die leiseste Ahnung, wie es um mich steht. Schriftlich kann ich Ihnen nicht Alles sagen – ich habe das Herz so voll, als müßte es zerspringen. Ich kann nicht weiter! O Edgar, warum sind Sie heute fort, wo Sie mich hier wissen? Leben Sie wohl! Meine einzige Bitte ist, daß

Sie baldigst zurückkehren u. wenn du mich liebst, sei ruhig u. vernünftig bis wir uns wiedersehen.
Ewig Ihre S. C.
Bitte einige Zeilen, ich liebe dich so innig.

Kapitel 18

Sophie litt entsetzlich. Das Leben erschien ihr so unendlich trist und traurig, selbst über Possenhofen, diesem Ort der Freiheit, an dem sie immer so viel Freude erlebt hatte, lag aufgrund der drei Trauerfälle ein dicker grauer Schleier. Nur das Klavierspiel, in das sie sich zusehends flüchtete, bereitete ihr noch Freude.

Anfangs hatte Sophie noch versucht, ihre Schwester Nené zu trösten, die wie geplant nach der Beerdigung ihres Mannes nach Possenhofen gekommen war, doch die Älteste reagierte auf alle Versuche Sophies nur mit einem traurigen Lächeln. Es kränkte Sophie ein wenig, dass ihre Schwester sie aus ihrer Trauer ausschloss, während sie sowohl mit der immer noch in Possenhofen weilenden Erzherzogin Sophie, die von Helenes Trauer tief ergriffen war, als auch mit Carl Theodor lange Spaziergänge unternahm. Doch als sie Nathalie von Sternbach ihren Kummer anvertraute, erklärte die kluge Hofdame: »Vielleicht will sie Sie schonen? Ich vermute aber eher, dass sie sich in ihrem Schmerz von der Kaisermutter und dem Herzog besser verstanden fühlt. Beide haben ja kürzlich ebenfalls einen solch tragischen Verlust erlitten. Sie sind nun in ihrer Trauer füreinander da.«

»Ja«, murmelte Sophie. »Ja, das wird es sein.«

Wie so oft in letzter Zeit mochte sie sich wegen ihrer oft so leidenschaftlichen Gefühle selbst nicht so recht leiden. Was fiel ihr ein, Eifersucht zu hegen! Schließlich ging es hier nicht um sie, sondern einzig und allein um Helene, der Grauenhaftes widerfahren war und die nun allen Trost und alle Zuversicht brauchte. Dennoch spürte Sophie, dass sie ein nie gekanntes Gefühl der Traurigkeit und der Düsterkeit zu erfassen drohte, dessen sie sich nicht zu erwehren vermochte.

Wenigstens war Ludwig nicht da, er weilte unter dem Decknamen Graf von Berg auf der Weltausstellung in Paris, und Sophie war dankbar, ihn aufgrund dessen nicht zu Gesicht zu bekommen.

***

»Ich habe nach Edgar Hanfstaengl geschickt. Er müsste gleich hier sein«, sagte Ludovika beiläufig, während sie und Sophie beim Nachmittagstee zusammensaßen. Sophie erschrak so sehr, dass ihr beinahe die Tasse aus der Hand gerutscht wäre. Im letzten Augenblick konnte sie sie noch fassen, die Tasse landete jedoch mit einem lauten Klirren auf der Untertasse.

»Sophie!«, rief ihre Mutter strafend. »Was ist denn nur in dich gefahren!«

»Entschuldige, Mutter«, sagte Sophie artig. »Die Tasse war so heiß, dass ich mich beinahe verbrüht hätte.«

»Du musst die Tasse natürlich auch am Henkel anfassen«, rügte Ludovika, als hätte sie eine Dreijährige vor sich. »Als künftige Königin von Bayern solltest du das wirklich wissen.«

»Natürlich, Mutter«, sagte Sophie hastig und fragte dann beiläufig: »Was hast du noch mal gesagt?«

»Wie?« Irritiert sah Ludovika ihre Tochter an.

»Du hast gerade irgendetwas gesagt, als ich die Tasse beinahe fallen ließ.«

»Ach so!«, sagte Ludovika. »Das meinst du. Ich habe nach Edgar Hanfstaengl schicken lassen. Sein Vater hat doch seinerzeit eine solch entzückende Aufnahme des Erbprinzen gemacht – ich würde sie gern zu seinen Ehren hier im Haus und in München aufhängen. Außerdem möchte ich die Aufnahme Nené und ihren Schwiegereltern jeweils als Geschenk überreichen.«

»Das ist eine sehr schöne Idee, Mutter«, sagte Sophie, die sich inzwischen wieder gefasst hatte. »Sie werden sich sicherlich alle sehr freuen.«

»Herr Hanfstaengl für Sie, Eure Königlichen Hoheiten«, meldete in diesem Moment ein Diener.

»Bitten Sie ihn herein«, befahl Ludovika.

Sophie hatte das Gefühl, das Herz müsste ihr aus dem Körper springen, so heftig pochte es, als Edgar kurz darauf den Raum betrat. Wie schön er war!

»Eure Königlichen Hoheiten«, sagte er, als er das Zimmer betrat, und senkte ehrerbietig den Kopf, um dann zuerst Ludovika und dann Sophie die Hand zu küssen. Allerdings vermied er es, sie dabei anzusehen. Sie spürte genau, wie gekränkt und verletzt er noch immer war. Sosehr sie versuchte, einen Blick von ihm zu erhaschen, er wich ihr beständig aus.

»Ich möchte die Gelegenheit ergreifen, Ihnen mein herzliches Beileid auszusprechen«, sagte er. »Zu Ihrem doppelten tragischen Verlust.«

»Danke«, sagte Ludovika. »Das ist auch der Grund, aus dem wir Sie haben rufen lassen. Ihr Vater hat seinerzeit so eine wunderschöne Aufnahme des Erbprinzen angefertigt – wir würden sie gerne vier Mal reproduzieren lassen. Wäre das möglich?«

»Aber selbstverständlich, Eure Königlichen Hoheiten«, sagte Edgar dienstbeflissen. »Ich werde mich sofort an die Arbeit machen.«

Und damit war er zur Tür hinaus, ohne Sophie ein einziges Mal in die Augen gesehen zu haben.

Betrübt blickte sie ihm nach. Doch sosehr es auch schmerzte: Sie wusste, dass es so besser war.

***

»Elsa, ach, meine liebe Elsa!«

Ludwig war von der Weltausstellung zurück und sprudelte regelrecht über vor Tatendrang, Energie und Begeisterung. Wieder einmal war er, wie er das dereinst so oft getan hatte, mit dem Boot von Schloss Berg herübergekommen, um sie in Possenhofen zu besuchen. Und plötzlich war er wieder ganz der Alte, unbefangen und voller Überschwang. »Das hättest du einmal sehen sollen in Paris!«, berichtete er strahlend. »Diese Innovationen! Ach, Elsa, es war wirklich wundervoll. Aber bevor ich dir das alles haarklein schildere, muss ich dir von Großvater erzählen.«

»Von Ludwig I.?«, fragte sie verblüfft.

»Ja.« Ludwig kicherte. »Er hat es sich nicht nehmen lassen, trotz seines fortgeschrittenen Alters ebenfalls nach Paris zu reisen. Unter Decknamen versteht sich, er nannte sich Graf von Spessart. Und du weißt ja, dass er fast taub ist.«

»Ja«, bestätigte Sophie, die zwar einerseits froh war, dass Ludwig sich wieder so verhielt wie früher, sein Verhalten aber nach allem, was zwischen ihnen und auch in der Familie vorgefallen war, auch befremdlich fand.

»Nun, als Napoleon III. einen Empfang gab, fragte er ihn,

ob Großvater seine Minister kennenlernen wolle. Der verstand ihn offenbar nicht und sagte: ›Oh, das würde mich tödlich langweilen.‹«

Sophie stimmte zwar in sein Lachen mit ein, doch es fühlte sich schal an – obwohl die Anekdote mit Ludwig I. ja wirklich lustig war. Lag es daran, dass sie ihrem Verlobten nicht spannungsfrei entgegentreten konnte, oder daran, dass Napoleon am Tod von Sisis Schwager in gewisser Weise nicht unschuldig war? Ob Ludwig davon wusste? Vermutlich nicht, dachte Sophie mit einem Anflug von Bitterkeit, ihm blieb ja so manches verborgen, was nicht unmittelbar seine Interessen berührte. Dennoch fragte sie, bemüht, sich nichts anmerken zu lassen, zumal sie Ludwig gegenüber immer noch von großen Schuldgefühlen gequält wurde: »Und wie hat Napoleon reagiert?«

»Ich konnte die Sache zum Glück sogleich aufklären«, sagte Ludwig. »Und Napoleon war versöhnt.«

»Wie ist er so?«, fragte Sophie. »Napoleon, meine ich.«

»Sehr freundlich«, sagte Ludwig. »Du wirst ihn übermorgen kennenlernen, er fährt bei einem Besuch in Deutschland durch München.«

»Ah«, machte Sophie trocken. »Ich kann es kaum erwarten.«

Sie hoffte, dass Ludwig den Sarkasmus in ihrer Stimme nicht bemerkte, doch der war wie immer vor allem mit sich selbst beschäftigt und plauderte munter weiter: »Eines ist mir auf der Weltausstellung klar geworden, nämlich dass mein Wintergarten so, wie ich ihn mir gedacht habe, viel zu unscheinbar ist. Er muss viel größer und viel prächtiger werden.«

»Wie hast du ihn dir denn vorgestellt?«, fragte sie.

»Ein Paradies soll er werden, Elsa, wie im Märchen«, schwärmte er und nahm sogar ihre Hände. »Ich möchte ihn auf dem Festsaalbau errichten lassen. Und natürlich muss es Palmen geben. Und alles muss voll duftender Blumen sein.«

»Das klingt... schön«, sagte Sophie zögernd. Ein wenig größenwahnsinnig klang es auch, aber so war Ludwig eben. Ständig hatte er Pläne und Träume, die ihn beflügelten und die er dann auch in die Tat umsetzte – zulasten der Staatskasse und zum Ärger seiner Minister. Auch dieser Wintergarten, vermutete Sophie, würde sicherlich nicht ganz billig werden.

»Und, liebste Elsa, einen See soll es dort auch geben.«

»Einen See?«, rief Sophie verwundert und auch ein wenig erschrocken. »Einen See auf dem Dach, aber Ludwig, ist das denn möglich?«

»Natürlich ist das möglich, liebste Elsa.« Immer noch hielt er ihre Hände in den seinen. »Wir beide, wir lieben doch den Würmsee so sehr. Und wenn wir nicht hier sind, sondern in München, dann müssen wir nur hinaufsteigen. Ist das nicht wundervoll?«

Ein zaghaftes Lächeln breitete sich auf ihrem Gesicht aus. »Ja«, sagte sie. »Ja, das ist es wirklich.« Wundervoll fand sie vor allem, dass Ludwig sie bei seinen Planungen wieder einbezog, dass es ein »Wir« gab. Ja, dachte Sophie, sie hatte hinsichtlich Edgar Hanfstaengl das Richtige getan, selbst wenn es sie nach wie vor schmerzte, dass sie so auseinandergegangen waren.

»Ich stelle mir das so vor«, sagte Ludwig und machte weit ausholende Bewegungen, als wollte er seinen Plan in die Luft zeichnen, »dass man durch einen Laubengang in den Wintergarten gelangt. Der See soll sich in der Mitte befinden. Natürlich muss es dort echte Schwäne geben und ein Boot, sodass wir auf unsere geliebten Bootsfahrten nicht verzichten müssen.«

Sophie fand den Gedanken, über den Dächern Münchens mit dem Boot fahren zu können, zwar ebenso eigenartig wie die Überlegung, dass dort Schwäne leben sollten, doch sie sagte nichts.

»Rund um den See denke ich mir dann lauter Rückzugsorte«, fuhr der König fort, während er seine Ausführungen mit weit ausholenden Bewegungen unterstrich. »Ein indianisches Zelt, ein Kiosk im maurischen Stil. Oh, und, Sophie, es muss natürlich eine Grotte geben mit einem Wasserfall … Eine Gazelle soll dort auch wohnen. Und ein Elefant.«

»Das klingt alles wundervoll«, sagte Sophie, der Ludwig nicht zum ersten Mal vorkam wie ein Kind, das sich seine eigene Märchenwelt schafft. Aber dieser Ludwig war ihr allemal lieber als der kalte, grausame und selbstbezogene Mann, den sie inzwischen auch kennengelernt hatte. »Und du denkst, dass das Dach stabil genug ist?«

Ludwig winkte ab. »Darüber sollen sich andere Gedanken machen. Aber es wird gehen. Nur, Elsa …«

»Ja?«

»Der Wintergarten muss natürlich bis zu unserer Hochzeit fertig sein.«

»Oh«, machte sie arglos. »Aber wird das denn so schnell gehen? Unsere Hochzeit ist doch schon bald.«

»Natürlich nicht«, sagte Ludwig und sah sie beinahe erstaunt an. »Es ist völlig unmöglich, das bis dahin zu schaffen, Elsa, das muss dir doch klar sein.«

»Aber genau das sage ich ja gerade.«

»Ich denke, bis Oktober müsste es fertig sein. Ende Oktober wäre ein gutes Datum für die Hochzeit, findest du nicht?«

»Du willst die Hochzeit verschieben? Wegen eines Wintergartens?« Sprachlos sah sie ihn an, während ihr das Herz sank. »Aber die Einladungskarten sind schon gedruckt, alles ist geplant.«

»Ach, das wird schon«, sagte er und lächelte ihr zu. »Hauptsache, der Wintergarten ist bis zu unserer Hochzeit fertig. Ich werde mich um alles kümmern. Du müsstest nur deine Eltern von der Verschiebung in Kenntnis setzen. Übernimmst du das für mich?«

Auf einmal hatte es Ludwig eilig, wieder in sein Boot zu steigen, um sich zurück nach Schloss Berg bringen zu lassen.

»Na… natürlich«, stammelte die fassungslose Sophie, die nicht glauben konnte, was ihr da gerade geschehen war.

»Danke, Elsa«, rief er ihr noch zu. »Und vergiss nicht, übermorgen müsst ihr in München am Bahnhof sein. Du wirst Kaiser Napoleon III. und seine Frau Eugénie kennenlernen. Bitte bringe deine Eltern und Carl Theodor mit. Weiteres lasse ich dich noch wissen.«

Kapitel 19

Am nächsten Morgen nach dem Frühstück, Carl Theodor hatte das Haus gerade verlassen und Ludovika besuchte eine Freundin, bat Sophie Nathalie von Sternbach, sie solle Edgar, falls er heute schon mit den Reproduktionen kommen würde, sofort zu ihr schicken. Sie konnte das einfach nicht so stehen lassen. Edgars Groll und Ludwigs unmögliches Benehmen – das war zu viel für sie. Viel zu viel. Sie hatte Glück: Wenig später kündigte ein Diener Edgars Ankunft an, und Nathalie von Sternbach zog sich auf Sophies Bitte hin zurück.

»Edgar«, sagte sie, nachdem sich die Tür hinter der Hofdame geschlossen hatte. »Du ahnst ja gar nicht, wie sehr ich mich freue.«

»Tust du das wirklich?«, fragte er knapp, doch zum ersten Mal hob er nun den Blick und sah ihr in die Augen. Und darin las Sophie eine derartige – wenn auch unterdrückte – Liebe und Sehnsucht, dass sie nicht länger zögerte und ihm einfach um den Hals fiel.

Er fing sie auf und hielt sie, und sie fühlte sich so unendlich geborgen und aufgehoben, dass sie mit den Tränen kämpfen musste. Da wurde die Tür aufgerissen und Carl Theodor stand vor ihnen. Erschrocken fuhr das Paar auseinander.

»Sophie!«, rief er entsetzt. Um dann, mit strafendem Unterton, hinzuzufügen: »Und Herr Hanfstaengl.«

Sophie reagierte sofort. »Danke«, ächzte sie und legte eine Hand an die Stirn. »Das war im letzten Moment. Bitte geleiten Sie mich zu der Couch.«

»Aber selbstverständlich, Königliche Hoheit«, sagte er und wandte sich dann erklärend an Carl Theodor. »Ihre Schwester hatte einen Schwächeanfall. Ich wollte ihr gerade die Bilder Ihres Herrn Schwagers überreichen«, er hob die Reproduktionen an, die er immer noch in der Hand hielt, »da ereilte Ihre Schwester plötzlich ein starkes Unwohlsein.«

»Oh!« Zu Sophies Erleichterung schien ihr Bruder auf ihren Schwindel hereinzufallen.

»Du bist auch ganz blass«, sagte er besorgt. »Soll ich nach einem Arzt schicken?« Dann fügte er misstrauisch hinzu: »Wo ist denn Frau von Sternbach?«

»Ebendort«, stieß Sophie hastig hervor. »Sie schickt nach einem Arzt.« Sie hoffte inständig, dass sie ihre Hofdame antreffen würde, bevor Carl Theodor es tat, und sie entsprechend instruieren konnte.

»Darf ich mich verabschieden, nun, da Ihr Bruder bei Ihnen ist?«, erkundigte sich Edgar.

»Natürlich.« Sophie nickte gnädig. »Ich danke Ihnen sehr für Ihre Hilfe.«

»Das war selbstverständlich, Eure Königliche Hoheit«, sagte Edgar höflich, deutete eine kurze Verbeugung an und verließ dann das Zimmer.

Minuten später kam Nathalie von Sternbach herein, die offenbar unterwegs von Edgar instruiert worden war.

»Ich habe einen Diener nach dem Arzt schicken lassen«, informierte sie Sophie. »Aber nun sollten Sie sich erst einmal zu Bett begeben. Ich werde Ihnen einen Kamillentee aufgießen.« Sie sagte das mit großer Ernsthaftigkeit, doch Sophie kannte ihre Vertraute gut genug, um zu bemerken, wie schwer ihr es fiel, die Fassung zu bewahren.

Kaum hatten die beiden Frauen Sophies Schlafgemach erreicht, brachen sie in Gelächter aus. »Das war knapp«, keuchte Sophie, nachdem sie sich wieder etwas beruhigt hatten. »Da stand plötzlich Carl Theodor vor mir und fand mich in inniger Umarmung mit Edgar vor.«

»Aber Sie wollten diesmal doch Abstand wahren«, rügte die Hofdame.

»Es war nicht mehr als eine Umarmung«, versicherte Sophie. »Aber die war ... es war, wie nach Hause zu kommen.«

Nathalie nickte. »Und Ihrem Bruder haben Sie dann erzählt, Sie hätten einen Schwächeanfall erlitten und Herr Hanfstaengl habe Sie aufgefangen?«, erriet sie.

»Richtig«, bestätigte Sophie. »Zum Glück scheint er nicht weiter nachgedacht zu haben. Sonst wäre ihm sicher aufgefallen, dass es merkwürdig ist, wenn Edgar mich immer noch im Stehen festhielt, während Sie immerhin schon so lange aus dem Zimmer waren, dass Sie ihm nicht begegnet sind.«

»Stimmt.« Nathalie musste schon wieder lachen. »Eigentlich hätten wir Sie eher gemeinsam auf die Couch gebettet. Und ich hätte nach einem Diener geläutet.«

»Ich muss Edgar sogleich schreiben«, sagte Sophie. »Den Brief können Sie ihm dann bringen.«

»Ihr solltet zunächst noch etwas ruhen, Eure Königliche Hoheit«, sagte Nathalie gespielt gestelzt. »Ich werde Euch gleich Euren Kamillentee zubereiten lassen.«

»Tun Sie das«, ging Sophie auf ihren Ton ein. »Und während Sie für den Tee sorgen, werde ich mich erholen, indem ich den Brief schreibe.«

In diesem Moment klopfte jedoch schon ein Dienstmädchen an der Tür, vor sich ein Tablett mit einer großen Tasse dampfenden Kamillentees. »Ich höre, Eure Königliche Hoheit sind nicht wohlauf«, sagte sie.

»Danke, ich mache das«, sagte Nathalie und nahm der Bediensteten den Tee ab. Mit einem boshaften Lächeln wandte sie sich an Sophie. »Sie sollten ihn gleich trinken, dann kann das Mädchen die Tasse wieder mitnehmen.«

Sophie warf ihr einen finsteren Blick zu, tat aber, wie ihr geheißen, und würgte den Tee hinunter. So viel Strafe musste dann wohl doch sein.

»Sie Scheusal«, schalt sie ihre Hofdame lachend, als das Mädchen das Zimmer wieder verlassen hatte.

Nathalie stimmte in ihr Lachen ein. »Ich konnte einfach nicht widerstehen. Nun lasse ich Sie in Ruhe Ihren Brief schreiben.«

Kaum hatte Nathalie mit einem Schmunzeln den Raum verlassen, setzte sich Sophie an ihren Sekretär und schrieb:

Bitte lasse mich umgehend wissen, ob Du glücklich und unbemerkt aus dem Palast hinauskamst, unsere Leute schienen Nichts bemerkt zu haben und mein Bruder scheint uns unsere Geschichte wirklich geglaubt zu haben. Ich stellte mich möglichst leidend u. mußte noch einen schauerlichen Kamillen-Thee hinunterwürgen, wobei sich Nathalie zu Tode lachte. Die alte Bäringer war so voll Mitleid mit meinem Kopfweh, und versicherte mich beständig, wenn sie es nur früher gewußt, sie hätte Alles besorgt. Wir dürfen uns nun volle vier Wochen nicht sehen, es muß so sein u. sollte mir das Herz darüber brechen, ich darf nicht daran denken wie diese lange Zeit dahin gehen soll. O bitte schreibe mir, so oft es möglich ist – das ist das Einzige, was mich bei Vernunft hält – du mußt es thun. Diesen Brief schicke ich durch Nathalie. Bitte lieber Engel komme morgen Früh um ½ 9 zu ihr um ihr einige Zeilen für mich zu bringen oder wenn Du das nicht kannst so sende ihr ja einen Brief.

Kapitel 20

Als Sophie mit ihren Eltern und Carl Theodor zwei Tage später am Münchner Bahnhof stand und auf den Sonderzug des französischen Kaisers wartete, hatte sie ihren Eltern noch nichts von Ludwigs Plänen erzählt, die Hochzeit in den Herbst zu verschieben. Eigentlich konnte sie sich nicht vorstellen, dass er das wirklich ernst meinte. Der König war Napoleon bis Augsburg entgegengefahren und hatte den Zug bereits dort bestiegen.

Nun kam das Gefährt mit quietschenden Bremsen vor ihnen zum Stehen, kurz darauf stiegen Ludwig, der Sophie nur einen kurzen Blick schenkte, sowie Napoleon und Eugénie aus dem Zug. »Oh, meine Liebe, ich freue mich so, Sie kennenzulernen«, sagte Eugénie und umarmte die überraschte Sophie, die nicht mit dieser keineswegs protokollgemäßen Herzlichkeit gerechnet hatte. »Ihr Ludwig hat die ganze Zugfahrt über von Ihnen geschwärmt.«

Hat er das wirklich?, lag es Sophie auf der Zunge, doch sie sprach es natürlich nicht aus. Stattdessen parlierte sie auf Französisch mit dem Kaiser, während sich Eugénie ihren Eltern und Carl Theodor zuwandte. Bei diesem Gespräch klang ihr immer wieder im Ohr, was ihre Tante ihm vorgeworfen hatte: »Er ist schuld an Maximilians Tod.« Und sie bemerkte, dass auch ihre Mutter und Carl Theodor sich daran erinnerten, zumindest begegneten sie dem Franzosen mit ausgesprochener Zurückhaltung. Einzig Max polterte mit bayerischem Charme herzlich auf das Kaiserpaar ein. Sophie war die Begegnung ausgesprochen unangenehm, deshalb war sie fast erleichtert, als Ludwig die allgemeinen Plaudereien unfreundlich unterbrach: »Wir müssen dann auch weiter. Wir sehen uns.«

Er warf seiner Verlobten, deren Eltern und Bruder noch einen knappen Blick zu und stieg dann wieder zu dem Kaiserpaar in den Zug. »Nun geh schon. Du musst natürlich mitfahren«, zischte Ludovika ihr zu und versetzte ihrer Tochter einen leichten Schubs, sodass diese auf das Abteil zustolperte. Doch da sagte Ludwig unmissverständlich: »Auf Wiedersehen, Sophie.«

Fassungslos sahen die vier am Bahnsteig Zurückgebliebenen dem abfahrenden Zug nach.

»Es ist unmöglich, wie er dich wieder und wieder kompromittiert«, schnaubte Carl Theodor. »Das darfst du dir nicht länger gefallen lassen!«

»Ja«, sagte Sophie. »Ja, das finde ich auch.«

Und wenn sie vor zwei Tagen, als Ludwig ihr von seinen Plänen hinsichtlich des Wintergartens erzählte, auch noch überzeugt gewesen war, dass sie das Richtige tat, so hatte sie nun die allergrößten Zweifel. Sie brauchte sich nicht länger etwas vormachen: Ludwigs Artigkeiten und seine Freundlichkeit waren immer nur vorübergehend, jedes Mal, wenn sie sich erneut von ihm einwickeln ließ, stieß er sie danach umso heftiger von sich. Das war verletzend, kränkend und ungemein anstrengend. Wieso sollte sie noch weiter Rücksicht auf diesen unfreundlichen, egozentrischen Menschen nehmen? Wieso für ihn ihre große Liebe verleugnen?

Sie beschloss, am Nachmittag Nathalie mit einem Schreiben in die Maximilianstraße zu schicken. Und dann würde sie Edgar endlich wiedersehen.

***

Als sie wieder im Herzog-Max-Palais angekommen waren, wo immerhin ein ausgiebiges Frühstück auf sie wartete – bei dem Herzog Max sich allerdings entschuldigen ließ –, sagte Carl Theodor übergangslos: »Ich habe übrigens beschlossen, dass es mir nicht ausreicht, einfach nur meine Güter zu verwalten. Ich werde Medizin studieren.«

»Du wirst was?«, rief Herzogin Ludovika empört. »*Studieren?*«

Sie sagte das, als wäre es etwas Ungehöriges. Sophie musste ein Kichern unterdrücken.

»Ja«, sagte Carl Theodor ernst. »Ich habe mich bei Sophies Tod so hilflos gefühlt. Und dann ist auch noch Maximilian gestorben – und auch ihm konnte nicht geholfen werden. Es war schrecklich, ganz und gar den Ärzten ausgeliefert zu sein und nichts tun zu können.«

»Das verstehe ich ja.« Ludovika legte die Hand auf die ihres Sohnes, während die Diener begannen, das liebevoll zubereitete Frühstück zu servieren: Es gab eine Auswahl von Teesorten, Kaffee, geröstete Brotscheiben, Rührei, verschiedene Marmeladen und goldgelbe Butter. Sophie bemerkte, wie hungrig sie war. Doch essen war jetzt nicht so wichtig. Anteil nehmend sah sie ihren Bruder an.

»Ich verstehe dich auch«, sagte sie. »Und dass du einen Weg aus deinem Schmerz suchst.«

»Aber dieser Weg kann doch nicht sein, Medizin zu studieren«, empörte sich Ludovika. »Du bist ein Prinz. Wenn du unbedingt etwas tun musst, dann solltest du deine militärische Laufbahn vorantreiben. Und überhaupt standen uns gute Ärzte zur Seite. Maximilians Arzt gilt sogar als absoluter Spezialist auf diesem Gebiet. Wenn selbst sie nicht helfen konnten, wieso solltest du es dann können?«

»Es wäre zumindest etwas gegen die Ohnmacht«, erklärte Carl Theodor. »Und die militärische Laufbahn interessiert mich nicht. Ich will den Menschen *helfen.*« Ein leises Lächeln flog über sein Gesicht. »Weißt du noch, Mutter, wie wir vor einigen Jahren gemeinsam in Mailand waren? Sisi weilte dort, und wir haben sie besucht.«

Ludovika runzelte die Stirn und begann, mit hastigen Bewegungen Butter auf ihrem Brot zu verteilen, um das Ganze dann mit einem Klecks Marmelade zu garnieren, die sie ebenfalls verstrich. Dann sah sie ihren Sohn an. »Natürlich erinnere ich mich daran. Aber was hat das mit deiner absonderlichen Idee zu tun?«

»Wir haben weiland ein Krankenhaus besucht«, erläuterte Carl Theodor. »Das Leiden, das ich dort gesehen habe, hat etwas ganz tief in mir angerührt, etwas, das durch Sophies Tod nun noch viel stärker geworden ist.«

»Carl Theodor«, sagte die Herzogin und legte ihr Brot, das sie eben in die Hand genommen hatte, um davon abzubeißen, zur Seite. »Ich fürchte, ich muss mich noch klarer ausdrücken. Es ist *völlig undenkbar,* dass ein Angehöriger des Hauses Wittelsbach einen Beruf ausübt! Das ist etwas für Bürgerliche, die darauf angewiesen sind, Geld zu verdienen.«

»Ich finde es gut, dass Carl Theodor das machen will«, platzte Sophie heraus. »Und schließlich hat er sich bisher immer brav an alles gehalten und sogar Ludwigs Platz eingenommen. Und übrigens: Wenn Ludwig eine Bürgerliche heiraten kann, wieso kann Carl Theodor dann keinen bürgerlichen Beruf ergreifen?« Sie hatte sich richtig in Rage geredet.

»Sophie«, fiel ihre Mutter ihr ins Wort, »niemand hat dich um deine Meinung gebeten!« Dann sah sie ihren Sohn streng an. »Darüber werden wir noch sprechen, Carl Theodor. Jetzt steht erst einmal Sophies Hochzeit an.«

Die nahm hastig einen Schluck Tee. Lange konnte sie ihrer Familie die verschobene Hochzeit ohnehin nicht mehr verschweigen. Da war es wohl am besten, wenn sie gleich jetzt mit dieser unerfreulichen Tatsache herausrückte.

»Das kann noch dauern«, stieß sie hervor.

Ludovika lachte schrill auf. »Deine Nerven möchte ich haben!«, rief sie. »Bis zur Hochzeit ist es nicht mehr lang.«

Sophie schüttelte den Kopf. »Ludwig hat die Hochzeit verschoben.«

»Wie bitte?«, rief Ludovika empört, während Carl Theodor schnaubte: »Was ist denn nun schon wieder mit ihm los?«

»Er möchte vor der Hochzeit einen Wintergarten auf der Residenz bauen. Und das ist nicht bis zum geplanten Termin zu schaffen.«

»Was ist das denn wieder für eine unsinnige Idee! Als wäre ein Wintergarten wichtiger als eure Hochzeit. Und außerdem: Es ist doch schon alles vorbereitet und gedruckt.«

»Sag das ihm, nicht mir.«

»Dieser Mann ist ungeheuerlich«, schäumte Carl Theodor und warf ärgerlich seine Serviette auf den Tisch. »Von allem anderen abgesehen kostet diese Verschiebung nicht gerade wenig. Wenn ich richtig gehört habe, soll sogar der Festspielbau verschoben werden, weil die Hochzeit so teuer ist. Und Semper wartet noch immer auf sein Geld.«

»Dazu ist das letzte Wort noch nicht gesagt«, sagte Ludovika. »Ich werde mit Ludwigs Mutter sprechen.«

Kapitel 21

Das Gespräch Ludovikas mit der Königsmutter brachte rein gar nichts, Ludwig bestand auf der Verschiebung. Und als der zweite geplante Hochzeitstag näherrückte, erhielt Sophie ein Schreiben von Ludwig, in dem dieser die Hochzeit erneut verschob. Sophie war ebenso fassungslos wie wütend, als sie ihrer Hofdame den Brief zeigte.

»Wieder einmal.«

»Das wird Ihren Eltern gar nicht gefallen«, sagte Nathalie stirnrunzelnd. »Welches Datum beliebt seiner Majestät denn dieses Mal?«

»Der 28. November. Und wenn dieser naht, wird ihm sicherlich wieder etwas Neues einfallen«, erwiderte Sophie bitter.

Ernst sah ihre Hofdame sie an.

»Wie lange wollen Sie sich diesen Demütigungen noch aussetzen?«, fragte sie. »Und Edgar …«

»Gar nicht mehr«, entgegnete Sophie finster. War sie bisher aufgebracht im Raum auf und ab gegangen, so ließ sie sich nun vor ihrer Hofdame nieder und erklärte: »Es hat keinen Sinn. Ich werde ihm sein Wort zurückgeben.«

»Um frei zu sein für Edgar Hanfstaengl?«

Sophie schüttelte langsam und nachdenklich den Kopf. »Nein. Es geht mir um Ludwigs Verhalten, das kann und will ich nicht länger dulden. Und ich will ihn auch nicht heiraten, wenn er mich nicht liebt.«

»Hochzeiten ohne Liebe sind keine Seltenheit«, wandte Nathalie von Sternbach ein. »Wie man am Beispiel Ihrer Eltern sieht.«

»Eine Ehe wie die meiner Eltern will ich eben nicht«, sagte Sophie. »Oder sehen Sie sich doch mal meine Schwestern an! Sisi. Und Marie! Gerade einmal siebzehn Jahre war sie alt, als sie einen Mann heiraten musste, den sie noch nie gesehen hatte. Per procurationem!«

»Sie hatte zuvor ein Bild von ihm gesehen.«

»Und das war geschönt, das wissen Sie ebenso gut wie ich!«, rief Sophie. »Als sie ihn sah, war sie entsetzt, und wie sich zeigen sollte, war er ein Versager, nicht in der Lage zu regieren. Sie war es, die sich mutig dem Feind entgegenstellte. Sie ist es, der man für ihren Mut landauf, landab huldigt. Nicht er.«

»Und Sie haben nun Angst, dass das bei Ludwig ebenso sein wird?«, fragte Nathalie erkennend. »Dass alle Last auf Ihren Schultern ruhen würde? Es geht Ihnen gar nicht nur um Ludwigs Benehmen Ihnen gegenüber?«

»Ja«, sagte Sophie. »Wobei mir das offen gestanden erst jetzt, wo wir darüber sprechen, so richtig klar wird. Ich habe in der Tat ein wenig Sorge, dass sich Maries Schicksal bei mir wiederholt. Ich bin mir nicht sicher, ob Ludwig wirklich in der Lage ist, zu regieren.«

Und inzwischen war sie sich auch nicht mehr sicher, ob Ludwig womöglich die gleichen Probleme haben würde, die Ehe zu vollziehen, wie Maries Ehemann vor seiner Operation. Obwohl Ludwig ihr Verlobter war, war er ihr nie auch nur annähernd so nahe gekommen wie Edgar. Das Höchste der Gefühle war gewesen, dass er sie auf die Stirn geküsst und ihr Komplimente für ihre schönen Augen gemacht hatte.

»Nené ist die Einzige, die mit ihrem Maximilian glücklich war.«

»Und auch sie ist nun so unglücklich«, sagte Nathalie leise. »Manchmal ist es vielleicht besser, man liebt nicht allzu sehr. Dann kann es auch nicht so verletzen, wenn man den geliebten Mann verliert.«

»Wollen Sie mir etwa hinsichtlich einer Ehe mit Ludwig zuraten?«, erkundigte sich Sophie verblüfft. »Wo Sie doch stets meine Begegnungen mit Edgar so protegiert haben?«

»Nein, das wollte ich nicht sagen«, versicherte Nathalie rasch. »Ich will Ihnen nur aufzeigen, dass, selbst wenn anfangs keine Liebe vorhanden ist, sich diese entwickeln kann. Und am Beispiel Ihrer Schwester Helene sehen Sie, dass selbst eine glückliche Ehe kein Garant für lebenslanges Glück ist.«

»Ja, ich weiß schon«, sagte Sophie. »Darüber habe ich selbst oft nachgedacht. Und ich weiß auch, dass Liebe wachsen kann. Im Vergleich zu Marie bin – war – ich meinem Verlobten ja auch in Freundschaft zugetan, ja, ich war sogar in ihn verliebt. Aber nun … Ich bleibe dabei: Ich werde ihm sein Wort zurückgeben.«

Hatte Sophie vermutet, Ludwig werde auf ihr Angebot, ihm sein Wort zurückzugeben, erleichtert reagieren, so hatte sie sich getäuscht: Er lehnte ab. Sophies Eltern waren allerdings nicht mehr gewillt, ihre Tochter weiterhin dieser Schmach auszusetzen. »Das geht so nicht«, sagte Ludovika. »Das lässt du dir nicht länger gefallen. Ich werde nochmals an Marie schreiben.« Sophie, die wusste, wie sehr Ludwig Einmischungen hasste, bezweifelte zwar, dass das etwas bringen würde, fragte jedoch nur: »Und was willst du ihr schreiben?«

»Vielleicht hat Ludwig einfach Angst vor der Ehe, das geht vielen jungen Männern so«, überlegte Ludovika. »Ich werde der Königsmutter schreiben, uns sei zu Ohren gekommen, dass Ludwig den Bund der Ehe erst in ein paar Jahren eingehen will. Und dann könnten wir ihm nochmals anbieten, die Verlobung aufzulösen.«

»Wahrscheinlich wird er dann wieder lieb und nett sein, und kurz vor dem nächsten Hochzeitstermin wird er erneut verschieben.«

»Das wird er nicht«, sagte Ludovika. »Wir werden deutlich machen, dass es eine erneute Verschiebung mit uns nicht geben wird.«

»Immerhin ist die Öffentlichkeit beruhigt«, sagte Carl Theodor, der auf einem Sofa etwas abseits gesessen hatte, in seine Zeitung vertieft. »Die *Neuesten Nachrichten* schreiben: Der journalistische Rath unseres Hofes hat endlich die Ursache der Verschiebung der Vermählung unseres Königs, die zu erfahren alle weiblichen und männlichen Klatschbasen sich vergeblich den Kopf zerbrachen, glücklich entdeckt.«

»Nun bin ich aber gespannt – und auch ein bisschen beunruhigt – was dieser Grund sein soll«, ließ sich Ludovika vernehmen.

»Ich auch«, drängte Sophie. »Nun lies schon weiter, Gackel.«

Der tat, wie ihm geheißen: »Es ist die Unmöglichkeit, alle Vorbereitungen so rasch wie beabsichtigt zu vollenden. Namentlich konnten, trotz aller Beschleunigung, mit welcher der Hofjuwelier Merk die betreffenden Arbeiten anging, bis dahin weder die an der Krone der Königin aus dem Hausschatz als nothwendig erachteten Dinge verändert noch das reiche

Diadem, welches S. M. der König als Brautgeschenk bestellt hat, vollendet werden.«

»Diese Erklärung ist beinah ebenso absurd wie Ludwigs Ausrede mit dem Wintergarten«, sagte Sophie.

»Das findet der Journalist leider auch«, bestätigte ihr Bruder. Er schreibt: *»Weiß doch jedermann, daß außer Herrn Merk noch eine ganze Reihe tüchtiger Juweliere in München ist, und daß mit einiger Theilung der Arbeit dieselbe recht gut, sogar noch vor der ursprünglichen Zeit, hätte vollendet werden können.«*

Ludovika schrieb tatsächlich an Ludwigs Mutter, die sich im Namen ihres Sohnes eine Woche Bedenkzeit erbat. Als diese verstrichen war, platzte Herzog Max der Kragen. Er griff zur Feder und schrieb:

Es war niemals unsere Absicht, Euch unsere Tochter Sophie Charlotte aufzudrängen. Eine weitere Verschiebung des Hochzeitstermins ist für uns nicht hinnehmbar. Wir bitten Euch, den Termin einzuhalten oder aber Sophie freizugeben.

Dieser Brief jedoch hatte Ludwig noch nicht erreicht, als er Sophie am 7. Oktober mitteilte:

Stets warst du mir von Herzen werth und theuer, ich hänge an Dir mit inniger und wahrer und aufrichtiger Zuneigung, ich liebe Dich wie eine theure Schwester. Als wir im vorjährigen Sommer uns öfters schrieben, als ich Dir theilweise meine Freundschaft, mein Vertrauen gab, drängte Deine Mutter zu einer Entscheidung; sie glaubte, ich hätte Dich betört, denn an ein Bestehen von Freundschaft ohne die eigentliche Liebe glaubte sie nicht. Du erinnerst Dich der Antwort, die ich Dir damals gab und Deiner Mutter durch Gackel ertheilen ließ – Als ich zu meinem tiefen Kummer erfahren mußte, wie unglücklich Dich dieselbe gemacht hat, daß Du fort müßtest, wir niemals mehr uns sehen könnten, wurde ich auf das tiefste ergriffen, gerührt durch diesen Beweis wahrer Liebe, den Du mir gabst; meine Zuneigung zu Dir steigerte sich, so daß ich mich hinreißen ließ, um Deine Hand zu werben. Wenn ich nun alle Vorbereitungen zur Hochzeit treffen ließ, mit Dir darüber sprach und schrieb, sie hinausschob, sie doch nicht aufgeben wollte, so geschah dies durchaus nicht, um Dich anzuführen. O nein, hintergehen wollte ich Dich nicht, ich handelte im festen Glauben, es würde alles zu einem befriedigenden Ende führen. Ich hatte nun Zeit, mich zu prüfen, mit mir zu Rathe zu gehen, und sehe, daß nach wie vor meine treue, innige Bruderliebe zu Dir tief in meiner Seele wurzelt, nicht aber die Liebe, die zur Vereinigung in der Ehe erforderlich ist.

Unter Tränen teilte Sophie Nathalie den Inhalt des Briefes mit, denn obwohl sie eine Auflösung der Verlobung ja selbst vorgeschlagen hatte, kränkte es sie doch, dass Ludwig sich nun tatsächlich dafür entschieden hatte. Und ihre Schmach würde vor dem ganzen Land deutlich sichtbar sein! Ob sie hernach noch jemand wollen würde? Andererseits war Nené, nachdem sich der österreichische Kaiser seinerzeit für Sisi statt für sie entschieden hatte und sie damit in aller Öffentlichkeit zurückgewiesen worden war, ja auch noch ihrer großen Liebe begegnet.

Trotz aller Traurigkeit stellte Sophie fest, dass die Erleichterung überwog: Nun hatte das ständige Hin und Her endlich ein Ende. Zunächst musste sie allerdings noch ihren Eltern von der Entlobung erzählen. Das hatte Ludwig nämlich schön ihr überlassen. Sein Brief endete mit den Worten: *Willst Du so gut sein, Deinen Eltern den Hauptinhalt dieses Briefs mitzutheilen.*

»Na, da kam ihm mein Angebot wohl gerade recht«, sagte Herzog Max grimmig, als Sophie ihren Eltern von dem Brief berichtete.

»Ich glaube nicht, dass er deinen Brief schon erhalten hat«, wandte Ludovika ein. »Du hast den Boten doch erst vor einer Stunde losgeschickt. Das hier kann noch nicht die Antwort darauf sein.«

»Das glaube ich auch«, gab Sophie ihrer Mutter recht. »Die Briefe werden sich überschnitten haben.«

Es war so, wie Sophie vermutet hatte: Ludwig hatte das Schreiben von Herzog Max noch nicht erhalten, als er das seinige losschickte. Von ihrer Tante erfuhr Sophie später, er sei außer sich vor Zorn gewesen, dass sein Untertan es wagte, solcherart mit ihm zu sprechen.

»Bestimmt bereut er es nun, dass er so vorschnell den Brief an Vater geschrieben hat«, sagte Sophie später zu Nathalie von Sternbach. »Sonst hätte er nun natürlich den perfekten Vorwand gehabt, die Verlobung zu lösen.«

»Oh, er wird das auch jetzt so hinzudrehen wissen, dass ihm keine Schuld zufällt«, war sich Nathalie sicher.

Und sie sollte recht behalten: Am Spätnachmittag, die Familie saß gerade beim Tee zusammen, ging erneut ein Schreiben des Königs bei Sophie ein.

»Nun bin ich gespannt«, ließ sich Ludovika vernehmen.

»Ich auch.« Sophie öffnete den Brief. Dann konnte sie nicht umhin zu lachen: *Geliebte Elsa! Dein grausamer Vater reißt uns auseinander. Ewig Dein Heinrich.*

Kapitel 22

»Wie fühlen Sie sich?«, fragte Nathalie von Sternbach fürsorglich, als sie Sophies Zimmer in Possenhofen betrat. Sophie, die gerade dabei war, alle Geschenke Ludwigs zusammenzupacken – in einem Anflug von Trotz hatte er sie zurückgefordert –, sah lächelnd auf. »Um ehrlich zu sein: Ein wenig habe ich meinem treuen Jugendfreund schon hinterhergetrauert. Aber spätestens seit dieser Tat«, sie deutete auf den Berg von Geschenken, »ist mir nochmals klar geworden, dass Ludwig keinen guten Charakter hat. Ich kann wirklich froh und dankbar sein, dass diese Ehe nicht zustande gekommen ist.«

Nathalie nickte und schloss leise die Tür hinter sich. »Und Edgar?«, fragte sie behutsam. »Denken Sie noch an ihn?«

Sophie nickte. »Ich denke an nichts anderes. Aber …«

»Aber?«, fragte Nathalie.

»Nun, ich habe mich natürlich schon bei Träumereien erwischt, ihn nun zu heiraten, so wie einst Ludwig seine Henriette. Warum sollen für Frauen andere Regeln gelten?«

»Ich fürchte, diese anderen Regeln gelten vor allem für Sie«, sagte Nathalie. »Ist es das, was Sie meinen?«

Sophie nickte. »Der König – also Ludwig – müsste seine Erlaubnis für eine Eheschließung mit Edgar geben.«

»Darf ich ehrlich sein?«

»Natürlich!« Beinahe flehend sah Sophie ihre Vertraute an, als hoffte sie, von ihr einen Weg aufgezeigt zu bekommen, wie sie doch noch Erfüllung in ihrer Liebe finden könnte.

»Ich glaube nicht, dass es Hoffnung für Sie gibt.« Damit sprach Nathalie jedoch das aus, was Sophie ohnehin bereits wusste. »Ihre Familie wird Ihnen Steine in den Weg legen. Viele und große Steine. In der Tat lässt man Männern so etwas viel eher durchgehen als Frauen. Und selbst Ihr Bruder Ludwig musste sehr hart und lange kämpfen, bis er Ihre Schwägerin endlich heiraten durfte. Im Gegensatz zu Ihnen hatte er jedoch Ihre Schwester Sisi als Fürsprecherin – und der gelang es, den König zu überreden, dem Paar seinen Segen zu geben.«

»Und spätestens daran wird es scheitern«, sagte Sophie traurig. »Sosehr ich auch kämpfe: Niemals wird mir Ludwig seinen Segen geben.«

Vollkommen erschöpft ließ sie sich auf ihr Bett sinken. All das kostete sie so unendlich viel Kraft!

»Wollen Sie Edgar also aufgeben?«, fragte Nathalie.

Sophie hob den Kopf und sah sie an. »Das wäre sicherlich das Klügste und Vernünftigste«, setzte sie an. »Aber dennoch kann ich das nicht. Es geht einfach nicht, Nathalie. Ich muss ihn noch einmal sehen. Vielleicht hat er eine Idee?«

Sophie spürte so etwas wie leise, zaghafte Hoffnung in sich aufsteigen. Allein die Aussicht auf ein Treffen mit Edgar gab ihr unendlich viel Kraft. Ebenso wie das Klavierspiel und der Gesang, die Musik, in deren Welt sie sich auch jetzt wieder flüchtete. Obgleich sie diese Welt ja bisher mit Ludwig geteilt hatte, fand sie dennoch in ihr Trost.

Zu dem Treffen mit Edgar sollte es allerdings niemals kommen: Am nächsten Morgen nach dem Frühstück bat Ludovika Sophie um ein Gespräch. Nichts Gutes ahnend folgte Sophie ihr in ihren Salon und nahm auf Ludovikas Zeichen hin Platz. So förmlich kannte sie ihre Mutter gar nicht!

Diese kam gleich zur Sache: »In München gibt es Gerüchte über die Gründe, warum Ludwig die Verlobung gelöst hat.«

»Oh«, sagte Sophie. »Da bin ich aber mal gespannt.«

»Man erzählt sich, du hättest eine Kammerjungfer geohrfeigt, und Ludwig habe deshalb die Verlobung gelöst.«

Sophie sah ihre Mutter einen Moment lang verblüfft an, dann begann sie herzlich zu lachen. »Das ist absurd!«, rief sie.

»Mag sein«, bestätigte Ludovika, ohne jedoch in ihr Lachen einzustimmen. »Vielleicht halten sich auch deshalb jene Gerüchte wesentlich hartnäckiger, die besagen, Ludwig habe die Verlobung gelöst, weil du eine Affäre mit dem Fotografen Edgar Hanfstaengl hast?«

Sophie war so überrascht, dass ihr die Kinnlade herunterfiel. »Das …«, stammelte sie, »das …«

»Das?«, fragte Ludovika kühl.

»Das ist natürlich absoluter Unsinn.«

»Wirklich?«, fragte Ludovika und nahm ihre Tochter streng ins Visier. »Ich erinnere mich deutlich an den Moment, wie dir beinahe die Teetasse aus der Hand gefallen wäre, als ich dir sein Kommen ankündigte. Und Carl Theodor berichtete mir, dass er dich einmal in inniger Umarmung mit ihm vorfand, angeblich, weil dir schwindelig war. Aber beides erscheint nun natürlich in einem anderen Licht.«

»Das ist Unsinn!«, log Sophie verzweifelt. »Was für ein absurder Gedanke.«

»Gut«, sagte Ludovika ohne ein Lächeln. »Es wäre eine

Katastrophe, wenn es etwas anderes wäre als nur ein Gerücht. Und du weißt hoffentlich, dass man in den nächsten Monaten jeden deiner Schritte überwachen wird. Ich würde dir also nicht empfehlen, dort noch einmal eine Fotografie anfertigen zu lassen.«

»Natürlich, Mutter«, stieß Sophie hervor und fragte mit letzter Kraft: »Wäre das dann alles?«

»Das wäre alles«, bestätigte Ludovika. Und Sophie stürzte nach draußen. Sie fühlte sich, als hätte man ihr das Herz aus dem Leibe gerissen. Denn nach den Worten ihrer Mutter war es nun völlig klar: Es gab wirklich nicht die allerkleinste Hoffnung für sie. Sie durfte Edgar Hanfstaengl nie wiedersehen.

In Nathalies fürsorglichen Armen weinte sie bittere Tränen um ihre verlorene Liebe.

Teil 2

1868–1872

Kapitel 23

»Erinnerst du dich an den Herzog von Alençon?«, fragte Ludovika ihre Tochter, als sie über das weitläufige Gelände Possenhofens schlenderten. »Er war mit seinem Vater und seiner Schwester hier. Auf dem Weg zu Sisis Königskrönung.«

»Natürlich«, sagte Sophie. »In diesem Sommer war ich zwar mit vielen anderen Dingen beschäftigt, aber an Ferdinand von Alençon kann ich mich noch gut erinnern. Er war gerade aus Asien zurückgekommen.«

Es versetzte ihr einen Stich bei dieser Erinnerung. Kurz darauf hatte sie Edgar getroffen, und auch er hatte ihr über seinen Aufenthalt in Asien berichtet.

»Ich denke daran, ihn nochmals zu uns einzuladen«, erzählte Ludovika und hakte ihre Tochter unter. »Er wäre wirklich eine gute Wahl, stammt aus einer Seitenlinie des Hauses Bourbon. Und damit, wie du weißt, aus einer der ältesten Dynastien Europas. Ferdinands Großvater war der Bürgerkönig Herzog Louis Philippe d'Orleans.«

»Schön und gut, Mutter«, erwiderte Sophie, die sich natürlich in Adelskreisen bestens auskannte. »Aber die Herrschaft der Bourbonen in Frankreich ist längst vorbei.«

»Nun, einen König als Verlobten hattest du doch schon«, versuchte sich Ludovika an einem Scherz.

Ferdinand also. Sophie versuchte, in sich hineinzuspüren. Wie fühlte es sich an, Ferdinands Ehefrau zu werden? Wie sie es schon erwartet hatte, empfand sie bei dem Gedanken rein gar nichts. So war das, seit Ludwig die Verlobung gelöst und sie Edgar endgültig entsagt hatte. Es war, als wäre sie seither gar nicht mehr zu tieferen Empfindungen in der Lage. Gleichgültigkeit, das traf ihren Gemütszustand vielleicht noch am ehesten. Und so gleichgültig, fast wie eine unbeteiligte Dritte, betrachtete sie gewissermaßen von außen die Bemühungen ihres Umfelds, einen Bräutigam für sie zu finden.

Schon eine Woche, nachdem Ludwig die Verlobung gelöst hatte, hatte Ludovika sich mit Feuereifer auf die Suche nach einem neuen Bräutigam begeben und dazu auch ihre weitläufige Verwandtschaft eingespannt. Königin Amalie von Griechenland hatte einen rumänischen Prinzen vorgeschlagen, der allerdings war Ludovika nicht genehm gewesen. Der nächste Kandidat war von selbst auf sie zugekommen. Ein spanischer Prinz hatte Sophie in aller Entschiedenheit den Hof gemacht, und Ludovika hatte durchaus Gefallen an ihm gefunden. Sisi allerdings ganz und gar nicht, und so hatte Sophies Mutter auch diesem Bewerber eine Absage erteilt.

»Und nun soll er uns in Possenhofen besuchen?«, fragte Sophie skeptisch.

»Wir könnten ihm zumindest eine Einladung zukommen lassen«, fand ihre Mutter. »Absagen kann er ja immer noch.«

»Ist das nicht etwas sehr aufdringlich?«, fürchtete Sophie.

»So direkt werde ich es natürlich nicht angehen«, beruhigte Ludovika sie lachend. »Ferdinands Vater, der Herzog von Nemours, hat verwandtschaftliche Beziehungen an den Hof von Sachsen-Coburg. Seine verstorbene Gattin stammte von dort, und seine Schwester ist mit August von Coburg verheiratet.«

Sophie nickte. Sie wusste, worauf ihre Mutter hinauswollte. Wie auch diese Nebenlinie der sächsischen Wettiner hatte auch ihre Familie zahlreiche familiäre Verbindungen an den Königshof in Sachsen, nicht nur durch Carl Theodors kürzlich verstorbene Frau Sophie. Ludovikas Schwester Marie – die Zwillingsschwester von Sisis Schwiegermutter – hatte den damaligen König Friedrich-August II. von Sachsen geheiratet.

Die erste Erinnerung, die Sophie an das sächsische Königspaar hatte, war allerdings eine denkbar tragische: Im August 1854 war Sophie sechs Jahre alt gewesen, als Onkel und Tante nach Bayern reisten, um die Erste Allgemeine Deutsche Industrieausstellung in München zu besichtigen. Selbstverständlich besuchten sie dabei auch die Familie in Possenhofen. Während Maria Anna in Possenhofen blieb, war der König, ein begeisterter Bergsteiger, mit seinem Flügeladjutanten und einem Kammerlakaien zu einem Kurzurlaub ins obere Inntal aufgebrochen. Sophie erinnerte sich noch gut an den Schrei, den ihre Tante ausstieß, als die Nachricht sie erreicht hatte: Am 9. August 1854 war der Wagen des Königs an einer besonders steilen Stelle zwischen dem Ortsteil Brennbichl und der Innbrücke ins Schleudern geraten, und der König und sein Lakai wurden aus dem Wagen heraus- und zwischen die Pferde geschleudert. Dabei traf Friedrich August II. ein Pferdehuf mit voller Wucht hinter dem linken Ohr, kurz darauf starb er an seinen Verletzungen. Und Sophie hatte das erste Mal erlebt, was echte, tiefe Trauer war. Tante Maria Anna hatte nie mehr geheiratet.

»Du und Ferdinand, ihr werdet beide in Dresden einen Verwandtschaftsbesuch bei Hofe machen«, sagte ihre Mutter nun in ihre Gedanken hinein.

»Falls Ferdinand denn überhaupt zusagt«, erwiderte Sophie.

Ferdinand sagte zu, und keine Woche später fanden sich beide im Residenzschloss in Dresden ein. Das erste gemeinsame Abendessen verlief noch etwas steif. Danach unternahm die sächsische Königsfamilie mit ihren Gästen eine Kutschfahrt. Vom nahe gelegenen Schloss Pillnitz aus, das sie mit einer zwischen den Palästen verkehrenden Fähre erreicht hatten, ging es zu einem wundervollen Aussichtspunkt auf einer Anhöhe über dem Friedrichsgrund. Dort war 1785 als Sinnbild der Vergänglichkeit alles Geschaffenen eine einer mittelalterlichen Ritterburg nachempfundene Ruine errichtet worden, von der aus man auf das erhaben an der Elbe liegende Dresden hinabblickte. Und während König Johann von Sachsen erläuterte, an dieser Stelle habe im Mittelalter ebenfalls eine Burg gestanden, deren Mauerreste beim Bau Verwendung gefunden hätten, kreuzten sich die Blicke von Sophie und Ferdinand wieder und immer wieder – und gleich darauf sahen beide jedes Mal erschrocken weg.

Ferdinand war die Situation offensichtlich ebenso peinlich wie ihr. Ob man ihn zu diesem Treffen genötigt hatte, weil man der Ansicht war, er müsse dringend den Bund der Ehe eingehen?

Als schon die Nacht hereingebrochen war, trat die ganze Gesellschaft zu Fuß den Heimweg an. Vorneweg gingen die Königinwitwe Maria und ihre Hofdame, gefolgt von ihrer Schwester, Königin Amalie Auguste, Carl Theodors Schwiegermutter, die noch vor Kurzem auf Possenhofen so bitterlich um ihre Tochter geweint hatte, und ihr Gemahl König Johann von Sachsen. Hinter Sophie und Ferdinand marschierten Nathalie von Sternbach sowie eine Hofdame der Königin. Neben jedem Paar schritten rechts und links zwei Diener mit Fackeln dahin. Die Elblandschaft und der Park waren, wie Sophie fand, mit ihren zahlreichen steinernen Brücken und Staffagebauten unglaublich romantisch.

Vielleicht war es dieser romantische Zauber, der Ferdinand mutig werden ließ? Jedenfalls wandte er ihr im Gehen den Kopf zu und gestand, ein wenig schüchtern: »Ich bin sehr glücklich, dass das Leben uns diese Gelegenheit gibt.« Und dann fügte er hinzu: »Ich habe mir immer wieder das Bild angesehen.«

»Welches Bild?«, fragte Sophie überrascht. Ihre Mutter war doch wohl nicht auf die Idee gekommen, der Einladung ein Porträt von ihr beizulegen?

Doch zu ihrer Erleichterung – und Rührung – hatte Ferdinand eine gänzlich andere Erklärung: »Bei unserem ersten Besuch, waren Sie noch… äh… die… äh… Verlobte des Königs«, stammelte der arme Ferdinand, der offenbar nicht wusste, wie er das leidige Thema ansprechen konnte, ohne Sophie zu brüskieren.

Doch sie nickte ihm nur freundlich zu, um ihn zu beruhigen.

»Damals sind doch diese wunderbaren Bilder gedruckt worden, unter denen stand: Sophie – Königin von Bayern.«

Wieder nickte Sophie. Sie kannte und fürchtete diese Bilder. Nach dem Ende ihrer Verlobung mit Ludwig waren sie in großen Mengen vernichtet worden.

»Wir haben damals ein solches Bild für meine kleine Schwester Blanche mitgenommen und…« Er zögerte.

»Und?«, fragte Sophie.

»Ich habe es an mich genommen«, stieß er hervor. »Als Glücksbringer.«

»Oh.« Überrascht sah sie ihn an.

»Ich hoffe, Sie empfinden dieses Geständnis nicht als aufdringlich«, sagte er, und sie dachte, dass sie im Gegenteil sogar sehr froh war über seine Offenheit. Allein schon deshalb, weil sie schließlich beide wussten, dass er hier war, weil sie eine verschmähte Braut war und ihre Mutter alles versuchte, sie unter die Haube zu bringen. Durch Ferdinands Zuneigungsbekundungen wirkte es auf einmal genau andersherum, nämlich so, als würde *er ihr* den Hof machen. Sophie beschlich das Gefühl, dass dieser Herr ein wahrer Gentleman war und er ihr dieses Geständnis nur gemacht hatte, weil er um die Situation wusste und wollte, dass sie sich besser fühlte. So viel Feinfühligkeit nach Ludwigs selbstbezogener und egoistischer Grausamkeit war Balsam für ihre Seele. Ein Gefühl tiefer Dankbarkeit stieg in ihr auf.

Sie schenkte ihm ein strahlendes Lächeln. »Ich hoffe, ich habe Ihnen Glück gebracht.«

»O ja, das haben Sie«, erklärte er.

»Und Ihre kleine Schwester? Hat sie das Bild nicht vermisst?«

»Offen gestanden hat sie es gar nicht bemerkt«, sagte Ferdinand etwas verlegen. »Bitte nehmen Sie es ihr nicht übel.«

»Aber woher denn!«, rief Sophie und lachte.

Während sie ihren Weg fortsetzten, musterte Sophie Herzog Ferdinand von Alençon unter gesenkten Lidern unauffällig von der Seite. Er hatte blondes, welliges Haar, einen gepflegten kurzen Bart und seelenvolle, ein wenig verträumte Augen. Wieder dachte Sophie, dass dieser Mann auf sie den Eindruck machte, ein durchweg guter Mensch zu sein, und zu ihrer Überraschung regte sich plötzlich so etwas wie Zärtlichkeit in ihr.

»Sie haben schon lange nicht mehr so glücklich und gelöst gewirkt«, bemerkte Nathalie von Sternbach, als sie am Morgen des vierten Tages ihres Aufenthalts am sächsischen Hof beisammensaßen, um sich noch ein wenig zu stärken, bevor am Nachmittag ein Spaziergang durch den Park erfolgen sollte – an dem nur Sophie und Ferdinand teilnehmen würden.

»Tatsächlich behagt mir seine Gesellschaft sehr«, gestand Sophie mit leuchtenden Augen. »Dieser Zustand der Erstarrung, unter dem ich so gelitten habe, ist vorbei. Ich kann wieder fühlen!«

»Und was fühlen Sie?«, fragte Nathalie.

»Das kann ich gar nicht sagen«, murmelte Sophie. »Ich fühle mich einfach nicht mehr tot. Und vielleicht empfinde ich auch so etwas wie Dankbarkeit, weil er mir nicht das Gefühl gibt, dass ich eine verschmähte Braut bin, sondern mir mit großer Wertschätzung begegnet und so liebevoll ist. Ich habe den Eindruck…«, sie suchte nach Worten, »dass etwas in mir heilt. Es ist, als wüsste er stets genau, was in mir vorgeht, und versuchte alles, um mir jegliche Peinlichkeit und jede unangenehme Situation zu ersparen.«

»Und nach den Erfahrungen, die Sie mit dem König machen mussten, wissen Sie das sicherlich ganz besonders zu schätzen«, vermutete die Hofdame.

»So ist es«, bestätigte Sophie. »Ich empfinde allerdings nicht das für ihn, was ich für Edgar empfunden habe. Es ist weniger… aufregend. Dafür irgendwie…«, sie zögerte, überlegte, und sagte dann: »Es fühlt sich beständiger an. Und auch vertrauter.«

»Was daran liegen mag, dass Sie aus der gleichen Welt kommen. Und dass Ferdinand ein passender Heiratskandidat ist.«

»Ja«, bestätigte Sophie. »Daran mag es liegen.«

»Ob er Ihnen nachher bei dem Spaziergang die entscheidende Frage stellen wird?«

»Ich denke es«, sagte Sophie. »Dafür ist der Spaziergang da, und das wissen wir beide.«

»Und wie fühlen Sie sich bei dem Gedanken?«

»Ich kann es nicht genau sagen«, erwiderte Sophie. »Es ist … als wäre ich eingefroren gewesen und taute erst langsam wieder auf. Vielleicht lässt es sich so beschreiben: Ferdinand ist es gelungen, meine äußeren Schichten zu erwärmen. Das reicht sicherlich, um zu tun, was man von mir erwartet, und ein freundliches und gutes Leben mit ihm zu führen. Aber mein Innerstes, Nathalie, das ist noch immer voller Eis. Und ich bin mir nicht sicher, ob es jemals wieder auftauen wird.«

Kapitel 24

Ferdinands Heiratsantrag war romantisch und voller ehrlicher Zuneigung gewesen, nach Sophies promptem »Ja« hatte er offiziell bei Königinwitwe Maria um die Hand ihrer Nichte angehalten, anschließend war die freudige Botschaft an Sophies Eltern telegrafiert worden. Zehn Tage waren seither vergangen, und nun, Ende Juni, wurden Ferdinand und sein Vater auf Possenhofen erwartet. Der Herzog von Nemours wollte seine künftige Schwiegertochter besser kennenlernen, außerdem hatten die beiden Väter vor, den Ehevertrag auszuarbeiten.

Zu ihrer Überraschung verspürte Sophie leises Herzklopfen, als sie die Kutsche ihres Verlobten und seines Vaters auf Schloss Possenhofen zufahren sah. Herzklopfen und auch Erleichterung. Dankbarkeit. Vorfreude auf das Wiedersehen. Ja, Ferdinand war es mit seinem Heiratsantrag und mit seinem ganzen Verhalten gelungen, sie aus ihrer Erstarrung zu befreien und langsam wieder einen fühlenden Menschen aus ihr zu machen.

Sie raffte die Röcke und eilte die Treppe hinab, dicht gefolgt von ihrer Hofdame. In der Eingangshalle trafen sie auf Ludovika. »Kind«, sagte die Mutter streng zu ihr, »bitte fasse dich etwas. Die Herren sollen nicht glauben, du würdest dich dem jungen Ferdinand von Alençon an den Hals werfen.«

Sophie spürte Ärger in sich aufsteigen. Ihrer Mutter war die vollkommen zu Eis erstarrte Sophie offenbar lieber gewesen.

»Ich denke, mein Verlobter wird erfreut sein, wenn ich ihn freudig begrüße, Mutter«, erwiderte sie daher kühl und machte Anstalten, aus dem Haus zu treten.

»Es ist nie gut, einen Mann zu sehr mit Zuneigung zu überschütten«, schalt Ludovika.

»Nun, das tust du bei Vater ja auch ganz gewiss nicht«, entfuhr es Sophie. Dann fing sie sich jedoch wieder und sagte: »Bitte entschuldige, ich …«

»Schon gut.« Ludovika legte ihr versöhnlich die Hand auf den Arm. »Du hast recht, was deinen Vater und mich anbelangt. Und ich freue mich, dass du deinem Verlobten so herzlich zugetan bist. Du hast es verdient, endlich glücklich zu werden.«

»Danke, Mutter.«

Sophie küsste Ludovika auf die Wange, dann traten sie gemeinsam hinaus, wo Herzog Max schon der Kutsche entgegensah.

»Ich habe schon befürchtet, ich müsste unsere Gäste allein begrüßen«, brummte er, als seine Frau und seine Tochter neben ihn traten. In diesem Moment kam die Kutsche vor ihnen zum Stehen, und der Herzog von Nemours entstieg dem Gefährt als Erster. Sophie stellte erleichtert fest, dass ihr angehender Schwiegervater überaus freundlich und gütig wirkte, ganz so, wie sie ihn in Erinnerung gehabt hatte. Er strahlte eine Ruhe aus, die ihr sofort Geborgenheit vermittelte.

Nachdem er die Dame des Hauses und Sophies Vater so

formvollendet wie herzlich begrüßt hatte, wandte er sich Sophie zu, küsste sie auf die Wangen, nahm ihre beiden Hände in die seinen und sagte voller Güte: »Wie sehr ich mich freue, Sie wiederzusehen! Ich bin überaus glücklich, Sie in unserer Familie willkommen heißen zu dürfen.«

»Vielen Dank!«, murmelte Sophie, überwältigt von dieser mehr als freundlichen Aufnahme. Etwas steif fügte sie hinzu: »Die Freude ist ganz auf meiner Seite.«

Das klang ja furchtbar, dachte sie gleich darauf. So hölzern, und als ob sie das nur aus Höflichkeit sagen würde. Am Ende dachte der Herzog noch, sie trauere immer noch Ludwig hinterher und sein Sohn sei für sie lediglich die zweite Wahl! Eine Notheirat, weil sie froh sein musste, nach all der Schmach noch einen Mann abzubekommen. Dabei war es eher umgekehrt.

»Wirklich!«, brach es nun aus ihr hervor. »Ich meine, was ich sage! Ihr Sohn ist wundervoll!«

Ein strahlendes Lächeln erhellte das Gesicht des Herzogs. »Das finde ich auch«, sagte er zustimmend. »Und ich freue mich, dass er eine Frau gefunden hat, die das zu schätzen weiß.«

Da bemerkte Sophie, dass Ferdinand, der inzwischen natürlich ebenfalls aus der Kutsche gestiegen war und ihre Eltern begrüßt hatte, mit einem Lächeln auf sie zutrat. Er nahm ihre Hand, um sie zu küssen, und Sophie spürte wieder dieses Gefühl in sich aufsteigen, das sich ihrer schon in Sachsen bemächtigt hatte: Das Gefühl von leiser Zärtlichkeit, warmer Zuneigung und Geborgenheit. Und Dankbarkeit, nicht nur wegen seiner freundlichen und wertschätzenden Art, sondern weil das Schicksal ihr nun offenbar doch einen Mann zugedacht hatte, bei dem sie sich aufgehoben und geliebt fühlen konnte – auch wenn sie beide vielleicht nicht glühende Leidenschaft verbinden würde wie mit Edgar. Aber um wie viel besser hatte sie es damit im Vergleich zu vielen anderen getroffen.

»Sophie«, sagte er leise. »Ich habe die Stunden bis zu unserem Wiedersehen gezählt.«

»Ich auch«, flüsterte sie. »Ich bin glücklich, dass du endlich hier bist.«

Während sie einander noch begrüßten und die Dienerschaft das Gepäck ausräumte, hatten sich Sophies Eltern und der Herzog von Nemours bereits zum Haus begeben, wo sie ihren Gästen ihre Gemächer zeigen und dann gemeinsam den Nachmittagstee einnehmen würden.

»Sophie«, mahnte Ludovika von der Tür her. »Unsere Gäste möchten sich sicherlich gern erfrischen nach der langen Reise.«

»Entschuldigung.« Sophie löste ihre Hände und Blicke von Ferdinand und ging neben ihm ins Haus, wo sie sich wieder an ihren künftigen Schwiegervater wandte. »Wir haben Ihnen die gleichen Zimmer herrichten lassen wie bei Ihrem letzten Aufenthalt bei uns. Ich hoffe, das ist Ihnen recht?«

»Sehr recht«, versicherte der Herzog. »Wir haben uns damals bei Ihnen sehr wohlgefühlt.«

***

»Ein seltsames Gefühl, dass unsere Väter nun beisammensitzen und über unsere Ehe verhandeln, findest du nicht?«, fragte Ferdinand, als er nach dem Tee mit Sophie einen Spaziergang am Ufer des Würmsees unternahm.

»Doch, das finde ich auch«, erwiderte sie. »Es ist so furchtbar unromantisch. Als handle es sich um eine Geschäftsbeziehung.«

»In gewisser Weise ist es das ja auch«, sagte er.

Gekränkt sah sie ihn an.

»Du missverstehst mich«, fügte er rasch hinzu, als er ihren Blick bemerkte. »Wir beide, du und ich, wir haben das Glück, dass wir einander wirklich zugetan sind. Ich liebe dich von ganzem Herzen, liebste Sophie. Aber du weißt so gut wie ich, dass das Heiraten in unseren Kreisen durchaus dynastische Gründe hat. Nicht alle haben so viel Glück wie wir.«

»Ja.« Versöhnt schmiegte sie sich an ihn. Genau das hatte sie vorhin ja auch gedacht. Ferdinand war ihr Neuanfang.

»Darf ich dich um etwas bitten?«, fragte sie.

»Um alles.« Liebevoll sah er sie an.

Inzwischen waren sie an einer kleinen Bank angekommen, die unter einem mächtigen Apfelbaum stand. Sophie liebte diesen Platz, besonders im Frühling, wenn der Baum in voller Blüte stand, aber auch im Herbst, wenn sie nur die Hand auszustrecken brauchte, um sich eine der dicken roten und herrlich süßen Früchte zu pflücken und hineinzubeißen.

Hand in Hand ließen sie sich nieder.

»Um was wolltest du mich bitten?«, fragte er.

»Würdest du mich bei meinem zweiten Vornamen ansprechen?«, fragte sie. »Würdest du mich Charlotte nennen?«

Seine Verwunderung stand ihm ins Gesicht geschrieben. »Sicher, wenn du das möchtest … aber … warum? Alle nennen dich doch Sophie.«

»Der Name Charlotte soll ganz allein dir gehören«, erklärte sie. »Für mich ist das mit dir ein wunderbarer Neuanfang. Und Sophie … auch Ludwig hat mich so genannt.« Und Edgar, fügte sie in Gedanken hinzu.

Ernst sah er sie an. »Ich will dir den Gefallen gern tun – und finde deinen Gedankengang schön. Aber eine Frage stellt sich mir.«

»Und welche?«

»Soll ich dich nicht Sophie nennen, weil du nicht an Ludwig erinnert werden willst? Weil es dich zu sehr schmerzt?«

Sie ahnte, was in ihm vorging: Er dachte, sie hinge immer noch an Ludwig. Rasch schüttelte sie den Kopf. »Es ist, wie ich sage. Ich möchte, dass da ein Name ist, der nur dir gehört.«

»Das nehme ich gerne an«, sagte er. »Charlotte.« Und dann küsste er sie.

Kapitel 25

Die Hochzeit sollte schon drei Monate später, am 28. September 1868, stattfinden, deshalb begannen die Vorbereitungen gleich nach der Verlobung. Sophies Gemüt wurde in dieser Zeit zum einen von der leisen Vorfreude auf die Hochzeit, zum anderen aber von Wehmut bestimmt. Denn natürlich würde sie ihre Heimat nun doch verlassen müssen und mit ihrem Ehemann nach England gehen, wo er mit seiner Familie im Exil lebte. »Das ist wohl der einzige Vorteil, den eine Hochzeit mit Ludwig mit sich gebracht hätte. Ich wäre in meiner Heimat geblieben«, sagte sie zu Nathalie von Sternbach. »Und Sie hätten meine Hofdame bleiben können. Der Gedanke daran, dass wir nun bald Abschied nehmen müssen, schmerzt mich doch sehr.«

»Mich auch«, versicherte die Ältere. »Aber wir werden uns oft besuchen. Und Sie wollten doch die Welt sehen!«

»Es ist ein Unterschied, ob man eine Reise unternimmt oder gänzlich fortzieht«, sagte Sophie leise. »Das wissen Sie genau.«

»Ja.« Nathalie nickte. »Ja, das weiß ich genau. Ich will Sie ja nur aufmuntern. Und das tue ich jetzt auch. Wir sollten uns Gedanken über Ihr Hochzeitskleid machen. Und darüber, ob Sie Ludwig zu Ihrer Hochzeit einladen wollen.«

Entsetzt sah Sophie sie an. »Natürlich nicht! Das wäre doch recht geschmacklos.«

»Er ist immerhin Ihr Cousin. Und der König von Bayern.«

»Das sicher«, bestätigte Sophie. »Aber ich denke, Mutter und Vater werden eine Möglichkeit finden, diese Einladung zu umgehen.«

»Das hoffe ich.«

Ludovika und Max fanden in der Tat eine Möglichkeit: Sie luden den König und seine Mutter einfach nicht zur Hochzeit ein, ebenso wenig wie seinen Bruder, Prinz Otto. Und wenn Sophie deshalb erleichtert gewesen war, so wurde sie kurz darauf doch erneut auf die Probe gestellt: Ferdinand verschob den Hochzeitstermin, was natürlich schlimme Erinnerungen weckte an die Spielchen, die Ludwig mit ihr getrieben hatte. Doch anders als Ludwig hatte Ferdinand einen guten Grund. Sein Vater war so schwer erkrankt, dass er an der Hochzeit nicht hätte teilnehmen können. Obendrein musste Ferdinand umgehend zu ihm reisen.

»Nun beruhigen Sie sich doch«, sagte Nathalie streng, als Sophie dem abfahrenden Wagen verzweifelt hinterherblickte. »Sie wissen genau, dass der Herzog die Hochzeit nicht verschoben hat, weil er Sie nicht liebt.«

»Ja, ich weiß«, sagte Sophie, »Sie haben ja recht. Ich steigere mich da hinein. Aber so bin ich nun mal.«

»Sie sind eine sehr leidenschaftliche Frau und machen sich schnell Gedanken«, bestätigte ihre Hofdame. »Und das ist nach allem, was Sie erleben mussten, ja auch kein Wunder.«

»Dann warten wir doch ab, ob Ferdinand die Hochzeit noch ein weiteres Mal verschiebt.«

***

»Was soll das?«, fragte Sophie am Abend vor ihrer Hochzeit – die Ferdinand natürlich nicht erneut verschoben hatte – irritiert und deutete hinauf an den Nachthimmel. Über Schloss Berg auf der anderen Seite des Würmsees, wo Ludwig momentan residierte, war ein prächtiges Feuerwerk zu sehen. Außerdem war das ganze Schloss über und über illuminiert.

»Er will angeben«, erklärte Ludovika abfällig. »Natürlich muss er sich am Vorabend eurer Hochzeit noch einmal in Szene setzen. Angeblich ist das Feuerwerk für die Zarin. Aber für mich steht außer Frage, dass das, meine liebe Sophie«, sie deutete zum Himmel hinauf, »für dich ist. Er möchte dir noch mal in Erinnerung rufen, wie wunderbar er ist.«

»Wahrscheinlich können wir dankbar sein, wenn er sein Feuerwerk nicht morgen, während unserer Hochzeit, entzündet«, sagte Sophie.

In diesem Moment erschien leuchtend ein Name am bayerischen Nachthimmel. Marie. Ein Gruß an die Zarin, die sich gerade auf der Durchreise befand und den bayerischen König besuchte. Auch in Possenhofen war Ludovikas Cousine gewesen, und zu diesem Anlass waren Ludwig und Sophie erstmals nach der Verlobung wieder aufeinandergetroffen. Es war steif und unangenehm gewesen.

»Über Marie von Preußen, die Frau meines Neffen, habe ich erfahren, dass Ludwig Tausende von Ballons steigen lässt und der Zarin ein romantisches Abendessen auf der Roseninsel serviert«, berichtete Ludovika ihrer Tochter. »Beide wissen natürlich genau, dass ich dir das erzähle. Übrigens ist der Beweis, dass er das alles hier nur deinetwegen veranstaltet, die Tatsache, dass es eigentlich geplant war, die Zarin in München zu empfangen. Er wollte sich dann aber unbedingt auf Schloss Berg mit ihr treffen.«

»Es ist so kindisch«, sagte Sophie. »Ich bin sehr froh, dass die Hochzeit mit ihm nicht zustande gekommen ist.«

»Ich inzwischen auch«, versicherte ihre Mutter. »Auch wenn ich zugeben muss, dass ich dich schon gerne als Königin von Bayern gesehen hätte. Nicht zuletzt deshalb, weil du dann in der Nähe geblieben wärst.«

Sophie drückte seufzend ihre Hand. Den Abschiedsschmerz hatte sie noch lange nicht überwunden, er lag wie ein Schatten über der bevorstehenden Hochzeit.

***

Zufrieden betrachtete Sophie sich im Spiegel. Sie trug ein weißes Seidenkleid, das über und über mit Orangenblüten und an den Ärmeln mit Atlaslitzen verziert war. Ihr blondes Haar war im Nacken zu einem eleganten Knoten geschlungen, darüber lag ein ebenfalls mit Orangenblüten bestickter Schleier.

»Du siehst wunderschön aus«, sagte Ludovika ergriffen, als Sophie am nächsten Tag in ihrem Brautkleid vor ihr stand.

»Allerdings. Ich habe nie eine schönere Braut gesehen!«, bekräftigte ihre älteste Schwester Nené, die zur Hochzeit angereist war und mit ihren Kindern im ebenfalls direkt am Würmsee gelegenen Schloss Tutzing residierte. Sophie wusste, dass ihre Schwester sich schon lange mit dem Gedanken getragen hatte, Eigentum am Würmsee zu erwerben, und als sich nun vor Kurzem die Gelegenheit dazu ergeben hatte, hatte sie zugegriffen. Fragend sah sie ihre ältere Schwester an. »Wie geht es dir, Nené? Du bist sehr schmal und blass geworden.«

»Ach«, erwiderte die andere, »ich führe ein stilles, eintöniges Leben, habe aber so viel zu tun, dass trotz meiner Herzenseinsamkeit und Trübseligkeit die Zeit schnell verfliegt.«

»Ja«, murmelte Sophie, die nicht so recht wusste, was sie darauf erwidern sollte.

»Aber heute geht es nicht um mich, sondern um dich, meine Kleine«, fuhr Nené zärtlich fort und nahm ihre Hände. »Ich freue mich so sehr, dass du nach allem, was du durchmachen musstest, nun endlich dein Glück gefunden hast.«

»Ich danke dir, liebste Schwester.« Gerührt küsste Sophie sie auf die Wange.

»Irgendwie sind unsere Schicksale ja ähnlich«, sagte Nené. »Beide waren wir für einen mächtigen Mann vorgesehen, der uns dann nicht wollte. Und beide haben wir danach einen sehr lieben anderen Ehemann gefunden. Ich wünsche dir, dass du mit deinem Ferdinand ebenso glücklich wirst, wie ich es mit Maximilian war.«

»Danke, Nené«, erwiderte Sophie gerührt.

»Alles Gute, mein Schatz«, sagte Nené und zog Sophie in die Arme.

Da bemerkte Sophie, dass Ludovika sie voller Bewegung betrachtete. »Meine Kleine und meine Große«, sagte sie. »Aber nun sollten wir uns beeilen. Wie mir zugetragen wurde, ist der Bräutigam ohnehin sehr nervös. Nicht auszudenken, wenn er am Ende ohnmächtig wird, weil er fürchtet, du kommst nicht.«

Die Trauung fand im Schlosssaal statt. Von draußen drangen die Klänge von Verdi herein, gespielt von einer Militärkapelle, die sich vor dem Schloss postiert hatte, und als Sophie Ferdinand das Jawort gab, als sie mit ihm den Hochzeitstanz tanzte, als sie mit ihren Gästen speiste, da war sie glücklich. »Charlotte«, hatte Ferdinand an ihrer Wange geflüstert, »Charlotte, Liebste.«

Doch dann stimmte die Kapelle den Brautchor aus *Lohen-*

grin an, das Werk Wagners, das sie mit Ludwig so oft gesungen, gespielt und eingeübt hatte. Ludwig, der am Abend zuvor noch den Nachthimmel illuminiert hatte, um sie an ihn zu erinnern. Und wenn sie auch nach wie vor froh darüber war, dass die Hochzeit mit dem bayerischen König nicht zustande gekommen war, wenn sie auch wusste, dass sie an seiner Seite unglücklich, wenn nicht gar wahnsinnig geworden wäre, so legte sich nun, als sie die vertrauten Klänge hörte, doch eine gewisse Wehmut über sie. Denn ihre Hochzeit mit Ferdinand war auch ein Abschied. Von ihrer Kindheit, zu der Ludwig gehört hatte, von ihrer Familie, von ihrer Heimat, von allem, was ihr lieb und teuer war. In Kürze würde sie Possenhofen verlassen müssen und eine ganz neue Welt kennenlernen. Und vor dieser neuen Welt hatte sie mit einem Mal furchtbare Angst. Dieses Gefühl legte sich wie ein Schleier auf das Glück, das sie ja eigentlich hätte empfinden müssen, und so verbrachte sie die folgenden Tage niedergeschlagen und bedrückt.

Und als sie sich eine Woche später endgültig von ihrer Familie und ihrem Hofstaat verabschieden musste, war Sophie Charlotte vollkommen in Tränen aufgelöst.

Kapitel 26

Das ist also mein neues Zuhause, dachte Sophie, als die Kutsche, die sie vom Hafen abgeholt hatte, über die lange Zufahrt am Gutshaus vorfuhr. Auf den ersten Blick sieht es sehr heimelig aus, wenn das englische Wetter mir auch ganz und gar nicht zusagt: Im Gegensatz zum weiß-blauen bayerischen Himmel ist hier in England alles Grau in Grau, von der Sonne ist nichts zu sehen. Stattdessen geht seit unserer Ankunft ein feiner Sprühnebel auf uns nieder. Immerhin, Bushy House leuchtet in rotem Backstein, und diese beiden niedrigen Gebäude, die rechts und links an das Haupthaus anschließen, bilden eine Art Vorhof und vermitteln ein Gefühl von Geborgenheit.

Sophie wusste, dass Bushy House 1714 von einem Lord Halifax errichtet worden war. Es hatte allerdings bereits einen Vorgängerbau gegeben, für Edward Proger als Dank für seine Treue zu König Charles II. während dessen Exil erbaut.

Inzwischen hatten sie den Eingang erreicht, und Sophie sah, dass die Dienerschaft Spalier stand. Auch Ferdinands Familie war nach draußen geeilt, um die Ankommenden zu begrüßen. Die meisten kannte Sophie bereits von der Hochzeit, und sie stellte fest, wie gut es tat, hier in der Fremde in zumindest einigermaßen vertraute Gesichter zu blicken.

Die Kutsche hielt, und ein Diener eilte sogleich diensteifrig herbei, um mit gesenktem Kopf die Tür zu öffnen. Kaum waren sie ausgestiegen, stürzte auch schon eine junge Frau auf Ferdinand zu und fiel ihm um den Hals. »Pfeif auf die Etikette!«, rief sie. »Ich bin einfach so froh, dass ihr endlich da seid.«

Nachdem Marguerite, Ferdinands lebhafte jüngere Schwester, ihren Bruder losgelassen hatte, wandte sie sich ihrer Schwägerin zu.

»Sophie! Meine liebe Sophie! Willkommen in deinem neuen Zuhause!« Marguerite zog sie herzlich in ihre Arme. »Ich freue mich sehr, nun eine weitere Schwester an meiner Seite zu haben.«

»Ich freue mich auch«, sagte Sophie und lächelte ihre neue Schwägerin dankbar an. Plötzlich musste sie daran denken, wie sie in jenem Sommer 1867, als die Alençons sie in Possenhofen besuchten und Ludovika versucht hatte, eine Verbindung zwischen Carl Theodor und Marguerite zu arrangieren, bedauert hatte, dass Marguerite nicht ihre Schwägerin geworden war. Aber dennoch war es nun so gekommen, wenn auch auf anderen Wegen.

Die Herzlichkeit, mit der sie in England empfangen wurde, half Sophie etwas über ihr Heimweh hinweg. Die ganze Reise über war sie krank vor Kummer gewesen. Zwar hatte sie die Aufregung über all das Neue, das sie zu Gesicht bekam, ein wenig abgelenkt – da die Familie Orléans Frankreich als Angehörige des ehemaligen Königshauses nicht betreten durfte, waren sie über Brüssel gereist, und zum ersten Mal in ihrem Leben hatte Sophie das Meer gesehen. Aber all das kam gegen ihre schreckliche Sehnsucht nach zu Hause nicht an, und auch ihr Mann konnte ihren Kummer nicht dämpfen, sosehr er sich auch nach Kräften bemühte.

»Marguerite!«, ertönte in diesem Moment eine scharfe Stimme hinter ihr. Sie gehörte Ferdinands Vater, dem Herzog von Nemours. »Was ist das denn für ein ungehöriges Benehmen, Marguerite!«, schalt er.

Marguerite stieß ein leises Kichern aus. »Papa ist zwar ein sehr lieber Mann, aber auch furchtbar altmodisch«, flüsterte sie ihrer Schwägerin ins Ohr. »Ich habe mich nicht ans Protokoll gehalten.«

Auch Sophie musste schmunzeln. Der Gedanke, dass sie mit der jungen Frau viel gemeinsame Zeit verbringen durfte, nahm ihrem Heimweh etwas von seiner Schärfe.

Nachdem Sophie auch ihren Schwiegervater herzlich begrüßt hatte, wandte sie sich dem schüchternen zehnjährigen Mädchen zu, das sich halb hinter seinem Vater versteckte. Es war bei der Hochzeit nicht dabei gewesen. »Und du bist bestimmt Blanche, meine jüngste Schwägerin?«, fragte sie und lächelte dem blonden Mädchen freundlich zu.

Und Blanche nickte so heftig, dass die Zöpfe wippten.

Eigentlich wäre es Sophie nach der so langen Reise lieber gewesen, sich erst einmal auszuruhen und das Abendessen nur in ganz kleiner Runde zu sich zu nehmen. Doch ihr Schwiegervater machte diese Hoffnung zunichte: »Um euch gebührend zu empfangen, haben wir die ganze Verwandtschaft aus der Umgebung zu einem festlichen Dinner eingeladen. Die meisten von ihnen wirst du ohnehin noch von eurer Hochzeit kennen, aber einige neue Gesichter sind auch dabei.«

Marguerite, die Sophies Reaktion offenbar bemerkt hatte,

drückte ihr tröstend die Hand. »Keine Sorge«, flüsterte sie. »Sie sind alle sehr nett. Und sie freuen sich sehr auf dich.«

Marguerite sollte recht behalten: Ferdinands Verwandtschaft begrüßte sie wie ein verlorenes Familienmitglied. Der Abend wurde ungezwungen und fröhlich, was sie fast ein wenig an ihre Kindheit auf Possenhofen erinnerte, was andererseits ihr Heimweh wieder anfachte. Doch sie hatte kaum die Gelegenheit, sich dem Gefühl hinzugeben, denn Henri d'Orléans, der Herzog von Aumale und ein Onkel Ferdinands, kümmerte sich rührend um sie. Schon als sie vor dem Essen in dem Salon vor dem Speisezimmer mit Aperitifs beisammenstanden, wandte sich ihr der hochgewachsene, kultiviert wirkende Mann mit dem dichten hellbraunen Haar und dem Spitzbart zu. »Ich hörte, zwei Ihrer Schwestern haben in das Haus Neapel-Sizilien eingeheiratet?«, sagte er. »Meine Gemahlin Maria ist ebenfalls eine Prinzessin aus diesem Hause.« Er deutete auf eine schmale blonde Frau mit ebenmäßigem Gesicht, die sich soeben mit Ferdinands Vater unterhielt. Sie war eine Schönheit, fand Sophie, obwohl oder gerade weil eine fast greifbare Melancholie über ihr lag.

Dann wandte sie sich wieder dem freundlichen Henri zu, der sie fragte, wie ihre Reise gewesen sei und ob sie mit dem englischen Wetter klarkomme.

»Die Reise war ganz wunderbar«, versicherte sie. »Oder zumindest war es wunderbar, zum ersten Mal in meinem Leben das Meer zu sehen.«

»Aber?«, bohrte er nach.

»Nun…« Sophie zögerte, doch Henri ahnte es schon: »Aber Sie haben unter entsetzlicher Übelkeit gelitten.«

»Das… ja«, gestand Sophie.

»Das muss Ihnen überhaupt nicht peinlich sein«, sagte Henri

und lächelte sie mit väterlicher Güte an. »Mir ging es bei meiner ersten Seefahrt nicht anders. Und was das Wetter angeht: Sie werden sich daran gewöhnen. Aber am Anfang ist es sehr trist.« Dann fügte er leise hinzu: »Und auch das Heimweh wird besser.«

»Merkt man es mir so deutlich an?«, fragte sie erschrocken. »Das will ich nicht. Ich werde hier so herzlich willkommen geheißen.«

»Sagen wir es so«, begann Henri, »Menschen wie ich merken es. Menschen, die ihre Heimat verlassen mussten. Und das bin nicht nur ich, das sind wir alle hier. Deswegen denke ich, sie spüren alle, dass Sie Ihr Zuhause bitter vermissen. Sie haben alle ein unendlich tiefes Verständnis für Sie, und zwar hier.« Er legte seine Hand an sein Herz. »Deshalb war es Ihrem Schwiegervater auch so wichtig, Ihnen einen so herzlichen Empfang zu bereiten. Sie soll wissen, wie sehr wir uns freuen, dass sie da ist, hat er gesagt. Und dass wir alles tun müssten, um Ihnen über die erste schwere Zeit hinwegzuhelfen.«

Sophie warf einen raschen Blick zum Herzog von Nemours hinüber, der sich noch immer mit der neapolitanischen Prinzessin unterhielt, und ihr wurde ganz warm ums Herz. Fast wären ihr die Tränen gekommen, so gerührt war sie von der herzlichen Fürsorge ihrer neuen Verwandten.

»Und Sie?«, fragte sie. »Vermissen Sie Ihre Heimat sehr?«

»O ja«, sagte Henri traurig. »Frankreich im Allgemeinen, aber mein wunderbares Schloss Chantilly im Besonderen.« Wieder lächelte er seiner angeheirateten Nichte voller Güte zu. »Wenn ich irgendwann das Glück haben sollte, nach Frankreich zurückkehren zu dürfen, dann müssen Sie mich besuchen. Es wird Ihnen gefallen. Und wenn ich noch einen Wunsch äußern darf: Lassen Sie uns zum Du wechseln, wir sind ja nun verwandt.«

»Beides sehr gerne«, sagte Sophie, die sich über das Leuchten in den Augen des Herzogs freute. »Erzählen Sie mir … Entschuldigung, erzählst du mir mehr darüber?«

»Nun, es liegt ganz in der Nähe von Paris, etwa fünfzig Kilometer nordöstlich.«

»Und befand es sich schon immer im Besitz deiner Familie?«, plauderte Sophie.

»Nein, es wurde 1560 für Anne de Montmorency erbaut«, sagte er.

»Hat ihr Gatte es ihr errichtet?«, erkundigte sich Sophie fasziniert.

Er lachte. »Nein, Anne war ein Mann, der erste Herzog von Montmorency und Pair von Frankreich, um genau zu sein.«

»Oh«, machte Sophie verlegen. »Bitte entschuldige meine Unwissenheit.«

»Aber das kannst du doch nicht wissen«, beruhigte sie der Herzog. »Jedenfalls starb die Linie dann aus, und das Schloss wurde Sitz der Prinzen von Bourbon-Condé, bis auch diese 1830 ausstarben. Danach fiel es an mich. Leider wurde es während der Revolution zerstört. Aber wenn ich eines Tages zurückkehre, dann werde ich es wieder aufbauen, prächtiger denn je. Und dann bist du mein Gast.«

»Ich freue mich drauf«, sagte Sophie. »Und ich habe keinen Zweifel daran, dass dieser Traum Wirklichkeit werden wird.«

Im Stillen dachte sie, dass sie den Herzog schon jetzt in ihr Herz geschlossen hatte. Sosehr sie ihren Vater auch liebte – trotz seiner ständigen Abwesenheit, seiner vielen Mätressen und seiner häufigen Trunkenheit –, einen Vater, der wie Henri war, hatte sie sich immer gewünscht.

***

»Dein Onkel Henri ist sehr nett«, sagte sie zu ihrem Mann, als sie sich nach einem langen, erfüllenden Abend in ihre Gemächer begaben. »Warum war er nicht auf unserer Hochzeit?«

Ferdinand seufzte und sah aus dem Fenster hinaus, das einen großartigen Ausblick über den, jetzt allerdings im Dunkeln liegenden, weitläufigen Bushy Park bot. »Dahinter, meine liebste Charlotte«, er nannte sie, wie von ihr erbeten, bei ihrem zweiten Vornamen, »steckt eine sehr tragische Geschichte. Vor zwei Jahren starb sein ältester Sohn. Er war nach Australien gereist und dort an Typhus erkrankt. Tante Maria hätte das fast nicht überlebt, sie wäre beinahe an dem Verlust zerbrochen. Seitdem ist ihre Konstitution sehr zart. Sie hätte die lange Reise in den Süden von Deutschland nicht überstanden.«

Sophie musste an ihre Tante Sophie denken, Sisis Schwiegermutter. Die sonst so kaltherzige und strenge Frau, die »Befehlsgeberin des Kaisers«, wie Sisi einmal spöttisch gesagt hatte, war bislang ebenfalls nicht über den Tod ihres jüngsten Sohnes hinweggekommen. Und sie würde es vermutlich auch nie tun.

»Deshalb sieht sie auch so traurig aus«, bemerkte Sophie. »Das war das Erste, was ich mir dachte, als ich sie sah.«

»Ja«, bestätigte Ferdinand und sprach aus, was Sophie dachte: »Sie ist noch längst nicht über seinen Tod hinweg, wenn ihr das überhaupt je gelingt.«

»Und dein Onkel?«, fragte Sophie. »Er leidet doch gewiss ebenso wie seine Frau.«

»Das ja«, sagte Ferdinand nachdenklich. »Doch Charlotte, so seltsam es klingen mag… ich glaube, dass ihn ihre Trauer rettet.«

»Das klingt wirklich seltsam«, bestätigte Sophie und sah ihren Mann fragend an.

»Eigentlich ist es ganz einfach«, sagte er. »Weil sie so trauert, muss er umso stärker sein. Für sie.«

Sophie nickte. »Sie scheint auch sehr nett zu sein.«

»O ja, das ist sie«, bestätigte Ferdinand. »Ich kenne kaum einen freundlicheren Menschen als meine Tante. Sie ist so sanftmütig und allen gegenüber offen – ebenso wie ihr Mann. Es ist schon unglaublich, dass solch herzensguten Menschen ein derartiges Schicksal widerfahren kann.«

Kapitel 27

In den ersten Wochen nach ihrer Ankunft kam Sophie gar nicht dazu, irgendjemanden zu vermissen. Schon gar nicht fand sie ausreichend Zeit, sich dem Klavierspiel und ihrem Gesang zu widmen. Marguerite und Ferdinand waren ständig an ihrer Seite. Sie mochte ihre Schwägerin von Herzen gern, und mit Ferdinand war sie einfach nur glücklich. Ihr Ehemann war aufmerksam, liebevoll und zärtlich, und der Gedanke an Edgar Hanfstaengl tauchte nur noch dann und wann sehr schemenhaft auf. Zudem traf eine Woche nach ihrer Ankunft ein Brief ein, der in Bushy House für große Aufregung sorgte. »Queen Victoria möchte dich ebenfalls in England willkommen heißen«, teilte Sophies Schwiegervater ihr beim Lunch mit. »Wir sind eingeladen.«

»Die Queen!«, rief Sophie aufgeregt. »Aber …«

»Du musst keine Angst haben, Liebes«, sagte Ferdinand. »Queen Victoria ist sehr freundlich. Und außerdem bist du die Schwester der österreichischen Kaiserin.«

»Schon, aber …«, murmelte Sophie, der vor diesem Besuch doch etwas mulmig zumute war.

»… und Onkel Henri und Tante Maria kommen auch mit.

Die Tante ist eine enge Freundin der Königin. Du wirst sehen, es wird ganz entspannt.«

»Außerdem«, fuhr der Herzog von Nemours fort, »ist Victoria unserer Familie ohnehin sehr zugetan. Du musst wissen, dass meine liebe verstorbene Frau, eine Prinzessin von Sachsen-Coburg, die übrigens ebenfalls Viktoria hieß, eine Cousine der Queen war und eine liebe Spielgefährtin, als die beiden noch Kinder waren.«

Sophie nickte etwas verlegen. Es war das erste Mal, dass ihr Schwiegervater seine Frau ihr gegenüber erwähnte. Sie wusste nur, dass Ferdinands Mutter 1857 im Wochenbett gestorben war. Doch auch Ferdinand sprach nicht gerne darüber, vermutlich war das Thema für ihn zu schmerzhaft. Sie wusste nicht recht, was sie darauf antworten sollte, und fragte daher: »Aber hat sich die Königin seit dem Tod ihres Mannes vor sieben Jahren nicht völlig aus der Öffentlichkeit zurückgezogen?«

»Doch, schon«, bestätigte ihr Schwiegervater. »Die früher sehr lebenslustige Victoria hat sich nach dem Tod ihres Gatten in der Tat sehr verändert und lebt in großer Abgeschiedenheit. Aber wir sind ja nicht die Öffentlichkeit.«

Ferdinand ergänzte: »Das war ein hartes Jahr für sie, auch ihre Mutter ist 1861 verstorben, ein Dreivierteljahr vor Albert. Und wenn sie zu ihr auch kein einfaches Verhältnis hatte, trauerte sie doch sehr um sie. Aber immerhin hat sie letztes und auch vorletztes Jahr das Parlament eröffnet – dieses Jahr allerdings nicht.«

»Übrigens starb Albert an Typhus, ebenso wie der Sohn von Henri und Maria«, erläuterte Sophies Schwiegervater. »Ich glaube, die Freundschaft der beiden Frauen hat auch damit zu tun, dass sie beide einen über alles geliebten Menschen an diese Krankheit verloren haben.«

»Das kann ich verstehen«, sagte Sophie und musste an die Freundschaft zwischen Sisi und ihrer Schwägerin Henriette denken, die beide ein Kleinkind verloren hatten. »So etwas gibt es ja immer wieder.«

»Also, ich bin ein wenig neidisch, dass ihr die Königin besuchen dürft«, ließ sich Marguerite vernehmen, die dem Lunch bisher ausnahmsweise schweigend beigewohnt hatte. »In Windsor ist es immer ganz wundervoll.«

»In Windsor?«, fragte Sophie überrascht. »Nicht im Buckingham Palace?«

»Nein«, sagte ihr Schwiegervater. »Sie vermeidet es, den Palast zu betreten. Stattdessen klammert sie sich an Windsor, das sie gemeinsam mit ihrem Gemahl als Hauptresidenz bewohnt hat, hält sich aber auch oft in Balmoral Castle oder Osborne House auf. Das Zimmer in Windsor, in dem ihr Mann starb, ist unverändert, die Dienerschaft wurde angewiesen, Handtücher und Bettwäsche in den Gemächern von Prinz Albert regelmäßig zu wechseln und jeden Abend eine Schüssel warmes Wasser hineinzustellen.«

Sophie schauderte unwillkürlich. Jetzt hatte sie noch mehr Angst vor dem Besuch!

»Wie mächtig es ist!«, sagte Sophie eingeschüchtert, als die Kutsche auf das zwischen zwei Türmen gelegene Eingangstor von Windsor Castle zufuhr.

»Das ist es in der Tat«, bestätigte Marie und lächelte ihr beruhigend zu. »Etwa in der Mitte befindet sich der Runde Turm, der das Schloss in zwei Höfe gliedert. Im unteren Hof liegt St. George's Chapel, am oberen Hof befinden sich die privaten Königlichen Gemächer und die Staatsgemächer. Aber glaube mir, es ist von außen einschüchternder, als es tatsächlich der Realität entspricht. Und du bist beeindruckende Paläste ja durchaus gewohnt.«

»Das stimmt«, bekräftigte Sophie, die jedoch nicht verhehlen konnte, dass sie noch nie von einem Palast derart eingeschüchtert gewesen war wie von diesem. Was daran liegen mochte, dass sie sonst, wenn sie einen Palast betreten hatte, immer engste Familie oder Vertraute besucht hatte.

In der Tat fand Sophie Schloss Windsor auch dann noch Ehrfurcht erweckend, als sie von einem Diener durch die langen Gänge geführt wurde, vorbei an all den Wachposten und den strammstehenden Dienern, den zahlreichen Ritterrüstungen und Waffen. Und dann stand sie tatsächlich vor ihr, der Queen! Victoria war eine massige, ganz in Schwarz gekleidete Gestalt, die ihr, wie Sophie fand, würdevoll und zugleich ungemein melancholisch entgegenblickte. Ihre Trauer schien ihr ganzes Wesen zu beherrschen. Zitternd versank Sophie in einen tiefen Hofknicks, erhob sich dann wieder und blickte für einen Moment in Victorias Augen, die sie ausgesprochen freundlich und wohlwollend musterten.

»Willkommen in England, Herzogin«, sagte sie. »Ich hoffe, es gefällt Ihnen?«

»O ja, Eure Majestät!«, versicherte Sophie.

Victoria verzog die Lippen zu einem sehr dünnen Lächeln. »Das Wetter ist auch nicht immer so schlecht, das verspreche ich Ihnen.«

»Das beruhigt mich sehr, Ma'am«, sagte Sophie und wagte es, das Lächeln zu erwidern.

Victoria bat sie an einen Tisch, an dem für eine Teestunde eingedeckt war. Wie aus dem Nichts erschienen Diener, die Tee einschenkten und Kuchen, Sandwiches sowie kleine Törtchen reichten, die ganz und gar köstlich aussahen. Aus den Augenwinkeln beobachtete sie, dass die Männer, sobald Victoria zu essen begonnen hatte, alles eilig hinunterschlangen, wohl in dem Wissen, dass sie nur so lange speisen durften, wie die Königin das tat. Sophie hingegen verspürte ohnehin keinen Hunger, sie war immer noch sehr eingeschüchtert, aber auch fasziniert von dieser Königin. Außerdem flog ihr Blick immer wieder zu dem Mann mit dem roten Bart, den roten Locken und den durchdringenden hellblauen Augen, der neben Victoria am Tisch Platz genommen hatte, ihr selbst jedoch nicht vorgestellt worden war. Sophie fiel auf, wie vertraulich er mit der Königin umging und dass er sie »Woman« nannte, und sie bemerkte auch, dass sowohl Henri als auch ihr Schwiegervater und Ferdinand sich dem Fremden gegenüber fast schon unfreundlich verhielten. Einzig Maria schien sich zu bemühen, ihn miteinzubeziehen.

Drei Stunden später saßen sie, eine Einladung nach Osborne House in der Tasche, wieder in der Kutsche.

»Und«, fragte Maria lächelnd, »war es so schlimm?«

»Ganz und gar nicht!« Sophie lachte. »Und Windsor ist wirklich wunderbar. Ich bin sehr froh, dass ich es kennenlernen durfte.«

»Ich hingegen bin entsetzt, dass dieser Mr Brown nun sogar mit am Tisch sitzt!«, schnaubte Ferdinand. Sophie sah ihren Mann überrascht an. So kannte sie ihn gar nicht.

»Ich hätte das auch nicht für möglich gehalten«, sprang sein Vater ihm bei.

»Wer ist denn dieser Mr Brown?«, fragte Sophie, die vor Neugierde fast platzte.

Sie sah, dass die anderen in der Kutsche Blicke wechselten, dann sagte Marie: »Mr Brown stammt aus Schottland und ist eigentlich ein Diener der Königin.«

»Aber weshalb sitzt er dann mit am Tisch?«, fragte Sophie verwirrt.

»Das frage ich mich auch!«, zürnte Ferdinand, woraufhin er von seiner sonst so sanftmütigen Tante einen strafenden Blick erntete.

»Er ist ihr eine treue Stütze, ein Vertrauter«, erklärte sie.

»Und vielleicht sogar der Vater ihres unehelichen Kindes!«, entfuhr es Ferdinand. »Seine Schlafgemächer befinden sich direkt neben den ihren.«

»Wir wollen doch hier keine Gerüchte verbreiten«, ermahnte der Herzog von Alençon seinen Sohn.

»Ich verbreite keine Gerüchte, Vater, wir sind unter uns.«

Wieder sah Sophie Ferdinand erschrocken an. Weshalb zürnte er der armen Victoria seit ihrem Besuch so?

»Es ist unfassbar, dass die Königin von England sich mit einem Diener einlässt!«, schimpfte Ferdinand weiter. »Er ist bloß der Sohn eines einfachen Pachtbauern! Ein derartiger Verfall der Sitten …«

»Wir wissen überhaupt nicht, ob sie wirklich ein Kind mit Brown hat«, versuchte Maria, ihren aufgebrachten Neffen zu beruhigen. »Ich bin eine ihrer engsten Vertrauten, wenn dem so wäre, hätte sie es mir vermutlich gesagt.«

»Ob sie ein Kind mit ihm hat oder nicht, darum geht es mir gerade gar nicht«, sagte Ferdinand. »Allein, dass er mit uns am Tisch saß, war eine Beleidigung. Ich wäre am liebsten aufgestanden und gegangen.«

»Nun sei doch nicht so streng mit ihr!«, sagte Henri, der offenbar bemerkt hatte, dass Sophie auf den Zornesausbruch ihres Gatten regelrecht entsetzt reagierte. »Sie gewährt uns allen in England Asyl.«

»Aber …«, fuhr Ferdinand auf, doch Henri hob die Hand.

»Lass uns das Thema beenden, sonst verderben wir der armen Sophie im Nachhinein noch alles. Vielleicht kannst du ihr ja in Kürze noch Buckingham Palace zeigen, zumindest von außen. Und das mit einem Besuch in der Oper verbinden.«

Mit einem Mal blickte Ferdinand ganz schuldbewusst drein. »Es tut mir leid, Liebes«, sagte er und fuhr fort: »Aber das mit dem Besuch in London ist eine wunderbare Idee, Vater.« Er sah seine Frau fragend an. »Ich möchte dir auch noch unbedingt die National Gallery und das British Museum zeigen. Was hältst du davon, Liebes?«

»Sehr viel«, sagte sie. »Ich freue mich darauf.« Tatsächlich aber war sie regelrecht erschüttert über Ferdinands Reaktion. Was er wohl sagen würde, wenn er wüsste, dass sie einmal einen Bürgerlichen geliebt hatte?

***

»Ich beneide dich schon wieder!«, rief Marguerite, als Sophie ihr später von den Plänen einer Reise nach London berichtete. Dann überzog ein Leuchten ihr Gesicht. »Aber natürlich benötigst du dafür ein neues Kleid. Und passende Schuhe, eine Tasche, einen Hut…«

»Ja«, bestätigte Sophie. »Ich dachte, ich spreche wieder mit eurem Schneider, der für mich auch dieses wundervolle Kleid für den Besuch bei der Königin gefertigt hat.« Als sie das sagte, klangen ihr wieder Ferdinands Worte bei der Kutschfahrt im Ohr. Noch immer schauderte sie bei dem Gedanken daran, wie hart ihr Gatte über die Queen geurteilt hatte. Nach dem Verlust ihres Gemahls, um den diese offenbar noch immer sehr trauerte, hätte er sich lieber freuen sollen, dass Victoria jemanden gefunden hat, der sie zu trösten vermochte.

»Was ist?«, fragte Marguerite. »Freust du dich gar nicht? Du wirkst so bedrückt.«

»Doch«, sagte Sophie. »Ich bin nur etwas müde.«

»Dann habe ich eine Idee, wie wir dich wieder munter bekommen!«, sagte Marguerite. »Wir fahren vor eurer Reise zusammen zu Harrods und suchen nach einem passenden Kleid für dich.«

»Harrods?«, fragte Sophie. »Ist das ein Schneider?«

»Harrods ist ein wunderbares Kaufhaus in Knightsbridge«, erläuterte ihre Schwägerin. Dann sah sie Sophie fragend an. »Magst du Schokolade?«

»Ich liebe Schokolade.«

Marguerite lächelte. »Fein«, sagte sie. »Dann habe ich in London noch eine schöne Überraschung für dich.«

Harrods war eine Offenbarung! Staunend ging Sophie mit der vor Begeisterung übersprudelnden Marguerite durch die Abteilungen, um die verschiedenen Auslagen zu bewundern. Beim Schneider entschied sie sich für einen glänzenden grünblauen Taftstoff, aus dem ihr Kleid genäht werden sollte, dazu erstand sie passende mit Seide überzogene Schuhe und einen wunderbaren Kopfschmuck. »Und nun komm«, sagte Marguerite gut gelaunt, nachdem sie ihre Einkäufe getätigt und in der Kutsche verstaut hatten. »Ich will dir noch etwas zeigen.«

»Etwas, das mit Schokolade zu tun hat«, vermutete Sophie. Doch Marguerite lächelte nur geheimnisvoll und nannte dem Kutscher eine Adresse. Wenig später betraten sie Seite an Seite ein Geschäft, das sehr einladend wirkte. Staunend sah sich Sophie um. In wunderschön verzierten Regalen standen lauter hübsche Schachteln, die Mitte des Raumes wurde von einem riesigen Tisch eingenommen, auf dem ebenfalls zahlreiche

Schachteln angeordnet waren. Dort waren sie aber geöffnet, sodass man den verlockenden Inhalt sehen konnte: lauter verführerisch aussehende kleine Schokoladen in verschiedenen Farben und Formen.

»Guten Tag«, sagte eine freundlich wirkende Dame, die in diesem Moment durch eine Hintertür das Geschäft betrat. »Wie kann ich Ihnen helfen?«

»Ich möchte meiner Freundin hier gerne Ihr Geschäft zeigen«, erklärte Marguerite. »Ich habe es kürzlich erst entdeckt und bin ganz begeistert.«

»Ich auch!«, rief Sophie. »Das sieht ja köstlich aus. Haben Sie die Pralinen selbst hergestellt?«

»Die Schachteln«, korrigierte die Ladenbesitzerin und stellte sich dann vor. »Ich bin Mrs Walker.«

»Diese Schachteln sind ganz zauberhaft«, fand Sophie. »Sie sind eine Künstlerin.«

»Danke«, erwiderte ihr Gegenüber lächelnd. »Aber ohne Inhalt nutzt die schönste Schachtel nichts. Zu meinem Glück durfte ich vor einem Jahr Madame Charbonnel kennenlernen. Sie kommt aus Paris und ist eine großartige Feinschmeckerin. Sie ist es, die diese wunderbaren Pralinen herstellt.«

Sie deutete auf die Leckereien auf dem Tisch.

»Sie kommt aus Frankreich?«, rief Marguerite begeistert. »Wie wundervoll. Ich auch!«

»Möchten Sie sie einmal kennenlernen?«, bot die freundliche Mrs Walker an. »Ich kann sie gerne holen.«

Doch da war schon alle Freude aus Marguerites Gesicht gewichen. »Das würde ich sehr gerne. Aber ich weiß nicht, ob sie *mich* sehen will«, sagte sie bedrückt. »Meine Familie gehört zur ehemaligen französischen Königsfamilie und wurde aus Frankreich vertrieben.«

»Oh«, stammelte Mrs Walker. »Verzeihen Sie, Königliche Hoheit, das wusste ich nicht.«

Doch Marguerite winkte nur ab. »Woher sollten Sie auch!«

»Und mir ist es eine Ehre, ein Mitglied der französischen Königsfamilie kennenzulernen, Königliche Hoheit«, sagte in diesem Moment eine Stimme von der Hintertür her.

Sophie und Marguerite wandten sich um und sahen sich einer eleganten jungen Frau gegenüber. »Willkommen«, sagte sie. »Möchten Sie eine unserer Pralinen probieren?«

»Am liebsten alle«, schaltete sich Sophie ein, um der armen und sichtlich überforderten Marguerite aus ihrer Verlegenheit zu helfen. Der sonst so selbstsicheren jungen Frau hatte die Begegnung mit ihrer Landsmännin offenbar die Sprache verschlagen.

Mit einem leisen Lächeln griff Virginie Eugénie Charbonnel nach einer kleinen, reich verzierten Silberzange und nahm zwei Teller mit Goldrand. Auf jeden der Teller legte sie drei verschiedene Pralinen und deutete dann auf den runden und sehr gemütlich wirkenden Tisch, der in der Ecke am Fenster stand und um den einige Sessel gruppiert waren. »Bitte nehmen Sie Platz.«

»Danke sehr«, erwiderte Sophie und schob die immer noch eingeschüchtert wirkende Marguerite auf die Sitzgruppe zu. Sie nahmen Platz, und Sophie bat die beiden Verkäuferinnen, sich ebenfalls zu ihnen zu setzen.

»Bitte«, forderte Mrs Walker die beiden Damen auf, »probieren Sie.«

Die beiden jungen Frauen taten, wie ihnen geheißen, und als Sophie die Praline in den Mund schob, war ihr, als würden ihre Geschmacksnerven explodieren.

»Das ist… erstaunlich!«, rief sie, und Marguerite ging es

offensichtlich ebenso. Sophies Schwägerin schien ihre Schüchternheit nun auch überwunden zu haben, denn sie sah ihre Landsmännin bewundernd an. »Ich habe nie etwas Besseres gegessen«, lobte sie. »Und ich habe den Eindruck, unglaublich viel auf einmal zu schmecken, das sich zu einer großartigen Komposition zusammenfügt. Wie ein … Musikstück.«

Gerührt sah Madame Charbonnel sie an. »So soll es sein«, sagte sie lächelnd. »Ich experimentiere gerne und viel mit verschiedenen Zutaten.«

»Wer ist eigentlich auf die hervorragende Idee gekommen, aus Schokolade Pralinen zu machen?«, erkundigte sich Sophie, während sie sich genussvoll das zweite Stück in den Mund schob.

»Oh, das war wahrscheinlich sogar ein Deutscher!«, erwiderte Madame Charbonnel freundlich. »So wie Sie, wenn ich Ihren Akzent richtig deute.«

Sophie nickte.

Madame Charbonnel fuhr fort: »Er hat die Praline für César de Choiseul, Comte de Plessis-Praslin, kreiert. Dieser war ein Minister Ludwigs XIV. und Gesandter beim Reichstag zu Regensburg.«

»Und was war das für eine Praline, die er erfand?«, fragte Sophie neugierig.

»Warten Sie.« Madame Charbonnel erhob sich und brachte einen Teller mit zwei weiteren Pralinen herbei. »Sein Konfekt bestand aus Mandeln und Zucker, so wie dieses hier.«

Die beiden Frauen probierten und nickten sich begeistert zu.

»Ich habe es etwas abgewandelt«, erklärte die Französin, »und meine Mandeln erst in Karamellsirup und dann in Schokolade getaucht.« Sie lächelte. »Es gibt übrigens noch eine – wahre – Geschichte zur Erfindung der Praline, die ich ebenfalls sehr schön finde«, sagte sie. »Vor etwa zehn Jahren eröffnete ein Mann namens Jean Neuhaus in Brüssel eine Apotheke. Um seinen Patienten die Medizin etwas zu versüßen, umhüllte er sie mit Schokolade.«

»Das ist ja eine wunderbare Idee«, rief Marguerite, die ihre Schüchternheit inzwischen offenbar ganz abgelegt hatte. »Ich werde künftig darauf bestehen, immer ein großes Stück Schokolade zu meiner Medizin zu bekommen.«

Die vier Frauen sahen einander an und lachten.

Kapitel 28

Eine Woche nach diesem Besuch in London – von dem sie mit unzähligen Pralinenschachteln zurückgekehrt waren – musste Sophie nochmals zur Anprobe in die Schneiderei, was sie, da Ferdinand sie zu ihrer großen Freude begleitete, mit einem Besuch in der National Gallery verbanden. Sophie fand besonderen Gefallen an den Werken der italienischen Maler aus dem 15. und 16. Jahrhundert, während Ferdinands Lieblingssektion die der Meister aus den nördlicheren Ländern war, die der erste Direktor des Museums, Charles Eastlake, hatte anschaffen lassen.

»Bist du glücklich hier in England, liebste Charlotte?«, fragte Ferdinand leise, als sie Seite an Seite durch die Ausstellung gingen. Sie nickte. »Ja«, sagte sie. »Ja, ich denke, das bin ich. Wenn ich auch zugeben muss, dass das Wetter mir gar nicht gefällt. Es ist immer kalt und grau und nass.« Liebevoll sah sie ihren Mann an.

Ferdinand war nach wie vor äußerst bemüht um sie. Sie teilten die gleichen Interessen, und in den Nächten gelang es ihm sogar, ihre leidenschaftliche Seite zu entfachen. Und das war etwas, was sie anfangs ganz und gar nicht erwartet hatte.

Ferdinand lachte. »Gib England noch eine Chance«, sagte er. »Im Sommer kann es selbst hier schön sein.«

»Kann?«, fragte sie in gespielter Empörung. »Es muss.«

Sie lachten einander zu.

»Und bei meiner Familie fühlst du dich auch wohl?«, erkundigte er sich dann.

»Aber das weißt du doch!«, sagte sie verwundert.

»Würdest du ...«, er zögerte, »würdest du dich auch eine Weile ohne mich wohlfühlen?«

»Ohne dich? Aber ...«

»Ich würde gerne an einer großen Reitjagd teilnehmen, Liebes«, erklärte er. »Dann wäre ich eine Weile fort.«

Sie schluckte. Der Gedanke, ohne ihn sein zu müssen, belastete sie mehr, als sie erwartet hätte. Aber sie wusste auch, dass sie ihm dieses Vergnügen nicht nehmen durfte. Daher lächelte sie ihm zu.

»Natürlich nimmst du an der Reitjagd teil«, sagte sie. »Deine Familie ist mir so ans Herz gewachsen, ich bin bei ihr wirklich gut aufgehoben.«

Doch sosehr sie sich auch dagegen wehrte, der Gedanke an die bevorstehende Trennung legte sich wie ein Schatten auf ihr Gemüt. Aus diesem Grund konnte sie den Besuch im königlichen Opernhaus in Covent Garden auch gar nicht richtig genießen. Den ganzen Abend über fröstelte sie, und in der Nacht wachte sie von schlimmen Halsschmerzen auf, die sich in den nächsten Tagen zu einer heftigen Bronchitis auswachsen sollten.

Der besorgte Ferdinand ließ nach einem Arzt schicken, der Sophie strenge Bettruhe verordnete. »Leider muss ich Ihnen mitteilen, dass das hiesige Klima nicht unbedingt das beste für eine Genesung ist«, sagte er. »Sie müssen sehr darauf achten«, mahnte er, »dass Ihnen immer warm ist.«

»Ich werde sie nicht aus den Augen lassen«, versicherte ihm Ferdinand und fügte, nachdem der Arzt gegangen war, hinzu: »Zum Glück ist die Jagd ja noch eine ganze Weile hin. So, wie die Dinge momentan stehen, könnte ich dich niemals allein lassen.«

Wenig später gesellte sich zu Sophies Erkrankung noch eine heftige Übelkeit. Vor allem, wenn gekochtes Essen serviert wurde, drehte sich ihr buchstäblich der Magen um. Erneut schickte der besorgte Ferdinand nach dem Arzt, der Sophie eingehend untersuchte, bevor er mit einem Lächeln erklärte: »Es gibt wohl nur eine Krankheit auf der Welt, zu der ich meinen Patienten gratulieren darf. Und unter dieser – vermeintlichen – Krankheit leiden Sie.« Er blickte erst Sophie und dann Ferdinand an und sagte: »Herzlichen Glückwunsch. Sie erwarten ein Kind.«

»Das… das…«, stammelte Ferdinand, während sich ein Strahlen auf seinem Gesicht ausbreitete.

»Sie müssen Ihre Frau nun schonen«, sagte der Arzt streng. »Sie darf auf keinen Fall schwer tragen. Und den Husten sollten wir so schnell wie möglich in den Griff bekommen.«

»Schadet er dem Kind?«, fragte Ferdinand erschrocken.

»Nicht direkt«, beruhigte der Arzt. »Aber zu einem späteren Zeitpunkt könnte er die Wehen auslösen. Achten Sie auf gesunde Ernährung und auf genügend Erholung. Ich bin jederzeit für Sie da. Empfehle mich.«

Erst als der Arzt die Tür hinter sich geschlossen hatte, Ferdinand sich zu ihr umwandte und sie überglücklich in die Arme schloss, begriff auch Sophie langsam. Sie war schwanger! Sie erwartete ein Kind! Was für ein Wunder.

»Ich kann es kaum glauben«, flüsterte sie und strich sich staunend über den Bauch.

»Ich auch nicht«, erwiderte ihr Mann. »Oh, meine liebste Charlotte, ich bin unendlich glücklich.«

In den nächsten Wochen und über Weihnachten stabilisierte sich Sophies Zustand zusehends, sodass Ferdinand im Januar guten Gewissens zu seiner Jagd aufbrechen konnte.

Doch so wohl Sophie sich in Bushy House auch fühlte, sie vermisste ihren Ehemann schrecklich und schrieb ihm: *Ich bin ganz traurig und ich möchte heiße Tränen weinen. Es ist die Zeit (5:30 Uhr), wo wir jeden Tag so schön beisammen sind in meinem kleinen Salon, wo wir Deine Zeitung lesen. Heute ist Deine Frau ganz allein.*

Doch sie wusste sich zu beschäftigen, zumal Marguerite von Sophies Schwangerschaft ebenso begeistert war wie sie selbst. Unermüdlich bestickten die beiden Frauen kleine Hemdchen und Mützchen und bereiteten alles für die Ankunft des Säuglings vor. Und je weiter das Jahr voranschritt und je wärmer es wurde, desto besser stand es auch um Sophies Gesundheit. Ferdinand hatte recht gehabt: In der wärmeren Jahreszeit war England hinreißend. Wenn auch nicht, wie Sophie fand, ganz so hinreißend wie Bayern.

Mit Marguerite und ihrem Mann unternahm sie ausgedehnte Spaziergänge durch den Park, häufig besuchte sie auch Henri und Maria, die ihr immer herzlicher zugetan waren. Regelmäßig schrieb sie nach Hause – an ihre einstige Hofdame Nathalie von Sternbach, an ihre Mutter und an ihre Schwestern –, und am 9. Juli 1869 wurde in Bushy House ein kleines Mädchen geboren, das sie auf den Namen Louise Victorie Marie Amélie Sophie d'Orléans tauften.

Die Geburt allerdings war so anstrengend gewesen, dass Sophie sich über die Ankunft ihrer kleinen Tochter nicht so sehr freuen konnte, wie sie erwartet hatte. Zwar erfüllte sie der Anblick dieses kleinen Menschleins, das da so winzig in ihren Armen lag, mit einem nie gekannten Glücksgefühl, aber sie war viel zu müde, um es wirklich genießen zu können. Der Arzt verordnete ihr strenge Bettruhe, was allerdings gar nicht nötig gewesen wäre, denn Sophie fühlte sich so schwach, dass es ihr vollkommen unmöglich schien, jemals wieder aufzustehen.

Die Familie kümmerte sich rührend um sie. Irgendjemand saß immer an ihrem Bett, um ihr vorzulesen, ihr etwas zu erzählen oder Louise zu bewundern. Besonders Ferdinands Schwester Blanche war ganz vernarrt in die Kleine, verbrachte jede freie Sekunde über Louises Wiege und brach bei jeder Kleinigkeit in wahre Begeisterungsstürme aus, die Sophie müde, aber gerührt lächelnd quittierte.

Und dann, drei Wochen nach der Geburt, war es so weit: Sophie durfte – und sollte – zum ersten Mal aufstehen. Blanche und Marguerite stützten sie, als sie das Bett verließ, um vorsichtig ihre ersten Schritte durch das Zimmer zu machen.

»Ganz langsam, hörst du?«, mahnte Marguerite, als Sophie sich aufsetzte und die Beine aus dem Bett schwang. Ihre Zofe eilte sofort herbei, um ihr einen seidenen Morgenmantel umzulegen.

»So«, sagte Blanche entschlossen. »Dann wollen wir mal.«

Auf ihre Schwägerinnen gestützt stand Sophie auf und wurde von einem derart heftigen Schwindel gepackt, dass sie sich rasch wieder setzen musste.

»Das ist ganz normal«, versicherte die stets optimistische Marguerite. »Dein Körper muss sich erst wieder gewöhnen.«

Beim zweiten Mal klappte es in der Tat besser. »Na, siehst du!«, rief Marguerite, während sie durch das Appartement spazierten. »Geht doch. Und in zwei Wochen schiebst du die Kleine im Kinderwagen durch den Park. Du wirst schon sehen.«

Marguerites Voraussagung sollte sich erfüllen: Zwei Wochen, nachdem sie das erste Mal das Bett verlassen hatte, gingen Sophie und Ferdinand mit der kleinen Louise in Bushy Park spazieren. »Schön langsam, Charlotte«, mahnte der besorgte Ehemann Sophie bei jedem Schritt, bis sie ihn lachend bat, es nicht zu übertreiben.

»Mein Vater hat vorgeschlagen, dass wir zur Erholung den restlichen Sommer über ins Seebad Worthing nach West Sussex reisen«, sagte Ferdinand. »Es ist wunderschön dort. Was hältst du davon?«

»Das ist eine wunderbare Idee. Wann soll es losgehen?«

»Wenn du dich stark genug fühlst, am liebsten sofort. Sonst ist der Sommer vorbei.«

»Ich kann es kaum erwarten«, sagte Sophie strahlend.

***

»Was für eine zauberhafte Gegend!«, rief Sophie, als sie in Worthing ankamen. »Ich glaube, hier werden wir uns wunderbar erholen.«

War es in den letzten beiden Wochen mit ihrer Gesundheit steil nach oben gegangen, so fühlte sie sich nun, beim Anblick des Meeres, so kraftvoll wie schon lange nicht mehr. Tief atmete sie die Meeresluft ein und hielt ihr Gesicht dem Wind entgegen, der hier auch im Sommer stetig wehte.

»Pass nur auf«, mahnte Blanche, die trotz ihrer jungen Jahre sehr fürsorglich und vernünftig war und auch ständig Sorge trug, dass es der kleinen Louise an nichts fehlte. »Am Ende verkühlst du dich noch. Man sollte den Wind nicht unterschätzen.«

Doch Sophie winkte ab. Sie war es leid, immer nur krank zu sein. Das Meer brachte ihre leidenschaftliche Seite umso stärker hervor, und so unternahm sie stundenlange Spaziergänge an dem feinen Kiesstrand, um anschließend wieder in die Geborgenheit des schmucken Anwesens zurückzukehren, das die Familie gemeinsam mit ihren Bediensteten für den Sommer gemietet hatte. Es verfügte auch über einen großen Garten, in dem Blanche, Sophie und Marguerite stundenlang lasen, während die kleine Louise friedlich in ihrem Kinderwagen schlief oder fröhlich vor sich hin gluckste.

Wie Sophie am dritten Tag feststellte, hätte sie jedoch besser daran getan, auf Blanche zu hören. Wie schon zu Beginn ihrer Schwangerschaft quälte sie ein furchtbarer Husten, und nicht nur ihre Schwägerinnen und ihr Ehemann waren beunruhigt, auch ihr Schwiegervater musterte sie mit wachsender Sorge. »Auf ein Wort, werte Sophie«, sagte er, als er sie wieder einmal lesend im Garten antraf.

»Aber gern«, sagte sie und lächelte ihm zu. »Nimm doch Platz.«

Mit einem Nicken setzte sich der Herzog von Nemours ihr gegenüber an den kleinen schmiedeeisernen Tisch. »Ich habe dich sehr lieb gewonnen, Sophie«, begann er.

»Oh.« Überrascht sah sie ihn an, um ihm dann zu versichern: »Das verhält sich umgekehrt ebenso.«

»Und ich möchte dich nicht verlieren.«

»Aber wieso solltest du denn?«, fragte sie erstaunt.

»Dein immer wiederkehrender Husten«, erklärte er. »Ich weiß, Atemwegserkrankungen tauchen bei den Wittelsbachern nicht selten auf, auch deine Schwester Sisi leidet ja daran. Ich aber habe zwei meiner Schwestern durch derartige Krankheiten verloren.«

Erschrocken sah sie ihn an. »Das wusste ich nicht!«

Er nickte bestätigend und sagte: »Deshalb bitte ich dich wirklich, deine Erkrankung ernst zu nehmen. Wie Ferdinand mir berichtet hat, hält unser Arzt das Klima hier in England nicht für sonderlich gesund.«

Wollte er sie fortschicken? Doch er fuhr fort: »Was hältst du davon, wenn ihr den Winter irgendwo im Süden verbringt? Ich glaube, das würde deiner Gesundheit guttun. Wenn ich euch auch furchtbar vermissen werde.«

Sophie sah ihn glückselig an. »Das ist eine wunderbare Idee.«

Kapitel 29

»Ach, Ferdinand«, sagte Sophie und warf ihrem Gatten einen zärtlichen Blick zu, als sie Ende November in dem Palazzo in Sizilien, den ihnen Henri für den Winter zur Verfügung gestellt hatte, Quartier bezogen. »Zum ersten Mal seit langer Zeit geht es mir wieder richtig, richtig gut. Ich glaube, dass wir eine wunderbare Zeit hier in Sizilien haben werden.«

»Das hoffe ich«, erwiderte er und strich ihr liebevoll eine Strähne aus der Stirn. »Denn ich kann nicht verhehlen, dass ich mich schon sehr um dich gesorgt habe, liebste Charlotte.«

In England war Sophies Husten einfach nicht besser geworden, und als dann auch noch Ferdinands Tante, die Herzogin von Aumale, im Alter von nur siebenundvierzig Jahren an einer Lungenembolie verstorben war, hatte sie sehr getrauert.

»Hier wird alles gut«, sagte sie nun zuversichtlich. »Die hervorragende Luft belebt mich regelrecht.«

Sie atmete tief ein und wieder aus. »Und dieser Palazzo ist auch ganz entzückend. Wie kam er eigentlich in den Besitz deiner Familie?«

»Mein Großvater hatte ihn 1809 angemietet, als er vor den Streitkräften des Ersten Reichs nach Italien floh. Und dann hat er ihn gekauft, ebenso wie den Palazzo Gerardi nebenan und zwei weitere benachbarte Häuser. Er lebte hier mit meiner Großmutter, drei meiner Onkeln und Tanten, Ferdinand-Philippe, Louise und Marie, sind hier geboren. Mein Großvater war es auch, der das alles umbauen ließ«, erläuterte Ferdinand, während sie durch die Räume schritten. »Das hier ist, wie man sieht, der Raum der Säulen!«

Sophie musste lachen. So unbeschwert hatte sie sich schon lange nicht mehr gefühlt! »Da mein Großvater dazu auch einiges an Land erwarb und es in einen wunderbaren Park umwandeln ließ, der immerhin dreiundsechzig Hektar umfasst, haben wir hier auch ausreichend Gelegenheit für ausgedehnte Spaziergänge«, fuhr Ferdinand fort. »Die liebst du doch so.«

Sie nickte. »Ich freue mich sehr darauf, die Kleine im Park spazieren zu schieben.« Dann fragte sie: »Und als dein Großvater Italien verließ, hat deine Familie den Palast dennoch behalten?«

»Richtig«, bestätigte ihr Ehemann. »Nach dem Tod von Louis-Philippe d'Orléans im August 1850 erbte ihn Königin Maria Amalia von Bourbon-Sizilien. Die schenkte ihn ihrem Sohn, und der ist eben der Herzog von Aumale.«

»Ich verstehe«, sagte Sophie und bekam gleich darauf wieder einen Hustenanfall. Erschrocken sah Ferdinand sie an. »Du solltest etwas ruhen, die Reise war doch sehr strapaziös«, sagte er. »Lass uns in deine Gemächer gehen. Die Diener haben sicherlich schon alles ausgepackt.«

Doch Sophies Zustand sollte sich nicht bessern. Am Abend bekam sie furchtbare Bauchschmerzen, der eilends herbeigerufene Arzt diagnostizierte eine Darminfektion. Sie musste das Bett hüten und durfte nur Schonkost zu sich nehmen.

Sophie hatte nicht einmal genug Kraft zum Musizieren,

geschweige denn, sich um ihre kleine Tochter zu kümmern, was aber ohnehin meist ein Kindermädchen übernahm. Ihr Zustand blieb über Wochen unverändert. Trübsinnig sah sie aus dem Fenster in den italienischen Winter hinaus. Wie sehr hatte sie sich auf den Aufenthalt gefreut, wie sicher war sie in den ersten Stunden nach der Ankunft gewesen, dass hier alles gut werden würde. Doch schon wieder machte ihr Körper ihr einen Strich durch die Rechnung und ihr Gemüt ebenso.

Als Ferdinand früh am nächsten Morgen ihr Zimmer betrat – er wollte ihr bei ihrem kärglichen Frühstück aus Kamillentee und einem faden Brei Gesellschaft leisten –, sah sie ihm gleich an, dass etwas nicht stimmte. Vermutlich, dachte sie beunruhigt, hatte er mit dem Arzt gesprochen, und ihr Gesundheitszustand war besorgniserregender, als sie gedacht hatten.

»Was?«, fragte sie ihn alarmiert. »Was ist?«

»Es tut mir so unendlich leid, Liebste«, sagte er und sah sie bekümmert an.

»Was tut dir leid?«, drängte sie. »Hast du noch mal mit dem Arzt gesprochen? Was fehlt mir?«

»Nein, nein, das ist es nicht, Charlotte!«, versuchte er zu beschwichtigen. »Deine Bronchitis ist zwar besorgniserregend, und nun auch noch die Dysenterie, aber das ist nicht der Grund, warum ich so bedrückt bin.«

»Sondern?«, hakte Sophie ungeduldig nach, während sie angewidert einen Schluck Kamillentee zu sich nahm.

»Wir müssen heute noch abreisen«, stieß Ferdinand hervor. »Und ich weiß, was das für eine Zumutung für dich ist. Dabei sind wir doch eigens hergekommen, damit du dich erholen kannst.«

»Aber warum?«, fragte Sophie entgeistert. Der Gedanke an eine erneute Reise erschien ihr schrecklich. »Weshalb müssen wir schon wieder aufbrechen? Wir wollten doch den ganzen Winter hier verbringen.«

»Heute Morgen hat mich der Militärgouverneur aufgesucht«, setzte Ferdinand zu einer Erklärung an. »Die Lage ist ernst, Sophie. Er befürchtet, dass es einen Aufstand geben und wir dabei in Gefahr geraten könnten.«

»Wegen Marie? Weil sie mit uns verwandt ist?«, mutmaßte Sophie. Ihr war klar, dass sie als Mitglieder der gestürzten Königsfamilie von Neapel auf Sizilien nicht sonderlich willkommen waren.

»Ich hätte es wissen und diese Möglichkeit in Betracht ziehen müssen«, erwiderte Ferdinand schuldbewusst. Dann fügte er bitter hinzu: »Schließlich kenne ich das schon mein ganzes Leben. Aufgrund meiner Herkunft nicht willkommen zu sein.«

Seine Traurigkeit berührte Sophie so tief, dass sie ihre eigene Verzweiflung hinunterschluckte. Sie nahm seine Hand. »Nun mach dir keine Vorwürfe, du warst schließlich nur in liebevoller Sorge um mich. Und ich muss ja nicht viel anderes tun, als in unserer komfortablen Kutsche zu sitzen. Unsere Diener werden sich um alles kümmern.«

Bei dem Gedanken an diese Kutschfahrt drehte sich ihr allerdings der Magen um, sie konnte sich beim besten Willen nicht vorstellen, wie sie in ihrem jetzigen Zustand eine erneute Reise überstehen sollte.

»Da wäre noch etwas«, stieß Ferdinand hervor.

Ruhig sah sie ihn an. Er konnte ja nichts für die schlechten Nachrichten. »Nun?«

»Wir werden unter falschem Namen reisen müssen, aus Sicherheitsgründen. Wir sind jetzt Madame und Monsieur de Guerville. Aber ich habe auch etwas, um dich zu trösten, Charlotte. Wir fahren nach Bayern. In deine Heimat.«

Kapitel 30

Sophie lag zwischen Marie und Mathilde in den weitläufigen Anlagen von Possenhofen auf dem Gras und blickte verträumt in den Himmel. Die drei Schwestern hielten einander an den Händen und genossen das innige Beisammensein, das sie an ihre Kindertage erinnerte. Wobei Sophie sich in ihrer Kindheit nie als gleichwertig empfunden hatte. Sie war immer die Kleine gewesen und die anderen die Großen, Vernünftigen, die sie oft genug auch sehr bewundert hatte. Wobei das natürlich am meisten für die beiden ältesten Schwestern, Nené und Sisi, galt.

»Ich traue mich gar nicht zu sagen, dass ich glaube, es wird jetzt alles gut«, gestand Sophie mit leiser Stimme. Zeitgleich drehten Marie und Mathilde ihr die Köpfe zu, zeitgleich fragten sie: »Warum?«

»Als ich so etwas das letzte Mal gesagt habe, wurde ich gleich darauf krank, und dann mussten wir Sizilien auch noch überstürzt verlassen«, erinnerte sie sich schaudernd. »Diese Kutschfahrt von Sizilien nach Rom war die schlimmste meines Lebens.«

»Du warst auch ganz grün, als du ankamst«, sagte Marie.

»Da war ich wirklich in Sorge um dich. Aber jetzt – deine Wangen sind rosig, deine Augen strahlen. Jetzt wird wirklich alles gut, Sopherl, glaub mir.«

»Ja, jetzt bin ich ja auch daheim.«

»In London bist du nie ganz heimisch geworden, richtig?«, erkundigte sich nun Mathilde mit ihrer hohen Stimme, die ihr in der Familie den Spitznamen »Spatz« eingebracht hatte. Sophie schüttelte den Kopf. »Nein«, gab sie zu. »Und ich glaube nicht, dass das nur deshalb so ist, weil mir das englische Klima nicht bekommt. Und es fehlt mir dort auch nicht an lieben Menschen. Ich habe wirklich in eine wunderbare Familie eingeheiratet.«

»Was ist es dann?«, fragte Marie. »Liegt es daran, dass man nur eine Heimat haben kann und du die deine hier in Bayern schon gefunden hast?«

»Vielleicht«, sagte Sophie, während sie eine Hummel beobachtete, die sich auf einer prächtigen Sommerblume niedergelassen hatte und gierig den Nektar saugte. So wie sie, schoss es Sophie durch den Kopf, den Nektar ihrer Heimat.

»Ich glaube, es liegt auch daran, dass Ferdinand London nie als seine Heimat betrachtet hat. Er wirkt in dieser Stadt immer so unstet, als wäre er nur gezwungenermaßen dort.«

»Ist er ja auch«, bestätigte Marie. »Und glaub mir, auch wenn Sizilien nie so sehr meine Heimat war wie das Bayern meiner Kindheit – schließlich war ich ja erst kurz verheiratet, als die Unruhen losgingen –, weiß ich doch, wie es sich anfühlt, vertrieben zu werden.«

»Aber ich glaube, dass Sizilien für dich schon Heimat geworden ist«, sagte Mathilde nachdenklich. »Wenn man sich so engagiert für sein Land einsetzt, wie du das getan hast, Marie, dann ist das mehr als nur ein Ort.«

»Ja«, erwiderte Marie. »Da magst du wohl recht haben.«

Erneut schwiegen sie eine Weile und sahen in den Sommerhimmel hinauf.

»Wie schön, dass wir Schwestern endlich wieder beisammen sind«, bemerkte Sophie nach einer Weile versonnen. »Und bald wird auch Sisi zu uns kommen.«

»Schade, dass sie nicht bei uns in Possenhofen wohnt«, sagte Mathilde. »Aber da würde ihr großer Hofstaat natürlich niemals hineinpassen.«

»Im Hotel Strauch in Feldafing ist sie ja auch gut aufgehoben«, meinte Marie. »Ach, ich freue mich auf einen herrlichen, unbeschwerten Sommer.«

»Ich frage mich, ob er wirklich so unbeschwert wird?«, murmelte Sophie.

»Fängst du schon wieder mit deiner Unkerei an!«, schalt Marie.

Doch Sophie blieb ernst.

»Was bedrückt dich denn, Sopherl?«, erkundigte sich Mathilde und drückte ihre Hand.

»Ach«, murmelte Sophie. »Weil wir doch vorhin von Heimat und Vertreibung gesprochen haben … ständig gibt es Aufstände und Revolutionen. Jetzt brodelt es doch so zwischen den Preußen und den Franzosen, weil die Franzosen Angst haben, dass Preußen immer mächtiger wird. Und weil doch der Ferdinand ein Franzose ist …«

»… fürchtest du, dass du bald mit einem Feind verheiratet sein wirst, wenn sich die Lage weiter zuspitzt«, führte Marie den Gedanken weiter.

»Unsinn!«, rief Mathilde. »Wir sind doch keine Preußen. Und Bayern ist auch nicht Mitglied im Norddeutschen Bund.«

»Da hast du recht, Spatz«, bestätigte Marie. »Frankreich ist besorgt, weil Preußen nach der Auflösung des Deutschen Bundes den Norddeutschen Bund gegründet hat. So ein großes Bündnis in der Mitte Europas ist für Frankreich natürlich eine Bedrohung. Aber das hat mit uns nichts zu tun. Im Gegenteil. Ludwig war seine Souveränität immer wichtig.«

»Ja, das ist wahr«, stimmte Sophie erleichtert zu.

Doch obwohl die Sonne weiterhin vom Himmel über Possenhofen strahlte, war die Heiterkeit dieses Sommertages mit einem Mal verflogen.

***

Am 19. Juli 1870, drei Tage, nachdem die Schwestern ihr vertrautes Gespräch auf der Wiese geführt hatten und nur einen Tag nach Sisis Ankunft am Würmsee, saß die Familie gerade beim Mittagessen zusammen. Sophie hatte ihre Sorgen wieder vergessen, sie genoss einfach das Zusammensein mit ihren Lieben. Neben Sisi und deren Töchtern sowie Marie und Mathilde samt ihren Ehemännern waren auch Sophies Brüder zugegen, und natürlich Mutter Ludovika, während Herzog Max in München seinen Vergnügungen nachging. Die Stimmung war heiter und gelöst, bis plötzlich die Tür aufgerissen wurde und mit hochrotem Kopf Herzog Max hereinstürmte.

Ludovika stieß einen Schrei aus, so sehr erschrak sie beim Anblick ihres Mannes. Gleich darauf fing sie sich aber wieder und begrüßte ihn kühl: »Max. Wie schön, dass du uns auch wieder einmal beehrst.«

»Wie schön, Vater!«, freute sich Sisi, doch Max hatte gar keinen Blick für seine fast vollständig versammelte Kinderschar, zumindest nicht für die Töchter. Auch seiner Frau und seinen Enkelinnen schenkte er keinerlei Aufmerksamkeit. Er nahm lediglich seine Söhne ins Visier, als er knapp mitteilte: »Es ist so weit. Frankreich hat Preußen den Krieg erklärt.«

Augenblicklich brach am Tisch lautes Stimmengewirr aus, alle sprachen wild durcheinander. Marie und Mathilde redeten aufgeregt auf Sisi ein, die Männer waren allesamt aufgesprungen, hatten sich neben dem Tisch zusammengefunden und diskutierten lautstark und gestikulierend.

Ferdinand allerdings war sitzen geblieben, wie Sophie sagte er kein Wort. Sie sahen einander nur stumm an.

In Sophies Kopf hämmerten die Worte, die Marie erst drei Tage zuvor zu ihr gesagt hatte: Wenn es zum Krieg kommt, dann ist Ferdinand ein Feind. Und dann Mathildes Antwort: Wir sind doch keine Preußen. Aber warum war dann da die Angst in Ferdinands Augen? Die Unruhe und die Sorge? Einem Impuls folgend sprang Sophie auf und rief, so laut sie konnte: »Was echauffiert ihr euch denn alle so? Wir sind doch keine Preußen!«

Augenblicklich kehrte Stille ein. Alle hatten ihr den Kopf zugewandt und starrten sie an. Erst sie, dann Ferdinand und dann wieder sie. Sophie bemerkte die Blicke sehr wohl. Sie waren wie Dolche.

»Wir sind doch keine Preußen!«, wiederholte sie leise.

»Setz dich, Sophie«, sagte ihr Mann an ihrer Seite.

»Vielleicht sollten wir das alle tun. Uns wieder setzen«, übernahm Max das Kommando.

Nachdem alle Platz genommen hatten, sagte Herzog Max auf seine schnodderige Art: »Du hast recht, Sophie, mir san koane dreckaden Preißn.« Für einen Moment verfiel er in Mundart, vermutlich, weil es sich auf Bayerisch besser fluchte und er sich die kleine Beleidigung in Richtung Norden nicht hatte verkneifen können. Dann fuhr er fort: »Aber Preußen ist Teil des Norddeutschen Bundes.«

»Aber wir doch nicht«, flüsterte Sophie und griff nach Ferdinands Hand. Er umfing sie fest.

»Das nicht«, sagte Max und sah seinen Schwiegersohn beinahe bedauernd an. »Aber es gibt ein Bündnis zwischen dem Norddeutschen Bund und den süddeutschen Staaten, zu denen Bayern gehört.«

Sophie hatte das Gefühl, dass sie die Dimension dessen, was da gerade auf sie zukam, nicht einmal ansatzweise begriff. Sie war nun also mit einem Feind verheiratet. Was bedeutete das für sie, was für ihre Tochter? Louise war zu gleichen Teilen Deutsche und Französin. Und was hieß das für ihren Mann, den ewig Vertriebenen? Wenn er nun auch in seiner Ehe keine Heimat mehr finden konnte, weil er doch mit einer Feindin verheiratet war? Aber sie war doch keine Feindin für ihn! Und überhaupt: Auf welche Seite gehörte sie denn nun? War sie durch ihre Heirat nicht eher Französin als Deutsche? Aber dann wären sie alle hier – ihre Eltern, ihre Brüder, ihre Schwestern – alle wären ihre Feinde!

Aufschluchzend presste sie die Hand auf den Mund. Das war zu viel. Das war einfach alles zu viel. Sie hatte recht gehabt. Es wurde nicht gut, es wurde immer schlimmer. Viel schlimmer. Und so war das immer und immer und immer wieder. Sie hatte keine Kraft mehr zu kämpfen!

»Sopherl! Liebes!« Sisi, die ihrer kleinen Schwester nachgeeilt war, erreichte Sophie am Bootshaus, wohin sie sich schon früher gerne zurückgezogen hatte. Liebevoll zog Sisi sie in ihre Arme. »Wenn du wüsstest, wie gut ich dich verstehen kann«, sagte sie. »Immerzu diese Politik und diese Kriege – ich halte mich seit unserer Schmach von 1866 fern davon.«

»Aber das kann ich nicht, wenn sie alle in den Krieg ziehen müssen. Noch dazu auf unterschiedlichen Seiten.«

Sisi nickte. »Ich finde es allein schon grauenhaft, dass unsere

Brüder zusammen mit den furchtbaren Preußen kämpfen müssen. Und …« Sie brach ab und biss sich auf die Lippe.

»Was?«, fragte Sophie beunruhigt. »Was ist?«

»Nun«, sagte Sisi. »Ich will dir nur sagen, dass ich dich vielleicht noch besser verstehen kann, als du denkst.«

»In welcher Hinsicht?«, fragte Sophie erstaunt.

»Nun, in Wien wurde aufgeregt darüber diskutiert, ob wir die Gelegenheit ergreifen und mit Frankreich in den Krieg ziehen sollen. Um unsere Schmach von 1866 wieder wettzumachen …«

»Aber das hätte ja bedeutet …«, setzte Sophie an.

»… dass auch unsere Truppen gegen meine eigenen Brüder gekämpft hätten«, vollendete Sisi den Satz. »Nicht zuletzt deshalb hat sich der Kaiser dafür entschieden, neutral zu bleiben.«

»Aus Rücksicht auf die Familie? Aber das ist ja ganz reizend von ihm!«, rief Sophie, die wusste, dass ihre Schwester mehr Zeit irgendwo unterwegs verbrachte als an der Seite ihres Gatten.

»Nun, wohl eher, weil man dann auch gegen die einstigen deutschen Verbündeten Krieg führen müsste«, sagte Sisi. »Aber allein schon diese Überlegungen haben mich enorm belastet. Deshalb kann ich so gut verstehen, wie du dich jetzt fühlst.«

»Und das tut so gut«, erwiderte Sophie und gab ihrer Schwester einen Kuss auf die Wange. »Bei all dem Wahnsinn auf der Welt: Wenigstens haben wir uns.«

Kapitel 31

Auch wenn Sisi es vermocht hatte, ihre kleine Schwester etwas zu trösten: Wenige Stunden später war Sophie erneut vollkommen verzweifelt.

»Liebling.« Ferdinand zog seine weinende Frau in die Arme. »Es wird alles gut werden. Das verspreche ich dir.«

»Das kannst du mir nicht versprechen«, beharrte sie. »Niemand weiß, wie so ein Krieg ausgeht. Und niemand weiß, ob dir etwas zustoßen wird. Oder meinen Brüdern.«

Blanke Panik stand ihr ins Gesicht geschrieben, als sie fragte: »Und was ist, wenn ihr euch an der Front gegenübersteht? Wenn ihr aufeinander schießen müsst?«

»Ich darf ja momentan gar nicht an Frankreichs Seite in den Krieg ziehen.«

»Stimmt!« Erleichtert wischte sie sich die Tränen fort. »Dann hat deine Verbannung doch etwas Gutes.«

Doch er sah sie nur zutiefst traurig an und schüttelte dann langsam den Kopf. »Ich werde nach Belgien in die Nähe der französischen Grenze reisen und hoffe dann, dass ich doch kämpfen darf, Charlotte«, sagte er. »Ich werde mich jeden Tag dafür einsetzen.«

»Aber warum?«, rief Sophie verzweifelt. »Warum willst du dein Leben aufs Spiel setzen!«

»Du weißt, wie sehr ich darunter leide, meine Heimat nicht betreten zu dürfen. Aber ich *bin* Franzose, Charlotte. Für mein Land kämpfen zu dürfen würde mir so unendlich viel bedeuten.«

Sie schluckte die aufsteigenden Tränen hinunter und nickte, dann sagte sie: »Das verstehe ich ja. Ich verstehe, dass du für dein Land kämpfen willst. Aber solange du in gewisser Weise Frankreichs Feind bist, bist du, wenn man so will, auf unserer Seite. Sobald du für Frankreich in den Krieg ziehst, stehst du …«, sie vermochte die grausame Wahrheit kaum auszusprechen, zwang sich dann aber dazu, »stehst du vielleicht wirklich eines Tages einem meiner Verwandten an der Front gegenüber. Und was tust du dann, Ferdinand? Würdest du schießen?«

Heftig riss sie sich aus seinen Armen los und eilte zum Fenster, um hinauszusehen.

»Versteh mich doch bitte, Charlotte«, sagte Ferdinand, ohne ihre Frage zu beantworten. »Ich bin nun mal Franzose. Ich kann es nicht ändern. Und es auch nicht verleugnen.«

»Das musst du ja auch gar nicht«, beharrte Sophie. »Aber wenn du schon das unglaubliche Glück hast, nicht in diesen Krieg ziehen zu müssen, dann solltest du dankbar dafür sein und nicht alles versuchen, um doch noch kämpfen zu dürfen.«

»Es tut mir leid«, flüsterte er und sah sie traurig an.

»Ja«, sagte sie. »Mir auch.«

Sie hatten sich nicht wieder versöhnt. Ferdinand war bei seiner Haltung geblieben und nach Belgien gereist, Sophie war mit Nathalie von Sternbach nach Südtirol gefahren und hatte dort im in der Nähe von Meran gelegenen Obermais eine Villa angemietet, wo sie mit ihrer Tochter überwintern wollte. Sie spielte stundenlang Klavier – nicht nur, um ihrem Kummer zu entfliehen, wie sie das schon so oft getan hatte, sondern auch, weil Ferdinand nicht da war. Sie hatte in der letzten Zeit vermehrt beobachtet, dass er sich an ihrem Klavierspiel störte, so als wäre er eifersüchtig auf die Leidenschaft, mit der sie sich dem Spiel hingab.

Ihre Schwester Sisi befand sich ganz in der Nähe, allerdings nicht des Krieges wegen: Sie hatte ohnehin vorgehabt, den Winter mit ihren Töchtern Marie Valérie und Gisela auf Schloss Trauttmansdorff in Meran zu verbringen. Da Sisis aus hundertsechs Personen bestehender Hofstaat mit ihr gereist war, hatte das Schloss nicht ausgereicht, und sie hatte noch weitere Gebäude und Höfe in der Nähe dazugemietet. Sophie wusste, dass alle Gebäude, in denen Bedienstete der Kaiserin wohnten, miteinander verkabelt worden waren, sodass Nachrichten schnell hin- und hergeschickt werden konnten.

»Ich bin so froh, dass Sie bei uns sind«, sagte Sophie am Tag nach ihrer Ankunft beim Nachmittagstee zu ihrer Vertrauten Nathalie. »Das ist mir ein rechter Trost.«

Sie konnte das letzte Wort gerade noch zu Ende sprechen, da wurde sie von einem heftigen Hustenanfall gepackt. Verzweifelt rang sie nach Luft, während Nathalie ihr erschrocken ein Glas Wasser reichte. »Ihr Husten ist plötzlich wieder schlimmer«, stellte sie fest. »Dabei war es doch den ganzen Sommer über sehr gut.«

»Ach«, erwiderte Sophie, »er verschlechtert sich immer, wenn der Sommer sich dem Ende zuneigt.«

»Sind Sie sich sicher, dass das die einzige Ursache ist?«, fragte Nathalie streng.

»Wie meinen Sie das?«

»Nun, solange Sie bei Ihren Eltern lebten, solange ich Sie begleitete, waren Sie kerngesund.«

Sophie lachte, und es klang ein wenig gekünstelt. »Es ist eben so, dass ich Sie vermisse.«

»Das ist sehr freundlich, dass Sie das sagen«, erklärte die Hofdame. »Aber wenn ich den Vergleich wagen darf, auch Sisi begann zu kränkeln, als sie von zu Hause fortging, und erst recht nach dem Tod ihrer Tochter.«

»Sie meinen, wir leiden unter Heimweh?«

»Oder unter Ihrer Ehe«, sagte Nathalie von Sternbach offen. »Ich meine damit nicht, dass Sie unglücklich sind«, fügte sie rasch hinzu, als Sophie sie erschrocken ansah. »Aber auffällig ist, dass der Husten mit Ihrer Heirat begann, die allerdings parallel zu Ihrem Umzug erfolgte. Und nachdem es nun so lange gut war, setzte der Husten wieder ein, nachdem Sie sich mit Ferdinand gestritten hatten.«

»Und nachdem ich von Possenhofen wegging. Wieder fällt beides zusammen.«

Die beiden Frauen schwiegen eine Weile, Sophie stocherte lustlos in ihrem Kuchen herum.

»Nun essen Sie doch etwas«, bat Nathalie. »Sie haben schon gestern Abend und auch heute Morgen kaum etwas zu sich genommen.«

»Ich habe einfach keinen Appetit«, seufzte Sophie.

»Sie sind ohnehin ganz schmal geworden«, sorgte sich Nathalie. »Ob das noch die Folgen der Magenkrankheit sind?«

»Ich glaube, das ist eher mein Kummer. Und mein Ärger«, gestand Sophie, während sie sich zwang, wenigstens einen Schluck Tee zu sich zu nehmen. »Meine Wut. Ich finde es unerhört, dass Ferdinand in den Krieg zieht. Wie kann er mir das antun! Mir und unserer Familie.«

»Ich muss zugeben, ich kann Sie sehr gut verstehen, aber ihn ebenfalls«, sagte Nathalie. »Bei jeder Begegnung denke ich mir aufs Neue, dass er irgendwie … verloren wirkt. Wie ein Heimatloser.«

»Und nun verbringt er meinetwegen auch noch einen großen Teil seiner Zeit fernab von seiner neuen Heimat in England«, sagte Sophie leise und war mit einem Mal von Schuldbewusstsein erfüllt.

»Ihretwegen?«, fragte Nathalie.

»Nun ja«, erläuterte Sophie, »weil ich das Klima dort auch nicht gut vertrage.«

»Warten Sie ab«, empfahl Nathalie. »So, wie ich die Lage einschätze, wird ihm Frankreich niemals erlauben, in den Krieg zu ziehen, noch dazu, wo er doch mit einer Deutschen verheiratet ist. Man würde vielleicht eher denken, er sei ein Spitzel.«

»Vielleicht haben Sie da wirklich recht«, sagte Sophie und fühlte so etwas wie Hoffnung in sich aufsteigen.

»Natürlich habe ich recht«, erwiderte Nathalie. »Und deswegen können Sie jetzt auch noch Ihren Kuchen aufessen.«

In der Tat gelang es Nathalie von Sternbach in den kommenden Wochen, Sophie etwas aufzupäppeln, wenn sie auch nach wie vor an Appetitlosigkeit und Husten litt. Und manchmal legte sich jener dunkle Schleier über ihr Gemüt, der ihr seit dem Bruch mit Edgar Hanfstaengl schon vertraut war. Sie fürchtete diesen Seelenzustand einerseits, fühlte sich aber andererseits merkwürdig geborgen darin.

Auch das Zusammensein mit Sisi tat Sophie gut. Gemeinsam unternahmen sie lange Spaziergänge durch die herrliche Südtiroler Landschaft, und da sie häufig ohne großes Gefolge unterwegs waren, fielen sie auch kaum auf. Sie waren einfach nur zwei Frauen, zwei Schwestern, die Zeit miteinander verbrachten und einander in ihren Sorgen und Ängsten um ihre Brüder beistanden.

»Meine liebe Schwiegermutter hat mir wieder einmal geschrieben«, sagte Sisi, als sie eines Nachmittags nach einem ausgedehnten gemeinsamen Ausritt ihren Tee einnahmen.

»Was schreibt sie denn?«, wollte Sophie wissen. »Macht sie dir wieder Vorwürfe, weil du dich fernab des Wiener Hofes befindest und die Zeit nicht mit ihr verbringst?«

»Das natürlich auch«, erklärte Sisi mit gerunzelter Stirn. »Und sie berichtet mir triumphierend, selbst mein Sohn Rudolf habe sich nun gegen mich gerichtet. Angeblich sagte er zu ihr, dass sein Vater ihn dauere, weil ich immer nur fort sei. Und er wolle die Aufgabe, der einzige Unterstützer des Kaisers zu sein, gerne übernehmen.«

»Nimm es ihm nicht übel«, riet Sophie. »Vielleicht ist es ganz gut für die Beziehung zwischen Vater und Sohn.«

»Ja«, seufzte Sisi. »Das ist wohl so. Ich bin trotzdem sehr glücklich, dass ich mich durchgesetzt habe und den Sommer nicht mit ihr verbringen muss.«

»Und was schreibt sie noch?«

»Sie lässt sich darüber aus, dass sie sich in einem Herzenskonflikt befindet. Zum einen freut sie sich natürlich aus familiärer Sicht darüber, dass die bayerischen und sächsischen Truppen so erfolgreich sind, zum anderen verteufelt sie aber genau das auch, weil es ja den verhassten Preußen zugutekommt. Sie jammert, dass es doch besser wäre, wenn unsere Brüder für etwas anderes kämpfen würden. Und da gebe ich ihr recht. Die Preußen sind wirklich furchtbar. Wobei ich zugeben muss, diesen Bismarck finde ich durchaus beeindruckend. Ich habe ihn unterschätzt.«

Sophie nickte und spürte gleichzeitig, dass sich der ihr nun schon so vertraute dichte schwarze Schleier wieder auf ihr Gemüt legen wollte. Und sie sah auch Sisi an, wie sehr sie der Krieg belastete.

»Lass uns von etwas anderem reden«, sagte sie rasch. »Deine neue Hofdame ist wirklich ganz reizend …«

»Nicht wahr?«, Sisi strahlte. »Sie hatte sich lange Bedenkzeit auserbeten. Ich bin sehr glücklich, sie nun doch an meiner Seite zu haben.«

Kapitel 32

Europa kam nicht zur Ruhe: Am 1. und 2. September erlitten die Franzosen bei der Schlacht von Sedan eine herbe Niederlage. In der Folge kapitulierten die französischen Truppen, Kaiser Napoléon III. wurde gefangen genommen und die Dritte Republik ausgerufen, das zweite französische Kaiserreich war vorbei. Und kurz darauf kam auch Marie und mit ihr Mathilde nach Meran.

»Die französischen Schutztruppen haben Rom wegen des Krieges verlassen«, erläuterte Marie an ihrem ersten gemeinsamen Abend, den sie bei Sisi auf Schloss Trauttmansdorff verbrachten. »Und als hätte sie nur darauf gewartet, ist die italienische Armee in den Vatikanstaat, in den wir uns gerettet hatten, eingefallen: Wieder einmal sind wir nicht mehr geduldet.«

»Nimm es nicht so schwer«, bat Sophie und legte ihre Hand auf die ihrer Schwester. »Wenigstens können wir vier hier zusammen sein. Es ist fast wie früher. Nur dass wir keine Kinder mehr sind.«

»Und leider auch nicht mehr die Unbeschwertheit von Kindern haben«, griff Sisi den Faden auf. Dann wandte sie sich an Sophie. »Wie geht es deinem Mann?«

Sophie zuckte die Achseln. »Er kämpft noch immer vergebens darum, aufseiten der Franzosen in den Krieg ziehen zu dürfen.«

»Wie rücksichtslos von ihm!«, erboste sich Sisi, während Marie erklärte: »Ich kann ihn schon verstehen. Wir sprachen doch schon einmal davon, Sopherl, weißt du noch?«

Sie nickte. »Natürlich weiß ich das noch.«

»Worüber habt ihr gesprochen?«, wollte Sisi dringlich wissen.

»Über Heimatliebe«, sagte Marie. »Über den brennenden Wunsch, für die eigene Heimat zu kämpfen. Und über das Gefühl, vertrieben und verjagt zu werden.«

»Dazu hast du ja nun wirklich viel zu sagen«, erklärte Sisi.

»Ja«, bestätigte Marie. »Ich habe Gaeta verteidigt, obwohl es nicht mein Land ist. Ich kann Ferdinand gut verstehen.«

»Man könnte es auch so sehen«, fand Sophie, »wenn du ein Land verteidigen kannst, das nicht das deine ist, dann kann Ferdinand auch auf deutscher Seite kämpfen.«

»Das kannst du doch nicht vergleichen!«, wehrte Marie ab. »Ich habe ja nicht gegen deutsche Angreifer gekämpft, sondern gegen Aufständische aus Italien.«

»Und außerdem, ob Ferdinand nun auf deutscher oder auf französischer Seite kämpft«, mischte sich Sisi ein, »es geht dir ja vor allem darum, dass du Angst um ihn hast. Und die müsstest du haben, egal, auf welcher Seite er kämpft.«

»Das stimmt schon«, gab Sophie zu und hielt mühsam die Tränen zurück. »Aber irgendwie finde ich die Vorstellung, dass er zum Beispiel … Carl Theodor gegenüberstehen und sie aufeinander schießen könnten, noch viel schrecklicher.«

»Das verstehe ich«, sagte Sisi begütigend und wollte gerade etwas hinzufügen, als sich die Tür öffnete und ein Diener mit einem Brief hereinkam.

Er deutete Sisi gegenüber eine Verbeugung an und entfernte sich wieder. »Von Carl Theodor«, sagte sie beklommen. »Von der Front.«

»Ausgerechnet jetzt, wo wir gerade davon sprechen«, sagte Sophie aufgeregt und bat: »Lies vor.«

Die Kaiserin öffnete den Brief und begann zu lesen: *So sind die Verluste leider ganz furchtbar, das Schlachtfeld überfüllt von Toten und Verwundeten beider Armeen und das Wimmern und Jammern der Unglücklichen wirklich erschütternd.*

Betroffen sahen die drei Schwestern einander an. »Und nun stellt euch vor«, sagte Sophie, »Ferdinand würde dazu beitragen, dass dieses Leid entsteht. Selbst, wenn sie an der Front nicht aufeinanderträfen … würden sie dann einander nicht für immer hassen?«

Und dann brach sie endlich in Tränen aus.

Kapitel 33

»Das ist ja wie im Paradies!«, staunte Sophie, als die schönheitsbewusste Sisi sie zum ersten Mal ins Bad Egart in Partschins mitnahm. »Ein wahrhaft märchenhafter Ort.«

»O ja«, sagte Sisi. »Ich liebe es hier. Ich fühle mich bei meinen Aufenthalten, als wäre ich selbst die Nymphe Egeria, nach der dieses älteste Bad von Tirol benannt ist. Es stammt wahrscheinlich noch von den Römern.«

»Einer romantischen Legende nach soll die Nymphe Egeria die Geliebte des römischen Königs Numa Pompilius gewesen sein«, piepste Spatz verträumt. Sophie warf ihr einen prüfenden Blick zu. Ihre Schwester war bekannt für ihre zahlreichen Affären. Ob sie in diesem Moment an ihren aktuellen Liebhaber dachte? Sie selbst konnte nicht verhindern, dass ihre Gedanken zu Edgar schweiften, den sie so lange so erfolgreich aus ihrem Kopf verbannt hatte. Deshalb war sie ausgesprochen dankbar, dass sie gerade zu einer rotbraun sprudelnden Quelle kamen und Sisi ihre Schwestern aufforderte, daraus zu trinken. »Es ist wirklich sehr gesund«, erklärte die österreichische Kaiserin. »Das ist Eisenwasser.«

»Klingt so appetitanregend, wie es aussieht«, fand Marie und verzog den Mund. »Aber was tut man nicht alles für die Schönheit.«

»Dafür ist das Bad in der Schwefelquelle nachher umso schöner«, versprach Sisi. »Ihr werdet schon sehen.«

Als sie sich wenig später ins Badehaus begaben, um sich – jede für sich – in einer Wanne der heilenden Kraft des Wassers hinzugeben, betrachtete Sophie ihre Schwestern der Reihe nach und dachte wieder einmal, wie ähnlich sie sich alle sahen. Und zum ersten Mal seit Tagen sprachen sie auch nicht vom Krieg.

Doch da sagte Marie, als habe sie ihre Gedanken gelesen:

»Sieht so aus, als würde der Krieg gegen Frankreich dazu führen, dass sich die deutschen Staaten enger zusammenschließen.«

»Wie meinst du das?«, erkundigte sich Sophie, wie immer besorgt, dass solch eine Entwicklung einen Nachteil für sie oder Ferdinand bedeuten könnte.

»Nun, die süddeutschen Staaten sind sehr siegreich, und die Frage, ob sie nicht dem Norddeutschen Bund beitreten wollen, wird immer drängender«, erläuterte Marie ihre Gedanken.

Sisi verzog das Gesicht. »Wir werden ganz schön ins Abseits gestellt. Baden und Hessen sind dem Norddeutschen Bund ja bereits beigetreten.«

»Nur Ludwig sperrt sich noch«, wusste Sisi zu berichten, die mit ihrem Cousin nach wie vor in engem Briefkontakt stand.

»Und warum das?«, erkundigte sich Sophie. »Aus Freundschaft zu dir? Weil wir dann ganz eng mit eurem Erzfeind Preußen verbündet wären?«

Doch Sisi schüttelte den Kopf. »Du weißt, Ludwig war schon immer auf seine Souveränität bedacht. Und ich denke, er will gerne ein wenig umworben werden. Er hofft wohl, noch mehr heraushandeln zu können. Andererseits möchte er auch nicht isoliert werden.«

Eine Hoffnung, die sich erfüllen sollte: König Ludwig II. willigte am 30. November ein, nachdem Bismarck sich bereit erklärt hatte, ihm für sein Ja jährlich eine hohe Summe zu bezahlen. Hinzu kamen Reservatrechte, die Bayern hinsichtlich des bayerischen Militärs, des Brau- und Brennereiwesens sowie der Post und der Eisenbahn eigene Zuständigkeiten gaben. Außerdem hatte er sich vom preußischen König Wilhelm per Brief versichern lassen, dass die Selbstständigkeit und Integrität Bayerns gewahrt bleibe. Der geschickte Bismarck hatte begriffen, dass es für die Südstaaten sehr wichtig war, ihr Gesicht zu wahren. Deshalb war in den Novemberverträgen von »Gründung« oder »Neugründung« des Norddeutschen Bundes die Rede, obwohl es eigentlich nichts anderes als ein Beitritt war.

Damit war Bayern an Bord, als dem preußischen König Wilhelm im Dezember der Kaisertitel für das künftige Deutsche Reich angetragen wurde.

Sophie, Sisi und Marie verfolgten die Ereignisse von Meran aus mit Spannung, wie erwartet weigerte Sisi sich aber, an der offiziellen Kaiserproklamation am 18. Januar teilzunehmen. Diese fand im Spiegelsaal von Schloss Versailles statt. Schließlich wurde die französische Hauptstadt noch immer von den Koalitionstruppen belagert, sodass ein Großteil der preußischen Führung und die meisten Anführer der Verbündeten sich ohnehin in oder um Paris befanden. Obendrein lag das große Hauptquartier der deutschen Armeen in Versailles.

»Wenn man überlegt, dass das Deckengemälde im Spiegelsaal Ludwig XIV. als Eroberer deutscher Städte und Länder zeigt, ist das schon sehr symbolträchtig«, ließ sich Marie vernehmen.

Sophie schwieg dazu. Sosehr sie sich auch über den Sieg freute, sie wusste, dass er Ferdinand sehr treffen würde.

***

Am 28. Januar ergab sich Paris der Form halber, und damit trat ein zunächst auf einundzwanzig Tage begrenzter Waffenstillstand in Kraft. Und Ferdinand, der bis dahin vergeblich gehofft hatte, in den Einsatz zu dürfen, kehrte zu seiner Frau zurück. Sosehr Sophie ihm auch gegrollt hatte: Als er dann vor ihr stand, sie in die Arme zog und sie an sich drückte, war jeder Zorn verflogen. Sie war einfach nur unendlich froh, dass er zurück war.

»Ich bin so glücklich«, flüsterte sie in der Geborgenheit seiner Arme. »So unendlich, unendlich glücklich.« Dann jedoch wurde sie von einem derart heftigen Hustenanfall gepackt, dass sie anschließend ganz schwach war und sich, schwer auf ihren Mann gestützt, setzen musste. Ferdinand war aufs Äußerste besorgt. »Charlotte!«, rief er und klingelte nach einem Diener, damit man ihr ein Glas Wasser bringen möge, »dein Husten ist ja wieder sehr viel schlimmer geworden. Und ganz schmal und blass bist du. Warum hast du mich denn nicht wissen lassen, wie schlecht es um dich steht!« Es klang vorwurfsvoll.

Sie zuckte die Achseln. »Hätte es etwas geändert? Du wolltest doch unbedingt für dein Land in den Krieg ziehen.«

»Was ich letzten Endes nicht durfte. Dafür habe ich meine kranke Frau vier Monate allein gelassen.« Es klang verärgert.

»Nun bist du ja da, und das ist die Hauptsache.« Liebevoll sah sie ihn an. Und mit einem Mal spürte sie wieder jene Leidenschaft in sich aufwallen, die vor allem die erste Zeit ihrer Ehe geprägt hatte. »Das sollten wir doch feiern«, flüsterte sie und begann, ihren Gatten inniger zu küssen. Heftig zog er sie an sich, sie spürte seine Erregung und ihre Leidenschaft. Und diese Leidenschaft wiederum hatte zur Folge, dass sie *sich* endlich wieder einmal spürte. Dass sie sich und ihren Körper wahrnahm, nachdem sie wieder einmal so lange fast leblos gewesen war.

Doch da packte sie ein erneuter Hustenreiz, und Ferdinand ließ erschrocken von ihr ab. »Entschuldige«, sagte er betroffen, »dass ich dich in deinem Zustand mit diesen Dingen belästige.«

»Du belästigst mich nicht«, sagte sie, verzweifelt bemüht, sich dieses wunderbare und leidenschaftliche Gefühl noch ein wenig zu bewahren. »Im Gegenteil. Es tut mir gut. Ich habe mich doch so nach dir gesehnt.« Wieder begann sie ihn verführerisch zu küssen, doch er wich ihr aus, und sie bemerkte deutlich, wie schwer ihm das fiel.

»Charlotte«, sagte er ernst. »Es geht nicht nur um diesen einen Moment. Sondern darum, dass du viel zu geschwächt bist, um eine erneute Schwangerschaft zu verkraften. Und mit einer Schwangerschaft müssen wir rechnen, wenn wir unseren Gefühlen nun nachgeben.«

Erschrocken sah sie ihn an. Der Liebesakt mit ihm war ihr immer sehr wichtig gewesen. Eben *weil* sie sich in dieser Leidenschaft so intensiv spürte.

»Du willst doch nicht sagen, dass wir nun nie wieder das Bett miteinander teilen?«, fragte sie erschrocken.

»Natürlich nicht nie wieder«, sagte er, lachte leise und strich ihr sanft über die Wange. »Das würden wir doch beide gar nicht aushalten. Aber zumindest so lange, bis du dich wieder etwas stabilisiert hast.«

»Und wenn der Husten endlos andauert?«, fragte sie. »Dann würden wir keine Ehe mehr führen! Schließlich leide ich ja bereits seit Langem darunter. Bisher hat dich das auch nicht davon abgehalten.«

»Aber du bist zunehmend geschwächt!«, wandte er ein.

Plötzlich kam ihr ein Gedanke: Hatte ihr Mann in der Fremde sich etwa in eine andere Frau verliebt? Vielleicht gar in eine Französin, die nicht nur seine sexuelle Lust, sondern auch sein Heimweh stillen konnte?

»Hast du eine andere Frau kennengelernt?«, sagte sie ihm auf den Kopf zu. »Eine junge, schöne Französin, die dich viel mehr erregt als deine ewig kranke Frau?«

Ehrlich verblüfft sah er sie an. »Aber Charlotte! Wie kommst du denn darauf!«

»Nun«, sagte sie, »ich finde es einfach seltsam, dass ein Mann nach vier Monaten keine Lust auf seine Frau verspürt und sich von so einem bisschen Husten abschrecken lässt.«

Mit einer heftigen Bewegung zog er sie an sich und küsste sie hart auf die Lippen, um sie gleich darauf abrupt wieder loszulassen. »Und ob ich Lust auf dich habe«, sagte er mit dunkler Stimme. »Ich muss all meine Kraft aufbringen, um ihr nicht blindlings nachzugeben. Aber, Charlotte, meine Liebe zu dir und meine Sorge um dich stehen über meiner Lust. Weit darüber.«

Betroffen und auch erleichtert sah sie ihn an.

»Du weißt doch, dass ich im Alter von dreizehn Jahren meine Mutter verloren habe, die kurz nach der Geburt eines Kindes starb«, setzte er zu einer Erklärung an. »Auch sie war körperlich geschwächt. Ich habe einfach Angst um dich, Charlotte.«

Er war auf einmal ganz leise. Gerührt nahm sie seine Hand. »So, wie ich Angst um dich hatte«, sagte sie dann. »Dennoch hast du nicht auf mich gehört und bist einfach gegangen.«

»Was ich heute bereue«, versicherte er. »Zumal ich ja am Ende gar nicht kämpfen durfte. Nein, ich denke, wir sehen einfach zu, dass wir dich erst ein wenig aufpäppeln.«

In diesem Moment klopfte es an der Tür, und Louises Kindermädchen kam herein. »Verzeiht die Störung, Eure Hoheiten«, sagte sie. »Aber Prinzessin Louise ist erkrankt.«

»Was hat sie denn?«, fragte Sophie erschrocken und erhob sich rasch, um zu ihrer Tochter zu gehen.

»Sie leidet nun ebenfalls unter starkem Husten und Fieber«, sagte das Kindermädchen.

»Ich habe sie angesteckt!«, rief Sophie entsetzt.

»Das glaube ich nicht, Liebes«, sagte ihr Mann. »Du leidest schon so lange unter dieser Krankheit – da hättest du sie doch schon längst angesteckt.«

Doch Sophie hörte ihn schon gar nicht mehr. Sie war bereits halb zur Tür hinaus, um an das Krankenbett ihrer Tochter zu eilen.

»Ihr lasst euch jetzt vom kaiserlichen Arzt untersuchen. Beide«, erklärte Sisi entschlossen. »Der Mann ist schließlich nicht umsonst mitgereist.«

Umsonst sicher nicht, dachte Sophie, denn Sisi kränkelte ebenfalls häufig, mindestens so oft wie sie. Aber sie sprach den Gedanken natürlich nicht aus, um ihre Schwester nicht zu brüskieren, sondern ließ sich und ihre Tochter gründlich untersuchen.

»Ihr solltet Euch mit Eurer Tochter eine Weile lang zur Erholung nach Schönbrunn zurückziehen«, empfahl der Arzt respektvoll. »Dort könnt Ihr Euch ausruhen und wieder zu Kräften kommen.«

»Das ist doch wunderbar!«, rief Sisi begeistert, als sie davon erfuhr. »Dann können wir noch viel mehr Zeit miteinander verbringen. Am besten reist ihr gleich mit uns.«

»Ich müsste erst noch mit Ferdinand sprechen.«

»Der wird einverstanden sein«, prophezeite Sisi. »Er würde alles tun, um eure Gesundheit zu fördern.«

Sie sollte recht behalten: Ferdinand stimmte sofort zu, und sobald es Louise etwas besser ging, machten sie sich auf den Weg nach Schönbrunn.

»Ich lasse die Räume direkt neben meinen für euch herrichten«, kündigte Sisi mit leuchtenden Augen an. »Dann haben wir so viel Zeit zusammen. O Sophie. Es wird ganz wunderbar. Und wir können uns in meinem privaten Garten aufhalten. Da Kaiser Joseph II. den Park 1779 öffentlich gemacht hat, können wir uns dort schlecht erholen.«

»Das ist gut, wenn du uns ganz in deiner Nähe im Westflügel einquartierst«, freute sich Sophie. »Denn bei über eintausendvierhundert Zimmern würden wir uns sonst vielleicht nicht begegnen.«

Mit einiger Bitterkeit musste sie wieder daran denken, dass Ludwig seinerzeit ihre Räume in der Residenz möglichst weit weg von den seinen hatte einrichten lassen. Und letztendlich war sie dann ja auch nie dort eingezogen.

In der Tat waren es wundervolle Wochen, die sie gemeinsam verbrachten. Auch Louise erholte sich schnell und genoss die Nähe zu ihrer Lieblingscousine, Sisis Tochter Marie Valérie, und blühte regelrecht auf. An Ostern suchten die Mädchen Eier im privaten Garten, an regnerischen Tagen vergnügten sie sich tagelang im Kinderzimmer. Sophie musizierte trotz der Rückkehr ihres Mannes, und auch ihr Husten klang ab. Sie wurde wieder kräftiger, was sie zu der Überlegung veranlasste, ob es nicht doch der Kummer um ihren Mann gewesen war, der sie derart geschwächt hatte. Zu ihrer großen Erleichterung und Freude ließ Ferdinand auch seine Zurückhaltung fallen, sie gaben sich wieder ihrer Leidenschaft hin. Und Sophie hatte das Gefühl, dass das wie Medizin für sie war.

Kapitel 34

Sophie lag gerade neben Sisi im Park von Schönbrunn auf einem Liegestuhl und streckte ihr Gesicht der Sonne entgegen, als ein aufgeregter Ferdinand in den Garten stürzte. »Charlotte!«, rief er. »Ach, Charlotte, du wirst es nicht glauben!«

Als er vor ihr stand, fiel sein Schatten auf sie, und sie konnte erkennen, dass seine Wangen vor Aufregung gerötet waren. Er hielt ein Telegramm in der Hand.

»Es kommt aus Bushy House«, sagte er. »Von Vater. Stell dir vor, er teilt mir mit, dass unsere Verbannungsdekrete aufgehoben sind. Wir dürfen heimkehren, Charlotte. Nach Frankreich!«

»Was! Das ist ja wundervoll«, rief Sophie und sprang auf, um ihren Gatten zu umarmen. Doch die heftige und unvermittelte Bewegung nach dem langen und entspannten Sonnenbad war zu viel für Sophies Kreislauf. Mit einem leisen Ächzen sackte sie wieder auf ihre Liege zurück.

»Liebes!« Ferdinand kniete erschrocken neben ihr.

»Entschuldige«, ließ sich Sophie vernehmen. »Es ist alles gut. Ich bin nur zu schnell aufgestanden, weil ich mich so sehr für dich gefreut habe.«

Doch während sie die Worte sprach, spürte sie, dass sich wieder diese graue Schwere über sie legte. Wieder einmal hieß es, Abschied zu nehmen, und wenn Schönbrunn in ihr auch nicht das gleiche Heimatgefühl hervorrief wie Possenhofen, so war es doch zumindest ähnlich, und die trauten Stunden mit Sisi waren ihr lieb und teuer geworden. Außerdem würde ein Umzug nach Frankreich bedeuten, dass sie erneut von ihrer lieben Nathalie von Sternbach Abschied nehmen musste, die sie an den Wiener Hof begleitet hatte. Und was würde sie in Frankreich erwarten? Wieder ein neues Land, zu dem sie keinen Bezug hatte – und mehr als das: ein Land, das bis vor Kurzem noch Krieg gegen das ihre geführt hatte. Sie würde mitten unter Feinden leben! Und als Feindin würde man sie doch sicherlich empfinden, oder?

Die Kehle wurde ihr eng, verzweifelt rang sie nach Luft.

»Charlotte!«, rief Ferdinand erschrocken.

Sie zwang sich, ruhig zu atmen. Auf keinen Fall durfte er wissen, wie es wirklich um sie stand. Er würde sich dann nur wieder von ihr zurückziehen.

»Es geht schon«, versicherte sie. »Aber würdest du mir ein Glas Wasser bringen lassen?«

»Sicher.« Er sah sich nach einem Diener um, doch zu Sophies Erleichterung war weit und breit keiner zu sehen. Sisi hatte alle ins Haus geschickt, damit sie allein miteinander sein konnten. Hastig eilte Ferdinand hinein.

Kaum war er fort, wandte Sisi, die die ganze Zeit über schweigend auf ihrem Liegestuhl gelegen hatte, den Kopf und sah ihre Schwester an. »Ich weiß genau, was in dir vorgeht.«

Dann streckte sie die Hand aus, und Sophie legte die ihre hinein. »Du willst nicht von hier fort, du genießt diese Geborgenheit und die Innigkeit zwischen uns.«

»Ja«, sagte Sophie. »Und ich frage mich auch, wie es sein wird, mitten unter Feinden zu leben. Unter Menschen, die soeben noch auf unsere Brüder geschossen haben.«

»Immerhin mussten wir in unserer Familie keine Verluste hinnehmen.«

»Zum Glück«, erwiderte Sophie. »Wenn dem so wäre, könnte ich unmöglich dort leben.«

»Du weißt, dass du hier immer eine Heimat hast«, sagte Sisi. »Oder eben überall dort, wo ich gerade bin.«

»Ja, Sisi, das weiß ich. Und das bedeutet mir unendlich viel.«

***

»Mit dir zu frühstücken ist einfach wunderbar«, sagte Ferdinand strahlend, als sie wenige Tage später nebeneinander an dem kleinen runden Tisch in ihrem Salon saßen, wo sie wie jeden Morgen das Frühstück einnahmen, während die kleine Louise mit den Kindern der Kaiserin speiste.

»Ja«, bestätigte Sophie. »Und dieser Platz ist wirklich besonders schön. Fragt sich, wann wir hier das nächste Mal sitzen werden.«

»Wir werden deine Schwester besuchen, so oft es geht«, versprach Ferdinand und legte seine Hand auf die ihre.

»Sicher«, murmelte sie.

Doch sie wusste, dass dies nicht mehr so schnell geschehen würde. Heute Mittag brachen sie nach England auf, um ihren Umzug nach Frankreich vorzubereiten. Sophie war bei dem Gedanken daran ganz elend zumute, zugleich aber war sie fest entschlossen, sich vor ihrem Ehemann nichts anmerken zu lassen. Sie wollte ihm die Freude über die Heimkehr nicht verderben.

»Das Frühstück, Eure Königlichen Hoheiten«, kündigte ein livrierter Diener von der Tür her an, und ein weiterer Diener brachte ein riesiges Tablett aus purem Silber herbei, auf dem das Frühstück sehr liebevoll angerichtet war. Es gab verschiedene Marmeladen, Kaffee, Brot und Brötchen sowie, unter einer großen silbernen Glocke, Rührei mit Speck und außerdem Guglhupf.

Als der Diener das Tablett auf dem Konsolentisch abstellte und begann, ihnen die Speisen zu servieren, stieg Sophie der Kaffeeduft in die Nase. Und auf einmal empfand sie einen derart heftigen Brechreiz, dass sie aufsprang – wobei sie den erschrockenen Diener beinahe umgestoßen hätte – und, die Hand auf den Mund gepresst, nach nebenan ins Bad stürzte, wo sie sich schwallartig in die Waschschüssel übergab. Zu ihrem Entsetzen war Ferdinand ihr besorgt nachgeeilt und wurde Zeuge ihrer peinlichen Situation.

Sie machte, noch über der Schüssel hängend, eine abwehrende Handbewegung. »Bitte«, sagte sie, »bitte lass nach Nathalie schicken.«

»Natürlich«, sagte Ferdinand und klang hilflos.

Als er fort war, goss sich Sophie etwas klares Wasser über die Handgelenke und spülte sich mehrfach den Mund aus, um den scheußlichen Geschmack loszuwerden.

Gleich darauf stand Nathalie von Sternbach im Zimmer und musterte ihren Schützling besorgt. »Kommen Sie«, sagte sie und stützte Sophie. »Ich bringe Sie ins Bett.«

»Könnten Sie, bevor wir das Badezimmer verlassen, dafür sorgen, dass man den Kaffee und das Rührei entfernt? Sie riechen ganz fürchterlich«, sagte Sophie und bemerkte, dass sich ihr schon allein bei dem Gedanken daran erneut der Magen umdrehte.

»Ihnen ist von dem Kaffee- und Essensgeruch übel geworden?«, erkundigte sich Nathalie und sah Sophie mit einem merkwürdigen Lächeln um die Mundwinkel an.

»Allerdings«, ächzte Sophie. »Ich wäre Ihnen sehr dankbar, wenn Sie nicht auch noch davon sprechen würden.«

»In Ordnung«, sagte Nathalie von Sternbach. »Ich lasse das sofort abtragen.«

Gleich darauf war sie wieder da. »Das, worüber ich nicht sprechen soll, ist fort, die Diener lüften soeben die Räume. Ich würde Sie dann in Ihr Bett geleiten und nach dem kaiserlichen Arzt schicken.«

»Das ist nicht nötig«, wehrte Sophie ab. »Mir geht es doch schon viel besser. Und außerdem will ich unsere Abreise nicht hinauszögern.«

»Ich glaube, es wäre mehr als angebracht, den kaiserlichen Arzt zu konsultieren«, sagte die Hofdame streng. »Gerade in Anbetracht dessen, dass Ihre Abreise unmittelbar bevorsteht und …«

»Und was?«, fragte Sophie.

»Nun, ich kann mich noch gut entsinnen, dass Ihnen schon einmal von Kaffee- und Essensdüften übel wurde«, sagte Nathalie. »Das habe ich zwar nicht selbst erlebt, aber Sie haben mir in Briefen Ihr Leid geklagt.« Und da fiel es Sophie wie Schuppen von den Augen. »Sie meinen …?«

»Wann hatten Sie Ihre letzte Blutung?«, fragte die Hofdame sanft.

»Das … das ist mehr als vier Wochen her«, erkannte Sophie. »*Viel* mehr.«

»Nun, dann gibt es ja eigentlich keinen Zweifel mehr«, sagte Nathalie lächelnd. »Dennoch – oder gerade deshalb – halte ich es für eine gute Idee, den kaiserlichen Leibarzt rufen zu lassen.«

Der kaiserliche Leibarzt bestätigte Nathalies Verdacht: Sophie war schwanger. Das Kind war offenbar in der ersten Nacht gezeugt worden, in der Ferdinand seine Zurückhaltung aufgegeben und sich der Leidenschaft hingegeben hatte.

»Bitte«, sagte Sophie leise zu Nathalie, die während der Untersuchung dabei gewesen war. »Schicken Sie meinen Mann zu mir.«

»Natürlich«, erwiderte die Hofdame mit einem Lächeln. »Er wird sich freuen.«

Keine Minute später stand Ferdinand, der besorgt vor ihrem Schlafzimmer auf die Ergebnisse der Untersuchung gewartet hatte, an ihrem Bett. »Liebes«, flüsterte er, und seine Stimme war voller Angst, als er fragte: »Was fehlt dir denn?«

»Nichts.« Sophie strahlte.

»Nichts?«, vergewisserte sich Ferdinand verblüfft. »Aber dir geht es doch elend.«

»Bitte setz dich«, bat sie und nahm, nachdem er ihrer Aufforderung Folge geleistet hatte, seine Hand.

»Mir geht es manchmal elend, das stimmt«, sagte sie. »Aber aus dem schönsten Grund, den man sich denken kann.«

Seine Pupillen weiteten sich. »Du bist …?«

Sophie nickte. »Ich erwarte ein Kind. Louise bekommt ein Geschwisterchen.«

Doch Ferdinand von Alençon reagierte keineswegs erfreut, im Gegenteil. Entsetzt starrte er seine Frau an. »Charlotte!«, brach es aus ihm hervor. »Das wollten wir doch unbedingt vermeiden. Das stehst du niemals durch in deinem Zustand.« Er stand auf und rang die Hände, während er unruhig im Zimmer auf und ab ging. »Ich hätte es wissen müssen!«, klagte er sich selbst an. »Ich habe mir doch Enthaltsamkeit vorgenommen. Aber du, du bist einfach so verführerisch, und …«

»Bitte, Ferdinand«, sagte Sophie vom Bett aus. Sie war im ersten Moment von seiner Reaktion bitter enttäuscht gewesen, doch schnell hatte sie sich wieder gefangen. Es war eigentlich vorhersehbar gewesen, schließlich hatte er ihr seine Enthaltsamkeit damit erklärt, dass er fürchte, sie würde eine erneute Schwangerschaft nicht durchstehen. Und sie wusste ja auch um seine Angst, weil er seine eigene Mutter im Kindbett verloren hatte.

»Setz dich bitte wieder zu mir.«

Aufgewühlt tat er, wie ihm geheißen, und nahm auf ihrem Bett Platz. »Es tut mir so leid«, sagte er. »Das ist alles meine Schuld. Ich habe dich in Gefahr gebracht.«

»So ein Unsinn«, widersprach sie resolut. »Du kannst gerne mit dem Hofarzt sprechen. Er hat mir eine stabile Schwangerschaft bescheinigt. Du musst dich wirklich von deinen Ängsten lösen.«

Ein zaghaftes Lächeln erschien auf seinem Gesicht. »Wirklich?«, fragte er. »Wenn das wirklich so ist, dann freue ich mich natürlich unendlich darüber, dass unsere Familie nun wachsen wird.« Er hob ihre Hand an seine Lippen und küsste sie.

»Wirklich«, bestätigte sie.

»Aber wir wollten doch heute nach England reisen.«

Während er diese Worte sprach, kam Sophie ein Einfall, der all ihre Probleme und Sorgen mit einem Schlag lösen würde.

»Das ist der einzige Wermutstropfen«, sagte sie. »Eine derart lange Reise wäre in meinem Zustand sicherlich nicht gut. Zumal mir das englische Klima, wie du weißt, gar nicht bekommt.«

Betroffen sah Ferdinand sie an. »Aber es ist alles vorbereitet!«, rief er.

Sophie seufzte. »Dann musst du eben ohne mich und Louise

fahren«, sagte sie, auch wenn sie die Vorstellung, wieder für längere Zeit von ihrem Ehemann getrennt zu sein, schrecklich fand. Aber hierbleiben zu dürfen, in ihrem wundervollen Appartement, in unmittelbarer Nähe zu ihrer Schwester … und vielleicht würde auch Nathalie von Sternbach bei ihr bleiben …

Als habe er ihre Gedanken gelesen, sagte Ferdinand: »Es wird uns wohl nichts anderes übrig bleiben, ja. Aber ich möchte, dass Frau von Sternbach dann hier bei dir bleibt und auf dich und unsere Tochter aufpasst.«

Sophie strahlte.

Kapitel 35

»Ich freue mich wie ein Kind auf die Heimat«, sagte Sophie im Juni 1871 aufgeregt.

Kurz nachdem Ferdinand nach England abgereist war, um von dort aus den Umzug nach Frankreich zu organisieren, waren Sophie und Louise zusammen mit Sisi und ihrem Hofstaat nach Ischl übergesiedelt – und Nathalie von Sternbach war mit ihnen gekommen. Von hier aus wollten sie nun einen Ausflug in die bayerische Heimat machen. Der Grund: Die siegreichen Soldaten – und damit ihr Bruder Mapperl – kamen aus dem Krieg zurück. Carl Theodor war aufgrund einer Krankheit schon früher heimgekehrt.

»Ich möchte aber auf keinen Fall zu dieser Parade«, ließ Sophie ihre Schwester wissen. »In meinem Zustand habe ich Angst vor allzu großen Menschenmassen.«

»Nach der Siegesparade zwischen Feldherrnhalle und Siegestor steht mir auch so gar nicht der Sinn«, bestätigte Sisi. »Und von Mapperl haben wir da auch nichts, außer, dass wir die Soldaten natürlich vorbeimarschieren sehen. Nein, wir erwarten ihn zu Hause in Possenhofen.«

Die Schwestern und Sisis Hofstaat residierten aber nicht in

Possenhofen, sondern im Maffeihaus in Feldafing. Am Abend des 17. Juli fuhren sie nach Possenhofen, wo sie von einer überglücklichen Ludovika empfangen wurden. Selbst Herzog Max gab sich anlässlich der Rückkehr seines siegreichen Sohnes die Ehre.

»Wie schön, dass wir wieder beisammen sind, um deine siegreiche Heimkehr zu feiern, mein Sohn«, sagte Max am Abend, als sie alle beim Essen zusammensaßen, und hob das Glas. »Diesem widerlichen Franzosenpack habt ihr es ja gezeigt.«

Sophie zuckte zusammen. Mitten unter diesem »widerlichen Franzosenpack« würde sie bald leben. Und wenn die Franzosen ebenso schlecht auf sie zu sprechen wären wie umgekehrt …

»Auf unsern Mapperl.«

»Auf unsern Mapperl«, wiederholten alle und prosteten dem jungen Mann zu. Auch Sophie hob mechanisch ihr Glas.

»Nur schade, dass wir nicht ganz vollzählig sind«, sagte der junge Mann.

»Ja«, pflichtete Ludovika ihm bei. »Ludwig, Nené, Marie und Spatz fehlen.«

»Und Ferdinand«, stieß Sophie hervor.

Beklommenes Schweigen legte sich über die Tafel. Mapperl starrte sie an, Sisi rettete die Situation. »Natürlich«, sagte sie. »Und Ferdinand ebenso wie mein Mann, der Kaiser.«

Mapperl starrte sie immer noch an. »Bist du sicher, dass du ins Feindesland gehen willst? Schlimm genug, dass du mit einem Franzosen verheiratet bist und dass deine Kinder zur Hälfte von einem Franzosen abstammen.«

Sophies Hand fuhr schützend an ihren Bauch, während Ludovika ihren Jüngsten streng zur Ordnung rief. »Mapperl! Muss das denn sein.«

»Ja, Mutter, das muss sein«, sagte Mapperl erzürnt. »Diese

Menschen sind die reinsten Ungeheuer. Carl Theodor kann dir das bestätigen.«

Auffordernd sah er seinen älteren Bruder an, der zögernd nickte. Offenbar war ihm daran gelegen, die Situation nicht noch weiter zu eskalieren.

»Du kannst nicht einfach dorthin ziehen, Sophie«, rief Mapperl.

»Es ist Ferdinands Heimat«, sagte sie. »Er hat so lange darauf gewartet, zurückkehren zu dürfen.«

Mapperl presste die Lippen aufeinander.

»Und er hat nicht für Frankreich gekämpft.«

»Aber er wollte«, erwiderte Mapperl hart. »Und das ist alles, was zählt.«

Sophie merkte, dass ihr die Tränen in die Augen stiegen. So hatte sie sich das Wiedersehen mit ihrer Familie nicht vorgestellt! Da spürte sie Sisis Hand auf der ihren. Liebevoll sah ihre Schwester sie an. Diese Geste und das stumme Einverständnis gaben Sophie die Kraft, ihre Tränen herunterzuschlucken. Aber das Abendessen geriet ihr zur Qual, und sie war froh, als sie anschließend ins Maffeihaus zurückkehren konnte. Dort fiel Sophie weinend in Sisis Arme. Selbst Possenhofen, der Ort ihrer Kindheit, hatte nun seine Unbeschwertheit verloren. Und ihre Angst vor einem Umzug nach Frankreich steigerte sich ins Unermessliche.

»Ach, Sisi«, weinte sie, »es geht mir ja gar nicht mal so sehr um mich selbst. Es geht mir um die Kinder! Dieses ungeborene kleine Leben. Und Louise … was ist, wenn sie dem Hass der Franzosen ausgesetzt sind? Die Menschen dort haben ja doppelten Grund, uns zu hassen! Einmal als Mitglieder des ehemaligen Königshauses und dann natürlich als Deutsche.«

»Du hast einen Schutzraum um dich«, versuchte Sisi ihre

Schwester zu trösten. »Alle Bediensteten und Angestellten. Du kommst ja gar nicht direkt mit der Bevölkerung in Berührung, wenn du es nicht willst.«

»Aber auch diese Bediensteten und Angestellten entstammen der Bevölkerung«, begehrte Sophie auf. »Außerdem wäre unser Domizil dann wie ein Gefängnis.«

»Soll ich mit Ferdinand reden?«, bot Sisi an.

»Wie meinst du das?«

»Nun, er wird ja bald aus England zurückkehren. Ich könnte ihn davon überzeugen, dass es viel besser für dich wäre, wenn du noch eine Weile bei uns bleibst. Du weißt, wie besorgt er um dich ist. Er würde sofort zustimmen. Und ich müsste ja nicht einmal schwindeln.«

»Das wäre eine fantastische Lösung!« Sophie atmete erleichtert auf. »Und du müsstest in der Tat nicht schwindeln, denn eine Übersiedlung nach Frankreich, in ein Land, vor dem ich im Moment so viel Angst habe, würde meine Schwangerschaft ganz sicher gefährden. Wenn ich auch zugeben muss, dass mich der Gedanke, erneut für längere Zeit von ihm getrennt zu sein, schon belastet.«

»Deine Sorgen möchte ich haben«, seufzte Sisi. »Ich bin froh, wenn mich der Kaiser in Ruhe lässt. Aber du bist ja glücklich mit deinem Ferdinand.«

Sophie lächelte. Sisi hatte recht. Sie war glücklich mit Ferdinand, selbst Edgar Hanfstaengl hatte sich schon lange nicht mehr in ihre Gedanken gestohlen. Aber wenn sie die Wahl gehabt hätte zwischen einem Leben mit ihrem Ehemann und einem Leben in der Heimat – und dazu zählte sie mittlerweile auch Sisis Domizile –, sie hätte sich immer und immer wieder für Letzteres entschieden.

***

Beim großen Familienfrühstück am nächsten Morgen ließ Sophie sich entschuldigen, sie wollte sich auf keinen Fall erneut Mapperls Sticheleien aussetzen. Und auch Sisi kehrte schon am späten Vormittag zurück, der Hofstaat wollte bereits am Mittag nach Ischl abreisen. Bei ihrer Ankunft im Salzkammergut erwartete Sophie eine Überraschung: Ferdinand war bereits eingetroffen und schloss sie strahlend und überglücklich in die Arme. »Liebste«, sagte er, »ich habe dich so vermisst. Nun kann uns nichts mehr trennen. Und ich kann dir versichern, unser neues Zuhause wird ganz wunderbar.«

Sie schmiegte sich in seine Arme, Glück wollte sich jedoch nicht einstellen. Sollte sie ihm nicht endlich sagen, wie groß ihre Angst vor einem Umzug nach Frankreich war? Aber er hatte so lange darauf gewartet, das konnte sie ihm doch jetzt nicht einfach kaputt machen! Außerdem hatten sie ja bereits eine Lösung. Sisi würde ihn überreden, dass er sie hierbleiben ließ. Aber augenblicklich überkam sie ein schlechtes Gewissen, und sie hatte das Gefühl, ihn zu hintergehen.

Zum Glück schien Ferdinand ihre widerstreitenden Gefühle gar nicht zu bemerken, zu beschäftigt war er mit seiner Wiedersehensfreude und damit, ihr das Leben in Frankreich in den leuchtendsten Farben auszumalen. Offenbar teilte er ihre Bedenken nicht im Mindesten! Und dann betrat auch schon das Kindermädchen mit einer eingeschüchterten Louise das Zimmer. Wie immer, wenn ihr Vater lange Zeit fort gewesen war, brauchte die Kleine einige Zeit, um wieder Zutrauen zu ihm zu fassen.

»Auch deshalb ist es so wunderbar, dass wir nun alle zusammen nach Frankreich übersiedeln werden«, erklärte Ferdinand. »Es tut der Kleinen nicht gut, ständig von mir getrennt zu sein.«

»Was das angeht …«, setzte Sophie an, doch Ferdinand hörte sie gar nicht: Er war vollkommen damit beschäftigt, das Vertrauen seiner kleinen Tochter zurückzuerobern.

Als Ferdinand beim wie immer prunkvollen Abendessen, das sie heute aber nur im engsten Familienkreise einnahmen, ununterbrochen weiter von ihrem bevorstehenden Umzug nach Frankreich schwärmte, während er sich seinen gebratenen Rehrücken schmecken ließ, warf Sophie ihrer Schwester einen auffordernden Blick zu. Wenn sie jetzt nicht einhakte, wäre es zu spät. Es würde einen seltsamen Eindruck machen, wenn sie das später erst täte.

Sisi begriff und nickte kaum merklich, dann sagte sie: »Was das angeht, mein lieber Schwager, so fürchte ich, dass deiner Frau ein Umzug in ihrem momentanen Zustand nicht zuzumuten ist.«

»Was?«, protestierte Ferdinand und ließ den Löffel sinken. »Aber es geht ihr doch gut!«

Dann wandte er sich besorgt an seine Frau und fragte. »Es geht dir doch gut, Charlotte, oder nicht?«

Sie nickte. »Schon, ja«, sagte sie. »Jetzt, wo ich mich hier so gut erholen konnte und von Frau von Sternbach umsorgt wurde.«

Ferdinands Blick wurde wachsam. »Habt ihr euch abgesprochen?«, fragte er scharf. »Willst du gar nicht mit nach Frankreich, und Sisi soll mir nun einreden, dass es besser für dich wäre, hierzubleiben?«

»Das …«, begann Sophie, die auf einmal schreckliches Herzrasen hatte, doch Sisi unterbrach sie. »Rede keinen Unsinn, Ferdinand«, sagte sie knapp. »Deine Frau hat damit nichts zu tun, auch wenn sie meine Meinung kennt. Und natürlich erfreut sie sich bester Gesundheit, aber auch nur, weil sie hier nicht den geringsten Strapazen ausgesetzt ist.«

»Das wäre sie in Frankreich auch nicht«, entgegnete Ferdinand.

»Allein schon die Reise dorthin ist anstrengend«, sagte Sisi ernst. »Und wie wir beide wissen, hat Frankreich gerade eben einen Krieg verloren, in dem Sophies Brüder gekämpft haben. Sie ist dort eine Feindin, Ferdinand, und das wird sie belasten.«

Ferdinand war schneeweiß geworden. »Du willst mir die Heimkehr ausreden?«, fragte er.

»Oh, aber wo denkst du hin, lieber Schwager!«, erwiderte Sisi und nahm einen Schluck Wein. »Mir geht es nur darum, meine Schwester in dieser besonderen Zeit zu schützen, und das ist ja, wie du immer wieder betont hast, auch in deinem Interesse. Du sorgst dich doch ebenso um sie. Und der kaiserliche Arzt rät ebenfalls dringend von einer Reise ab.«

Erschrocken sah Sophie ihre Schwester an. Ihr gegenüber hatte der kaiserliche Arzt nichts Derartiges erwähnt. Aber sie wusste auch, dass er sich der Meinung der Kaiserin nicht verschließen würde.

Ferdinand stieß ein Seufzen aus und starrte trübsinnig auf die Reste seines Rehrückens. »Wenn ich es richtig verstehe, schlägst du vor, dass Sophie während ihrer Schwangerschaft hierbleibt.«

»Und in den ersten Monaten nach der Geburt auch«, erklärte Sisi fest. »Dann könnte sie den Winter über mit mir in Meran verbringen, das Klima dort tut ihr ja bekanntlich sehr gut.«

»Ich finde, das muss sie selbst entscheiden«, sagte Ferdinand und sah sie fragend an. »Sophie?« Er sprach sie nicht bei ihrem zweiten Vornamen an, ein Zeichen, dass er verärgert war.

Sie schluckte, starrte dann ebenfalls auf ihre Suppe und sagte dann leise: »Ich glaube auch, dass es besser wäre, wenn ich hierbliebe.«

»Gut«, erwiderte Ferdinand kühl. »Dann ist das so. Ich würde ja nichts tun, um dich zu gefährden.«

Der Rest des Abendessens verlief in bedrücktem Schweigen, und das besserte sich auch nicht, als sie später allein in ihrem Appartement waren.

»Nun lass uns doch nicht streiten«, bat Sophie. »Wie Sisi schon sagte: Du bist es doch vor allem, der so sehr um meine Gesundheit besorgt ist.«

Zornig wandte er sich zu ihr um. »Das bin ich auch nach wie vor«, sagte er. »Und weißt du, Sophie, wenn du mit mir darüber gesprochen hättest, dann hätte ich jedes Verständnis gehabt und meine Rückkehr nach Frankreich, so sehr ich sie herbeisehne, vielleicht sogar noch etwas verschoben, um bei dir sein zu können. Aber kein Wort hast du gesagt, sondern mich in dem Glauben gelassen, dass du dich auf die Übersiedlung ebenso freust wie ich. Und dann sagst du es mir nicht einmal selbst, sondern schickst deine Schwester vor.«

»Ich …«, setzte sie an.

»Und erzähl mir nur nicht wieder, das sei nicht zwischen euch abgesprochen gewesen«, fiel er ihr scharf ins Wort. »Ich bin nicht dumm, Sophie.«

Das war zu viel. Sophie brach in Tränen aus und konnte sich gar nicht wieder beruhigen. Was zur Folge hatte, dass seine Wut sofort verflog. Erschrocken eilte er zu ihr und zog sie in seine Arme. »Es tut mir leid, Liebling«, flüsterte er und wiegte sie wie ein Kind. »Ich wollte dich nicht so angehen. Ich war nur so … enttäuscht. Und dann hatte ich das Gefühl, dass ihr beide mich vorführt.«

»Ich verstehe dich«, schluchzte sie. »Ich bin es, die sich

falsch verhalten hat, denn es stimmt ja, was du sagst, ich habe dich getäuscht. Ich habe Angst vor dem Umzug nach Frankreich, Ferdinand. Furchtbare Angst. Und das hätte ich dir sagen müssen. Von Anfang an.«

»Ja, das hättest du.« Er schob sie ein Stück von sich und sah ihr prüfend ins Gesicht. »Und warum hast du das nicht getan?«

»Weil du dich doch so darauf freust!«, sagte sie. »Und ich dachte, ich könnte meine Angst überwinden. Aber während du fort warst, um alles vorzubereiten, da wurde mir all das erst so richtig klar.«

»Was wurde dir so richtig klar?«, hakte er nach.

»Meine Angst«, erklärte sie. »Meine Angst davor, mitten unter Menschen zu leben, die uns hassen werden, die unsere Feinde sind.«

Betroffen sah er sie an.

»Sie werden uns doppelt hassen, Ferdinand«, erklärte sie. »Mich, weil ich eine Deutsche bin, und dich, weil du dem ehemaligen französischen Königshaus angehörst. Und unsere Kinder erst recht.«

Schützend legte sie ihre Hand auf den Bauch.

»Hör mir zu.« Er nahm ihre Hände in die seinen. »Ich verstehe dich, liebste Charlotte, und ich verstehe deine Ängste. Und ich verstehe auch, dass eine solche Umsiedlung in deinem Zustand zu gefährlich wäre.«

Erleichtert sah sie ihn an. »Das heißt …?«

»Das heißt, dass du von mir aus erst einmal hierbleiben kannst«, sagte er. »Bis nach der Geburt und einige Monate darüber hinaus. Ich werde uns in Frankreich ein schönes Leben aufbauen, Charlotte, das verspreche ich dir. Du wirst dort nicht allein sein, meine ganze Familie, die dich übrigens sehr vermisst, kommt ebenfalls mit. Und ich werde euch regelmäßig besuchen und dir mit meinen Berichten über deine neue Heimat hoffentlich die Angst nehmen können.«

»Ich bin so froh, dass du mich verstehst«, flüsterte sie.

»Und ich bin froh, dass du mir deine Sorgen endlich anvertraut hast, auch wenn ich es ehrlicherweise schön gefunden hätte, wenn mein Kind in Frankreich zur Welt gekommen wäre«, erwiderte er. »Aber darauf kommt es am Ende nicht an, Hauptsache, ihr seid gesund«, sagte er, hielt inne und fügte dann hinzu: »Aber eines musst du mir versprechen.«

»Alles, was du willst.«

»Künftig kommst du direkt zu mir, wenn du Kummer oder Sorgen hast, und schickst nicht deine Schwester vor. Versprochen?«

»Versprochen.« Sie beugte sich vor und gab ihm einen Kuss.

»Dann wäre das ja geklärt«, sagte er zufrieden. »Ich werde in Meran die Villa Atzwang für dich mieten, dann hast du einen Rückzugsort. Oder besser: Wir, wenn ich euch besuchen komme, was hoffentlich sehr häufig der Fall sein wird. Weißt du schon, wo Sisi residieren wird?«

»Ich denke, sie wird diesmal Schloss Rottenstein anmieten.«

Ferdinand nickte zufrieden. »Sehr gut«, befand er. »Das ist ja ganz in der Nähe. Und außerdem werde ich dir deine persönlichen Sachen schicken lassen, ein Kindermädchen engagieren – und auch Frau von Sternbach bitten, dich zu begleiten.«

»Das wird sie von Herzen gerne tun«, sagte Sophie voller Überzeugung.

Kapitel 36

Der kleine Emmanuel Alençon erblickte in den frühen Vormittagsstunden des 19. Januar 1872 das Licht der Welt, und obwohl die Geburt sehr anstrengend gewesen und Sophie arg erschöpft war, hätte sie nicht glücklicher sein können. »Ich gratuliere Ihnen von ganzem Herzen, Eure Königliche Hoheit«, sagte Dr. Franz Tappeiner, der in Meran ansässige Arzt, der ihr, ebenso wie ihre treue Nathalie von Sternbach, während der Geburt zur Seite gestanden hatte. Mit einem Lächeln legte er ihr den kleinen Jungen in den Arm, und Sophie betrachtete so staunend wie gerührt das winzige Gesichtchen, die zarten Fingerchen und das kleine Mündchen, das an eine Rosenknospe erinnerte. Sacht strich Sophie ihrem Sohn über die unfassbar weiche und unfassbar rosige Wange. »Willkommen auf dieser Welt, kleiner Emmanuel«, sagte sie zärtlich. Dann wandte sie sich fragend an den Arzt. »Ich nehme an, er ist bei bester Gesundheit?«

»Bei allerbester, Hoheit«, versicherte Franz Tappeiner. »Empfehle mich. Ich sehe später noch einmal nach Ihnen.«

»Auch von meiner Seite den herzlichsten Glückwunsch«, sagte Nathalie von Sternbach, als der Arzt das Zimmer verlassen hatte. »Das haben Sie ganz wunderbar gemacht.«

»Danke.« Sophie lächelte ihrer Vertrauten zu. »Wären Sie so freundlich, meinem Mann, meinen Eltern, meinem Schwiegervater und meinen Geschwistern zu telegrafieren?«

»Selbstverständlich«, sagte Nathalie von Sternbach und erhob sich. »Was für eine Freude.«

Als sie gegangen war, blickte Sophie den kleinen Jungen auf ihrem Arm erneut zärtlich an. »Was für ein Wunder du bist«, flüsterte sie. »Und was dein Papa verpasst, dass er nicht die ersten Stunden mit dir erlebt.«

Eigentlich hatte Ferdinand zur Geburt nach Meran eilen wollen, doch der kleine Emmanuel hatte es eilig gehabt, drei Wochen zu früh hatte er das Licht der Welt erblickt. Auch die Kaiserin hatte, anders als geplant, früher abreisen müssen: Schon Ende Dezember war sie nach Wien zurückgekehrt. Doch zur Taufe, so hoffte Sophie, würde Sisi wieder zurück in Meran sein, schließlich war die Schwester, mit der sie in den vergangenen Monaten eine so innige Bindung aufgebaut hatte, eine der beiden Taufpaten für ihren kleinen Sohn. Als zweiten Taufpaten hatte Sophie ihren Vater Max gewinnen können. Auch er würde mit Sicherheit bald anreisen.

Besonders aber freute sich Sophie auf das Gesicht ihrer kleinen Tochter Louise, wenn diese ihr Geschwisterchen das erste Mal erblicken würde. Sie hoffte, dass das Mädchen keine Eifersucht empfand, und nahm sich vor, der Kleinen in den nächsten Wochen besonders viel Aufmerksamkeit zu schenken. Noch durfte Louise allerdings nicht zu Sophie und ihrem neugeborenen Sohn, das hatte der Arzt ausdrücklich verboten. Zu groß sei die Gefahr, dass die Kleine irgendwelche Krankheiten ausbrüte und Mutter oder Kind damit anstecke. Doch Nathalie, die um Sophies Sorgen wusste, hatte versprochen, ein Auge auf die Kleine zu haben und regelmäßig Bericht zu erstatten.

Und das Kindermädchen hatte die Order erhalten, das Mädchen besonders zu verwöhnen.

Zwei Tage war der kleine Emmanuel schon alt, als die Tür aufgerissen wurde und ein vollkommen aufgeregter Ferdinand hereinstürmte. Als er jedoch seine Frau und sein Kind im Bett erblickte, zügelte er seinen stürmischen Schritt, wurde ganz leise und trat vorsichtig an das Bett, von dem aus seine Frau ihm entgegenstrahlte.

»Liebling.« Er küsste sie zärtlich und fragte: »Geht es dir gut? Was sagt der Arzt?«

»Mir geht es ganz wunderbar«, strahlte sie. Und genau so fühlte sie sich auch.

»Ich bin so erleichtert«, gestand er und wandte seinen Blick dann seinem kleinen Sohn zu. »Da bist du ja«, flüsterte er mit unendlicher Zärtlichkeit. »Mein kleiner Junge. Wie wundervoll, dass du auf der Welt bist!«

Dann sah er Sophie an. »Wie klein er ist«, sagte er. »Ich habe gerade Louise begrüßt. Wie riesig sie im Vergleich wirkt.«

»Geht es ihr gut?«, flüsterte Sophie. »Sie darf ja im Augenblick nicht zu mir.«

»Es geht ihr sogar sehr gut!« Ferdinand strahlte. »Dieses Mal hat sie nicht die geringste Scheu vor mir gehabt und ist mir gleich in die Arme gelaufen.«

»Wie wundervoll«, sagte Sophie erleichtert. »Hattest du also nicht das Gefühl, dass sie sich zurückgesetzt fühlt?«

Überrascht sah er sie an. »Zurückgesetzt? Weshalb sollte sie sich zurückgesetzt fühlen?«

»Weil sie nun ein Geschwisterchen hat und deshalb nicht zu mir darf.«

Er runzelte die Stirn. »Das bringt sie, glaube ich, gar nicht in

Verbindung. Sie weiß, dass sie ein Geschwisterchen bekommen hat, und sie weiß, dass du krank bist und dich erholen musst. Das kennt sie ja schon.«

»Ja«, sagte Sophie und dachte bestürzt, dass das nicht das Bild war, das sie ihrer kleinen Tochter vermitteln wollte: eine ständig kranke Mutter. Dann sah sie ihren Mann fragend an. »Möchtest du deinen Sohn auf den Arm nehmen?«

Er zögerte. »Ich würde furchtbar gern«, gestand er dann. »Aber er ist so winzig klein und zerbrechlich. Ich habe Angst, dass ich … etwas … dass ich etwas kaputt mache.«

Sophie lachte. »Das wird nicht passieren«, sagte sie. »Versprochen.«

»Gut, dann wage ich es. Und zur Not bist du ja auch noch da.«

Er beugte sich vor, um den Kleinen entgegenzunehmen.

»Du musst das Köpfchen stützen«, mahnte Sophie, während sie ihren Sohn vorsichtig in die Arme seines Vaters legte. »Das kann er noch nicht alleine halten.«

Ferdinand nickte. »Ja. Daran erinnere ich mich. Und auch daran, wie ich Louise immer gehalten habe. Ich hatte es ganz vergessen, aber jetzt weiß ich es wieder, als ob es gestern gewesen wäre.«

Er bettete Emmanuels winziges Köpfchen ganz vorsichtig in seine Hände, die nebeneinanderlagen und mit denen er eine Art Schale gebildet hatte. Der Körper des Kleinen ruhte auf den Unterarmen seines Vaters, seine Füßchen an dessen Ellbogen.

In diesem Moment öffnete der Kleine die Augen und sah seinen Vater aus ernsten, fragenden Säuglingsaugen ganz still an.

Ferdinand schaute zurück. Ein leises Lächeln lag um seinen Mund. Und Sophie wiederum betrachtete die beiden und fragte sich, wann sie das letzte Mal so rundum glücklich gewesen war.

Teil 3

Frankreich – 1886-1887

Kapitel 37

»Wo gehst du hin?«

Schon in der Tür, drehte Sophie sich gereizt um. »Ich wollte ausreiten.« Im letzten Moment schluckte sie ein patziges »Das siehst du doch« hinunter.

Es war der 8. Juni 1886, und seit sie sich vor mehr als zehn Jahren in der französischen Garnisonsstadt Vincennes südöstlich von Paris niedergelassen hatten, war ihr eigentlich so gütiger Schwiegervater ein anderer geworden. Er verfolgte sie auf Schritt und Tritt, und manchmal hatte Sophie das Gefühl, als wachte er über jeden Atemzug ihres Lebens.

»Du musst ihn verstehen«, bat Ferdinand, dem sie immer wieder ihr Leid klagte. »Er ist der Sohn des ehemaligen französischen Königs, und nun ist er nicht mehr im Exil. Hier in Frankreich will er herrschen – und er kann es nicht mehr.«

»Ach, und weil sein Volk ihm nicht mehr untertan ist, hat er sich nun seine Schwiegertochter ausgesucht, um über sie zu herrschen?«

»Er meint es nur gut«, beteuerte Ferdinand. »Und er weiß um deine Angst und teilt sie vielleicht auch. Er will dich nur beschützen.«

Sophies Angst aber hatte sich inzwischen aufgelöst. Zwar begegneten ihr die Bewohner der etwa sechstausend Einwohner zählenden Garnisonsstadt immer noch mit einiger Zurückhaltung, aber dadurch, dass das Regiment ihres Gatten, dem er nach seiner Rückkehr nach Frankreich endlich hatte beitreten dürfen, hier stationiert war, hatten sie durchaus einige Kontakte. Außerdem lebten ihre beiden Schwägerinnen Blanche und Marguerite nicht weit von ihr entfernt. Blanche residierte mit ihrem Vater in einem prachtvollen Haus in der Avenue du Bois de Boulogne, und Marguerite hatte endlich ihr Glück gefunden. Recht schnell nach ihrer Ankunft hatte sie sich unsterblich in einen zwanzig Jahre älteren polnischen Emigranten verliebt – der allerdings nicht irgendwer war: Fürst Władysław Czartoryski war in erster Ehe mit Maria Amparo Muñoz, der Tochter der spanischen Königin, verheiratet gewesen. Mit ihm residierte Marguerite im mondänen Hôtel Lambert auf der Île Saint-Louis, einer Flussinsel der Seine im Zentrum von Paris, das zwischen den Stadtvierteln Marais, Quartier Latin und der Île de la Cité lag. Sophie wusste, dass ihr Schwager auch politisch aktiv war und eine führende Rolle bei den polnischen Emigranten innehatte. Ihre eigenen Schwestern Marie und Mathilde lebten mit ihren Familien inzwischen ebenfalls in Paris, und natürlich war auch Onkel Henri zurückgekehrt und hatte sein Schloss wieder aufgebaut. Über Einsamkeit und das Gefühl, ausgeschlossen zu sein, konnte Sophie also ganz und gar nicht klagen. Im Gegenteil war es so, dass sie sich manchmal, wie zum Beispiel jetzt, nach Einsamkeit sehnte. Denn ihr Schwiegervater hatte ihr eine Entourage zusammengestellt, die sie auf Schritt und Tritt verfolgte – wie eine persönliche Leibgarde, dachte sie manchmal bitter. Besonders diese Lucile Roverolis de Rigault de Saint-Aubin ging ihr dabei furchtbar auf die Nerven: Ihr Schwiegervater bestand darauf, dass sie ohne sie nicht das Haus verlassen sollte. Und sie wusste, dass ihm alles, was sie tat, sofort berichtet wurde.

»Ich könnte dich begleiten«, sagte ihr Schwiegervater nun in ihre finsteren Gedanken hinein. Sie wusste, dass sie ihn nicht abschütteln konnte, aber der Gedanke daran, gemeinsam mit ihm ausreiten zu müssen, verdarb ihr die Laune.

Seufzend legte sie den Handrücken an die Stirn. »Ach, ich glaube, das war doch keine so gute Idee«, seufzte sie. »Ich fühle mich ganz schwach.«

»Sophie! Liebes!«, sagte der stets sehr um die Gesundheit seiner Schwiegertochter besorgte Herzog. »Soll ich nach einem Arzt schicken?«

Sie schüttelte den Kopf. »Nein, ich muss nur ein wenig ruhen, dann geht es schon wieder.«

»Gut. Dann gehe ich mal wieder nach Hause. Ich wollte nur nach dir sehen.«

»Das ist lieb von dir«, erwiderte Sophie, von dem Anflug eines schlechten Gewissens geplagt.

Sie sah ihm nach, wie er das Haus verließ und in die Kutsche stieg, wartete dann noch eine Weile ab, und da sich zu ihrer großen Erleichterung auch Mademoiselle de Saint-Aubin nicht blicken ließ, schlich sie sich erneut hinaus und zu den hinter dem Haus gelegenen Ställen. Beim Näherkommen roch sie schon den vertrauten Duft von Stroh, Heu, Pferden – und Freiheit.

Als sie die Stalltür öffnete, senkte der Stallbursche ehrerbietig den Kopf. »Soll ich Chérie für Sie satteln, Hoheit?«

»Nein danke, Francois, das übernehme ich selbst«, erwiderte Sophie. »Aber einen Gefallen könntest du mir tun?«

»Jeden, Hoheit.«

»Verrate mich nicht. Sag niemandem, dass ich heute ausgeritten bin. Du weißt doch, sie lassen mich nicht gern allein reiten. Aber manchmal brauche ich einfach meine Freiheit.«

Der Stallbursche zögerte. Es war ihm offenbar nicht recht, Mitwisser zu sein – und vermutlich fürchtete er, dass man ihm die Schuld geben würde, wenn ihr etwas zustieße. Doch dann breitete sich ein Lächeln auf seinem Gesicht aus. »Das kann ich gut verstehen, Hoheit. Von mir erfährt keiner was.«

»Danke, Francois.«

Sophie schenkte ihm ein leises Lächeln, dann verschwand sie in der Box ihres geliebten Rappen, um ihn für den lang ersehnten Ausritt vorzubereiten.

Als sie nach zwei Stunden mit glühenden Wangen und strahlenden Augen zurückkehrte, wurde sie von ihrer aufgeregten Gesellschafterin bereits in der Eingangshalle erwartet. »Wo waren Sie nur, Hoheit?«, rief sie. »Ich war außer mir vor Sorge.«

»Ausreiten«, erwiderte Sophie knapp.

»Aber Ihr Schwiegervater… er sagte mir, Ihnen sei nicht wohl.«

»Mir ging es dann wieder besser.« Sophie hatte Mühe, sich ihre Gereiztheit nicht allzu deutlich anmerken zu lassen. »Wäre das dann alles?«

»Es ist nur… Ihre Schwester wartet im Salon. Es ist etwas Schreckliches geschehen.«

»Marie oder Mathilde?«, fragte Sophie alarmiert. Hastig nahm sie ihren Hut ab, um ihn einem herbeieilenden Diener zu reichen.

»Herzogin Mathilde.«

»Warum sagen Sie das denn nicht gleich!«,

Wie sie war, in Reitkleidung und Pantoffeln – die Stiefel hatte sie am Eingang zurückgelassen, damit die Dienerschaft sie säubern konnte –, eilte sie nach unten in den großen Salon, wo sie eine vollkommen verweinte Mathilde vorfand. Neben ihr saß deren zwanzigjährige Tochter Mädi und starrte vor sich hin, als befände sie sich irgendwo in einer anderen Welt, ganz weit entfernt.

»Aber was um alles in der Welt ist denn geschehen?«, rief Sophie, stürzte auf die beiden zu, ging vor dem Sofa, auf dem sie saßen, in die Knie und nahm je eine Hand ihrer Nichte und ihrer Schwester.

Mädis Hand lag wie tot in der ihren, Mathildes zitterte.

»Wir haben ihn gefunden … er ist …« Mathilde war offenbar nicht in der Lage, weiterzusprechen, und brach in Tränen aus.

»Wen habt ihr gefunden?«, rief Sophie. »Was um Gottes willen ist denn nur geschehen?«

»Luigi!«, flüsterte Mathilde. »Er hat sich … er ist …«

Es dauerte eine Weile, bis Sophie ihrer Schwester die ganze Geschichte entlockt hatte: Mathildes Ehemann, von dem sie bereits seit einer ganzen Weile getrennt lebte, hatte sich nach ihrer Trennung voll und ganz dem Alkohol hingegeben und war regelrecht verfallen. Vor zwei Tagen, berichtete Mathilde unter Schluchzen, habe er sie dann zu sich bestellt. Sie sei zu Tode erschrocken, Luigi sei nur noch ein Schatten seiner selbst gewesen. Er habe sie angefleht, zu ihm zurückzukehren. »Doch ich bin hart geblieben und habe ihm gesagt, dass es für mich kein Zurück mehr gibt. Und dass ich ihn genau aus diesem Grund verlassen habe. Immer nur der Alkohol und eine Frau nach der anderen.«

Sophies Blick zuckte zu Mädi hinüber, denn sie dachte, dass diese Erinnerung ihrer Mutter sicherlich nicht das war, was der jungen Frau in diesem Moment half. Selbst wenn sie vor sich hin blickte, als würde sie gar nichts mitbekommen, war Sophie sich doch sicher, dass Mädi jedes Wort registrierte. Wenn doch nur ihre treue Nathalie von Sternbach jetzt bei ihr wäre, die könnte sich um Mädi kümmern. Ihrer jetzigen intriganten Hofdame konnte sie die offenbar traumatisierte junge Frau nicht anvertrauen, und ihre eigene Tochter Louise war mit ihren sechzehn Jahren viel zu jung, um sich der Cousine anzunehmen.

»Ich bin schuld an seinem Tod. Wenn ich zu ihm zurückgekehrt wäre – vielleicht hätte ich ihn retten können.«

»Das ist Unsinn, Mathilde, und das weißt du auch. Er hat ja schon während eurer Ehe getrunken.«

»Aber er hat mich angefleht, ihn zu retten, und ich habe ihm diese Rettung verweigert.«

»Hör mir zu.« Sophie, die noch immer vor ihrer Schwester und ihrer Nichte kniete, ließ Mädis Hand los und griff nun auch nach der anderen Hand ihrer Schwester. Sie betonte jedes einzelne Wort, als sie sagte: »Du trägst keine Verantwortung. Weder für Luigis Leben noch für seinen Tod.«

»Aber Maries Ehe war auch gescheitert, und sie haben es geschafft«, klagte sich ihre Schwester unermüdlich weiter an.

»Ja, Marie schon«, sagte Sophie leise. »Wissen die beiden es bereits?«

Immerhin war Maries Ehemann der Halbbruder des Toten.

»Nein!«, flüsterte Mathilde. »Ich habe es noch nicht gewagt. Wir haben ihn ja auch gerade erst gefunden.«

Sie brach wieder in Tränen aus.

»Bitte beruhige dich«, sagte Sophie. »Ich bin ja bei dir. Aber Mathilde, wir müssen auch noch die Gendarmerie informieren, und …«

»Wieso müsst ihr die Gendarmerie informieren?«, fragte da eine vertraute Stimme von der Tür her. Ferdinand.

Sophie sprang auf, eilte auf ihren Mann zu und fiel ihm um den Hals. Es gab niemanden, über dessen Anblick sie sich in diesem Moment mehr hätte freuen können als über den ihres Gemahls. Er war mehrere Wochen mit seinem Regiment unterwegs gewesen und noch in Uniform.

Flüsternd setzte sie Ferdinand über die Ereignisse in Kenntnis, er sah sie schockiert an. Dann fügte sie hinzu: »Ich schlage vor, dass ich Mädi und Mathilde zu Marie begleite …«

»… und ich kümmere mich hier um alles Weitere und mache Meldung«, vervollständigte Ferdinand ihren Satz. Dann ließ er sie los, um Mathilde und Mädi zu kondolieren. Gerührt betrachtete Sophie ihren Mann von der Seite. Was für ein Glück sie doch hatte!

Kapitel 38

Sophie war vollkommen erschöpft, als sie sich sechs Tage nach dem Tod ihres Schwagers, am 14. Juni 1886, zum Frühstück hinunterbegab. Nach wie vor nahm sie es, sofern ihr Gatte nicht unterwegs war, gemeinsam mit Ferdinand ein. Auch Louise und Emmanuel frühstückten mit ihnen, bevor ihr Unterricht begann. »Wie geht es dir, Mama?«, fragte Louise anteilnehmend und legte ihre Hand auf Sophies.

Sie lächelte ihrer Ältesten dankbar zu. »Es ging mir schon mal wesentlich besser.«

»Was ja nichts Neues ist«, brummte der vierzehnjährige Emmanuel. »Die Frau Mama kränkelt doch recht häufig.«

»So sprichst du nicht mit deiner Mutter!«, schaltete sich Ferdinand sofort ein und sah seinen Sohn streng an. »Entschuldige dich.«

»Entschuldigung«, sagte Emmanuel und klang dabei keineswegs reumütig, sondern eher provokant.

Sophie seufzte. Ihre beiden Kinder waren schon von Anfang an sehr unterschiedlich gewesen. Die freundliche und sanfte Louise hatte ihnen nie Kummer bereitet, sie war stets ausgeglichen, fröhlich und höflich gegenüber jedermann. Emmanuel hingegen war schon von Anbeginn ein kleiner Rebell gewesen, der immer seinen Kopf durchsetzen musste und obendrein faul war. Ständig musste man ihn antreiben. Die Lehrer verzweifelten an ihm, mehr als einer hatte wegen des störrischen Knaben gekündigt.

Dabei hatte sich vor allem Ferdinand so sehr um ihn gekümmert und jedes Jahr eine ausgedehnte Reise allein mit ihm unternommen. Doch nichts hatte geholfen, Emmanuels Verhalten verschlimmerte sich mit den Jahren eher, sodass Sophie und Ferdinand nun beschlossen hatten, ihn in ein Internat zu schicken. Seit Emmanuel davon Kenntnis hatte, war er noch sturer als sonst. Er hatte seinen verzweifelten und überforderten Eltern lauthals angekündigt, dafür zu sorgen, dass man ihn dort wieder hinauswerfen werde.

In diesem Moment öffnete sich die Tür, und einer der Diener kam herein. »Ein Telegramm aus Possenhofen, Hoheiten.«

Sophie winkte ihn zu sich. Vermutlich eine Nachricht ihrer Schwester Sisi, die derzeit in der alten Heimat weilte und sie wissen lassen wollte, dass sie heute bei der Bestattung ihres Schwagers in Gedanken bei ihnen sein würde. Ferdinand hatte entgegen seines ursprünglichen Vorhabens keine Meldung bei der Gendarmerie erstattet, da ihm klar geworden war, dass ein Selbstmörder keinen Anspruch auf eine Bestattung auf einem Friedhof gehabt und er der Familie damit sehr geschadet hätte. Der eilends hinzugerufene Arzt hatte Tod durch Herzversagen bescheinigt.

Im nächsten Moment schrie Sophie leise auf.

»Was?«, fragte Ferdinand alarmiert. »Ist etwas geschehen?«

Doch Sophie starrte ihn nur aus weit aufgerissenen Augen an. Und sagte gar nichts.

Stirnrunzelnd griff Ferdinand nach dem Telegramm und las

die wenigen Zeilen. »König Ludwig ist tot? Das gibt es doch nicht!«

»Großcousin Ludwig? Nein!«, rief Louise und brach in Tränen aus.

»Was heulst du denn so herum?«, fragte Emmanuel unbarmherzig und schob sich einen Löffel Rührei in den Mund. »Du kanntest ihn doch gar nicht.«

»Du bist jetzt sofort still«, herrschte Ferdinand seinen Sohn an. »Man spricht nicht mit vollem Mund. Hast du eigentlich gar keine Manieren?«

»Ihr hättet sie mir ja beibringen können.« Emmanuel erhob sich und schlurfte aus dem Zimmer. Ferdinand sah zwischen der Tür, seiner Frau und seiner Tochter hin und her, offenbar war er sich für einen Moment nicht sicher, ob er seinen Jüngsten zur Ordnung rufen oder besser Frau und Tochter trösten sollte, entschied sich dann jedoch für Letzteres.

»Charlotte!« Ferdinand nahm Sophies Hand. »Es tut mir so leid.«

»Er ist im See ertrunken«, sagte Sophie tonlos. Sie war überrascht, wie sehr sie sein Tod schmerzte nach allem, was zwischen ihnen schiefgegangen war. Aber es war, als wäre die lange Zeit, in der sie keinen Kontakt mehr gepflegt hatten, wie ausgelöscht und als wären all die unschönen Dinge nicht geschehen. Als wäre es erst gestern gewesen, dass Ludwig über den See gerudert kam und rief: »Sophie! Ich habe die Offenbarung erlebt.«

Und nun war er ertrunken. In dem See, den er so liebte. »Das kann doch gar nicht sein«, flüsterte sie voller Grauen.

Dann starrte sie wieder vor sich hin und bekam nur ganz am Rande mit, dass Ferdinand nun alles versuchte, um seine aufgelöste Tochter zu trösten. Plötzlich musste sie an Mädi denken,

Mädi, die bei der Nachricht vom Tod ihres Vaters auch keine Tränen gehabt, sondern nur wie erstarrt dagesessen hatte. Ob sie sich auch so sehr danach gesehnt hatte, weinen zu können, wie jetzt Sophie? Der Schmerz fühlte sich an wie ein schreckliches, alles vernichtendes Feuer, das in ihrem Innern wütete. Tränen, dachte Sophie, wären vielleicht das Wasser, das dieses Feuer löschen oder doch zumindest lindern könnte!

Wasser! Das Element, das Ludwig das Leben gekostet hatte. Wie es wohl war, zu ertrinken? Hatte er Angst gehabt? Schmerzen gelitten? Ganz deutlich sah sie ihn vor sich, Ludwig, ihren lieben, treuen und fantasievollen Freund aus Kindertagen, der dann am Ende versucht hatte, sie zu lieben, und damit gescheitert war. Sie sah ihn aber nicht in glücklichen Tagen, sondern in seinen grausamen letzten Stunden, als er im Würmsee verzweifelt um sein Leben rang. Trocken schluchzte sie auf. Wie von ferne drang die Stimme ihres Mannes in ihr Bewusstsein: »Charlotte!«

***

Ihre Trauer war so abgrundtief, dass sie ihrem Körper auch noch das letzte bisschen Kraft entzog. Sie wusste nicht, wie sie ins Bett gekommen war – vermutlich hatte Ferdinand sie heraufgebracht, sie vermochte im Nachhinein auch nicht zu sagen, ob sie schlief oder wachte. Sie verweigerte jegliches Essen, nur ab und an konnte Ferdinand, der nur selten von ihrer Seite wich, sie dazu bringen, wenigstens einen Schluck Wasser zu sich zu nehmen.

Es war Marie, die Sophie schließlich wieder in die Gegenwart zurückholte. Zwei Tage, nachdem die Nachricht von Ludwigs Tod eingegangen war, stand sie plötzlich in Sophies Schlafzimmer, riss die Vorhänge auf, die seit der schrecklichen Botschaft stets zugezogen gewesen waren, setzte sich auf den Sessel neben Sophies Bett und zwang ihre kleine Schwester, sie anzusehen.

»Hör zu, Sophie«, sagte sie fest. »Ich kann deine Trauer verstehen. Aber du darfst dich ihr nicht so hingeben.«

»Kannst *du* nicht für Mathilde und Mädi da sein?«, bat Sophie leise. »Ich schaffe das im Moment einfach nicht.«

»Natürlich bin ich für die beiden da«, versicherte Marie. »Ebenso wie für meinen Mann, der sehr um seinen Bruder trauert. Aber um sie geht es hier gerade gar nicht.«

»Um wen geht es dann?«, begehrte Sophie zu wissen.

»Um deinen Mann.«

Die Antwort verblüffte Sophie so sehr, dass sie ihre Trauer vergaß und sich überrascht im Bett aufsetzte. »Um Ferdinand?«

»Ich wüsste nicht, dass du noch einen anderen hättest«, sagte ihre Schwester mit trockenem Humor.

»Was ist mit Ferdinand?«

»Er wird mir böse sein, dass ich dir das sage, denn er meint, wir sollten dich schonen, aber ich finde das nicht richtig.«

»Nun sag doch endlich!«, drängte Sophie in höchster Sorge. »Was in aller Welt ist denn nur geschehen?«

»Es ist ein neues Gesetz erlassen worden«, sagte Marie.

»Ein neues Gesetz?«

»Ja, es …« Marie nestelte mit den Händen an ihrem Kleid herum, dann sah sie ihre Schwester an und stieß hervor: »Familienmitglieder der ehemaligen Könige dürfen keine öffentlichen Ämter mehr bekleiden, und viele werden auch aus der Armee ausgeschlossen.«

»Was?«, entfuhr es Sophie entsetzt. »Ferdinand muss durch die Hölle gehen. Es war ihm immer so wichtig, endlich in der französischen Armee dienen zu dürfen.«

»Das ist leider noch nicht alles«, sagte Marie. »Die Oberhäupter der einst regierenden Familien Bonaparte und Orleans sollen ausgewiesen werden.«

»Aber wir sind doch gar nicht die Oberhäupter, sondern …«

»… das sind der Graf von Paris und sein Sohn, ich weiß. Aber dein Mann und dein Schwiegervater haben sich entschieden, mit ihnen zu gehen.«

»Aber warum denn?«

»Aus Solidarität«, sagte da eine Stimme von der Tür her. Ferdinand. »Wenn einem die Heimat genommen wird, die Familie aber zusammenbleibt, dann ist es leichter. Denn sosehr ich mein Land auch liebe, eines habe ich im Exil gelernt: Heimat ist da, wo die Familie ist.«

Sophie nickte. Sie konnte ihren Mann verstehen.

Da bemerkte sie, dass Marie sich erhoben hatte und ihren Schwager entschuldigend ansah.

»Bist du mir böse?«, fragte sie bang.

»Eigentlich müsste ich es sein«, erwiderte er. »Aber erstaunlicherweise bin ich es nicht. Ich bin einfach nur froh, dass sie es weiß.«

»Dann lasse ich euch mal allein.« Marie nickte noch einmal zum Abschied und war verschwunden.

Ferdinand setzte sich ans Bett und nahm Sophies Hand.

»Warum hast du mir denn nichts gesagt?«, fragte sie vorwurfsvoll.

»Ich wollte dich nicht auch noch damit belasten«, erklärte er. »Und irgendwie …«

»Und irgendwie was?«

»Nun, das sind ja geradezu lächerliche Sorgen im Vergleich zu dem, was du momentan durchmachst.«

»Nein«, widersprach sie. »Nein, das sind keine lächerlichen Sorgen. Es tut mir leid, dass ich nicht für dich da war.«

Er lächelte. »Verständlich. Und jetzt bist du es ja.«

»Wie schnell müssen wir gehen?«

»So schnell wie möglich.«

»Ich würde gerne nach Bayern fahren«, erklärte Sophie. »Abschied von Ludwig nehmen. Auch wenn wir uns so lange nicht gesehen haben und es am Schluss zwischen uns so schlecht stand – der Tod hebelt das alles aus.«

»Das verstehe ich, und ich hätte dich gerne begleitet, aber so, wie die Dinge liegen …«

»So, wie die Dinge liegen, musst du hierbleiben, unseren Haushalt auflösen und unseren Umzug nach wohin auch immer organisieren«, vollendete Sophie seinen Satz.

Er nickte traurig. »Es bleibt mir wohl nichts anderes übrig. Und als *Wohin auch immer* schlage ich zunächst einmal England vor. Ich weiß, dass dir das Klima nicht gut bekommt, aber die Gegend ist uns vertraut, und es wäre erst mal ein guter Anlaufpunkt. Ich würde dort auch gern ein Internat für Emmanuel suchen.«

»Ja«, sagte sie, restlos überfordert. »Dann werde ich mich jetzt aus dem Bett quälen und meine persönlichen Dinge ordnen. Denn wenn ich mich auf den Weg nach Bayern mache, wird das ja wohl ein Abschied für immer sein.«

»Aber du wirst die Beerdigung verpassen«, wandte Ferdinand ein, doch Sophie zuckte nur die Achseln. »An der habe ich gar kein Interesse«, sagte sie. »Mir geht es um einen stillen Abschied von Ludwig.«

Als Ferdinand gegangen war, setzte sie sich zum ersten Mal seit Ludwigs Tod wieder ans Klavier. Zaghaft legte sie die Finger auf die Tasten. Fast hatte sie sogar ein wenig Angst zu spielen, die Musik – und besonders Wagner – war immer ein Teil von Ludwig gewesen. Wie hatte er in jungen Jahren zu ihr gesagt? Wenn Wagner von dieser Welt scheide, dann wolle er auch für immer gehen? Wagner jedoch war seit drei Jahren tot, im Februar 1883 war er in Venedig an Herzkrämpfen gestorben. Wie musste Ludwig damals gelitten haben!

Und plötzlich wusste Sophie, was sie zu tun hatte: Sie atmete einmal tief durch, und dann spielte sie den Trauermarsch aus Wagners *Götterdämmerung*. Für Ludwig.

Kapitel 39

Sophie war immer noch wie betäubt, als sie zwei Wochen nach Ludwigs Tod, am 27. Juni 1886, endlich in ihrer alten Heimat eintraf, nachdem sie ihrer neuen – Paris – für immer den Rücken gekehrt hatte. Die Reise war lang und anstrengend gewesen, zumal sie auch die vollkommen aufgelöste Louise trösten musste: Neben dem Tod ihres Großcousins, der sie, wenngleich sie ihn nicht gekannt hatte, schwer erschütterte, hatte Louise ja auch ihre Heimat verloren und sich zudem von ihrem langjährigen Kindermädchen verabschieden müssen. Das hätte ihr fast das Herz gebrochen. Sophie versuchte, für sie da zu sein, so gut sie konnte, war aber viel zu sehr in ihrer eigenen Trauer gefangen, als dass sie ihrer Tochter wirklich eine Stütze hätte sein können.

Draußen veränderte sich die Landschaft. Wurde vertrauter. Sophie war wieder in Bayern. Ihrer Heimat. Einem Land, das Trauer trug. Auf Höhe von München bog die Kutsche, die bisher immerzu in Richtung Osten gefahren war, nach Süden ab, und bald konnte Sophie den Würmsee erkennen. Den See ihrer Kindheit. Den See, an dem sie so viele glückliche und unbeschwerte Stunden verbracht hatte. Den See, in dem Ludwig ertrunken war.

In Possenhofen eilte ihnen bereits Sisi entgegen und schloss Sophie, kaum dass diese ausgestiegen war, in ihre Arme. Marie Valérie, Sisis älteste Tochter und eine enge Vertraute von Louise, war ihr auf dem Fuß gefolgt und drückte ihrerseits ihre Freundin und Cousine an sich, die sofort in Tränen ausbrach.

»Nun kommt erst mal herein«, sagte Sisi besorgt. »Ihr seid sicher ganz erschöpft, und Mutter möchte dich auch begrüßen.«

Doch Sophie schüttelte den Kopf. »Offen gestanden möchte ich mir nach der langen Kutschfahrt erst einmal die Beine vertreten – und erfahren, was genau eigentlich passiert ist.«

Ein Schatten flog über Sisis Gesicht. »Bist du sicher, dass dir das nicht zu viel wird?«, erkundigte sie sich.

»Ganz sicher«, bestätigte Sophie. Sie wandte sich zu ihrer Tochter um, doch diese war bereits mit Valérie in Richtung der Ställe verschwunden.

Beinahe automatisch wollte Sisi den alten, vertrauten Weg am See einschlagen, aber Sophie wehrte ab. »Nicht«, bat sie. »Ich kann den See im Moment nicht ertragen. Lass uns in die andere Richtung gehen.«

Sisi gab sofort nach. »Gut, dann marschieren wir einfach querfeldein.«

»Bitte sag mir genau, was geschehen ist«, bat Sophie bereits nach wenigen Metern. »Ich muss alles wissen.«

Sisi seufzte. »Dazu muss ich wohl etwas weiter ausholen«, sagte sie. »Wie du weißt, hatte sich Ludwig ja in den letzten Jahren immer mehr zurückgezogen.«

»Kein Wunder«, murmelte Sophie. »Er hat die Öffentlichkeit doch schon immer gehasst.«

»Ja, aber es nahm doch sehr extreme Züge an. Seit etwa drei Jahren schlief er nachts nicht mehr, dafür aber tagsüber. Er verlegte sein ganzes Leben auf die Nacht. Und er ließ sich gehen. Er aß fast nur noch Süßes, vernachlässigte aber die Zahnpflege, sodass ihm die Zähne ausfielen und er immer fülliger wurde.«

Sophie stockte der Atem. Ihr einst so verträumter und schöner Ludwig ein zahnloser, übergewichtiger Mann, der die Nacht zum Tage machte?

»Seine Sucht nach großartigen Bauten wurde immer stärker, und auch seine Schulden wuchsen immer mehr. Was niemand ihm anrechnet, ist, dass er neben seinen Märchenschlössern auch viele Wohnhäuser und Brücken baute, die allen zugutekamen.« Sisis Stimme war ganz leise geworden, sie flüsterte nur noch, als sie sagte: »Er forderte immer mehr Geld vom Kabinett, aber sie haben ihm keins mehr gegeben. Stattdessen ...«

»Stattdessen was, Sisi!« Sophie war stehen geblieben, hatte ihre Schwester beim Arm gepackt und zwang sie, sie anzusehen. »Was ist geschehen?«

»Sie haben ihn entmündigt. Und zwar am Tag von Luigis Tod.«

Sophie lief ein Schauer über den Rücken. »Wie konnten sie nur!«, zischte sie.

»Sie stützten sich auf ein Gutachten, nach dem Ludwig seelengestört sei«, fuhr Sisi fort, der nun die Tränen über die Wangen liefen. »Einer der Ärzte, die diese Störung diagnostizierten, ist Bernhard von Gudden. Und der, Sophie, der ist nun auch tot.«

»Er ist auch tot?«, entfuhr es Sophie. »Aber ...«

»Man fand ihn neben Ludwig im See.«

»Aber ...« Um Sophie drehte sich alles, sie vermochte keinen klaren Gedanken mehr zu fassen. Wie hing das alles nur zusammen? Ächzend sank sie auf einen Baumstamm und barg das Gesicht in den Händen. Sisi ließ sich neben ihr nieder und lehnte den Kopf an ihre Schulter. Eine Weile saßen die Schwestern so und starrten hinab auf den See, der in einiger Entfernung schimmerte.

»Bitte erzähl weiter«, sagte Sophie dann. »Was ist nach der Entmündigung geschehen?«

»In der Nacht nach seiner Entmündigung durch die Regierung kamen elf Mann nach Neuschwanstein. Unter ihnen befanden sich Außenminister Friedrich Krafft von Crailsheim, der ehemalige Oberstallmeister Maximilian Karl Theodor von Holnstein, Dr. von Gudden und Dr. Müller. Ludwig war gewarnt worden, denn er rief die Füssener Gendarmerie, die das Tor von Neuschwanstein sicherte. Ludwig ließ die Kommission verhaften und im Torbau von Neuschwanstein einsperren, doch man ließ sie ohne Ludwigs Wissen wieder frei. Luitpold übernahm als Prinzregent die Regierungsverantwortung, und dann kehrte die Kommission zurück. Bernhard von Gudden erklärte Ludwig, man halte ihn für unzurechnungsfähig und nehme ihn jetzt in Gewahrsam. Diesmal wehrte er sich nicht.«

Sophie schluckte. »Mein armer Ludwig«, flüsterte sie. »Er war ihnen völlig ausgeliefert.«

»Ja, das war er wohl«, bestätigte Sisi traurig. »Sie brachten ihn dann mitten in der Nacht nach Schloss Berg, und am darauffolgenden Morgen ging Gudden mit ihm im Schlosspark spazieren. Zwei Pfleger begleiteten sie. Am Abend bat Ludwig Gudden um einen weiteren Spaziergang, im Gegensatz zu vorher sollten die Pfleger wohl nicht mitkommen. Als die beiden nach zwei Stunden noch nicht wieder zurück waren, vermutete man zunächst, sie hätten sich wegen des strömenden Regens irgendwo untergestellt. Doch schließlich schickte man Gendarmen aus, um sie zu suchen. Wieder zwei Stunden später entdeckte ein Hofoffiziant Ludwigs Überrock und Leibrock, die auf dem Wasser trieben. Und dann fand man Ludwig und von Gudden im Wasser.«

»Was war denn geschehen?«, flüsterte Sophie.

»So genau weiß das niemand«, sagte Sisi. »Angeblich wollte Ludwig sich das Leben nehmen, und von Gudden wollte ihn daran hindern. Darauf deuten auch Kratz- und Würgemale an von Guddens Hals hin. Es kam wohl zu einem Kampf zwischen den beiden Männern.«

»Aber wieso ist von Gudden denn dann tot? Das würde ja bedeuten … er hätte erst ihn und dann sich selbst umgebracht? Das glaube ich nicht. Ludwig konnte keiner Fliege etwas zuleide tun.«

»Ich glaube es auch nicht«, sagte Sisi. »Aber vielleicht sind sie bei dem Kampf beide unter Wasser geraten und ertrunken.«

»Aber es ist dort doch so seicht …«

»Vielleicht hat er von Gudden auch niedergeschlagen, um zu fliehen, und dann sind sie beide ertrunken. Liebes, wir werden hier und heute keine Antworten finden.«

»Nein, das werden wir nicht«, sagte Sophie. »Ich frage mich jedoch, Sisi … wenn wir beide, er und ich, geheiratet hätten, würde er dann noch leben?«

Und in diesem Moment wurde ihr bewusst, dass ihre Schwester Mathilde ihr am Tag nach dem Tod ihres Mannes genau die gleiche Frage gestellt hatte.

Plötzlich merkte Sophie, dass Sisi offenbar noch etwas auf dem Herzen hatte. »Was ist denn?«, fragte sie. »Was?«

»Ach, es ist nichts!«, wehrte Sisi ab.

Doch Sophie kannte ihre Schwester. »Nun sag schon«, drängte sie.

»Ach, Sophie«, flüsterte Sisi und brach auf einmal in Tränen aus. »Ich träume jede Nacht von ihm.«

»Von Ludwig?«

Sisi nickte. »Es beginnt stets mit einem Geräusch. Einem leisen Wassergurgeln. Und dann bin ich selbst diejenige, die ertrinkt. Ich röchle und kämpfe um mein Leben. Doch immer kann ich mich retten, mit letzter Kraft schaffe ich es, mich aufzurichten, und bin auf einmal wieder frei. Und dann kommt Ludwig herein, er ist klatschnass, das Wasser rinnt von seiner Kleidung und bildet Lachen auf dem Boden. Sein Gesicht ist ganz weiß, das Haar klebt platt und nass an seinem Kopf.«

»O Gott«, flüsterte Sophie. »Das träumst du *jede Nacht?*«

»Ja«, brachte Sisi hervor. »Und manchmal sagt er noch etwas. Und ich glaube, dass es dich betrifft.«

Aufgeregt packte Sophie die Hand ihrer Schwester. »Was denn?«, fragte sie. »Hat er mir verziehen?«

»Er hatte dir nichts zu verzeihen«, sagte Sisi. »Er ist es doch, der sich unmöglich verhalten hat. Nein, er hat Angst um dich.«

»Angst?«, fragte Sophie. »Weshalb?«

»Ich bin nicht wirklich sicher, ob er dich meint«, schränkte Sisi ein. »Aber er hat Angst, dass diese Frau, von der er spricht, verbrennt, und er sagt mir, es gehe um eine Frau, die ihn geliebt hat. Und er ergänzt: *Bis ihr Geschick sich erfüllt, werde ich nicht frei sein. Doch nachher wirst du uns begegnen, und wir drei werden glücklich sein im Paradies.*«

Bei Sisis Worten überlief Sophie ein Schauer. Mit aller Kraft schüttelte sie das Gefühl drohenden Unheils ab. Dann sagte sie: »Ach, was man eben für einen Unsinn träumt.«

Doch beim Blick in Sisis Gesicht wurde ihr klar, dass sie weder ihre Schwester noch sich mit diesen Worten zu beruhigen vermochte.

Kapitel 40

Ludwig!«

»Sophie! Hier hinten bin ich! Sophiiiiieeee!«

Keuchend kniff Sophie die Augen zusammen. Es war stockdunkel, obendrein ging ununterbrochen ein schauderhafter Nieselregen auf sie nieder. Sie fror, wie sie noch nie zuvor in ihrem Leben gefroren hatte. Und über dem See lag so ein seltsamer Nebel. Sie konnte nichts erkennen, wusste nicht, wohin sie rennen musste, um ihn zu retten.

Da erklang wieder seine Stimme. »Sophiiiiieee! Rette mich!«

»Ich komme!«, schrie sie und hastete vollständig bekleidet in den See, in dem sie als Kind so oft vergnügt getobt hatte. Wie schwer das Wasser war. Es zerrte an ihren Kleidern, wollte ihren Körper nach unten ziehen. Und es war so kalt! Es war eigentlich gar kein Wasser mehr. Es war Eis. Flüssiges Eis! Und sie hatte Ludwig immer noch nicht gefunden.

»Luuuuuuuuddddwiiiiigggg!«

»Beruhigen Sie sich, Hoheit, Sie haben geträumt.« Eine Dienerin war, von Sophies Schreien aufgeschreckt, herbeigeeilt. Im nächsten Moment hörte Sophie sie erschrocken rufen: »O du lieber Himmel, Hoheit glühen vor Fieber!«

Das Mädchen stürzte davon und war wenig später mit Herzogin Ludovika zurück, die besorgt die Stirn ihrer Tochter fühlte. »Rufen Sie einen Arzt«, wies sie das Mädchen an. »Er soll sich beeilen.«

»Sehr wohl, Hoheit.«

»Meine Ohren, Mama«, stöhnte Sophie.

»Was ist mit deinen Ohren?«, fragte die Herzogin alarmiert.

»Sie tun so schrecklich weh.«

Ludovika strich ihr das Haar aus der Stirn. »Es wird dir bald wieder besser gehen. Schon immer hast du auf Kummer mit Krankheit reagiert.«

Sophie wollte hoffnungsvoll nicken, aber dazu war sie zu schwach.

Professor Dr. Hugo von Ziemssen, der kurz darauf das Zimmer betrat, diagnostizierte Scharlach und Diphtherie. »Haben Sie eine Idee, wo Sie sich angesteckt haben könnten?«, erkundigte sich der Mediziner.

»In Paris gab es in den letzten Wochen eine Scharlachepidemie«, flüsterte Sophie und bemühte sich um ein Lächeln. »Und ich war noch ganz stolz, dass ich das so gut überstanden hatte.«

Professor Hugo von Ziemssen nickte. Dann wandte er sich an Ludovika. »Sie sollten sofort das Zimmer verlassen, Hoheit. Wir müssen Ihre Tochter unter Quarantäne stellen – und alle, die mit ihr Kontakt hatten, auch.«

»Natürlich«, sagte Ludovika hoheitsvoll, wie es ihre Art war, und wandte sich zum Gehen, nicht, ohne ihrer Tochter noch einen liebevollen Blick zuzuwerfen. »Ich informiere auch meine Enkeltochter.«

Das arme Mädchen, dachte Sophie noch. Sie wird Marie Valérie nicht mehr sehen dürfen. Sisi, die sich doch so vor Seuchen fürchtet, dass sie in Wien stets von einer Epidemie betroffene Stadtteile sperren lässt, wird das nie erlauben. Wobei Sophie ihre ältere Schwester durchaus verstehen konnte. Schließlich war Sisis erste Tochter im Alter von zwei Jahren gestorben, nachdem sie auf einer Reise nach Ungarn an Durchfall und Fieber erkrankt war.

Dann versank sie wieder in ihren Fieberträumen.

Erst später sollte sie erfahren, dass es während ihrer Krankheit zu einem riesigen Eklat gekommen war: Man hatte es versäumt, Sisi und Marie Valérie über Sophies Erkrankung zu informieren, und Marie Valérie war nichts ahnend vorbeigekommen, um Louise zu besuchen, die schrecklich erschrak, und rief: »Um Gottes willen, Valérie, geh hinaus. Du darfst ja nicht herein. Mama hat Scharlach!«

Erschrocken lief Valérie wieder zurück nach Feldafing, wo sie einer zutiefst empörten Sisi Bericht erstattete. Die Kaiserin ließ sofort für die Abreise packen und legte ein Gelübde ab: Sollte ihre Tochter gesund bleiben, werde sie nach Mariazell pilgern. Marie Valérie blieb gesund, und Sisi löste ihr Versprechen ein.

Von all dem erfuhr Sophie erst viel später. Sie fristete ihr Dasein in völliger Abgeschiedenheit, niemand durfte zu ihr. Auf Veranlassung ihres Bruders Carl Theodor, der, als er von ihrer Krankheit erfuhr, nach Possenhofen geeilt war, um sich um sie zu kümmern, war sie in eine kleine Villa im Park umgezogen. Dort befand sich ihr Schlafzimmer im Erdgeschoss, sodass sie immerhin in den weitläufigen Park hinaussehen konnte. Doch dort draußen fand sie keinen Trost, ebenso wenig wie in den Büchern, die sich auf ihrem Nachttisch stapelten. Immer wieder nahm sie eines davon zur Hand, um ein wenig zu lesen, doch das Buch schien ihr zentnerschwer, und sie legte es wieder fort.

So gab es kein Entrinnen vor ihren dunklen Gedanken, die mit jenem schrecklichen Traum ihren Anfang genommen hatten. Wieder und wieder tauchten die grausigen Bilder vor ihrem inneren Auge auf. Ludwig, wie er im Wasser des Würmsees ums Überleben kämpfte, Ludwig, wie er im Nebel verschwand, Ludwig, wie er sie um Hilfe anflehte, wieder und wieder und wieder, bis er endgültig verstummte. Sie hatte ihn im Stich gelassen! Auch damals schon!

Sein verwirrtes Verhalten hatte doch gezeigt, wie dringend er sie, seine Jugendfreundin, seine Vertraute, gebraucht hätte. Er habe sie nicht kränken und verletzen wollen, hatte er ihr geschrieben. Und das glaubte sie ihm auch. Wieder stellte sie sich die quälende Frage, die sie auch Sisi gestellt hatte. Wie wäre ihr Leben verlaufen, wenn sie doch geheiratet hätten? Dann hätte sie Ludwig vielleicht retten können, nein, nicht vielleicht, da war sie sich sogar ganz sicher! Stattdessen hatte sie sich im Grunde sofort mit Ferdinand verlobt. Und wie sehr das Ludwig gekränkt hatte, das sah man doch allein daran, dass er am Abend vor ihrer Hochzeit auf Schloss Berg dieses unglaubliche Fest samt illuminiertem Nachthimmel ausgerichtet hatte. Es war für sie gewesen, nicht für die Zarin! Und sie hatte es nicht begriffen.

Ein Klopfen am Fenster riss sie aus ihren Gedanken. Sie wandte den Kopf und sah eine lächelnde Louise dort stehen. Das Mädchen bückte sich, pflückte eine Blume und zeigte sie ihr. »Für dich«, formten ihre Lippen.

Sophie lächelte. Ob sie mit Ludwig auch so eine wunderbare Tochter gehabt hätte?

Da sah sie, dass Louise sich zur Seite wandte und jemanden herbeiwinkte. Zu ihrer großen Überraschung standen kurz darauf ihr Mann und ihr Sohn vor dem Fenster. »Mama!«, rief Emmanuel, und seinem Gesicht war die große Sorge anzusehen, die er offenbar um sie hatte. Große Zärtlichkeit überflutete sie. Auch wenn Emmanuel sich oft so störrisch und schwierig gab – eigentlich war er ein unglaublich liebes Kind, dem sie sicherlich viel zu oft unrecht getan hatte. So wie Ludwig.

Dann sah sie ihren Mann an. Und sie spürte eine merkwürdige Distanz, die allerdings nicht von ihm ausging, sondern von ihr. Beinah hilflos stand er dort, lächelte. Sie sah die Liebe in seinen Augen. Und die Sorge. Eine Sorge, die er ständig um sie haben musste. Immerzu war sie krank, immerzu war etwas mit ihr. Und immer kam er und war für sie da. So wie sie für Ludwig hätte da sein müssen. Ludwig, den sie im Stich gelassen hatte. Sie hatte kein Recht, glücklich zu sein, zu lieben und geliebt zu werden, jetzt, wo Ludwig tot war.

Sie fand den Anblick ihres Mannes, wie er da draußen vor dem Fenster stand und so flehend zu ihr hereinblickte, beinahe unerträglich. Es kostete sie große Überwindung, nicht den Kopf abzuwenden.

Dennoch war es, als hätte Sophie durch die bloße Anwesenheit ihres Mannes und ihrer Familie wieder neue Kräfte gefunden. Seit sie dort am Fenster gestanden hatten, ging es ihr besser, und sie merkte, dass auch ihr Appetit zurückkehrte. Was nicht zuletzt daran liegen mochte, dass sie die bayerische Küche einfach viel mehr schätzte als die französische oder englische. Nun ging es stetig bergauf, bald wagte Sophie, aufzustehen und ein wenig in ihrem Zimmer umherzugehen. Sie war zwar noch ein wenig wackelig auf den Beinen, aber es ging ganz gut.

Am darauffolgenden Tag überraschte sie ihre Familie: Als alle sich wieder vor dem Fenster einfanden, schenkte sie ihnen ein strahlendes Lächeln, schwang die Beine aus dem Bett und ging zum Fenster. Ferdinand reagierte zunächst erschrocken und besorgt, fiel dann aber in den begeisterten Applaus mit ein. Und wieder drei Tage später entließ der Arzt, Professor Hugo von Ziemssen, Sophie aus ihrer Abgeschiedenheit.

Am Arm von Ferdinand machte sie ihre ersten Schritte über das Gelände ihrer Kindheit. Doch wieder schob sich Ludwig in ihre Gedanken. Schließlich hatte auch er immer zu ihrer Kindheit gehört.

»Nun, wo es dir etwas besser geht«, sagte Ferdinand in ihre Gedanken hinein, »würde ich mit dir gerne darüber sprechen, wo wir uns künftig niederlassen. Ich habe für Emmanuel ein wirklich gutes Internat in England gefunden. Er hat zwar seinen üblichen Widerstand an den Tag gelegt, aber ich kenne meinen Sohn. Es gefällt ihm dort.«

Sophie lächelte erleichtert. Dann sah sie ihren Gatten prüfend an. »Hat es ihm dort wirklich gefallen, oder sagst du das nur, dass ich mich nicht aufrege?«

»Ich glaube, es gefällt ihm dort wirklich«, sagte Ferdinand. »Aber das würde er natürlich nie zugeben.«

Sie spürte, dass er noch etwas hinzufügen wollte, er suchte offenbar nach den richtigen Worten.

»Was?«, fragte sie.

»Ich denke, ganz allein in England würde er sich verloren fühlen. Wir sollten ihn dorthin begleiten, Charlotte. Es war ja ohnehin unsere Überlegung, zunächst einmal unsere Zelte dort aufzuschlagen.«

Sie schluckte. Der Gedanke daran, in dieses kalte, graue und regnerische Land zurückkehren zu müssen, dorthin, wo sich der Husten, der sie seither nicht mehr losließ, zum ersten Mal eingestellt hatte, dem Land, in dem sich so oft dieser schreckliche graue Schleier über sie gelegt hatte, war mehr, als sie ertragen konnte.

»Ich glaube, dazu bin ich noch zu geschwächt«, sie sah ihn bittend an. »Sei mir nicht böse.«

Er nickte. »Ich habe mir schon so etwas gedacht«, gestand er. »Aber die einzige Lösung, die mir stattdessen eingefallen ist, die gefällt mir auch nicht.«

»Was ist das für eine Lösung?«

»Sie würde uns – wieder einmal – trennen: Du bleibst mit Louise hier und wirst richtig gesund. Und ich begleite unseren Sohn nach England.«

Zu ihrem Entsetzen verspürte Sophie Erleichterung bei dem Gedanken, räumlich von Ferdinand getrennt zu sein. Was hatte Ludwigs Tod nur in ihr ausgelöst!

Als wollte sie ihre Gedanken wieder wettmachen, schenkte sie ihm ein strahlendes Lächeln und schmiegte sich an ihn – was sich furchtbar falsch anfühlte. »Liebster«, sagte sie, »es ist eine schreckliche Vorstellung, dass wir schon wieder getrennt sind. Aber dennoch … mir scheint, wir haben keine andere Wahl.«

»Das glaube ich auch. Wobei ich dich äußerst ungern hier zurücklasse, gerade in deinem Zustand.«

»Unser Sohn braucht dich jetzt dringender als ich«, sagte sie. »Und ich bin hier in den besten Händen. Außerdem geht es mir ja auch schon viel besser.« Nur mit allergrößter Überwindung brachte sie die nächsten Worte über die Lippen: »Und sobald ich mich weiter stabilisiert habe, komme ich mit Louise nach.«

Liebevoll sah er sie an. »Versprochen?«

Sie zögerte nur einen winzigen Moment. Dann sagte sie: »Versprochen.«

Kapitel 41

»Ach, war das schön!«, schwärmte Sophie und ergriff die Hand ihrer Tochter, während die Kutsche, aus Richtung Osten kommend, gerade den Chiemsee passierte. Sie hatten gemeinsam wunderbare Tage in den Thermalquellen von Bad Reichenhall verbracht, und Sophie hatte das Gefühl, dass ihr geschwächter Körper immer mehr zu Kräften kam.

»Ja, das war es«, bestätigte Louise. »Ich bin so froh, dass es dir wieder besser geht. Und ich freue mich auf den Aufenthalt bei Onkel Carl Theodor auf Schloss Tegernsee.«

»Ich mich auch«, bekräftigte ihre Mutter.

»Es sieht aus wie eine Kirche«, sagte Louise kurz darauf überrascht, als das Schloss in Sicht kam.

Sophie lachte. »Das war es ja früher auch – oder zumindest so etwas Ähnliches«, sagte sie. »Es war ein Kloster. König Maximilian I. Joseph hat es 1817 erworben und durch Leo von Klenze, der auch das Palais deiner Großeltern in München errichtet hat, zu einem Landsitz umbauen lassen.«

Die Kutsche fuhr auf den Hof, wo die Dienerschaft bereitstand, um sie willkommen zu heißen. Sophie und Louise waren kaum ausgestiegen, als auch schon Carl Theodor aus dem Haus eilte. »Meine Lieben!«, sagte er und breitete die Arme aus. »Wie schön, dass ihr uns endlich einmal besucht.«

Dann sah er seine Schwester besorgt an. »Ein bisschen schmal und blass bist du schon noch.«

»Natürlich bin ich das«, versetzte sie, »schließlich war ich sehr lange krank. Aber da du zum Glück doch Mediziner geworden bist, bin ich auch hier in den besten Händen.«

Carl Theodor hatte sich von dem Widerstand, der ihm nicht nur von seiner Mutter, sondern von zahlreichen anderen Familienmitgliedern entgegengeschlagen war, nicht einschüchtern lassen, sondern seine medizinischen Studien aufgenommen und sie 1872 abgeschlossen. Und zwei Jahre später hatte er dann eine neue Liebe gefunden: Prinzessin Maria José von Bragança, eine Tochter des einstigen portugiesischen Königs. Sophie mochte sie herzlich gern. Maria war, wie sie fand, nicht nur bildschön, sondern auch liebreizend und außerordentlich klug.

»Weißt du noch, wie ich Mama beim Frühstück von meinen Plänen erzählt habe?«, fragte er.

»Und ob ich das noch weiß!«, sagte sie. »Als wäre es gestern gewesen.«

Sie lächelten einander zu, dann begrüßte Carl Theodor seine Nichte, die zuvor schon von seiner Frau, Prinzessin Maria, und ihrer Cousine, der zwanzigjährigen Amélie, willkommen geheißen worden war.

»Kommt herein«, bat Maria strahlend. »Ihr müsst furchtbar hungrig sein. Und wenn ihr nichts dagegen habt, würden euch die Kleinen noch vor dem Tee begrüßen. Sie sind furchtbar aufgeregt.«

»Aber natürlich«, sagte Sophie erfreut. »Ich habe sie viel zu lange nicht gesehen. Und den kleinen Ludwig Wilhelm kenne ich noch gar nicht. Ich hoffe, er wird auch dabei sein?«

»Selbstverständlich!« Maria nickte.

»Ihr seid ja nicht mehr wiederzuerkennen!«, rief Sophie kurz darauf, als sie im Salon Platz genommen hatten und die vier Kinder mit ihrem Kindermädchen das Zimmer betraten. An der Hand der jungen Frau ging der kleine Ludwig, der jedoch, als er die beiden fremden Menschen im Zimmer entdeckte, ängstlich das Gesichtchen verzog und zu seiner Mama rannte. Sie nahm ihn sogleich auf den Schoß und gab ihm einen beruhigenden Kuss auf sein rechtes Pausbäckchen.

»Es ist ja nicht zu fassen, wie groß ihr geworden seid!«

Sophie, die Älteste, erklärte daraufhin ernst: »Ich bin ja auch schon elf. Und sie«, sie zeigte auf Elisabeth, »ist zehn.«

»Liebes«, mahnte ihre Mutter Maria, »deine Schwester kann für sich selbst sprechen.«

»Ich kann auch für mich selbst sprechen«, verkündete nun die Jüngste im Bunde, die achtjährige Maria Gabriele. »Und ich bin schon acht.«

»Aber er kann noch nicht für sich selbst sprechen«, sagte Sophie und deutete auf den kleinen Ludwig Wilhelm.

»Kann er wohl!«, empörte sich Maria Gabriele und wandte sich dann an ihren Bruder. »Nicht wahr, du kannst schon sprechen, Ludwig?«

Doch der wandte nur scheu seinen Kopf ab und vergrub sein Gesichtchen am Hals seiner Mutter.

»Er leidet unter Schüchternheit«, ließ die elfjährige Sophie ihren Besuch altklug wissen. »Und er ist zwei.«

»Zweieinhalb!«, ergriff nun erstmals Elisabeth das Wort. »Das ist ihm wichtig.«

»Natürlich«, wiederholte Sophie. »Zweieinhalb!«

Alle lachten, und Sophie Charlotte genoss das traute und unbeschwerte Zusammensein mit ihrer Familie.

Sie plauderten noch eine Weile, dann mussten die Kinder den Salon wieder verlassen, und Maria bat ihre Gäste zur Teetafel. Sophie lief das Wasser im Mund zusammen angesichts der vielen Köstlichkeiten, die hier aufgetischt wurden. Neben kleinen, verlockend aussehenden Törtchen gab es verschiedene Rührkuchen und Pralinen.

Auf einmal musste Sophie wieder an den Schokoladenladen in London und an ihre Schwägerin Marguerite denken, die sie seit ihrer Abreise aus Frankreich nicht mehr gesehen hatte. Sie beschloss, ihr bald einmal wieder zu schreiben.

Nach dem Kaffee unternahmen sie einen ausgedehnten Spaziergang, auf dem sie zu deren Begeisterung auch die Mädchen begleiten durften. Die Spaziergänger hatten sich in mehrere Grüppchen aufgeteilt: Amélie und Louise gingen, untergehakt, voran, ihnen folgten Maria, die Kinderfrau und die Kinder, ganz hinten kamen Carl Theodor und Sophie.

»Vermisst du deine Tätigkeit in Possenhofen sehr?«, erkundigte sie sich bei ihrem Bruder. Carl Theodor hatte dort gemeinsam mit seinem Kollegen Dr. Anton Meyer eine Praxis gehabt, in der er die Menschen aus der Umgebung behandelte. Jenen, die sich den Besuch bei ihm nicht leisten konnten, stellte er seine Dienste, ebenso wie die Heilquellen von Kreuth, unentgeltlich zur Verfügung. Doch der Andrang war so enorm gewesen, dass Carl Theodors eigene Gesundheit darunter litt: Er hatte einen schrecklichen krampfartigen und blutigen Husten bekommen – offenbar schien diese Krankheit wirklich in der Familie zu liegen und durch starken körperlichen oder seelischen Stress ausgelöst zu werden. Daher musste er seine Praxis aufgeben und sich mit seiner Familie für eine Weile in den Süden zurückziehen.

»Ja«, beantwortete Carl Theodor nun ihre Frage. »Ich bin

doch nicht Mediziner geworden, um jetzt nichts mehr zu tun.«

Sophie lachte. »Diese Gefahr sehe ich bei dir nun wirklich nicht. Du kannst doch gar nicht anders, als die Menschen zu behandeln.«

»Ja«, bestätigte er. »Es stimmt, Menschen zu helfen ist meine große Leidenschaft.«

Er lächelte ihr zu, dann sagte er: »Und ich habe auch stets das Glück, Menschen zu begegnen, die mir auf meinem Weg weiterhelfen.«

»Was meinst du?«, fragend sah sie ihn an. »Hast du neue Pläne?«

»Du weißt doch, dass wir in Mentone waren.«

Sie nickte. »Zur Erholung, nachdem du so krank warst.«

»Sehr richtig. Aber nichts im Leben geschieht umsonst. In Mentone habe ich die Bekanntschaft eines sehr interessanten Mannes gemacht«, berichtete Carl Theodor. »Sein Name ist Alexander von Iwanow. Er praktiziert eigentlich in Kiel und hat dort auch eine Augenklinik. Die Menschen kommen in Scharen! Es ist ein regelrechter Wallfahrtsort für Augenheilkunde geworden.«

»So wie deine Praxis damals in Possenhofen«, sagte Sophie.

»Ja, aber das war Allgemeinmedizin«, erwiderte Ferdinand. »Ich habe mich sehr lang mit ihm unterhalten und durfte sogar bei seinen Operationen dabei sein. Sophie, es ist unglaublich, welche Ergebnisse er erzielt hat. Die Augenheilkunde ist wirklich ausgesprochen faszinierend.«

»Willst du das Fach wechseln?«, fragte sie überrascht.

»Ich denke darüber nach«, sagte er. »Auf jeden Fall möchte ich mich darin weiterbilden.«

»Du wärst sicher auch ein großartiger Augenarzt.« Dann

fragte sie: »Aber wenn er doch aus Kiel kommt, was machte er dann an der Riviera?«

»Das Gleiche wie ich. Er wollte sich erholen. Zuvor war er an Tuberkulose erkrankt.«

»Nimm es mir nicht übel, Gackel«, sagte sie. »Du weißt, dass ich deine Fähigkeiten als Mediziner sehr schätze und dich immer zu allem ermutigen würde. Aber kannst du denn mit deiner Hand überhaupt chirurgische Eingriffe vornehmen? Wärst du da als Allgemeinmediziner nicht besser dran?« Sie deutete auf Carl Theodors Rechte, die schlapp herabhing.

Carl Theodor hatte sich die Hand schwer verletzt, als er wieder einmal für andere im Einsatz gewesen war: Er hatte einen schwer verletzten Waldarbeiter versorgt und sich dabei an einem Knochensplitter des Mannes so sehr verwundet, dass er seine rechte Hand seitdem nicht mehr verwenden konnte.

Doch Carl Theodor lachte nur und hob triumphierend die Linke. »Wozu hat der Mensch zwei Hände?«, sagte er vergnügt. »Ich habe so lange trainiert, bis ich mit der linken Hand ebenso geschickt war wie mit der rechten.«

Verblüfft sah sie ihn an. »Du bist erstaunlich. Und du möchtest nun eine Augenklinik eröffnen?«

»Vielleicht. Und bis dahin versorge ich hier meine Patienten.«

Dann sah er sie ernst an. »Man kann alles überwinden, Sophie«, sagte er. »Sei das nun eine kaputte Hand oder der Verlust eines geliebten Menschen. Das Leben geht weiter.«

»Ja«, sagte Sophie. »Ja, das ist wohl so.« Dann fragte sie ihren Bruder: »Trauerst du auch so sehr um ihn? Obwohl ihr euch ja so zerstritten hattet?«

»Natürlich trauere ich um ihn. Als Kinder und junge Männer waren wir einander sehr nah.«

»Ich fühle mich schuldig.«

Überrascht sah er sie an. »Du fühlst dich schuldig? Warum?«

»Ach, Gackel, wenn ich bei ihm geblieben wäre, dann wäre er vielleicht jetzt nicht tot.«

Und dann konnte sie endlich weinen. Sie warf sich in die Arme ihres Bruders und schluchzte bitterlich.

Es dauerte lang, bis Sophie sich wieder beruhigte, aber die Tränen taten unendlich gut. Carl Theodor hielt sie in seinen Armen und wiegte sie wie ein Kind. Irgendwann wandte sich Maria suchend zu den beiden um, doch sie verstand die Situation sofort und sorgte dafür, dass sie nicht gestört wurden.

»Hör mir zu, Sophie«, sagte Carl Theodor. »Natürlich hätte es sein können, dass Ludwigs Leben anders verlaufen wäre, wenn ihr zusammengeblieben wäret. Das wäre es sogar ganz bestimmt. Aber du warst nicht für sein Leben verantwortlich, das ist ebenso sicher. Ludwig war erwachsen.«

»Kannst du mich denn nicht verstehen?«, fragte Sophie zaghaft. »Schau, du bist Mediziner geworden, weil du den Tod deiner lieben ersten Frau nicht verhindern konntest.«

»Ja, das war mein Ausweg. Und auch du brauchst einen solchen Ausweg.« Er zögerte. »Vielleicht kann ich ihn dir bieten.«

»Du?«, fragte sie hoffnungsvoll. »Wie?«

»Nun …« Carl Theodor schien seine Worte schon wieder zu bereuen, er wand sich ein wenig. »Es ist etwas … schwierig zu erklären.«

»Bitte versuch es.«

»Nun.« Er räusperte sich. »Hast du schon einmal darüber nachgedacht, *weshalb* Ludwig nie geheiratet und auch keine Kinder bekommen hat? Immerhin war es als bayerischer König eine seiner wichtigsten Aufgaben, einen Thronfolger in die Welt zu setzen.«

»Das… nein«, gestand Sophie. Sie hatte wirklich nie darüber nachgedacht – zu sehr war sie mit ihrem Leben beschäftigt gewesen und damit, Ludwig zu vergessen. »Aber so verwunderlich ist es auch nicht. Er hat mir oft gesagt, dass er eigentlich gar nicht heiraten will.«

»Viele wollen nicht heiraten und müssen es doch. Vor allem, wenn sie so hochgestellt sind.«

Sophie riss die Augen auf. »Du meinst, dass er mich am Ende so sehr geliebt hat, dass er nach mir keine andere mehr haben wollte? Dass er mir über all die Jahre nachgetrauert hat? Mein armer Ludwig!«

»Nein!«, rief Carl Theodor. »Du verstehst mich vollkommen falsch. Es gab aus meiner Sicht einen anderen Grund.« Wieder stand ihm das Unbehagen ins Gesicht geschrieben. »Ludwig… er, nun ja…«

»Nun sag es doch endlich.«

»Ludwig hat immer sehr enge Männerfreundschaften gehabt«, stieß Carl Theodor hervor. »Meiner Ansicht nach war das auch der Grund, weshalb er dich freigab. Sophie, Männer mit gewissen Neigungen, die haben andere Vorlieben als die Damenwelt.«

Sprachlos sah Sophie ihn an. Und musste an das Gespräch mit Sisi denken, die etwas Ähnliches über ihren Schwager Luzi-Vuzi angedeutet hatte, nachdem sie, Sophie, ihm einen Korb gegeben hatte.

Er packte sie bei den Oberarmen und sah ihr eindringlich in die Augen. »Wenn es so ist, wie ich vermute, dann hätte Ludwig dich niemals lieben können, wie eine Frau geliebt werden muss. Und daran wäre er zerbrochen. Weil er dich nämlich als

Menschen liebte. Er hätte dich stets aufs Neue verletzen müssen, immer wieder hättest du dich zurückgewiesen gefühlt. Das wollte er dir ersparen. Deshalb hat er dich freigegeben.«

»Dann hätte ich ihn auch nicht retten können«, flüsterte Sophie, auf der einen Seite wie erlöst, auf der anderen Seite vollkommen verwirrt wegen der Vermutungen ihres Bruders. »Sondern sein Leben an meiner Seite wäre nur noch schlimmer gewesen.«

»Wahrscheinlich«, bestätigte Carl Theodor. »Und vermutlich hat er sich deshalb auch immer seltsamer benommen. Seine Angst vor Menschen im Zusammenhang mit diesen Neigungen, wegen denen er sich möglicherweise schämte, haben ihn in die Einsamkeit getrieben.«

»Ja.« Sophie seufzte. »Mein armer Ludwig. Ich bin froh, dass du mir von deinen Vermutungen erzählt hast. Aber ganz frei von Schuld bin ich dennoch nicht. Als Freundin hätte ich für ihn da sein müssen.«

Kapitel 42

Der Aufenthalt bei ihrem Bruder Carl Theodor hatte Sophie ausgesprochen gutgetan. Einigermaßen stabil und getröstet verließ sie Schloss Tegernsee nach einigen Wochen wieder, um ihr neues Domizil in München zu beziehen; Ferdinand hatte noch vor seiner Abreise für sie und Louise dort ein Quartier in der Ludwigstraße angemietet.

Es tat so gut, wieder in der alten Heimat zu sein. Sie besuchte ihre Eltern, die ebenfalls in München weilten, im Herzog-Max-Palais und spazierte mit ihrer Tochter Arm in Arm durch die Straßen. Einer dieser Spaziergänge führte sie auch zur Residenz.

»Hier hättest du also fast einmal gelebt«, sagte Louise, und es klang beinahe andächtig. Dann sah sie ihre Mutter fragend an. »Bereust du es?«, fragte sie. »Findest du es schade, dass ihr euch getrennt habt?«

»Aber nein, Liebes«, erwiderte Sophie etwas zu rasch und drückte den Arm ihrer Tochter. »Dann hätte ich ja dich nicht bekommen.«

»Vielleicht doch«, sagte Louise. »Aber dann wäre nicht Papa mein Papa gewesen. Eine merkwürdige Vorstellung.«

Nach allem, was ich jetzt weiß, hätte ich vermutlich gar keine Kinder bekommen, wenn ich mit Ludwig zusammengeblieben wäre, dachte Sophie bei sich. Zu ihrer Erleichterung ging ihre Tochter aber nicht weiter auf das Thema ein, sondern deutete auf einen großen gläsernen Bau, der sich auf den nördlichen Dächern der Residenz zum Hofgarten hin erstreckte.

»Was ist denn das?«

Sophie lachte. »Ludwigs Wintergarten. Schon sein Vater, Maximilian II. Joseph, hat sich einen Wintergarten bauen lassen.«

»Und warum hat Ludwig dann nicht einfach den benutzt?«, wollte Louise wissen, die alles, was den einstigen Verlobten ihrer Mutter betraf, immer noch außerordentlich interessant und faszinierend fand.

Sophie versuchte sich an einer Erklärung: »Ich denke, er war ihm zu weit weg. Der seines Vaters befand sich im Süden, Ludwigs Wohnung lag aber im Obergeschoss des Nordwestpavillons. Außerdem wollte er ja stets etwas Neues und Eigenes schaffen.« Dann lächelte sie. »Zunächst sollte dieser Wintergarten viel kleiner werden, nur etwa dreißig Quadratmeter.«

»Und dann?«

»Dann besuchte Ludwig die Weltausstellung in Paris und ließ sich dort von den großartigen neuen Möglichkeiten der Technik inspirieren. Seine eigenen Pläne erschienen ihm auf einmal gar zu ärmlich. Er wollte es ja immer größer und schöner und prächtiger.«

»Warst du mal drin?«, erkundigte sich Louise.

Sophie schüttelte den Kopf. »Nein. Er nannte den Bau des Wintergartens als Grund, unsere Hochzeit zu verschieben. Er wollte ihn unbedingt bis zu unserer Hochzeit fertig haben. Die dann am Ende ja nicht stattfand. Aber deine Tante Sisi war dort, und für deinen Cousin, Kronprinz Rudolf, hat er vor einigen Jahren im Wintergarten ein Fest mit sechzehn Musikern ausgerichtet.« Sie kicherte.

Fragend sah ihre Tochter sie an. »Was ist so lustig?«

»Nun, Ludwig war natürlich als König von Bayern nach der Auflösung unserer Verlobung ein begehrter Junggeselle«, setzte sie an. »Und obwohl es völlig klar war, dass er niemals eine Bürgerliche heiraten wird, machten sich gewisse Damen doch Hoffnungen, als er sie weiland in seinen Wintergarten einlud.«

»Wer denn?«, fragte Louise neugierig.

»Also, Sisi zufolge ließ er sich zur Unterhaltung Sänger oder Schauspieler der Hofbühne kommen. Du weißt ja, wie sehr er Wagner liebte. Deshalb engagierte er die Wagner-Sängerin Josephine Schefzky. Und die wollte wohl mehr als nur für ihn singen.«

Wieder kicherte Sophie, während ihre Tochter ungeduldig fragte: »Und dann?«

»Nun, sie hat sich in den Teich fallen lassen, weil sie meinte, er würde sie dann retten. Doch Ludwig dachte gar nicht daran.«

»Er hat sie ertrinken lassen?«, fragte Louise entsetzt.

»Natürlich nicht. Aber er hat seelenruhig nach einem Diener geläutet und dann zugesehen, wie der Mann die tropfnasse Josephine Schefzky wieder ans Ufer zog.« Wieder sah Sophie zu dem Glasbau hinauf. »Er hat sich da einen Traum verwirklicht. Ludwig hat für seinen Wintergarten die allererste elektrische Beleuchtung der Stadt installieren lassen. Schon damals machte er die Nacht ja gern zum Tag. Es gab einen künstlichen Mond und sogar einen künstlichen Regenbogen.«

Inzwischen waren sie halb um das Gebäude herumgegangen, und Sophie bemerkte zu ihrem Erstaunen, dass einige Männer damit beschäftigt waren, ein Gerüst aufzubauen.

»Was machen Sie da?«, fragte sie einen der Männer. Der wandte sich um und erkannte sie sofort. »Königliche Hoheit!«, sagte er verlegen. »Anweisung vom neuen Prinzregenten, der Wintergarten ist sofort stillzulegen.«

»Sie wollen Ludwigs Traum zerstören?«, rief Sophie. »Aber warum?«

»Es… nun, der Teich ist wohl undicht, und es tropft in die Gemächer des Prinzregenten.«

»Aber das kann man doch beheben, ohne gleich den ganzen Wintergarten abbrechen zu müssen!«, empörte sich Sophie.

Hilflos sah der Mann sie an.

»Ich werde mit Prinzregent Luitpold reden«, sagte Sophie, doch da zog Louise sie schon mit sich fort.

»Mama«, sagte sie eindringlich. »Der arme Mann führt nur Befehle aus. Und ich glaube nicht, dass Prinzregent Luitpold sich von dir davon abbringen lässt, Ludwigs Wintergarten abzureißen.«

»Aber sie zerstören seinen Traum«, sagte Sophie leise. »Erst haben sie sein Leben zerstört und nun auch noch seinen Traum.«

Der Abbruch von Ludwigs Wintergarten setzte Sophie schwer zu. Es war, als wäre durch diese Tatsache all ihre Lebenskraft aus ihr gewichen. »Ich gehe gleich zu Bett«, teilte sie ihrer überforderten Tochter mit, als sie zu Hause angekommen waren.

»Soll ich dir etwas bringen lassen? Deine Hofdame zu dir schicken?«, erkundigte sich Louise besorgt, doch ihre Mutter winkte ab. »Wenn Nathalie von Sternbach noch bei mir wäre, wäre sie jetzt genau die Richtige. Aber Charlotte von Bechtolsheim ist mir noch nicht vertraut genug, als dass ich mich in ihrer Gegenwart erholen könnte. Ich brauche einfach nur Ruhe. Ich habe Kopfschmerzen.«

»Aber wenn du wieder einen Rückfall bekommst?«, fragte Louise besorgt. »So ganz bist du ja noch nicht genesen.«

»Es wird schon bald wieder gehen«, beruhigte ihre Mutter sie. »Ich brauche nur etwas Ruhe.«

Doch die Ruhe wollte sich nicht einstellen: Kaum lag sie in ihrem Bett, bemächtigte sich ihrer eine derart heftige Schwere und Trauer, dass sie das Gefühl hatte, keine Luft mehr zu bekommen. Es war, als kämen die Wände, die sie umgaben, immer näher, stürzten regelrecht auf sie zu.

Mit einem leisen Schrei zog sich Sophie die Decke über den Kopf, in der Hoffnung, dort Schutz zu finden.

Ihr Zustand besserte sich auch in den nächsten Tagen nicht. Verzweifelt schrieb sie an ihren Mann im fernen England, doch es würde natürlich dauern, bis dessen Antwort bei ihr eintraf. Stattdessen stand am dritten Tag ihrer Krankheit ihr Bruder Carl Theodor vor ihr und setzte sich mit besorgter Miene an ihr Bett.

»Louise hat nach mir schicken lassen«, erklärte er. »Sie ist in großer Sorge um dich.«

Sophie nickte. »Es tut mir leid, dass ich schon wieder krank bin.«

»Das muss dir nicht leidtun«, erwiderte er. »Krankheit und Depressionen sind bei uns nichts Seltenes.«

»Ja«, flüsterte sie. »Und was soll ich nun tun? Ich möchte all das endlich hinter mir lassen.«

Liebevoll strich er ihr über die Wange. »Ich schicke dich zu einem Kollegen. Dr. Franz Glaser. Er kann dir viel besser helfen als ich, zumal ich mich ja auf die Augenheilkunde spezialisiert habe.«

»Ach, Gackel, muss das denn sein?«, fragte sie resigniert. »Schon wieder ein neuer Arzt.«

»Ja, das muss sein«, sagte er fest. »Er hat vielleicht neue Überlegungen und Ansätze, die mir gar nicht einfallen, weil ich dir viel zu nah bin.«

»Also schön«, sagte sie und seufzte.

Kapitel 43

Als Dr. Franz Joseph Sebastian Glaser zwei Tage später Sophies Krankenzimmer betrat, traf es sie wie ein Blitz. Fassungslos starrte sie den großen, schlanken blonden Mann mit dem prachtvollen Schnauzer an. Wenn Sophie jemals eine Idealvorstellung von einem Mann gehabt hatte, dann entsprach ihr jener, der da jetzt vor ihr stand, ganz genau.

Ihm schien es ebenso zu gehen. Auch er sah Sophie an wie gebannt, dann schüttelte er kurz und fast unmerklich den Kopf, als wollte er sich selbst zur Ordnung rufen. »Königliche Hoheit«, begrüßte er sie formvollendet. »Wie ich höre, sind Sie nicht wohlauf.«

»Ich … nein«, stammelte Sophie, deren Herzschlag sich immer noch nicht beruhigt hatte. »Doch.«

»Also geht es Ihnen besser?«, fragte Dr. Glaser und sah sie verwirrt an.

»Nein«, sagte Sophie, die all ihre Kraft aufwenden musste, um sich zusammenzureißen. Der Mediziner würde sie sonst noch für geistesgestört halten! »Ich fühle mich nach meiner Erkrankung wieder sehr schwach.«

Auch der Arzt schien sich inzwischen wieder gefangen zu

haben, vermutlich gab es ihm Sicherheit, sich in seinem vertrauten Terrain zu bewegen. Er stellte seine lederne Arzttasche auf den Stuhl neben Sophies Bett und packte verschiedene Geräte aus. Sophie bemerkte, dass seine Hände leicht zitterten. Als er begann, sie mit sanften, kundigen Fingern zu untersuchen, war es Sophie, als schössen tausend Feuerblitze durch ihren Körper. So etwas hatte sie noch nie empfunden, noch nicht einmal in Edgars Armen! Edgar. Wie lang hatte sie nicht mehr an ihre erste Liebe gedacht. Und wie ähnlich dieser Arzt ihm sah! Ähnlich, aber zugleich sah er viel besser aus.

»Ihr Puls ist etwas hoch«, stellte Dr. Glaser fest und sah sie fragend an. »Haben Sie das öfter?«

Sein Blick traf den ihren, und er war so intensiv, dass Sophie am liebsten den Kopf abgewendet hätte, weil sie eine solche Eindringlichkeit noch nie gespürt hatte. Das war zu stark, zu viel, aber gleichzeitig war es ihr unmöglich, sich aus diesem Blick zu lösen. Immer noch hielten seine Finger ihr Handgelenk, und auch er schien nicht in der Lage zu sein, sich aus dem Bann zu befreien.

»Nein«, flüsterte sie. »Eigentlich ist mein Puls eher langsam und mein Kreislauf zu schwach.«

Er räusperte sich, wandte das Gesicht ab und entließ ihre Hand aus der seinen. So hastig, als habe er sich verbrannt. »Ich lasse Ihnen einen Saft da. Sie sollten morgens und abends einen großen Löffel davon einnehmen, vor den Mahlzeiten. Und Sie sollten sich an der frischen Luft bewegen. Trauen Sie sich das zu?«

»Ich weiß nicht«, sagte Sophie. »Vielleicht, wenn mich jemand begleitet.«

Er nickte. »Sicher haben Sie Personal, das das übernehmen könnte? Falls Ihnen dabei jedoch schwindelig werden sollte, wäre es vielleicht besser, wenn Sie in ärztlicher Begleitung wären.«

Mit großen Augen sah sie ihn an. Hoffnungsvoll.

»Würden Sie?«

Er lächelte zum ersten Mal, seit er ihr Zimmer betreten hatte – und dieses Lächeln hatte eine derartige Macht und Kraft, dass Sophies Herzschlag sich noch mehr beschleunigte. »Heute fehlt mir dazu leider die Zeit, aber ich wollte morgen ohnehin noch einmal nach Ihnen sehen. Dann nehme ich mir etwas mehr Zeit für Sie.«

»Und wir gehen spazieren?«, fragte Sophie mit belegter Stimme.

»Ja«, sagte er. »Ja. Wir gehen spazieren.«

Als Dr. Franz Glaser das Zimmer verlassen hatte, schlug Sophie ihre Bettdecke zurück und stürzte zum Fenster. Minuten später trat er aus dem Haus. Blieb noch einmal stehen, wandte sich um und blickte die Fassade empor. Rasch und mit rasendem Herzen trat sie einen Schritt zurück. Ob er sie gesehen hatte? Sie schaute ihm noch nach, bis er um die Straßenecke bog, dann wandte sie sich vom Fenster ab und ging mit hastigen Schritten in ihrem Zimmer auf und ab. Hin und her, hin und her. Sie hatte gar keine andere Wahl, als sich zu bewegen, um ihren heftigen Gefühlen irgendein Ventil zu geben. Sie musste etwas tun, um ihm zu entfliehen.

Er hatte ebenso empfunden wie sie, das hatte sie genau gemerkt.

Und auf einmal konnte sie endlich wieder singen. Das Erste, was ihr einfiel und was ihren Gefühlen bestens Ausdruck verleihen konnte, war natürlich Wagner. Es fühlte sich für sie auch keineswegs merkwürdig an, der Begegnung mit Franz Glaser nun mit den Werken eines Komponisten zu huldigen, der sie mit Ludwig verbunden hatte und der sogar zu ihrer Hochzeit die *Meistersinger* hatte fertigstellen wollen. Wagner, seine Musik, das stand über allem. Und Ludwig und sie hatte ja ohnehin etwas ganz anderes verbunden als die Leidenschaft. Aus vollster Brust sang Sophie: »Mild und leise wie er lächelt« aus *Tristan und Isolde*.

Morgen! Morgen würden sie einander wiedersehen. Was würde sie anziehen? Auf keinen Fall sollte er sie so blass und schwach vorfinden wie heute. Paula musste sofort kommen und ihr das Haar waschen! Am besten wendeten sie heute die Prozedur ihrer Schwester Sisi an, die stets dreißig Eigelb mit Cognac in ihr Haar gab und die Mischung dann drei Stunden einwirken ließ. Und sie würde ein Bad nehmen, in duftendem Rosenwasser. Aber erst morgen, damit sie der zarte Duft noch umwehte.

Was sollte sie nur anziehen? Sie stürzte ins angrenzende Ankleidezimmer, zog ein Kleid nach dem anderen aus dem Schrank und warf es dann achtlos auf den Boden.

»Hoheit?«, fragte eine Stimme hinter ihr.

Sie wandte sich um und sah sich ihrer Kammerfrau Paula gegenüber, die entsetzt auf den Kleiderberg starrte. Kein Wunder, hatte sie die traumhaften Gebilde aus Stoff doch zuvor mühevoll auf die Bügel gezogen.

»Es tut mir leid«, sagte Sophie, als sie ihren Blick bemerkte. »Aber ich weiß nicht, was ich anziehen soll.«

»Was ist denn geschehen?«, fragte Paula und sah Sophie dabei so gütig an, wie Nathalie von Sternbach es stets getan hatte. Überhaupt erinnerte diese Kammerzofe Sophie an ihre einstige Hofdame, viel mehr als die neue Hofdame Charlotte von Bechtolsheim, zu der sie, so nett sie auch war, noch kein

Vertrauen gefasst hatte. Paula war immer für sie da – und das nicht etwa, weil das ihre Pflicht war, sondern weil Sophie ihr, das spürte sie genau, ans Herz gewachsen war. Vielleicht, überlegte Sophie, war Paula momentan ihre einzige Vertraute.

»Ach, Paula!« Sophie, immer noch im Morgenmantel, raffte ihr bodenlanges Nachtgewand, um über den Kleiderberg hinwegzusteigen, und eilte nach nebenan, wo sie sich auf einen Sessel sinken ließ. Im nächsten Moment sprang sie jedoch wieder auf.

»Ist Ihnen nicht wohl, Hoheit?«, erkundigte sich Paula besorgt.

»Doch, Paula«, rief Sophie. »Das ist es ja. Mir ist sogar ganz außerordentlich wohl.«

»Aber, ich verstehe nicht…«

»Ich habe mich verliebt! Heftig verliebt. Ich habe noch nie solche Gefühle in mir gehabt. Paula, es ist, als würde ich von innen verbrennen.« Kaum hatte sie diese Worte ausgesprochen, musste sie an Sisis Traum denken – und an Ludwig. Hatte er Sisi nicht gesagt, dass eine Frau, die ihn einmal geliebt hatte, verbrennen würde? Und dass sich damit ihr Geschick erfülle? Hatte er *das* gemeint? Ihre Liebe zu dem Arzt, die sich anfühlte wie ein plötzlich ausbrechendes, hoch auflodernes Feuer? Und hatte er sich gesorgt, weil er wollte, dass sie glücklich wurde, und fürchtete, dass sie diese Liebe nicht würde leben können, weil sie ja in ihrer Ehe gefangen war? So, wie er in einer Ehe mit ihr gefangen gewesen wäre? Hatte er Sisi im Traum nicht gesagt, wenn sich ihr Geschick erfülle, werde er sie wiedersehen, im Paradies? War *das* seine Botschaft aus dem Jenseits an sie, Sophie? Dass sie glücklich werden sollte, damit er Ruhe fand? Denn genau das hatte er ja immer gewollt: dass sie, Sophie, glücklich würde.

»Oje.« Paula seufzte und unterbrach damit Sophies stürmische Gedanken. »Und ich nehme an, es ist nicht der Herzog?«

Sophie schüttete den Kopf. »Natürlich ist es nicht der Herzog. Es ist der Arzt, der gerade hier war, Dr. Franz Glaser.«

Sie sprach den Namen voller Andacht und Ehrfurcht aus. »Paula, Sie können es sich nicht vorstellen! In dem Moment, in dem er den Raum betrat, war ich von ihm wie verzaubert. Und er auch von mir, Paula, das war ganz deutlich. Sogar seine Hände haben gezittert, als er seine Arzttasche auspackte.«

Sie barg ihr Gesicht in den Händen. Dann nahm sie die Hände wieder fort und sah ihre Kammerzofe voller glücklicher Verzweiflung an. »Was sagen Sie dazu?«

Paula lächelte. »Zunächst einmal freue ich mich, dass Sie dieses überwältigende Gefühl kennenlernen dürfen«, sagte sie. »Das ist wahrlich nicht allen Menschen beschieden.«

»Ich habe so etwas Intensives noch nie gespürt«, flüsterte Sophie. »Noch niemals zuvor in meinem ganzen Leben. Es ist, als setze die Macht dieses Gefühls alles andere außer Kraft, alle Regeln und alle Gesetze.«

Auf ihr Zeichen hin nahm ihre Kammerzofe auf dem zweiten Sessel Platz.

»Leider ist es nicht so einfach«, sagte Paula vorsichtig. »Ihre Gefühle für den Herrn Doktor werden die Tatsachen nicht aushebeln. Weder Ihre Ehe noch Ihren Stand – und den des Herrn Doktor.«

Sophie nickte. Das kleine bisschen Vernunft, das ihr noch geblieben war, erkannte, dass Paula recht hatte. Aus diesem Wissen heraus hatte sie sich ja schon einmal gegen die Liebe und gegen die Leidenschaft gestellt und ihrer Liebe zu Edgar keine Chance gegeben – obwohl sie damals noch keine verheiratete Frau gewesen war, wenngleich auch mit Bayerns König verlobt. Und der war Sisi nun in diesem seltsamen Traum erschienen. Es konnte doch kein Zufall sein, dass ihr ausgerechnet jetzt diese Art der Liebe zum zweiten Mal begegnete, aber so viel mächtiger als damals?

Ernst sah sie ihre Kammerzofe an. »Paula, glauben Sie mir, ich weiß das alles. Aber ich habe keine Wahl. Ich muss ihn wiedersehen.«

Sie bemerkte, dass Paula etwas erwidern wollte, sich jedoch nicht so recht traute, und hob die Hand. »Sie müssen nichts sagen. Aber Sie müssen mir helfen. Morgen gehen wir spazieren. Aus gesundheitlicher Sicht ist es wichtig, dass er dabei ist. Und ich muss ganz wunderbar aussehen.«

»Ja«, meinte Paula lächelnd. »Deshalb der Kleiderberg.«

Sophie nickte. »Bitte entschuldigen Sie dieses Chaos.«

Doch Paula winkte ab. »Dafür bin ich ja da. Sollen wir gemeinsam ein Kleid aussuchen?«

»Ja«, sagte Sophie. »Und dann müssen Sie mein Haar dieser Prozedur unterziehen wie meine Schwester, die Kaiserin …«

»Dreißig Eidotter und Cognac, ich weiß schon«, sagte Paula. »Ich werde sogleich in der Küche Bescheid geben lassen.«

Zum Frühstück schaffte Sophie es nur mit allergrößter Mühe, ein paar Bissen hinunterzuwürgen. Den besorgten Blicken ihrer Tochter wich sie aus und zog sich direkt danach wieder in ihr Zimmer zurück, wo Paula schon auf sie wartete.

»Wunderschön sehen Sie aus«, erklärte ihre Kammerzofe. »Ihr Haar hat einen ganz wundervollen Schimmer, wenn die Sonne darauf fällt. Und Ihre Wangen sind rosig wie schon lange nicht mehr.«

»Ich bin ja auch glücklich wie schon lange nicht mehr«, gestand Sophie.

»Soll ich Ihnen die Haare zu Ihrer Kronenfrisur flechten?«, fragte Paula.

»Ja«, stimmte Sophie zu. »Das ist eine wunderbare Idee.«

Sisis Hoffriseurin, die vielbewunderte Fanny Angerer, ursprünglich Friseurin am Wiener Hoftheater, hatte die Kronenfrisur, die in der Folge häufig imitiert worden war, für Sisi erfunden. Sophie fand, dass ihr diese Frisur ebenfalls ausgezeichnet zu Gesicht stand. Auch wenn sie ihr Haar nicht offen trug, wurde dessen Fülle betont, was ihrem Gesicht wiederum eine besondere Zartheit verlieh. Paula machte sich ans Werk, und unter ihren kundigen Händen nahm die Frisur schnell Gestalt an. Zufrieden drehte Sophie den Kopf erst nach rechts, dann nach links, um sich so gut wie möglich von allen Seiten zu betrachten.

»Wundervoll«, sagte sie. »Und das Kleid, das wir gestern herausgesucht haben, wird ganz hervorragend dazu passen.«

Sophie folgte Paula ins Ankleidezimmer.

»Vielleicht sollte ich Sie heute nicht zu eng schnüren«, überlegte die Ankleidefrau. »Sonst wird Ihnen noch schwindelig.«

»Das ist es mir ohnehin«, winkte Sophie ab. »Aber ich habe ja einen Arzt an meiner Seite. Und er soll meine Vorzüge ruhig auf den ersten Blick erkennen.«

Wenn Sophie auch nicht ganz so schlank war wie Sisi, die den Umfang ihrer Taille und ihrer Oberschenkel täglich maß und deren Gewicht fünfzig Kilo niemals überschreiten durfte, so war doch auch sie mit einer mädchenhaften Taille gesegnet.

Als Paula sie fertig angekleidet hatte, betrachtete Sophie sich nochmals im Spiegel.

»Sie sehen wunderschön aus«, flüsterte Paula andächtig, und Sophie musste ihr recht geben. Ihr Sommerkleid war cremefarben, duftig und zart, mit großen Blüten bestickt, die die Farbe ihrer Wangen aufgriffen.

In diesem Moment klopfte es, und Louise trat ins Zimmer. »Ich wollte nur noch mal nach dir se…«, setzte sie an, doch beim Anblick ihrer Mutter blieb ihr das Wort im Halse stecken. »Ich dachte, dir ist nicht wohl?«, rief sie. »Und nun bist du hübsch und zurechtgemacht wie schon lange nicht mehr!«

Sophie suchte fieberhaft nach einer Ausrede, dann stieß sie hervor: »Mir geht es schon besser. Vermutlich wirkt der Saft, den mir der Arzt gestern hiergelassen hat. Aber mir geht es leider nicht so gut, wie ich aussehe: Dr. Glaser holt mich gleich zu einem Spaziergang ab. Und ich möchte nicht, dass die Leute darüber reden, wie schlecht ich doch aussehe.«

»Dr. Glaser holt dich zu einem Spaziergang ab? Machen Ärzte das denn? Mit ihren Patientinnen spazieren gehen?«

»Er sagt, frische Luft und Bewegung seien wichtig für mich«, erklärte Sophie und hoffte, dass es sich nicht nach Rechtfertigung anhörte. Und in der Tat schien es ihr nicht zu gelingen, die Skepsis ihrer Tochter zu zerstreuen.

»Schön und gut«, sagte sie. »Aber dann könnte ich dich doch begleiten. Oder deine Hofdame. Das wäre das Normale.«

»Liebes«, sagte Sophie und strich ihrer Tochter über die Wange. »Es ist überaus freundlich, dass du dir so viele Gedanken um mich machst. Genau deswegen begleitet mich Dr. Glaser ja. Falls ich mir zu viel zumuten sollte, ist er gleich bei mir und kann mir helfen.«

»Dann bin ich ja beruhigt«, sagte Louise mit einer kaum wahrnehmbaren Schärfe in der Stimme. »Wir sehen uns dann zum Abendessen.«

Kaum war sie zur Tür hinaus, wandte Sophie sich voller Sorge an ihre Kammerzofe. »Ob sie etwas gemerkt hat?«

»Ich hatte auch den Eindruck, dass sie misstrauisch geworden ist. Leider«, erwiderte Paula.

Sophie spürte, dass sich, wenn auch nur ganz leicht und zart, diese graue Decke der Traurigkeit über sie senken wollte, die ihr Leben nun schon so viele Jahre lang immer wieder dämpfte.

Doch in diesem Moment klopfte es an der Tür – und auf Sophies Aufforderung trat Dr. Glaser ein. Als er Sophie sah, schien es ihm buchstäblich die Sprache zu verschlagen. »Sie … sehen großartig aus«, stieß er hervor. Um dann rasch hinzuzufügen: »Entschuldigen Sie, Hoheit, das war vielleicht etwas …«

»Das war einfach nur charmant«, sagte Sophie, die sich heute, da sie vorbereitet war und sich wohl und schön in ihrer Haut fühlte, sehr viel besser im Griff hatte. »Und das Wetter ist ja auch ganz hervorragend.«

»Dann fühlen Sie sich stark genug für den Spaziergang?«, erkundigte sich der Arzt fürsorglich.

»Ja«, sagte Sophie. »Ich fühle mich wunderbar.«

Sie gingen Seite an Seite durch die Straßen in Richtung des Englischen Gartens. Sophie war sich der Blicke, die auf sie fielen, durchaus bewusst. Dass eine Frau ihres Standes – noch dazu verheiratet – mit einem einfachen Mediziner spazieren ging, würde sicherlich die Gerüchteküche anheizen. Andererseits war Dr. Glaser nicht zuletzt durch seine Arzttasche als Mediziner zu erkennen, und dass Sophie schwer erkrankt gewesen war, war ebenfalls allgemein bekannt.

Zum Glück begegneten ihnen, sobald sie den Englischen Garten betreten hatten, ohnehin kaum noch Menschen.

»Wie fühlen Sie sich?«, fragte Franz an ihrer Seite. »Wollen wir uns für einen Augenblick setzen?«

Er deutete auf eine Bank, die in einer kleinen, rosenbewachsenen Laube stand.

Sophie nickte, auf einmal wieder voll und ganz in den Fängen lähmender Unsicherheit, raffte die Röcke und nahm Platz. Franz setzte sich ans andere Ende der Bank. Offenbar wusste er ebenfalls nicht, was er sagen sollte, denn er blickte verlegen zu Boden.

Eine Weile saßen sie stumm nebeneinander. Wagten nicht, einander anzusehen.

»So etwas ist mir noch nie passiert«, sagte Sophie schließlich leise.

»Nein«, erwiderte Franz. »Mir auch nicht.«

Da hob sie den Kopf und sah ihn an. Seine Worte, sein Eingeständnis machten ihr Mut. Jetzt wusste sie sicher, was sie ohnehin schon gefühlt hatte. »Und jetzt?«, fragte sie.

Mit glühendem Blick sah er sie an. »Als ich da gestern vor Ihnen stand … Es war, als hätte die Welt aufgehört, sich zu drehen. Ich war … regelrecht erschüttert.«

»Ja«, flüsterte sie, »ja, so ging es mir auch.«

Er sah sich um und vergewisserte sich, dass weit und breit niemand zu sehen war. Dann rutschte er auf der Bank ein Stück weit zu Sophie hin. Legte seine Hand, die Handfläche nach oben, auf sein Bein. Auch Sophie bewegte sich nun etwas auf ihn zu und legte ihre Hand in die seine. Doch als ihre Hände sich begegneten, verloren sie beide augenblicklich die Kontrolle. Zu mächtig waren die Gefühle, die die Berührung in ihnen auslöste. Mit einer heftigen Bewegung zog Franz Sophie an sich und küsste sie leidenschaftlich. Sie erwiderte den Kuss.

Es war ihr egal, ob sie gesehen wurden. Es war ihr egal, ob sie einen Skandal auslöste. Es war ihr egal, ob sie ihren Mann betrog. Und es war ihr vollkommen gleichgültig, dass hier eine Angehörige des Hochadels einen Bürgerlichen küsste. Alles war vollkommen egal – denn das hier war richtig, so wie es war.

Kapitel 44

Es war Franz, der sich Sekunden später wieder keuchend von ihr löste. Sprachlos starrten sie einander an. »Sophie…«, sagte er. »Das… ich…«

Doch sie nickte nur, nahm seine Hand. »Ich weiß.« Ihre Sehnsucht nach ihm, der Wunsch, ihn erneut zu küssen, sich ihm ganz hinzugeben, mit Haut und Haar, war beinah übermächtig, und sie sah ihm an, dass es ihm genauso ging.

»Hör zu, Sophie«, sagte er. »Ich kann nicht vernünftig sein. Das hier ist stärker als jede Vernunft, weitaus mächtiger als alles, was ich bislang erlebt habe. Aber dennoch. Ich bin verheiratet, Sophie. Ich habe drei kleine Kinder, das Jüngste gerade mal ein Jahr alt.«

Sophie fühlte eine heftige Eifersucht in sich aufsteigen. Er sollte doch nur ihr gehören, ihr allein. Doch gleichzeitig wusste sie, wie albern und absurd dieser Gedanke war. Schließlich war er ja erst gestern in ihr Leben getreten! Und noch ein weiteres Gefühl beherrschte sie. Das Gefühl, dass all das – sein Leben, seine Frau, seine Kinder – gar nichts mit ihnen zu tun hatten. Dass sie in einer Welt lebten, in der es nur sie beide gab. Sie beide und ihre Liebe.

»Du sagst ja gar nichts, Sophie.«

Er hob die Hand und strich ihr zärtlich eine Haarsträhne aus der Stirn, die sich aus der prachtvollen Kronenfrisur gelöst hatte.

»Ich weiß nicht, was ich sagen soll«, gestand sie. »Ich … das hier ist machtvoller, als Worte es jemals sein können. Und ich weiß, Liebster, dass es nicht einfach werden wird. Aber ich weiß auch, dass es keine Alternative gibt.«

Er nickte, nahm wieder ihre Hände, spielte mit ihren Fingern. Und wieder löste die Berührung eine derartige Leidenschaft in Sophie aus, dass sie unversehens leise aufstöhnte. »Ich muss mit dir allein sein.«

Beinah erschrocken sah er sie an. »Bist du sicher?«

Sie nickte. »Ich könnte mir nicht sicherer sein. Gerade weil es zwischen uns … weil all das so schwierig werden wird. Und weil es so machtvoll ist.«

»Ich wollte dir ohnehin vorschlagen, mich in meine Praxis zu begleiten«, sagte er mit rauer Stimme.

Sie schluckte.

Den Weg zu seiner Praxis legten sie schweigend zurück. Natürlich berührten sie einander nicht, wechselten jedoch ständig leidenschaftliche und zärtliche Blicke.

»Heute ist niemand da?«, vergewisserte sich Sophie, als Franz die Tür im ersten Obergeschoss eines Wohn- und Geschäftshauses aufschloss. Er schüttelte den Kopf. »Heute mache ich nur Hausbesuche.«

Er verschloss die Tür von innen wieder und zog Sophie sofort in seine Arme. Um sie dann mit einer Leidenschaft und Haltlosigkeit zu küssen, die ihnen beide die Sinne raubte.

Von da an sahen sie sich täglich. Ihrer Familie gegenüber schützte Sophie vor, dass es ihr nach wie vor schlecht gehe und die häufigen Konsultationen von Dr. Glaser nötig seien. Sie bemerkte sehr wohl, dass Louise dem Arzt mit einer gewissen misstrauischen Distanz begegnete, offenbar ahnte sie instinktiv, dass er für ihre Mutter mehr bedeutete, als es sein sollte. Doch das konnte Sophies Glück ebenso wenig trüben wie das Bewusstsein, dass schwere, sehr schwere Zeiten auf sie zukamen. Sie war glücklich wie noch nie in ihrem Leben. Und sie wusste auch, dass sie dieses Glück nie mehr loslassen wollte.

»Ich lasse mich scheiden«, stieß sie eines Nachmittags, als sie sich in Franz Glasers Praxis wieder einmal leidenschaftlich geliebt hatten, hervor.

Erschrocken sah er sie an. »Bist du sicher?«

Sie nickte, ein wenig enttäuscht von seiner Reaktion. »Ich war noch nie so glücklich, Franz.«

Er nahm ihre Hände. »Ich auch nicht. Aber, Sophie, wir haben auch eine Verantwortung. Vor allem ich. Meine Kinder sind noch so klein.«

»Ich weiß«, flüsterte sie. »Ich weiß es doch. Aber ich kann auch nicht von dir lassen. Das ist völlig unmöglich.«

»Und ich nicht von dir.«

Wieder zog er sie in seine Arme. »Lass uns für eine Weile fortgehen«, schlug er vor. »In die Schweiz. Um uns über alles klar zu werden.«

»Das ist eine hervorragende Idee.« Sie strahlte. »Wie schnell könnten wir abreisen?«

»Ich könnte einen Kongress vortäuschen«, sagte er. »Dann könnten wir nächste Woche los.«

»Und ich könnte das mit dem Wunsch nach Erholung begründen. Allerdings kann ich natürlich nicht allein reisen.

Meine Hofdame und meine Kammerfrau müssten mitkommen. Aber zumindest die Kammerfrau ist auf unserer Seite.«

»Gut«, sagte er. »Dann lass uns gleich mit der Planung beginnen.«

Die Vorbereitungen auf die Reise liefen problemlos, eine Woche später trafen sie in der Schweiz aufeinander und verbrachten dort eine derart glückliche Zeit, dass ihr Entschluss am Ende der Reise feststand: Sie wollten ihr Leben miteinander verbringen. Wie schwierig es auch werden mochte. Franz reiste nach Hause, um mit seiner Frau zu sprechen, Sophie fuhr weiter nach Frankreich, wo sie einen Urlaub mit Ferdinand und Louise verbringen wollte. Dort wollte sie ihrem Mann reinen Wein einschenken und ihn um die Scheidung bitten.

Kapitel 45

In Monaco nahmen sie Quartier im Hôtel de Paris, das vor rund einem Vierteljahrhundert eröffnet worden war. Es lag im Stadtteil Monte Carlo ganz in der Nähe der Spielbank und war ausgesprochen mondän. Doch Sophie hatte keinen Blick für all die Pracht. Ihr Mann war noch nicht eingetroffen, und sie ging aufgeregt in ihrem Zimmer auf und ab. In ihrem Magen klumpte die Angst, ihr Herz raste, ganz flau war ihr zumute. Zu Sophies Erleichterung hatte sich Louise in ihre eigenen Räumlichkeiten zurückgezogen, um sich von der Reise zu erholen, sodass sie mit sich und ihren Gedanken allein war. Sie zweifelte keine Sekunde, dass es richtig war, Ferdinand zu verlassen, um mit Franz ein neues Leben zu beginnen. Zumal sie Ludwigs Segen hatte! Sie war sich inzwischen vollkommen sicher, dass Sisis Traum genau das bedeutet hatte. Dennoch hämmerte die Angst in ihren Schläfen. Weniger wegen all der Probleme, die auf sie zukommen würden. Sondern deshalb, weil ihr klar war, dass sie ihren Mann damit furchtbar verletzte. Es war schrecklich, was sie ihm antun musste. Und dennoch hatte sie keine andere Wahl.

Da sah sie ihn endlich kommen: Eine Kutsche hielt vor dem

Haus, Ferdinand stieg aus und blickte an der Fassade empor, entdeckte sie jedoch nicht, sondern verschwand im Haus.

Jetzt würde es nicht mehr lange dauern, und er würde vor ihr stehen. Wie so oft, wenn sie unter extremem Stress stand, streikte Sophies Körper. Sie wurde von heftigem Schwindel erfasst, taumelte leicht, griff nach einer Stuhllehne und ließ sich auf einen Stuhl sinken.

Zehn Minuten später klopfte es an der Tür, und auf ihr schwaches »Herein!« betrat Ferdinand das Zimmer. Sein Anblick schmerzte sie so sehr, dass sie beinahe aufgekeucht hätte. Er war so vertraut, und er wirkte so glücklich, wie er da vor ihr stand.

»Charlotte!«, rief er und eilte zu ihr, sank vor ihr auf die Knie und küsste ihre Hände. »Liebste Charlotte, ich bin so unsagbar glücklich, dich endlich wiederzusehen. Du ahnst ja gar nicht, wie froh ich bin. Blendend siehst du aus, der Aufenthalt in der Schweiz hat dir gutgetan. Jetzt wird alles gut, meine Liebste, du wirst schon sehen.«

Sie starrte ihn an. Wie glücklich er war. Wie sehr er sie liebte! Es würde ihm das Herz brechen. Und ihres krampfte sich bereits jetzt schmerzhaft zusammen.

»Liebste«, sagte er, und nun flog erstmals so etwas wie Unsicherheit über sein Gesicht. »Was ist mit dir?«

»Ich …«, stieß sie hervor, und dann waren die Worte aus ihrem Mund, bevor sie richtig darüber nachdenken konnte, »ich möchte mich scheiden lassen.«

Ferdinand wurde leichenblass. Mit einer ruckartigen Bewegung entzog er ihr seine Hände, sprang auf und starrte sie fassungslos an. »Bist du geistesgestört, Sophie?« Nun verwendete er wieder, wie immer im Streit, ihren ersten Vornamen.

»Nein«, sagte sie gelassen. »Noch nie in meinem Leben war mein Geist so klar wie jetzt.«

»Aber… warum?« Er raufte sich die Haare. »Ist es wegen Ludwig? Wegen deiner Krankheit? Oder weil wir nun wieder nach England zurückmüssen? Es muss nicht England sein, wir können uns überall auf der Welt niederlassen.«

Es schnitt Sophie ins Herz, wie er da vor ihr stand und voller Verzweiflung versuchte, sie zurückzugewinnen, einen Weg zu finden. Das war besonders deshalb so schlimm, weil sie wusste, dass er sich vollkommen umsonst abmühte. Es war egal, was er sagte. Es gab keine Chance für sie. Deshalb erklärte sie hastig: »Ich habe mich verliebt, Ferdinand. Und ich hatte noch nie so starke Gefühle.«

Sie kam sich grausam vor dabei, ihm das so direkt ins Gesicht zu sagen, aber sie wusste auch, dass sie keine andere Wahl hatte. Nur so würde er begreifen, dass es keinen Sinn machte, um sie zu kämpfen, und würde sich nicht weiter erniedrigen.

Ferdinand taumelte, als hätte er einen Dolchstoß mitten ins Herz erhalten.

»Wer?«, stieß er hervor, während er auf einen Stuhl ihr gegenüber sank. »Wer ist es?«

»Das tut nichts zur Sache.«

Ferdinand sprang wieder auf, sein Entsetzen hatte sich binnen Sekunden in glühende Wut verwandelt. »Natürlich tut das was zur Sache!«, brüllte er. »Und wie das was zur Sache tut. Ich habe doch verdammt noch mal ein Recht zu erfahren, wer der Mann ist, der mir meine Frau wegnimmt.«

In Sophies Kopf drehte sich alles. Sie hatte das Bedürfnis, Franz und ihre Liebe vor der Wut ihres Gatten zu schützen. Andererseits würde er es irgendwann ohnehin erfahren. Und war sie ihm den Namen nicht tatsächlich irgendwie schuldig?

»Also?«, fuhr er sie an.

»Es ist mein Arzt, Dr. Franz Glaser.«

Ferdinand riss die Augen auf, dann legte er den Kopf in den Nacken und brach in schallendes Gelächter aus.

Irritiert starrte sie ihn an, und in der Tat war Ferdinands Heiterkeitsausbruch so schnell zu Ende, wie er gekommen war. »Das ist wirklich köstlich«, japste er und tat, als wischte er sich die Lachtränen aus den Augen.

»Ich wüsste nicht, was daran komisch sein soll.«

»Sophie«, sagte Ferdinand. »Herr Dr. Glaser ist doch überhaupt nicht standesgemäß. Du bist die Schwester der österreichischen Kaiserin. Und er ist ein Bürgerlicher.«

»Die Liebe kennt keine Standesgrenzen.«

Ferdinand verdrehte die Augen. »Sophie, hörst du dir eigentlich zu?«, fragte er. »Es ist Unfug, was du da redest.«

»Nein, Ferdinand, das ist kein Unfug.«

Er setzte sich wieder und sah ihr direkt in die Augen, als er sie fragte: »Ich nehme an, du warst mit ihm intim.«

Sie schlug die Augen nieder. »Ja.«

»Bist du schwanger?« Seine Frage klang gleichgültig. Erschrocken sah sie ihn an. »Natürlich nicht!«

»Gut. Ich bin bereit, dir diese Entgleisung zu verzeihen. Ich führe sie zurück auf den Schmerz wegen König Ludwigs Tod. Und auch auf deine Scharlacherkrankung. Allerdings wirst du diesen Arzt nicht wiedersehen. Und nun lass uns hinuntergehen. Ich habe noch nichts gegessen. Das hoteleigene Restaurant Le Louis XV soll ganz hervorragend sein.« Er erhob sich.

»Nein.« Trotzig sah sie ihn an. Und blieb sitzen.

»Nein?«

»Meine Gefühle für Dr. Glaser sind ernst. Die lassen sich nicht einfach übergehen.«

»Sophie!« Hatte er vorhin noch bittend und verzweifelt

geklungen, so tönte seine Stimme nun wie ein Peitschenhieb. »Ich werde das nicht akzeptieren.«

»Du wirst es müssen. Du kannst mich nicht zwingen, dich zu lieben.«

»Das mag sein«, gab er ihr recht. »Aber ich kann mich weigern, dich freizugeben.«

Wieder wandte er sich zum Gehen. »Wenn du mich nicht zum Essen begleiten willst, dann lässt du es eben bleiben. Ich gehe jetzt meine Tochter begrüßen. Wenigstens sie dürfte sich freuen, mich zu sehen. Danach werde ich einen Brief an deinen Bruder Carl Theodor verfassen und ihn um seine medizinische Expertise bitten.«

Mit diesen Worten schlug er die Tür hinter sich zu.

Sophie starrte ihm nach. Medizinische Expertise! Sie war doch nicht krank!

Aus der Kammer des Vergessens stieg eine Erinnerung in Sophie auf: Sie waren jung verheiratet gewesen. Queen Victoria hatte das Paar zu sich nach Windsor Castle eingeladen, und dort hatte John Brown mit am Tisch gesessen. Ferdinand war außer sich gewesen vor Empörung über das vertrauensvolle – vielleicht sogar amouröse – Verhältnis von Englands Königin mit einem Bürgerlichen. Und hatte Ferdinand nicht seinem Vater, als dieser viele Jahre nach dem Tod seiner Frau eine neue Liebe gefunden hatte und heiraten wollte, eine schlimme Szene gemacht? Ihm war die Auserwählte des Herzogs von Nemours nicht ausreichend standesgemäß gewesen, und am Ende hatte der Herzog seine Heiratspläne tatsächlich aufgegeben.

Sophie schauderte. Aus Ferdinands Sicht war sie sein Eigentum, und das würde er sich nicht nehmen lassen. Schon gar nicht von einem Bürgerlichen!

Kapitel 46

Wie kommst du denn bloß auf diese absurde Idee?«, rief Carl Theodor. Und dann sagte er die gleichen Worte, die ihr auch schon Ferdinand entgegengeschleudert hatte: »Du musst geistesgestört sein!«

Nachdem Ferdinand an Carl Theodor geschrieben hatte und sie noch einige unschöne Tage in Monaco verbracht hatten, waren sie nach Meran gereist, wo Sophie ihren Bruder traf, der mit seiner ganzen Familie dorthin gekommen war. Man wohnte im Hotel Erzherzog Rainer.

»Ich bin nicht geistesgestört!«, sagte Sophie auch dieses Mal trotzig. »Ich habe mich einfach nur verliebt.«

»Aber deine Liebe ist egoistisch, Sophie«, gab Carl Theodor zu bedenken. »Dein Angebeteter hat eine Ehefrau und drei kleine Kinder. Das jüngste ist gerade mal ein Jahr alt! Willst du der Ehefrau wirklich den Mann und den Kindern den Vater nehmen? Hast du denn gar kein Herz?«

»Franz ist nicht glücklich in seiner Ehe.« Sophie funkelte ihren Bruder trotzig an. »Und darunter werden auch die Kinder leiden. Wir beide wissen, wie es ist, bei Eltern aufzuwachsen, die einander nicht lieben.«

»Du biegst es dir so hin, wie du es gerade brauchst, Sophie, nicht wahr?«, gab Carl Theodor erbost zurück. »Unsere Kindheit auf Possenhofen war sehr glücklich, auch wenn sich unsere Eltern nicht geliebt haben. Von allem anderen einmal abgesehen: Wie kommst du eigentlich darauf, dass du dich einfach scheiden lassen und einen Bürgerlichen heiraten kannst, Sophie? Siebenhundert Jahre reicht die Geschichte des Hauses Wittelsbach zurück. Und noch nie hat sich eine Frau aus unserer Familie scheiden lassen, um die Ehe mit einem Bürgerlichen einzugehen.«

»Dann hat sich eben noch nie eine getraut, und ich werde die erste sein. Es ist ohnehin nicht einzusehen, warum die Frauen niemals ihrem Herzen folgen dürfen. Männer gibt es schließlich genug, die ihre Liebste heiraten konnten, auch dann, wenn diese nicht standesgemäß war. Unser eigener Bruder ist hierfür das beste Beispiel. Ach, oder nimm doch Mutters Lieblingsbruder, Prinz Karl von Bayern.«

»Onkel Karl hat dafür auf seine Thronrechte verzichtet«, erwiderte Carl Theodor schneidend. »Und unser Bruder auf seine Erstgeborenenrechte.«

»Siehst du«, sagte Sophie. »Und ich verzichte auch gerne auf alle Rechte, die ich habe, wenn ich nur endlich meinem Herzen folgen kann.«

Bei sich dachte sie, dass sie diesen Mut schon damals hätte aufbringen sollen, als sie sich in Edgar Hanfstaengl verliebt hatte. Doch zu jener Zeit hatte sie sich nicht getraut, besser gesagt, sie hätte nicht im Traum daran gedacht, dass ihre Liebe sie beide tragen könnte. Es war für sie vollkommen klar gewesen, dass sie *natürlich* keinen Bürgerlichen heiraten konnte. Dann die geplatzte Verlobung mit Ludwig… sie war verwirrt gewesen. Als danach der freundliche Ferdinand kam und um ihre Hand anhielt, da hatte sie fast schon erleichtert Ja gesagt und sich auf das Leben mit ihm eingelassen.

Zu ihrer Überraschung hatte sie ihren Ferdinand dann auch wirklich lieb gewonnen und sogar Leidenschaft für ihn empfunden. Sie hatte ihn vermisst, wenn er nicht da war. Sie hatten ein gutes Leben miteinander gehabt. Aber nun erkannte sie, dass ihre Gefühle für Ferdinand nie so glühend, nie so brennend gewesen waren wie nun für Franz oder seinerzeit für Edgar. Sie hatte sich das nur vorgemacht, wahrscheinlich, so überlegte sie, weil sie diesen Weg als den einzig möglichen gesehen hatte. Sie war davon überzeugt gewesen, dass es besser war, sich dem Schicksal zu öffnen und zu versuchen, das Beste daraus zu machen, als sich ihm zu widersetzen. Dass sie aber all die Jahre immer wieder gekränkelt und gegen diese ständige Niedergeschlagenheit zu kämpfen hatte, das, dachte sie, konnte doch kein Zufall sein. Und es konnte nicht nur mit Ludwig zusammenhängen, sondern auch damit, dass sie ein Leben lebte, das sie im Grunde ihres Herzens nie gewollt hatte. Auch Ludwig war mit den Zwängen seines hohen Rangs nicht zurechtgekommen und immer wieder ausgebrochen, er hatte sich seine Fantasie- und Scheinwelten geschaffen wie jenen Wintergarten, den sie ihm jetzt abrissen. Sie gönnten einem keine Auswege. Und Sisi! Sie hasste die Etikette doch auch! Ständig floh sie vom Wiener Hof. Es war also keineswegs so, als ob sie, Sophie, die Einzige wäre, die das Bedürfnis hatte, auszubrechen. Jetzt, mit Franz, war sie zum ersten Mal wieder glücklich! In seinen Armen fühlte sie sich wohl. Lebendig. In seinen Armen war sie sie selbst! Keine Puppe, keine Marionette, sondern *Sophie.*

»Sophie!«, drang Carl Theodors Stimme scharf in ihr Bewusstsein. »Ich rede mit dir.«

»Entschuldige«, gab sie kühl zur Antwort. »Ich war in Gedanken.«

»Ein weiterer Beweis dafür, dass du nicht mehr zurechnungsfähig zu sein scheinst.«

»Wie bitte?«

»Und deshalb möchte ich dich mit Erlaubnis deines Mannes noch von weiteren Ärzten untersuchen lassen.«

»Du willst mich untersuchen lassen?«, fragte sie fassungslos. »Weil ich mich *verliebt* habe?«

»Das ist keine Liebe, Sophie, das ist Wahn«, erklärte er kalt. »Weißt du eigentlich, was du deinem Mann damit antust? Er war immer gut zu dir, du hast wahrlich keinen Grund, dich zu beschweren. Und jetzt tust du ihm so weh. Dennoch ist er unerschütterlich freundlich zu dir, Sophie, aber ich weiß, dass er neulich einmal weinend zusammengebrochen ist. Sophie, die einzige Erklärung für all deine Grausamkeit ist, dass du irrsinnig bist. Das glaubt auch deine Tochter. Und dein Mann. Sie wissen keine andere Erklärung für dein Verhalten. Übrigens setzt du auch unserer fast achtzigjährigen Mutter mit deinem Benehmen sehr zu. Und all das, Sophie, bringt auch mich zu dem Schluss, dass etwas mit dir nicht stimmt. Du warst nie grausam. Jetzt bist du es. Deinen Nächsten, deiner Familie gegenüber.«

Entsetzt starrte Sophie ihren Bruder an. Dann sprang sie auf und floh nach oben in ihr Zimmer, um an Franz zu schreiben und ihm all ihren Kummer anzuvertrauen.

***

»Ich habe das Gefühl, dass sich alle gegen mich verschworen haben, Paula«, klagte Sophie am nächsten Morgen ihrer Kammerfrau. »Carl Theodor sagt, dass selbst Louise mich für geistesgestört hält.«

»Sie dürfen sich das nicht so zu Herzen nehmen«, beschwichtigte Paula, die Sophies langes Haar sorgsam bürstete, um es hernach zu der berühmten Kronenfrisur zu flechten. »Das Mädel ist erst siebzehn. Ihr ist das alles zu viel. Aber sie redet nicht bös über Sie. Sie versteht das alles nur nicht.«

»Ach, Paula«, sagte Sophie und suchte den Blick der anderen im Spiegel. »Ich bin froh, dass ich wenigstens Sie noch hab. Sonst könnt ich meinem Leben gleich ein Ende setzen.«

Erschrocken ließ Paula die Hände sinken und verlor die Strähnen, mit denen sie gerade gearbeitet hatte, aus den Fingern.

»Passen Sie doch auf, Paula!«, rief Sophie. »Jetzt müssen Sie wieder ganz von vorne beginnen.«

»Entschuldigung, Hoheit«, murmelte Paula. »Es ist nur ... dann hat man es Ihnen noch nicht gesagt?«

Erschrocken wandte sich Sophie zu Paula um, der die Strähnen durch diese plötzliche Bewegung erneut aus der Hand glitten. »Was? Was hat man mir noch nicht gesagt?«

»Sie schicken mich fort«, flüsterte Paula. »Morgen soll ich nach Possenhofen reisen und dort in die Dienste Ihrer Mutter treten.«

Sophie zwang sich, langsam und tief zu atmen. »Das werde ich nicht zulassen. Ohne Sie bin ich verloren. Ich werde durchsetzen, dass Sie bei mir bleiben dürfen. Wenigstens das. Mit Ihnen an meiner Seite werde ich alles durchstehen.«

Kapitel 47

Sophie!«, Ferdinand war überrascht, als seine Gemahlin am nächsten Morgen zum Frühstück herunterkam. Hastig tupfte er sich den Mund mit seiner Serviette ab und machte Anstalten, sich zu erheben. Auch Carl Theodor, seine Gemahlin Maria José und Carl Theodors Tochter Amélie reagierten überrascht, sogar Louise lächelte ihr distanziert zu.

»Bemüht euch nicht«, sagte Sophie. »Ich wollte euch nur darüber informieren, dass ich darauf bestehe, meine Kammerzofe zu behalten. Ich bin bereit, mich jedweder Untersuchung und Behandlung zu unterziehen, die ihr für richtig haltet, aber nur, wenn sie an meiner Seite ist.«

Ferdinand, vollkommen überfordert von dem Verlangen seiner Frau, wandte sich Hilfe suchend an seinen Schwager, da erhielt Sophie Unterstützung von unerwarteter Seite.

»Lasst ihr doch ihren Willen«, sagte Louise beinahe flehend. »Wenn sie doch ansonsten einlenkt. Vielleicht wird dann am Ende alles gut!«

Ihre Tochter klang so verzweifelt und verloren, dass es Sophie einen Stich versetzte. Ihre Tochter konnte für all das tatsächlich am allerwenigsten!

Sophie sah, dass Carl Theodor ihrem Mann zunickte. Ferdinand lächelte sie daraufhin an und beschied: »Also gut. Wenn es dein Wunsch ist, kann Paula selbstverständlich bleiben.«

Offenbar erhoffte er sich ein Lächeln von seiner Frau, beinahe flehentlich sah er sie an, doch Sophie nickte nur knapp und sagte förmlich: »Sehr schön. Ich danke dir für dein Entgegenkommen.«

»Möchtest du dich vielleicht zu uns setzen und mit uns frühstücken?«, fragte er. Sophie wollte gerade ablehnen, doch mit einem Blick auf ihre Tochter stimmte sie schließlich zu. »Ja, gut«, sagte sie.

Doch Louise sah sie mit leisem Bedauern an. »Wenn ich das gewusst hätte, Mama«, sagte sie zaghaft. »Aber nun habe ich mich schon mit Amélie verabredet. Wir wollen ausreiten.« Die beiden jungen Frauen wechselten einen Blick.

»Geht nur.« Sophie lächelte ihrer Tochter aufmunternd zu.

»Aber du frühstückst trotzdem mit Papa?«, fragte das Mädchen hoffnungsvoll.

»Natürlich tue ich das.«

Kaum hatte sich die Tür hinter der jungen Frau geschlossen, sah Sophie ihren Bruder, ihre Schwägerin und ihren Ehemann der Reihe nach an.

»Also«, sagte sie. »Es trifft sich ja gut, dass Louise verabredet ist, wir können also offen sprechen. Was habt ihr mit mir vor?«

Wieder sandte Ferdinand seinem Schwager einen hilflosen Blick. »Nur dein Bestes«, versicherte Carl Theodor ruhig und griff nach einer weiteren Scheibe Brot, um sie mit Marmelade zu bestreichen. »Wie ich dir schon sagte, führen wir deine Verwirrungszustände auf deine Scharlacherkrankung zurück. Daher möchte ich auch Professor Hugo von Ziemssen, der dich damals behandelt hat, nach Meran bitten.«

Aber ich leide nicht unter Verwirrungszuständen!, hätte Sophie gerne gerufen. Doch sie wusste, dass sie damit das Gegenteil dessen erreicht hätte, was sie wollte. Daher nickte sie nur knapp.

»Es gibt auch die Möglichkeit, dich in Graz behandeln zu lassen«, fuhr ihr Bruder fort. »Es gibt dort eine Klinik für Fälle wie den deinen.«

Für Fälle von Menschen, die sich verlieben?, dachte Sophie, doch wieder sprach sie es nicht aus.

»Vielleicht musst du aber auch gar nicht in diese Klinik«, wagte ihr Mann einen Vorstoß und reckte seine Hand, um sie auf die ihre zu legen. Doch Sophie zog den Arm mit einer ruckartigen Bewegung zurück. Sie hätte seine Berührung nicht ertragen. Gekränkt sah Ferdinand sie an.

Carl Theodor, der alles genau beobachtet hatte, fand offenbar, es sei Zeit, einzugreifen.

»Sophie«, sagte er sanft. »Überleg es dir doch noch einmal. Dein Weg zurück könnte so einfach sein. Du müsstest nur mit diesem Dr. Glaser brechen und die Scheidungspläne aufgeben.«

Das soll einfach sein?, tobte es in Sophie. Das würde ja bedeuten, dass ich meine Liebe verrate und mein Leben lang mit dieser Lüge leben muss!

Doch laut sagte sie nur. »Es tut mir leid, das kann ich nicht. Ihr entschuldigt mich?«

Dann erhob sie sich und ging, ohne ein weiteres Wort zu sagen, hinaus.

* * *

»Und wenn Sie noch einmal mit Ihrer Schwägerin sprechen?«, überlegte Paula, als Sophie ihr über das Ergebnis der Unterredung Bericht erstattete. So froh die beiden Frauen auch darüber waren, dass Paula bleiben durfte, so sehr sorgten sie sich andererseits, weil Sophies Abreise nach Graz nun nicht mehr aufzuhalten schien.

»Die Prinzessin ist doch eine durch und durch herzliche und, wie mir scheint, auch vernünftige Frau.«

»Aber Maria José hat während des Frühstücks kein Wort gesagt«, erwiderte Sophie. »Ebenso wenig wie Amélie.«

»Wahrscheinlich wollten die beiden Frauen das den Männern überlassen. Immerhin ist Ihr Bruder der Mediziner. Aber wie mir scheint, hat Ihre Schwägerin durchaus Einfluss auf ihn.«

»Vielleicht haben Sie recht«, sagte Sophie, die sich in ihrer Verzweiflung an jeden Strohhalm klammerte. »Bitte lassen Sie nach ihr schicken.«

Maria José suchte Sophie noch vor dem Mittagessen in deren Zimmer im Hotel Erzherzog Rainer auf.

»Meine Liebe«, sagte sie freundlich und legte ihr voller Anteilnahme die Hand auf den Unterarm. Ihre Augen waren voller Sorge, und Sophies Hoffnung wuchs. Wenn sie Maria José wirklich als Fürsprecherin gewinnen könnte, dann würde doch noch alles gut werden, dessen war sie sich mit einem Mal ganz sicher.

»Bitte«, sagte sie und deutete auf die bequeme Sitzgruppe am Fenster. »Nimm doch Platz.«

»Sehr gerne.«

»Ich bin dir so dankbar, dass du gleich gekommen bist«, sagte Sophie zu ihrer Schwägerin. »Du weißt doch, wie sich Liebe anfühlt.«

Erstaunt sah Maria José sie an. »Wie meinst du das?«

»Nun, du liebst Carl Theodor doch aufrichtig.«

»Natürlich tue ich das«, erwiderte die andere. »Das ist doch selbstverständlich.«

Sophies anfängliche Hoffnung bekam den ersten Riss. Nein, es war eben *nicht* selbstverständlich, dass eine Frau ihren Mann liebte. Doch sie wollte noch nicht aufgeben.

»Siehst du«, sagte sie. »Und ich liebe Dr. Glaser. Ganz innig und aufrichtig. Und diesen Gefühlen muss ich doch nachgeben dürfen, nicht wahr?« Bittend beugte sie sich vor, sah ihre Schwägerin eindringlich an. »Gerade du, die du liebst, musst mich doch verstehen!«

Doch nun wich Maria José ihrem Blick aus. »Aber ich liebe meinen *Mann*, Sophie«, murmelte sie. »Das ist etwas vollkommen anderes. Eine Frau hat ihren Mann zu lieben und sonst niemanden!«

Wieder lehnte sich alles in Sophie auf. Schon diese Wortwahl – eine Frau *hat* ihren Mann zu lieben! Man konnte Liebe doch nicht erzwingen.

Wie so oft in den letzten Tagen wurde ihre Sehnsucht nach Ludwig – und ihre Trauer um ihn – beinahe übermächtig. Ludwig hätte sie verstanden. Auch Ludwig hatte gewusst, dass man Liebe – diese Art von Liebe – nicht erzwingen kann. Er war so viel klüger gewesen als sie, als er die Verlobung gelöst hatte – um ihr und auch sich Unglück zu ersparen.

In diesem Moment klopfte es an der Tür. Ohne Sophies »Herein« abzuwarten, stand kurz darauf ihr Bruder im Zimmer. Erleichtert sprang Maria José auf und eilte ihrem Mann entgegen. Hatten die beiden sich abgesprochen?, fragte sich Sophie betroffen. Damit Maria José nur wenige Minuten mit ihr, der Geisteskranken, allein sein musste?

Doch da wandte sich Carl Theodor zu jemandem um, der hinter ihm stand, und erklärte dabei: »Sophie, Dr. Ziemssen ist inzwischen eingetroffen und möchte dich gern untersuchen.«

Doch beim Anblick dieses Arztes, der sich in Possenhofen

so aufopferungsvoll um Sophie gekümmert hatte – was sie jetzt nur noch als scheinheilig empfand –, platzte Sophie der Kragen. Sie sprang auf, baute sich vor ihrem Bruder, ihrer Schwägerin und Dr. Ziemssen auf, stemmte die Hände in die Hüften und rief: »Ach so! In acht Tagen ist der Dreizehnte, Ludwigs Todestag. Wollen Sie es mit mir machen wie mit dem König?«

»Sophie!«, rief Carl Theodor entsetzt.

Dann wandte er sich an den Arzt. Sie hörte ihn murmeln: »Ich habe Ihnen ja gesagt, dass sie in keiner guten Verfassung ist. Es ist wohl wirklich das Beste, wenn wir sie nach Graz schicken.«

»Das würde ich auch empfehlen«, stimmte Dr. Ziemssen zu. »Ich würde noch die Meinungen von Dr. Nagy und Herrn Dr. von Kaan abwarten.«

Als Sophie diesen Namen hörte, fuhr sie erschrocken zusammen. Doch sie zwang sich, sich nichts anmerken zu lassen, sondern sagte nur kühl: »Noch bin ich nicht für unzurechnungsfähig erklärt worden. Sie können also gern auch direkt mit mir sprechen, statt so zu tun, als wäre ich nicht da.«

Carl Theodor und der Mediziner wechselten einen vielsagenden Blick, bevor sich Carl Theodor mit einem Lächeln, das Sophie als ziemlich anmaßend empfand, an seine Schwester wandte.

»Natürlich, Sophie«, sagte er. »Bitte entschuldige.«

Sie nickte und sagte dann mit strahlendem Lächeln: »Jedenfalls freue ich mich, dass Herr Dr. von Kaan hinzugezogen wird. Ich durfte seine reizende Frau einmal kennenlernen. Es ist allerdings schon viele Jahre her.« Sie runzelte die Stirn, als könnte sie sich des Namens nicht entsinnen, dann sagte sie: »Ich glaube, sie hieß Auguste, nicht wahr?«

»Antonie«, korrigierte sie Carl Theodor reflexartig.

Sophie sank das Herz, als sie ihre Befürchtung bestätigt sah, doch sie ließ sich nach wie vor nichts anmerken. Lächelnd bestätigte sie: »Richtig, Antonie.«

Als die Herren und ihre Schwägerin das Zimmer verlassen hatten, um sich weitere Gedanken um ihren Gesundheitszustand zu machen, sank Sophie entsetzt auf ihren Stuhl.

Antonie von Kaan! Jene Dame, die ihr seinerzeit, gemeinsam mit Nathalie von Sternbach, geholfen hatte, Edgar zu treffen! Am Ende war sie gar nicht mehr begeistert gewesen von der ganzen Sache – und Sophie hatte schon damals eine leise Unruhe verspürt und befürchtet, Antonie werde alles auffliegen lassen. Doch es war niemals etwas geschehen. Dass sie, Sophie, aber ausgerechnet jetzt von dem Mann dieser Mitwisserin behandelt werden sollte, konnte doch kein Zufall sein. Was, wenn Antonie von Kaan sich verpflichtet fühlte, ihrem Mann von der Sache mit Edgar zu erzählen? Dann würde man sie doch erst recht für geistesgestört halten! Wieder fand sie ein wenig Trost, indem sie an Franz schrieb – wenn es sie auch sehr verunsicherte, dass er auf ihren ersten Brief nicht geantwortet hatte. Aber vielleicht brauchte die Post einfach etwas länger, versuchte sie sich zu beruhigen.

Doch es kam noch schlimmer: Nachdem Dr. von Kaan und Dr. Nagy Sophie mit ernsten Mienen untersucht und ihr dabei fast das Gefühl gegeben hatten, sie sei eigentlich gar kein Mensch mehr, belauschte Paula ein Gespräch, von dem sie Sophie nun aufgelöst berichtete: »Man hat einen Psychiatrieprofessor aus München zurate gezogen. Er heißt Hubert von Grashey. Und er war … nun, er war an dem Gutachten beteiligt, durch das König Ludwig für unzurechnungsfähig erklärt wurde. Außerdem ist von Gudden sein Schwiegervater.«

Erst von Kaan und dann noch von Guddens Schwiegersohn! Sophie spürte, wie es ihr die Kehle zuschnürte. Gleichzeitig fühlte sie ein unheilvolles Hämmern in ihren Schläfen. Ihr Herz raste, sie bekam Magenschmerzen. Man wollte den Mann auf sie ansetzen, der Ludwig in den Untergang getrieben hatte!

Sie zwang sich zur Ruhe. Noch war Paula nicht fort, und sie musste unbedingt erfahren, was genau man mit ihr vorhatte.

»Wissen Sie, was dieser Mann empfohlen hat? Was haben sie mit mir vor?«

»Man will Sie nun tatsächlich in das Sanatorium Maria Grün einweisen lassen. Dabei handelt es sich um die private Klinik des namhaften Psychiaters Richard von Krafft-Ebing«, flüsterte Paula, als scheute sie sich, das Unglaubliche laut auszusprechen.

Sophie nickte, während das Hämmern in ihren Schläfen zunahm. »Bitte, sprechen Sie weiter.«

»Professor von Krafft-Ebing hat ein viel beachtetes Werk herausgegeben«, sagte Paula. »Es heißt *Psychopathia sexualis*. Wenn Sie… wenn Sie auf die Behandlung nicht ansprechen und sich weigern, sich von Glaser zu lösen, will man Sie für unzurechnungsfähig erklären lassen.«

»Genau wie Ludwig«, flüsterte Sophie in namenlosem Entsetzen. »Und am Ende war er tot.« Was, wenn sie Sisis Traum missdeutet hatte? Ludwig hatte laut Sisi schließlich Angst um sie gehabt! War es so, dass sie wegen des Feuers – das, daran zweifelte sie immer noch nicht, ihre Liebe zu Franz war – sterben würde? Indem sie umgebracht wurde, so wie er? Hatte er das gemeint mit dem Versprechen, sie würden sich im Paradies wiedersehen? Im Jenseits?

»Aber Sie werden nicht sterben«, sagte Paula eindringlich in ihre Gedanken hinein. »Hören Sie, Sophie? Sie werden am

Ende nicht Ludwigs Schicksal teilen. Sie dürfen sich nicht aufgeben.«

»Es würde mir so viel Kraft geben, wenn Franz sich nur einmal melden würde«, seufzte Sophie. »Sein ständiges Schweigen macht mich ganz mürbe und verunsichert mich zutiefst.«

Kapitel 48

»Sophie?«

Sie schrak zusammen, als es an ihrer Tür klopfte. »Herein?«

Ihr Bruder betrat das Zimmer. Er sah sie streng an. »Bitte komm mit mir«, sagte er.

»Wohin?« Sie blickte ihn ratlos an.

»Das erzähle ich dir unterwegs. Es wird eine Überraschung.«

Verwirrt und auch ein wenig ängstlich sah sie ihn an. Sie hatte kein gutes Gefühl, wollte aber auf keinen Fall seinen Ärger erregen. Ihr Glück war ja davon abhängig, dass er ein gutes Wort für sie einlegte!

Daher zwang sie sich zu einem arglosen Lächeln. »Eine Überraschung«, sagte sie. »Wie wundervoll, Carl Theodor. Ich liebe Überraschungen. Muss ich etwas mitnehmen?«

Er schüttelte den Kopf. »Einen leichten Mantel, sonst nichts. Die Kutsche steht schon bereit.«

Sie griff nach ihrem leichten Sommermantel und folgte ihrem Bruder. Draußen hielt ihr ein Diener die Kutschentür auf, Carl Theodor stieg hinter ihr ein. Als die Tür zufiel, hatte das etwas Endgültiges.

Sophies ungutes Gefühl verstärkte sich, doch sie sagte nichts, sondern schluckte ihre Angst hinunter. Mit einem Ruck fuhr die Kutsche an und bewegte sich in Richtung Nordwesten. Und dann erkannte sie, wohin sie fuhren.

»Wir sind zum Bahnhof unterwegs?«

Ihr Bruder nickte nur knapp und sah angestrengt aus dem Fenster. Sophies Angst wuchs. »Warum? Wohin bringst du mich?«

Als Carl Theodor immer noch wortlos aus dem Fenster starrte, wiederholte Sophie ihre Frage etwas eindringlicher: »Wohin bringst du mich?«

Widerwillig wandte er ihr den Kopf zu. »Es steht ein Sonderzug bereit, der dich nach Graz bringen wird«, sagte er knapp. »Alle Untersuchungen in den letzten Tagen haben ergeben, dass dies die einzige Möglichkeit ist, um dir zu helfen. Alle Ärzte sind sich einig.«

»Aber…«, hob Sophie voller Entsetzen an, doch ihr Bruder unterbrach sie barsch: »Du kannst nicht sagen, wir hätten dich nicht darüber informiert, Sophie. Du wusstest, dass wir dich einweisen lassen würden, wenn du nicht zu deinem Mann zurückkehrst.«

Seine Worte trafen sie wie eine Keule. Ja, sie hatten mit ihr gesprochen, hatten ihr gedroht. Deswegen hatte sie sich ja auch kooperativ gezeigt und sich in den letzten Tagen allen Untersuchungen unterzogen, die man von ihr verlangt hatte, auch wenn sie ihr sehr unangenehm gewesen waren. Vor allem Dr. von Kaan hatte sie immer so wissend angesehen, Sophie hatte den Eindruck bekommen, dass sein Urteil über sie ohnehin schon feststand. Und von Guddens Schwiegersohn… vor ihm hatte sie einfach nur Angst gehabt. Wie sie auch jetzt Angst hatte.

»Aber…«, stammelte sie, »warum hast du mir denn nichts

gesagt?« Ihr Entsetzen wandelte sich in Wut. »Du hast mich in diese Kutsche gelockt mit dem Vorwand, wir wollten einen Ausflug machen. Und nun bringst du mich fort? Ich konnte mich nicht verabschieden, ich konnte nichts einpacken…« Erzürnt funkelte Sophie ihren Bruder an.

Peinlich berührt fixierte Carl Theodor einen Punkt neben ihrem linken Ohr. »Ich bitte dich«, murmelte er. »Mäßige dich.«

»Nein, Carl Theodor, ich mäßige mich nicht«, fuhr sie ihn an. »Ich habe mich verliebt, ja. In einen Bürgerlichen, ja. Obwohl ich verheiratet bin, ja. Ein Schicksal, das ich übrigens mit unzähligen Männern teile. *Sie* erklärt man nicht für psychisch krank. Mich aber schon.«

»Das…«, setzte Carl Theodor an, doch Sophie hob die Hand.

»Ich war noch nicht fertig. Ich werde nicht in diesen Zug steigen, ohne mich von meinem Mann verabschiedet zu haben.«

Carl Theodor schluckte. So heftig hatte sich seine Schwester in den letzten Wochen niemals zur Wehr gesetzt.

Mit einer Mischung aus Hilflosigkeit und Wut sah er sie an. »Dein Mann hat dich doch bisher auch nicht interessiert«, sagte er. »Du hattest genug Gelegenheit, ihn zu sehen und mit ihm zu sprechen.«

Inzwischen war die Kutsche vor dem Bahnhofsgebäude mit seinem halbrunden Dach zum Stehen gekommen. Carl Theodor machte Anstalten, auszusteigen, doch Sophie blieb sitzen.

»Steig aus«, forderte er barsch.

Sie verschränkte die Arme vor der Brust. »Nein.«

»Sophie, du verhältst dich wie ein trotziges Kleinkind. Bitte steig aus.«

»Nein!«, wiederholte sie und sah ihn kühl an. »Ich erkläre mich bereit, in diesen Zug zu steigen, *nachdem* ich mich von meinem Mann verabschiedet habe. Hättest du aus dieser ganzen Geschichte kein solches Geheimnis gemacht und im Grunde versucht, mich zu entführen, dann hätten wir jetzt dieses Problem nicht.«

Sprachlos sah Carl Theodor sie an. »Ich dich entführen?«, rief er. »Sophie, das ist absurd.«

»Wie würdest du das hier denn sonst nennen? Noch bin ich schließlich nicht für unzurechnungsfähig erklärt worden. Du aber bringst mich gegen meinen Willen irgendwohin.«

Carl Theodor öffnete den Mund, um etwas zu sagen, und schloss ihn dann gleich darauf wieder. Er veränderte seinen Ton und verlegte sich aufs Bitten. »Nun sei doch vernünftig, Sophie.«

»Oh, das will ich gerne sein«, erwiderte sie. »Aber dann sei auch du vernünftig und schicke nach meinem Mann. Ansonsten musst du mich wohl gegen meinen Willen in diesen Zug bringen. Und ich kann dir sagen, liebster Bruder, ich werde laut schreien und mich wehren. Stell dir doch bitte mal diesen Skandal vor.«

Er presste die Lippen aufeinander, schien zu überlegen, dann gab er nach. »Also schön«, brummte er. »Wir beide steigen jetzt aus, und ich sage dem Kutscher, er soll zurückfahren, um deinen Mann zu holen.«

»Na also«, sagte Sophie und stieg nun endlich aus dem Wagen. Zu gern hätte sie auch ihre Tochter Louise noch gesehen, doch wollte sie ihr ersparen, Zeugin zu werden, wie ihre Mutter mit dem Zug in die Irrenanstalt gebracht wird.

Eine halbe Stunde später war die Kutsche wieder da. Sophie sah Ferdinand entgegen, als er ausstieg, und zum ersten Mal fiel ihr auf, wie schmal und blass, ja, wie *alt* er geworden war in den letzten Wochen und Monaten. Sie war sich bewusst darüber, was sie ihm mit ihrem Verhalten antat. Aber das änderte nichts an ihren Gefühlen für Franz – und auch nichts an der heftigen Ablehnung, die sie gegen ihren Ehemann empfand. Dennoch stieg auf einmal Sorge um ihren Mann in ihr auf. Nicht die Sorge einer liebenden Ehefrau, nein, das nicht, es fühlte sich eher an wie die Sorge einer Mutter um ihr Kind. Was, wenn ihm wirklich etwas fehlte?

Er war inzwischen aus der Kutsche gestiegen, kam auf sie zu und blieb vor ihr stehen.

»Wie siehst du denn aus! Bist du krank?«, fragte sie erschrocken.

Traurig sah er sie an. »Krank vor Kummer vielleicht.«

Sie nickte. »Carl Theodor will mich fortschicken. Möchtest du, dass ich dort hingehe?«, fragte sie eindringlich. »Willst du das wirklich?«

»Natürlich will ich das nicht«, sagte er verzweifelt, nahm, einem Impuls folgend, ihre Hände in die seinen und drückte sie an seine Lippen. Stumm ließ sie ihn gewähren. Für einen Moment fühlte es sich gut an. Gut und richtig. Und sie hatte ihn ja auch einmal geliebt. Es könnte so einfach sein, dachte sie, während sie da an diesem warmen Sommermorgen vor dem Meraner Bahnhof standen, ihre Hände in den seinen. Wenn sie seine Hand nicht mehr loslassen würde, könnte er sie dann dorthin zurückführen, wo sie vor Ludwigs Tod, vor ihrer Scharlacherkrankung und vor ihrer Begegnung mit Dr. Glaser gelebt hatte? Wie sehr sehnte sie sich mit einem Mal nach der Ruhe und Geborgenheit dieser Welt! Aber dennoch war ihr, als wäre der Weg dahin durch eine große, unüberwindbare Mauer versperrt.

Ferdinand schien ihre Gefühle, ihre Zweifel zu spüren. Er

zog sie in seine Arme. Sophie lehnte ihren Kopf an seine Brust. Wie vertraut sich das anfühlte. Wie erholsam es war, nach all den Kämpfen. Sie hob den Kopf, um ihn anzusehen, da spürte sie seine Lippen auf den ihren. Er küsste sie. Zärtlich. Nicht leidenschaftlich, so wie Glaser das getan hatte. Doch so gut seine Umarmung ihr getan hatte, dieser Kuss fühlte sich ganz und gar falsch an, ebenso wie die Worte, die er nun sprach: »Wenn du wieder zu mir zurückkehrst, wenn du mich wieder lieben, mir wie bisher meine treue Frau sein willst, dann freue ich mich, wenn du bleibst.«

Aufkeuchend wich sie zurück. Wieso verstand er, wieso verstanden *sie alle* nicht, dass man Liebe nicht erzwingen kann? Und schon gar nicht erpressen?

»Das heißt, entweder ich kehre zurück oder ihr sperrt mich in die Irrenanstalt«, sagte sie kühl. »Damit lasst ihr mir keine Wahl.«

»Dann bleibst du also bei mir?«

Mit unendlicher Traurigkeit im Blick sah sie ihn an. »Für einen Moment habe ich mir das gewünscht, Ferdinand«, sagte sie. »Aber ich will keine Ehe mit einem Mann führen, der mich vor die Wahl stellt, entweder zu ihm zurückzukehren oder in die Irrenanstalt zu gehen. Dann gehe ich lieber in die Irrenanstalt. Und zwar hocherhobenen Hauptes.« Mit diesen Worten machte sie auf dem Absatz kehrt und stolzierte in das Bahnhofsgebäude, um es auf der anderen Seite wieder zu verlassen: Dort, wo der Sonderzug auf sie wartete, der sie in die Anstalt bringen sollte.

Kapitel 49

Das Meerscheinschlössl befand sich in der Mozartgasse in Graz. Es war 1801 in den Besitz von Johann Meerschein gelangt, der dem Gebäude auch seinen Namen gegeben hatte. Der Mann hatte hier vor dem Krieg mit Frankreich ein Ausflugslokal geführt. Während des Krieges war das Meerscheinschlössl durch die Stationierung französischer Truppen stark beschädigt worden, und jetzt befand es sich im Besitz von Dr. von Krafft-Ebing, der auch das Sanatorium Maria Grün leitete. In jenes Sanatorium hatte man Sophie nun doch nicht gebracht, zunächst sollte sie im Meerscheinschlössl behandelt werden. Und so lieblich und schmuck das Gebäude mit seiner Fassade mit korinthischen Monumentalpilastern auch anmutete – während die Kutsche durch eine Allee auf das prächtige Gebäude zusteuerte, hatte Sophie das Gefühl, ihrem Gefängnis entgegenzufahren.

Gleich darauf hielt das Gefährt vor dem Eingang, einem pilastergegliederten Vorbau, der von einem Pultdach gekrönt war. Drei Bedienstete standen dort, einer von ihnen öffnete Sophie die Kutschentür, sie stieg aus, gefolgt von ihrem Bruder.

Da trat ein großer, kräftig gebauter Mann aus dem Haus. Er

mochte Mitte fünfzig sein, schätzte Sophie, und hatte einen grauen Vollbart. Das Haar trug er in einem Seitenscheitel über seiner breiten Stirn. Mit einem Blick, in dem sehr viel Ruhe lag, sah er Sophie an. »Hoheit.« Er küsste ihr die Hand. »Ich bin Dr. Krafft-Ebing. Ich werde mich in der nächsten Zeit um Sie kümmern.«

Sophie starrte ihn an. Das war er also, ihr Irrenarzt.

Mit einem Lächeln wandte sich Krafft-Ebing an Sophies Bruder, um auch ihm die Hand zu schütteln, dann bat er sie herein.

»Sie haben sicherlich das Bedürfnis, sich nach der langen Reise etwas frisch zu machen«, begann Krafft-Ebing. »Oder soll ich Ihnen zuerst das Haus zeigen?«

Sophie war überrascht. Sie hatte nicht damit gerechnet, dass man sie nach ihren Wünschen fragte.

»Ich würde gerne erst das Haus sehen«, sagte sie.

»Sehr schön.« Krafft-Ebing lächelte ihr zu, während er die Diener anwies, ihr Gepäck, das Carl Theodor ohne ihr Wissen hatte packen lassen, und das ihres Bruders nach oben zu bringen. Von der Eingangshalle aus, von der auf beiden Seiten eine geschwungene Treppe hinaufführte, gingen drei große Flügeltüren ab. Krafft-Ebing öffnete die mittlere und führte sie in einen quadratischen Saal. Und Sophie musste unwillkürlich lächeln. Der viereckige Raum war wunderschön, die Decke stuckverziert, an der hinteren Wand befand sich zwischen zwei bodentiefen Sprossenfenstern eine gläserne Flügeltür, die den Blick auf einen weitläufigen und wunderschön angelegten Garten eröffnete. Durch das Fenster konnte Sophie vier Statuen erkennen. »Sie symbolisieren die Jahreszeiten«, erklärte Krafft-Ebing, der ihren Blick bemerkt hatte, freundlich. Dann deutete er auf die Tür, die in die rechte Wand eingelassen war. »Dort befindet sich das Speisezimmer, von dem aus Sie ebenfalls eine wundervolle Sicht in den Garten genießen können. Und hier«, er ging nach links in den angrenzenden Raum, »ist das Musizierzimmer.«

»Oh!« Sophies Herz schlug ein wenig schneller, als sie den Flügel entdeckte. Sofort fühlte sie sich ein bisschen weniger allein. Wie magisch angezogen ging sie zu dem Instrument und strich sehnsuchtsvoll über den geschlossenen Deckel, während in ihrem Inneren ein Lied emporstieg. Elsa aus Wagners Lohengrin sang: »Das süße Lied verhallt, wir sind allein.«

Krafft-Ebing lächelte. »Ich habe schon vernommen, dass Sie eine großartige Sängerin und Pianistin sind. Es wäre mir eine Ehre, einmal gemeinsam mit Ihnen zu musizieren.«

Auch wenn Krafft-Ebings freundlicher Empfang und die Eleganz ihrer Unterkunft Sophie zumindest die Angst nahm, in einer Art Gefängnis zu landen: Ihre Einsamkeit und die brennende Sehnsucht nach ihrem Liebsten ließen sich dadurch nicht vertreiben. Und sie hatte niemanden, dem sie sich anvertrauen konnte. Aber immerhin hatte Carl Theodor ihr versprochen, dass ihre Hofdame, die junge Baronesse Charlotte von Bechtolsheim, morgen nachkommen würde, ebenso wie ihre Kammerzofe Paula.

Am nächsten Tag erlebte sie jedoch eine böse Überraschung. Charlotte von Bechtolsheim reiste zwar wie angekündigt an, aber auf Paula, ihre treue Kammerzofe, die ihr eine ähnlich enge Vertraute geworden war wie einst Nathalie von Sternbach, wartete sie vergeblich.

Paula habe es vorgezogen, in ihrem vertrauten Umfeld zu bleiben, sie stehe Sophie nach erfolgreicher Heilung und der damit verbundenen Rückkehr in die Familie gern wieder zur Seite, ließ Carl Theodor sie wissen.

Sophie glaubte ihm kein Wort. Für sie stand außer Frage, dass man sehr genau wusste, welch enge Verbindung sie zu Paula hatte – und deswegen ließ man sie nicht zu ihr. Man wollte sie, Sophie, isolieren! Sie schauderte und wollte ihrem großen Bruder schon ihren Verdacht entgegenschleudern. Dann besann sie sich jedoch eines Besseren: Auf keinen Fall durfte sie Carl Theodor, der ihr Feind geworden war, zu viel Einblick in ihre Gefühlswelt gewähren. Stumm fügte sie sich – zumindest zum Schein – in ihr Schicksal.

***

Die Einsamkeit schmerzte und ließ sich auch durch das Klavierspiel nicht vertreiben. Besonders die Sehnsucht nach Franz und ihren Kindern raubte Sophie fast den Atem. Nach wie vor schrieb sie täglich an Franz, nach wie vor erhielt sie jedoch nie eine Antwort, was sie zur Verzweiflung trieb. Doch sie gab die Hoffnung nicht auf. Jeden Tag fragte sie den Diener, ob ein Brief für sie gekommen sei, und jeden Tag schüttelte dieser mit der immer gleichen Miene, in der Sophie so etwas wie Mitgefühl zu erkennen glaubte, den Kopf. Sophie versuchte, sich zu retten, indem sie in den Garten floh, die Augen schloss und sich die Bilder, Stimmen und Gerüche ihrer Liebsten in Erinnerung rief, aber zu ihrem Entsetzen verblasste alles – Bilder, Stimmen, Düfte – mit jedem Tag mehr. Vor allem den Anblick ihrer Tochter vermochte sie sich nicht mehr klar vor Augen zu holen. Ihre Tochter. Ihr kleines Mädchen, das sie so verletzt, dem sie so viel angetan hatte. Aber doch nur, weil sie ihre Liebe leben wollte, nein, musste!

Aufschluchzend stürzte sie ins Haus, eilte die Treppen hinauf, ging in ihr Zimmer zu ihrem kleinen Sekretär, zog Stift und Papier heraus und begann zu schreiben.

Mein liebes, liebes Baby!
Längst schon wollte ich Dir schreiben, kam aber trotz meiner Entspannung nicht recht dazu. Ich bin so oft müde an Geist und Körper und bringe dann gar nichts zusammen. Da ich Dich nicht mehr habe, möchte ich so gerne Deine in München gemachten Photographien, deren ich keine besitze; ich sehne mich oft danach, Dein liebes teures Gesichtel auf meinem Schreibtisch vor mir zu sehen und bitte Dich schicke mir von jeder Aufnahme ein Bild.

Sie zögerte einen Moment und sah nachdenklich in den Garten hinaus. Mit gnadenloser Härte wurde ihr in diesem Moment bewusst, wie einsam auch ihre Tochter sein musste, so plötzlich ganz ohne Mutter und mit dem verzweifelten Vater. Wenn sie ihr doch nur etwas sagen, etwas geben könnte, was ihrer Kleinen helfen würde. Da fiel ihr etwas ein – aufgeregt setzte Sophie den Stift wieder an und schrieb weiter.

Die Mutter Gottes im goldenen Rahmen, welche Dir so gefiel, hat mir die Großmama vor vielen, vielen Jahren einmal aus Ischl mitgebracht, ich war damals 12 oder 13 Jahre alt, und das Bild hat immer über meinem Bett gehangen sowohl in München als auch im lieben Poßi, ich hatte es so gerne und hatte in meiner Kinder und Jugendzeit davor gebetet und manche schöne und auch traurige Träume darunter geträumt. Das Bild soll Dein Eigen werden, mein geliebtes Kind und sollst es mit Dir nehmen, wohin auch immer Du gehen wirst…

Aufatmend legte Sophie die Feder wieder beiseite, in dem Gefühl, etwas gefunden zu haben, das ihrer Tochter wenigstens ein kleines bisschen helfen konnte. Später wollte sie auch noch an Emmanuel schreiben, der in seinem Internat im fernen England sicherlich auch voller Sorge um sie war. Aber zunächst musste sie sich ein wenig ausruhen. Denn es stimmte, was sie ihrer Tochter geschrieben hatte. Sie war müde, so unendlich müde…

***

Während ihres Aufenthalts auf dem Meerscheinschlössl besuchte ihr Arzt sie täglich. Sie musizierten zusammen – was Sophie tatsächlich große Freude bereitete –, unternahmen lange Spaziergänge, und Sophie stellte überrascht fest, dass ihr Begleiter sich wirklich für ihre Belange zu interessieren schien. Doch Sophie hatte ebenfalls Fragen an den Psychiater, die diesem offenbar unangenehm waren. »Sagen Sie mir, verehrter Herr Krafft-Ebing«, setzte sie eine Woche nach ihrer Ankunft an. »Wenn ich wirklich krank sein sollte, will ich mich keiner Behandlung widersetzen, denn dann wäre es mein größter Wunsch, gesund zu werden. Nur kann ich nicht ganz verstehen, was an meinem Verhalten geistesgestört sein soll? Ich habe mich doch einfach nur verliebt.«

Krafft-Ebing wirkte ein wenig hilflos, wie Sophie sehr genau bemerkte. Diese Hilflosigkeit versuchte er zu überspielen, indem er erstmals während ihrer Behandlung nicht mehr der freundliche, verständnisvolle Mediziner war, sondern sie harsch anfuhr: »Eine verheiratete Frau verliebt sich nicht in einen anderen Mann. Und ein Mitglied des Hochadels und ein Bürgerlicher – das ist ohnehin undenkbar.«

»Ich verstehe«, sagte Sophie ruhig. »Wenn ich das richtig sehe, gilt das aber umgekehrt nicht?«

»Wie?«, fragte der Mediziner barsch.

»Nun, es gibt genügend Beispiele, bei denen es andersherum war«, sagte Sophie kühl. »Verheiratete Männer machen doch gar zu oft Frauen Avancen. Und sogar Angehörige des Hochadels Bürgerlichen.«

»Aber die streben nicht gleich eine Scheidung an«, knurrte Krafft-Ebing.

Sophie blieb beharrlich. »Auch in diesem Fall könnte ich Ihnen einige Beispiele nennen, in denen es sich anders verhielt.«

»Wir sind nicht hier, um mit Ihnen über die Eheprobleme anderer zu sprechen, Hoheit, sondern über Sie und Ihre Verfehlungen«, beschied sie der Psychiater. »Und wenn ich in den letzten Tagen auch den Eindruck hatte, dass Sie Vernunft angenommen haben und Ihre Taten wirklich bereuen, so muss ich leider festhalten, dass mir dieses Gespräch nun einen ganz anderen Eindruck vermittelt.«

Mit Eiseskälte im Blick sah er sie an. »Unter den gegebenen Umständen halte ich einen Aufenthalt auf dem Meerscheinschlössl nicht mehr für ausreichend. Gleich morgen werde ich Sie nach Maria Grün bringen lassen. Ich habe da einen Therapieansatz, der das schädliche Feuer in Ihnen endgültig zum Erlöschen bringen sollte.«

Kapitel 50

Das eisige Wasser stach wie tausend Nadeln. Nadeln, die immer größer, immer dicker wurden. Dick wie Nägel, die Sophie schmerzhaft ins Fleisch stießen. Fast noch schlimmer war aber das Gefühl, zu ersticken, keine Luft mehr zu bekommen.

Bis auf die Haut hatte sie sich ausziehen müssen. Dann hatten zwei Wärterinnen, die grob und grausam aussahen und sich auch so verhielten, sie in eine Blechwanne voll Wasser gezwungen, in dem lauter Eiswürfel schwammen. Eine der beiden hatte sie an den Schultern gepackt und nach unten gedrückt, sodass sich ihr Kopf unter der Eisschicht befand. Die Glut ihrer Liebe zu Franz wollte man mit diesem Eisbad zum Erlöschen bringen.

Verzweifelt rang Sophie nach Luft. Sie war noch immer unter Wasser, und es drang schmerzhaft in ihre Lungen. Sie spürte Panik, schlug wild um sich. Ludwig! Auf sie wartete tatsächlich das gleiche Schicksal wie auf ihn! Aber wie hatte er zu Sisi in deren Traum gesagt: Am Ende werde er im Paradies auf sie warten. Und dann schwanden ihr die Sinne.

***

Man hatte Sophie in letzter Minute aus dem Eiswasser gerettet. Allerdings nur, um sie in den kommenden Tagen wieder und wieder dieser Prozedur zu unterziehen. Sophie stand Todesängste und Höllenqualen aus. Sie half sich, indem sie in den eisigen Momenten an Ludwig dachte, der im Paradies auf sie wartete, wenn sie dann endlich im Jenseits ankäme, nach dem sie inzwischen eine tiefe Sehnsucht empfand. Und an Franz, der auf sie wartete, wenn sie all diese Qualen überlebte. Franz, den sie so unendlich vermisste und von dem sie, seit man sie beide so gewaltsam auseinandergerissen hatte, nichts mehr gehört hatte. Er hatte auf keinen ihrer Briefe geantwortet. Doch Sophie zweifelte keine Sekunde an seiner Liebe, inzwischen glaubte sie, dass man die Briefe einfach abgefangen hatte.

Nach drei Tagen wurde Sophie krank. Was kein Wunder war: Die Eisbäder waren Gift für ihre ohnehin schwache Gesundheit. Ihr alter, vertrauter Begleiter, der Husten, kehrte zurück, und diesmal hieß sie ihn willkommen, weil er ihr zumindest eine kurze Pause von den Eisbädern bescherte. Es war einsam um sie, einsam und kalt. So wie jetzt hatte sie sich auch seinerzeit gefühlt, als Ludwig die Verlobung gelöst hatte und sie Edgar entsagen musste. Konnte es Zufall sein, dass sie damals wie eingefroren gewesen war und nun in Eiswasser baden musste?

Ein Klopfen an der Tür riss Sophie aus ihren trüben Gedanken. Und dann starrte sie der Gestalt, die dort in der Tür stand, sprachlos entgegen.

»Sisi! Dass du gekommen bist!« Sophie streckte die Hand aus, doch die Ältere ergriff sie nicht, sondern nickte nur kühl und nahm an ihrem Bett Platz.

»Was du getan hast, ist unverzeihlich«, sagte sie kalt.

Sophie sank in sich zusammen. »Sisi«, flüsterte sie. »Ich hatte gehofft, dass wenigstens du mich verstehst. Du bist doch auch nicht glücklich in deiner Ehe, und auch du bist bereits mehrfach ausgebrochen.«

»Das stimmt«, sagte Sisi. »Aber ich wäre nie auf den Gedanken gekommen, mich scheiden zu lassen und alles zu zerstören. Und zumindest im zweiten Fall war es nicht mehr als ein Flirt, außerdem habe ich meine Identität auch nie zu erkennen gegeben.«

»Und was ist mit Mapperl?«, fragte Sophie ihre ältere Schwester.

»Was soll mit ihm sein?«

»Ihm hast du geholfen, die Frau, die er liebte, zu heiraten«, erwiderte Sophie.

»Aber das kannst du doch überhaupt nicht vergleichen!«, wehrte Sisi ab. »Seine Frau ist doch keine Bürgerliche.«

Als sich Mapperl in Amalie von Sachsen-Coburg und Gotha verliebt hatte, hatte es um ihre Hand einen mächtigen Nebenbuhler gegeben: Prinz Leopold von Bayern.

»Du hast sogar deine Tochter für diese Liebe gegeben«, hielt Sophie, schwankend zwischen Verzweiflung und Verbitterung, nun Sisi vor.

Denn als Mapperl seiner großen Schwester von seiner unglücklichen Liebe berichtet hatte, hatte diese ihre Tochter Gisela mit dem bayerischen Prinzen verkuppelt. Und weil der Prinz schlecht die Hand einer Kaisertochter ablehnen konnte, heiratete er sie am 20. April 1873 in Wien. Und zwei Jahre später konnte Mapperl dann endlich seine Amalie vor den Traualter führen.

»Dennoch kann man das nicht vergleichen«, beharrte Sisi.

Eine Weile lang schwiegen die Schwestern. Dann fragte Sophie: »Erinnerst du dich noch an das Gespräch, das wir vor vielen Jahren in Possenhofen führten? Ich hatte gerade den

Heiratsantrag deines Schwagers abgelehnt. Luzi-Vuzi. Und du hast gesagt, wie leicht doch alles wäre, wenn Franz Josef ein einfacher Schneider wäre.«

»Und du hast erwidert, dass Mutter niemals zugestimmt hätte, dass ich einen einfachen Schneider – oder überhaupt einen Bürgerlichen – heirate. Und wir haben uns ausgemalt, wie schön es wäre, einfache Bürgerstöchter zu sein und lieben zu dürfen, wen wir wollen«, sagte Sisi.

Sophie lächelte Sisi schüchtern an, und erstmals erwiderte ihre große Schwester ihr Lächeln. Sophies Herz begann zu rasen. Vielleicht könnte sie Sisi doch noch erreichen? Dass die andere sie verstand, war ihr so wichtig!

»Genau das ist mir nun passiert, Sisi. Ich habe mich in einen Mann verliebt. Einen, den ich mir selbst ausgesucht habe. Bin ich denn deswegen wirklich geistesgestört?«

Sisi antwortete nicht, doch Sophie sah, dass ihre Miene weicher wurde. Und dann gab die Ältere sich sogar einen Ruck und nahm die Hand ihrer Schwester. Wie gut diese vertraute Berührung tat! Und wie gut das Verständnis, das die andere ihr nun doch zumindest ansatzweise entgegenbrachte.

»Im Grunde«, sagte Sisi, »ist das doch wieder einmal ein Beweis dafür, wie schrecklich es ist, in einer Ehe ohne Liebe festzustecken. Und wie unsinnig diese ganze höfische Etikette. Du weißt, dass ich all das noch nie mochte.«

Sophie nickte. »Ja«, sagte sie. »Wobei ich nicht einmal sagen kann, dass ich Ferdinand nicht geliebt hätte. Nur ist es eine ganz andere Art von Liebe als die, die ich für Franz empfinde. Meine Liebe zu Ferdinand ist irgendwie … familiärer. Ich liebe ihn, wie ich alle Familienmitglieder liebe.«

Nun nickte Sisi. »Ich verstehe genau, was du meinst. Aber nicht jeder aus unserer Familie bringt dir dieses Verständnis entgegen. Und auch ich verstehe dich zwar auf eine Weise – aber dennoch bin ich ganz und gar nicht einverstanden damit.«

»Ich weiß«, erwiderte Sophie. »Aber es bedeutet mir sehr viel, dass du mir nun nicht mehr ganz so ablehnend gegenüberstehst.«

»Was mich so umtreibt, Sophie, ist, dass du dir gar nicht bewusst bist, was du uns allen damit antust. Ferdinand. Louise. Mutter. Emmanuel. Und Carl Theodor möchte sich mit Dr. Glaser duellieren«, stieß Sisi hervor.

»Was?« Entsetzt sah Sophie ihre Schwester an. Der Gedanke, ihrem Liebsten könnte etwas zustoßen, war ihr unerträglich.

»Eigentlich würde das ja Ferdinand als deinem Mann zustehen, doch der lehnt ein Duell aus religiösen Gründen ab.«

»Und wann soll die Begegnung stattfinden?«

»Ich kann dich beruhigen«, sagte Sisi. »Carl Theodor hat von seinem Vorhaben wieder Abstand genommen.«

Sophie atmete erleichtert aus.

»Ich habe aber noch weitere Neuigkeiten für dich«, fuhr Sisi fort.

»Ja?«

»Wie es scheint, ist die Ehe der Glasers geschieden worden.«

Die Woge des Glücks, die Sophie durchflutete, war so mächtig, dass ihr schwindelig wurde. Sie hatte es doch gewusst! Franz liebte sie ebenso wie sie ihn, warum sonst hätte er sich von seiner Frau scheiden lassen sollen?

»Allerdings schien die Scheidung eher von ihr als von ihm vorangetrieben worden zu sein«, fuhr Sisi fort. »Sie hat ihm seine Liaison mit dir nicht verziehen.«

»Es war keine Liaison!«, verteidigte sich Sophie und fügte dann hinzu: »Selbst wenn die Scheidung von ihr und nicht von ihm ausging, am Ende zählt doch das Ergebnis.«

»Ich habe dir das nicht erzählt, damit du dir nun Hoffnungen machst«, sagte Sisi rasch. »Zumal dein Doktor dich schon vergessen zu haben scheint.«

»Wie kommst du darauf?«, begehrte Sophie auf.

»Es tut mir leid, meine Kleine«, sagte Sisi, und bei der vertrauten Anrede aus ihrer Kindheit wäre Sophie beinahe in Tränen ausgebrochen, »aber er hat sich längst getröstet, man hat ihn mehrfach in Begleitung einer jungen Dame gesehen. Sie ... sie ist erst einundzwanzig Jahre alt.«

Sophie spürte eine heftige Eifersucht in sich aufwallen. Das konnte nicht sein. Das *durfte* nicht sein. Sie hatte doch nicht ihre ganze Familie aufs Spiel gesetzt, um bloß auf einen Filou hereingefallen zu sein, der sie nun beliebig austauschte! Er hatte ihre glühenden Gefühle doch erwidert! Und wie hatte er seiner Frau und seiner Kinder wegen gezögert, sich scheiden zu lassen. Sich überhaupt auf sie einzulassen! Doch seine Liebe war einfach größer gewesen, er hatte ihr nachgeben *müssen,* ebenso wie auch sie. Und diese große, diese übermächtige Liebe war das Einzige gewesen, was rechtfertigte, dass sie sich aufeinander einließen, alles zerstörten und so viele Menschen verletzten. Und nun sollte das alles nur ein Spiel gewesen sein? Oder was sonst hatte es zu bedeuten, dass Franz sich offensichtlich schnell eine andere gesucht hatte, während man sie in Maria Grün mit Eiswasser übergoss?

Aber sagte Sisi ihr denn überhaupt die Wahrheit? War das nicht ein weiterer Versuch, sie und Franz auseinanderzubringen?

Sophie sah ihrer Schwester direkt in die Augen. »Ich glaube dir nicht. Du lügst.«

Traurig sah Sisi sie an und zog eine Fotografie aus der Tasche. Als Sophie das Bild erblickte, war es ihr, als bekäme sie einen

Dolchstoß mitten ins Herz. Die Aufnahme zeigte Franz, ihren geliebten Franz, in inniger Umarmung mit einer sehr jungen Frau!

***

Nachdem Sisi sich verabschiedet hatte, war Sophie tagelang wie betäubt. Und sie war froh darum. Sie wusste, dass sie den Schmerz, den sie beim Anblick des Fotos empfand, nicht lange hätte aushalten können. Jetzt aber fühlte es sich an, als hätte sich eine dicke Eisschicht um diese tiefe Wunde gelegt. War es nicht auch damals so gewesen, nach der Entlobung von Ludwig und dem Abschied von Edgar? Wie zu Eis erstarrt hatte sie sich gefühlt. Und Eis war es ja auch, womit man sie jetzt zu therapieren versucht hatte.

Mit einem Mal wurde Sophie sich bewusst, dass ihr leidenschaftliches Inneres, das, was ihr Wesen eigentlich ausmachte, nach dem Abschied von Edgar eingefroren gewesen war. Erst das Feuer, das Franz in ihr entfacht hatte, hatte dieses zwanzig Jahre alte Eis binnen Sekunden aufgebrochen. Und da Sophies Leidenschaft, ihr innerstes Wesen, nun endlich wieder frei gewesen war, war sie auch stark genug, um mit allen Konventionen zu brechen, sich allen Kämpfen mutig entgegenzustellen. Für die Liebe. Für die Liebe, die jener, dem sie geschenkt worden war, so schamlos verraten hatte.

Mit leerem Blick sah Sophie den Wärterinnen entgegen, als sie sie drei Tage nach Sisis Besuch erneut holten, um sie in die eisgefüllte Wanne zu stecken. Doch es brauchte keine Bäder mehr. Sophie Charlotte in Bayern war längst zu Eis erstarrt.

Epilog

Paris, 4. Mai 1897

»Ach, Sophie!« Marie legte einen Arm um ihre Schwester. »Ich bin so glücklich, dass dein Leben sich wieder eingerenkt hat.«

Sie saßen auf einer Bank mit Blick auf die Seine und genossen die warmen Sonnenstrahlen auf dem Gesicht.

»Ja, das bin ich auch.« Sophie lehnte ihren Kopf an die Schulter der Älteren. »Ich habe mir ein Beispiel an dir genommen.«

»Ja«, sagte Marie nachdenklich. »Es ist schon erstaunlich, wie ähnlich unsere beiden Leben zeitweise verlaufen sind. Beide haben wir uns leidenschaftlich in einen anderen Mann verliebt und haben den unseren verlassen, und beide sind wir nun wieder zurückgekehrt und haben es geschafft, so etwas wie Glück zu finden.«

Sophie reckte sich nach rechts, um zwei Zweige des duftenden Flieders abzubrechen, der neben ihrer Bank in verschwenderischer Fülle blühte. Einen reichte sie ihrer Schwester, über den anderen beugte sie sich selbst, um den Duft tief in sich einzusaugen. So etwas wie Glück hatte Marie gesagt. Und sie hatte recht. So etwas wie Glück war es vielleicht wirklich, was ihr Leben derzeit ausmachte. Zumindest war sie nicht unglücklich, nachdem sie nach dem Ende der Therapie zu Ferdinand und nach einigen Irrungen und Wirrungen sogar wieder nach Paris zurückgekehrt war, um ihre Ehe fortzusetzen. Aber wirklich glücklich war sie auch nicht, denn das, was sie und ihr Wesen eigentlich ausmachte, durfte ja nicht frei sein. Es war eingefroren worden, nun wahrscheinlich auf immer.

»Ja«, sagte sie nachdenklich, ohne Marie an ihren Gedanken teilhaben zu lassen. »Wobei du ohne Frage das schwerere Los von uns beiden hattest. Ferdinand war mir von Anfang an ein treu sorgender und guter Ehemann, während deiner …«

»Ja«, unterbrach sie Marie. »Aber selbst in solch scheinbar aussichtslosen Fällen wie dem unseren lohnt es sich manchmal, um die Liebe zu kämpfen.«

Sie lächelten einander zu.

Sophie sagte nachdenklich: »Mir ist in der letzten Zeit immer klarer geworden, wie ähnlich Ludwig und ich uns sind … waren. Wahrscheinlich haben wir uns deshalb auch so gut verstanden.«

»Ja, das stimmt«, bestätigte Marie. »Ihr seid euch wirklich ähnlich.«

»Wir hatten beide immer unsere Träume«, sagte Sophie leise. »Und unsere Leidenschaften.« Sie sagte Marie nicht, dass es wohl auch in Ludwigs Leben Leidenschaften gegeben hatte, die er nicht hatte ausleben dürfen. Was dazu geführt hatte, dass er sich in den Augen der Öffentlichkeit immer seltsamer verhielt und man ihn schließlich entmündigte. So, wie man ja auch sie am Ende fast entmündigt hätte.

»Vielleicht sind wir einfach zwei Menschen, die zur falschen Zeit geboren wurden«, flüsterte Sophie. »Vielleicht gibt es irgendwann in der Zukunft eine Welt, in der Ludwig und ich willkommener wären.«

Erschrocken sah Marie sie an. »Das klingt sehr melancholisch«, sagte sie, »fast nach einem Abschied. Als wünschtest du dich aus dieser Welt heraus – und in eine andere hinein.«

Hastig und auch ein wenig erschrocken über die Worte, die da soeben aus ihr herausgebrochen waren – so sehr hatte sie ihre Schwester doch gar nicht an ihrem Gefühlsleben teilhaben lassen wollen, schließlich hatte sie sich seit der Entlassung aus Maria Grün allen Menschen weitgehend verschlossen –, lächelte sie Marie beruhigend an. »Keine Sorge«, sagte sie. »Ich habe mit all dem meinen Frieden gemacht und festgestellt, dass es im Leben nicht immer nur um Leidenschaft geht. Ferdinand ist wirklich ein sehr lieber Mann. Dass er mir das alles verziehen hat. Und dass er immer für mich da ist. Diese Geborgenheit und Sicherheit, die ich an seiner Seite erfahre, für die bin ich sehr dankbar. Vor allem, wenn ich denke …«

»Was?«, hakte Marie nach, als Sophie nicht weitersprach.

»Nun, ich muss so oft an Nené denken«, sagte Sophie leise. »Sie war wohl die Einzige von uns Schwestern, die in ihrer Ehe wirkliches Glück gefunden hatte. Und dann wurde ihr der Mann so früh genommen. Und nun auch noch ihre Tochter und ihr Sohn!«

»Ja, Helene hat schon ein schlimmes Schicksal«, bestätigte Marie. »Aber auch sie hat in ihrem Glauben Halt gefunden.«

»Viel mehr noch als ich«, sagte Sophie.

»Du tust so viel Gutes«, ergänzte Marie. »Und das ist sehr bewundernswert.«

»Wenn ich auch heute noch Gutes tun will, sollte ich mich nun wohl dringend auf den Weg machen«, sagte Sophie und erhob sich. »Sehen wir uns nachher auf dem Bazar?«

»Aber sicher«, versprach Marie. »Ich freue mich darauf. Besonders auf den Kinematografen.«

Schon im Gehen wandte Sophie sich um. »Du hast auch noch nie so eine Bewegtbildvorstellung gesehen, oder?«

Marie schüttelte den Kopf. »Nein, aber es gibt sie ja auch erst seit eineinhalb Jahren.«

Sophie seufzte. »Ich hoffe, dass nachher auf dem Bazar nicht so viel los ist, dann kann ich auch einmal einen Blick auf dieses Wunder werfen. Und gleichzeitig hoffe ich, dass auf dem Bazar so viel los sein wird, dass ich keine Zeit dafür haben werde.«

Sie warf ihrer Schwester noch eine Kusshand zu und machte sich auf den Weg zu der achtzig mal dreißig Meter großen Holzbaracke unweit der Seine, die eigens für den Wohltätigkeitsbazar errichtet worden war. Ein reicher Pariser hatte ihnen das Grundstück überlassen, nachdem klar gewesen war, dass der Palais de l'Industrie, in dem der Bazar de la Charité in den Jahren zuvor stattgefunden hatte, nicht mehr zur Verfügung stand. Sophie würde hier mit einigen anderen Damen am Stand der Dominikanerinnen stehen, denen sie sich vor einer Weile angeschlossen hatte.

Als sie wenig später die Baracke betrat, sah sie sich zufrieden um. Sie hatten wirklich alle miteinander ganze Arbeit geleistet! Die Stände rechts und links waren wie kleine Häuschen gestaltet, in der Mitte spannten sich unterhalb der Decke riesige Stoffbahnen, und alles war mit Theaterkulissen aus dem 15. Jahrhundert dekoriert.

Ein bisschen mulmig war Sophie, die große Menschenmengen fürchtete, allerdings schon bei dem Gedanken, dass sich in diesen Gängen später Tausende drängen würden.

»Madame d'Alençon!«, hörte sie da eine Stimme ihren Namen rufen. Mit einem Lächeln auf den Lippen wandte sie sich um und erkannte die Sprecherin. »Madame de France! Wie schön, dass Sie auch schon da sind.«

»Die anderen kommen sicherlich gleich«, sagte die Jüngere und hakte Sophie vertrauensvoll unter. »Und unser Stand ist ja schon vorbereitet.«

Kurz darauf hatten sie den Stand erreicht, auf dem allerlei Handarbeiten und Kunstgegenstände bereitlagen. Im Vorfeld des Bazars hatten die Ordensangehörigen unermüdlich gestickt, gestrickt, gehäkelt und Sachspenden von reichen Parisern gesammelt.

»Es sieht wirklich schön aus«, befand Sophie. »Dann kann es ja losgehen.«

Der Bazar war ein voller Erfolg. Am Nachmittag drängten sich weit über tausend Menschen in dem Gang zwischen den Ständen, und Sophie spürte, dass ihr etwas schwindelig wurde. »Es ist so stickig hier«, wandte sie sich an die neben ihr sitzende Madame Belin, die diese Schicht gemeinsam mit ihr übernommen hatte.

»Sie sind auch ganz blass«, stellte die Arztgattin besorgt fest. »Soll ich nach meinem Mann Ausschau halten? Er muss hier irgendwo sein.«

»Aber nein«, winkte Sophie ab. »Nur, könnten Sie vielleicht eines der Fenster öffnen?«

»Natürlich.« Rasch sprang die andere auf und trat aus dem Verkaufsstand heraus, um sich durch das Gedränge zu dem nächstgelegenen Fenster zu quetschen und es zu öffnen. Sophie hatte nicht das Gefühl, dass es viel half, vermutlich war das Fenster einfach zu weit weg und konnte gegen diese Flut von Menschen nichts ausrichten.

Madame Belin war noch nicht wieder zurück, als plötzlich Ferdinand vor ihr stand. »Charlotte«, sagte er eindringlich. »Liebes! Du bist ja ganz blass.«

Voller Sorge sah er sie an. Sophie lächelte und fühlte sich sofort wieder aufgehoben und geborgen. Wie gut seine Fürsorge doch tat! Wie lieb es war, dass er sich immer und immer wieder um sie kümmerte. »Hast du schon etwas gegessen? Soll ich dir was vom Buffet holen?«

Erst jetzt bemerkte Sophie, dass sie tatsächlich hungrig war. Kein Wunder: Sie hatte seit dem Morgen nichts zu sich genommen.

»Das wäre schön«, sagte sie daher dankbar.

Ihr Mann war gerade in der Menge verschwunden, als eine elegante Dame auf Sophies Stand zusteuerte. »Madame d'Andlau!«, rief Sophie und erhob sich von ihrem Stuhl, obgleich ihr noch immer etwas schwindelig war. »Wie schön, dass Sie da sind.«

»Wie ich sehe, haben sich die beiden Bilder, die ich gestiftet habe, schon verkauft«, sagte die Französin.

»O ja«, bestätigte Madame Belin, die inzwischen zurückgekehrt war. »Und wir konnten einen wirklich guten Preis dafür erzielen. Nochmals vielen Dank für Ihre Hilfe.«

»Sehr gern.«

Die drei Frauen lächelten einander zu, und Sophie dachte erneut, dass das Öffnen des Fensters rein gar nichts gebracht hatte. Es schien immer heißer zu werden.

»Es ist so heiß, finden Sie nicht?«, fragte in diesem Moment auch Madame d'Andlau.

Noch bevor Sophie antworten konnte, gellte ein Schrei durch den Bazar. »Feuer!«, brüllte jemand, und gleich darauf brach eine entsetzliche Panik aus. Die Menschen begannen zu schreien und schubsten sich gegenseitig aus dem Weg. Entsetzt beobachtete Sophie einige Männer, die Frauen und Kinder einfach über den Haufen rannten.

»O Gott!«, rief Madame d'Andlau in diesem Moment. »Wir müssen weg von hier. Sofort!«

In Sophies Kopf überschlugen sich die Gedanken. Wo war Ferdinand? Sie musste die beiden Frauen nach draußen bringen, Kindern helfen. »Bitte bewahren Sie Ruhe«, sagte sie zu den Damen an ihrem Stand. »Keine Panik. Vor allem keine Panik.«

Madame Belin war schon aus dem Stand gehastet, mitten hinein in die tosende Menschenmenge in den Gängen.

»Warten Sie!«, rief Sophie. »Wir haken uns unter. So schützen wir einander gegenseitig.«

Zu dritt versuchten sie, sich in Richtung des Ausgangs durchzukämpfen. Doch Sophie bemerkte schnell, dass das keinen Sinn hatte. Und sie spürte, dass inmitten dieser schreienden, drängelnden Menschenmenge nun auch in ihr panische Angst aufstieg. »Da ist alles verstopft!«, rief sie durch den enormen Lärm Madame d'Andlau zu. »Lassen Sie uns umkehren, wir versuchen, durch eine der Seitentüren hinauszukommen.«

»Gut«, willigte die andere ein. Sophie wollte sich gerade Madame Belin zuwenden, um dieser den gleichen Vorschlag zu unterbreiten, als diese sich losriss und versuchte, allein in Richtung Tür zu gelangen.

»Madame Belin!«, rief Sophie ihr noch nach, doch Madame d'Andlau hatte sie schon an die Seite in den Schutz zwischen zwei Ständen gezogen. »Das hat keinen Sinn«, sagte sie. »Wir erreichen Madame nicht mehr.«

»Sie haben recht«, murmelte Sophie. »Möge Gott sie beschützen.«

Mit großer Anstrengung erreichten sie eine der Seitentüren. Entsetzt sah Sophie, dass auch dort heftiges Gedränge herrschte. Panik stieg in ihr auf bei dem Gedanken, sich in die

Menge aus so vielen Menschen zu begeben, die beim Versuch, sich zu retten, völlig rücksichtslos waren. Außerdem konnte sie Ferdinand nirgendwo entdecken, sosehr sie auch nach ihm Ausschau hielt. Was, wenn er sie suchte? Wenn er das Gebäude nicht verließ, ohne sie gefunden zu haben? Und da waren noch so viele Mütter mit kleinen Kindern, denen sie unbedingt zu Hilfe eilen musste! Sie sah eine verzweifelte junge Frau, die zwischen zwei Verkaufsständen vor den Horden Schutz gesucht hatte und auf jedem Arm ein Kind trug, während sich ein drittes an ihren Rock klammerte. Die Mutter schrie es voller Panik an, es solle auf keinen Fall loslassen, damit sie nicht getrennt würden.

Entsetzt erkannte Sophie, dass dieser kleine Junge keine Chance hatte, er würde von der Menge rücksichtslos niedergetrampelt werden, wenn die Frau sich zwischen den Ständen fortbewegte. Bliebe sie aber, wo sie war, würde sie mit ihren Kindern verbrennen.

»Gehen Sie schon einmal hinaus«, rief sie Madame d'Andlau zu. »Ich komme gleich nach!«

»Aber …«, setzte diese an, doch Sophie war schon in der Menge verschwunden. Gleich darauf stand sie vor der Frau mit den drei Kindern. »Keine Angst«, sagte sie. »Ich helfe Ihnen. Ich nehme den Kleinen auf den Arm. Und dann gehen wir gemeinsam zu einer der Seitentüren.«

Sie beugte sich zu dem schluchzenden etwa Vierjährigen hinab. »Jetzt wird alles gut«, tröstete sie ihn. »Ich trage dich nach draußen.«

»Sie schickt der Himmel«, sagte die Frau weinend. »Alleine hätte ich das nicht geschafft.«

Sophie nickte und nahm den Kleinen auf den Arm. »Kommen Sie«, sagte sie zu der Frau. »Bleiben Sie dicht hinter mir.«

Es gelang ihr tatsächlich, die Frau mit den drei Kindern bis zu der Seitentür zu bringen. Zwar herrschte dort immer noch dichtes Gedränge, aber jetzt hatte Sophie keine Wahl, als sich mitten hineinzustürzen. Diesmal ging es um das Leben dieses kleinen Jungen, den sie auf dem Arm hatte und der sich nun voller Angst an sie schmiegte.

Sophie schob sich an die Seite der Tür und bedeutete der jungen Mutter, sie solle sich vor sie stellen. Dann lehnte sie sich mit aller Kraft gegen die Frau, und es gelang ihr tatsächlich, sie mitsamt der Kinder nach draußen zu stoßen. Die Mutter setzte ihre beiden Kinder ab, drehte sich sofort um und streckte die Hände aus nach ihrem Sohn auf Sophies Arm. Sophie reichte ihn zu ihr hinüber. Und dann kehrte sie wieder um und drängte sich gegen den Strom der nach draußen Strebenden zurück in die Baracke. Sie wollte in den Flammen nach weiteren hilfsbedürftigen Menschen suchen. Und nach Ferdinand.

Plötzlich sah Sophie die junge Vicomtesse de Beauchamp laut schreiend auf sich zustürzen. Entsetzt bemerkte Sophie, dass die Kleider der jungen Frau Feuer gefangen hatten. Sie riss ein Tischtuch vom nächstgelegenen Stand und schlug wie wild auf die Flammen ein, um sie zu löschen.

Da lenkte ein heller Schein ihren Blick nach oben. Sophie blickte hinauf und sah, dass eines der riesigen Tücher, die zwischen den Ständen unterhalb der Decke gespannt worden waren, lichterloh brannte. Es löste sich aus seinen Halterungen und sank langsam gen Boden, dorthin, wo Sophie stand. Also doch nicht das Wasser, dachte sie noch. Es ist das Feuer, der Teil meines Wesens, den man mir mit eisigem Wasser austreiben wollte. Und dann: Ludwig. Das hast du also gemeint, als du Sisi erschienen bist und Angst um eine Frau hattest, die dich liebte und von der du fürchtetest, sie würde verbrennen.

Jetzt komme ich zu dir, ins Paradies. Jetzt habe ich meine Erlösung gefunden. Was du zu Sisi in ihrem Traum gesagt hast, ist eingetreten.

Sophie von Alençon, Herzogin in Bayern, die einstige Verlobte des bayerischen Königs, jene Frau, die man mit Eiswasser von ihrer Leidenschaft zu heilen versucht hatte, fand ihren Tod in den Flammen.

ENDE

Nachwort

Bei dem großen Brand am 4. Mai 1897 auf dem Pariser Wohltätigkeitsbazar starben um die hundertvierzig Menschen. Das Feuer brach aus, weil der Gehilfe des Kinematografen beim Auffüllen der Lampe Äther verschüttet hatte, der in Brand geriet.

Ferdinand von Alençon war tatsächlich noch einmal umgekehrt, um seine Frau zu suchen, fand ihren Stand aber verlassen vor. In der Annahme, sie habe das Gebäude bereits verlassen, rettete er sich nach draußen. Dort sagte man ihm, seine Frau befinde sich beim Herzog von Chartres. Ohne seine Brandwunden versorgen zu lassen, eilte Ferdinand dorthin. Beim Herzog angekommen musste er aber erfahren, dass seine Frau dort nie aufgetaucht war. Weinend brach er auf einem Stuhl zusammen und eilte dann nach Hause, wo auch bereits Sophies Schwestern Marie und Mathilde sowie Ludwig Ferdinand von Bayern eingetroffen waren. Inzwischen war es Nacht geworden, bei Dunkelheit und mit Fackeln suchte die Familie zwischen den verkohlten Leichen verzweifelt nach Sophie. Am nächsten Morgen wurde ihre Armbanduhr gefunden – und dann auch ihr stark verbrannter Körper, der mithilfe des Gebisses zweifelsfrei identifiziert werden konnte. Ferdinand verkraftete den Tod seiner Frau nur schwer.

Der Historiker Christian Sepp hat sich eingehend mit Sophie Charlottes Leben und auch mit ihren letzten Stunden auseinandergesetzt und zahlreiche Augenzeugenberichte ausgewertet. Auffällig ist aus seiner Sicht, dass Sophie nicht alle Chancen nutzte, um sich zu retten. Er erwähnt auch ihre Angst vor großen Menschenmassen, die sie vielleicht davon abhielt, sich in das an den Türen herrschende Gewühl zu stürzen. Außerdem habe Sophie »mit großer Ruhe auf die Panik reagiert«, schreibt Sepp, der diese Ruhe auch »Gottergebenheit« nennt. »Sieht sie das Feuer als ein Zeichen Gottes?«, fragt Sepp. »Könnte es sein, dass dieses Unglück, das über sie hereinbricht, einfach eine günstige Gelegenheit ist, an dieser Stelle ihr Leben zu beenden? Oder ist sie vielleicht selbst am meisten überrascht, dass die Todesahnungen, die sie hat, sich auf diese Weise erfüllen?«

Denn sieben Monate vor ihrem Tod machte Sophie ihr Testament, und dieses, so Sepp, lege Zeugnis von ihren Vorahnungen ab.

Ganz lässt sich das Rätsel um Sophies Tod wohl nicht klären, ebenso wenig wie das um den Tod ihres Cousins und einstigen Verlobten Ludwig, dem sie so ähnlich war.

Dr. Franz Glaser hat sich tatsächlich recht schnell mit der achtzehn Jahre jüngeren Maria Victoria von Sutner getröstet und sie Mitte Dezember 1898 geheiratet. Seine erste Ehefrau, Alexandra Anastasia von Quist, ging zwei Wochen vor ihrem Ex-Mann ebenfalls erneut den Bund der Ehe ein: Sie heiratete den Freiherrn Wilhelm von Treuberg.

Sehr wahrscheinlich haben sich Dr. Glaser und Sophie 1891 in Paris noch einmal getroffen. Sophies wachsamer Ehemann bemerkte das sofort. Er kontrollierte ihre Korrespondenz und informierte auch die Familie darüber, dass Sophies Krankheit zurückgekehrt sei. Die Familie wendete sich daraufhin an den Arzt und bat ihn mit Verweis auf Sophies schwachen Gesundheitszustand, die Korrespondenz zu beenden. Glaser stimmte sofort zu.

Etwa ein Jahr vor dem Treffen, im Mai 1890, rief man den auf seinem Gebiet wohl sehr kompetenten Dr. Glaser trotz aller Differenzen nach Regensburg, wo Helene im Sterben lag, er konnte jedoch nichts mehr für sie tun. Sophie war zu dieser Zeit allerdings nicht vor Ort.

***

Je mehr ich über Sophie Charlotte recherchierte, desto mehr fiel mir auf, was mir zu Beginn ganz und gar nicht klar gewesen war: wie ähnlich die Wege waren, die Sophie und ihr einstiger Verlobter Ludwig gingen oder zu gehen gezwungen waren. Beide neigten sie zu Leidenschaft und Überschwang, wenn sie sich zu einem Menschen hingezogen fühlten. Beide wurden sie vielleicht auch gerade deshalb verurteilt. Sophie sicher, bei Ludwig war es etwas komplizierter: Ich vermute, dass es eine Mischung aus seiner Angst vor großen Menschenmassen (die Sophie teilte) und dem Bewusstsein war, dass er in sexueller Hinsicht nicht den damaligen gesellschaftlichen Normen entsprach, was dazu führte, dass er sich immer mehr in seine Traumwelten flüchtete.

Spuren der Realität

Wie in all meinen Romanen habe ich versucht, mich weitestgehend an der Realität zu orientieren. Einige Ereignisse habe ich aber leicht abgewandelt, sie sind hier im Folgenden aufgelistet.

Ludovikas Verbot gegenüber Ludwig, mit Sophie zu kommunizieren, überbrachte Carl Theodor mündlich und nicht schriftlich.

Das Gespräch am Verlobungsball, in dem Ludwig seinen Minister bittet, ihm die Uhrzeit zu nennen, damit er weiß, ob er noch die Oper besuchen kann, fand nur unter vier Augen statt. Sophie und ihre Eltern waren nicht dabei.

Nach der Beerdigung ihres Schwagers Maximilian in Regensburg fuhr Sisi vermutlich nicht nach Possenhofen, sondern direkt nach Hause.

Ludwig baute den Wintergarten tatsächlich zu dieser Zeit. Und er verschob auch seine Hochzeit. Dass er dies aber mit dem Bau des Wintergartens begründet habe, entspringt meiner Fantasie.

Sisi brachte ihrer Schwester hinsichtlich ihrer Liebe zu Franz Glaser weniger Verständnis entgegen als im Roman beschrieben. Sie hat Sophie vermutlich auch nicht in Maria Grün besucht.

Bei den Briefen handelt es sich, bis auf sehr wenige Ausnahmen, um Originalzitate. Erfunden ist lediglich die Stelle, als Sophie an Edgar über ihren Bruder schreibt, dass dieser ihr »die ganze Geschichte wirklich geglaubt« zu haben schien. Auch die Szene, in der Carl Theodor Sophie in Edgars Armen erwischt, ist erfunden; Fakt ist aber, dass »Verwandte« sie ertappten. Dies könnte natürlich durchaus auch Carl Theodor gewesen sein.

Als Ludwig die Verlobung löste, legte Sophie das Schreiben kommentarlos zur Seite und eilte in ihr Zimmer, wo Nathalie von Sternbach sie später ohnmächtig fand.

Dass die Erzherzogin Sophie gemeinsam mit ihrer Schwester Ludovika die Vermählung von Kaiser Franz-Joseph mit Sophie Charlottes ältester Schwester Helene plante, wird, obwohl tausendfach kolportiert, nach neueren historischen Erkenntnissen als eher unwahrscheinlich angesehen, da sich in dem intensiven Briefverkehr zwischen der Erzherzogin Sophie und Ludovika keinerlei Hinweise auf eine Absprache finden.

Ihren Ausspruch »Ich führe ein stilles, eintöniges Leben, habe aber so viel zu tun, daß trotz meiner Herzenseinsamkeit und Trübseligkeit die Zeit schnell verfliegt«, schrieb Helene von Thurn und Taxis eigentlich an Sisi und tat ihn nicht gegenüber Sophie.

Das Café *Charbonnel et Walker* wurde erst 1875 gegründet.

Dass Sophie und Franz in die Schweiz reisten, wurde verschiedentlich kolportiert, gilt heute aber als eher unwahrscheinlich.

Danksagung

Es ist sicherlich schon zehn Jahre her, dass ich in einem Antiquariat ein Sachbuch fand: *Sisi und ihre Geschwister.* Ich kaufte es und war fasziniert. Über die einstige österreichische Kaiserin ist jedes Detail bekannt, doch dass sie so spannende Geschwister hatte, das war mir neu. Besonders beschäftigten mich Helene, Marie und Sophie. Ich fand, dass ihre Geschichten erzählt werden müssten, und war überglücklich, dass der Piper Verlag das auch so sah: Mit dem Schwerpunkt auf Sophie durfte ich die Geschichte schreiben.

Herzlichen Dank an das wie immer großartige Team um Verlegerin Felicitas von Lovenberg, besonders an meine Lektorin Uta Rupprecht. Vielen Dank für die wunderbare Zusammenarbeit! Programmleiterin Andrea Müller und Lektorin Greta Frank sind mir seit Jahren treue Begleiterinnen, ebenso wie natürlich Melanie Kunze, die wieder einmal gründlichst Korrektur gelesen hat, und meine liebe Agentin Anna Mechler, der ich dieses Buch gewidmet habe. Nicht weil es irgendeine Ähnlichkeit zwischen ihr und Sophie gäbe, sondern weil sie es besonders in diesem Jahr einfach verdient hat! Johannes Wiebel hat wieder einmal ein großartiges Cover gezaubert.

Vielen Dank auch an meine liebe Testleserin Daniela Werning.

Ein riesiger und ausdrücklicher Dank geht an meine Mutter Lena Bast, die das Buch vorab gründlichst gelesen und lektoriert hat. Vielen Dank für Dein Adlerauge und die zahlreichen wertvollen Hinweise! Meine Liebe zur Geschichte und zur deutschen Sprache habe ich von Dir! Deine Expertise als Historikerin und Germanistin ist mir immer sehr wichtig. Und damit bin ich auch schon bei meiner Familie, die wie immer großen Anteil an der Entstehung dieses Buches hatte. Mein Mann zum Beispiel, indem er auf unseren Reisen stets das Steuer übernahm, damit ich auf dem Beifahrersitz Korrektur lesen konnte. Besonders gefreut habe ich mich dieses Mal über meinen ältesten Sohn, zwölf Jahre alt. Er wurde beim Vorlesen derart in den Bann dieser Geschichte gezogen, dass er immer wieder wissen wollte, wie es weitergeht. Was für ein wunderbares Geschenk!

Mein besonderer Dank geht aber wie immer an Sie, liebe Leserinnen und Leser, für Ihre Treue und die immerwährende Begeisterung für meine Werke. Danke, dass es Sie gibt!

Herzlichst,
Ihre
Eva-Maria Bast

Quellen und Literatur

Bestenreiner, Erika: *Sisi und ihre Geschwister.* München 2002.

Der Spiegel: *Nix bum bum.* Ausgabe vom 23.2.1965.

Gebhardt, Heinz: *König Ludwig II. und seine verbrannte Braut.* Pfaffenhofen 1986.

Gruber, Stephan: *Franz Josephs Krönung zum König von Ungarn.* In: Die Welt der Habsburger. URL: https://www.habsburger.net/de/kapitel/franz-josephs-kroenung-zum-koenig-von-ungarn. Abgerufen am 18.2.2022.

Hamann, Brigitte: *Elisabeth – Kaiserin wider Willen.* München 2022.

Herre, Franz: *Kaiser Franz Joseph von Österreich. Sein Leben – seine Zeit.* Köln 2017.

Kubitza, Michael: *1866. Das vergessene Schicksalsjahr.* In: BR. URL: https://www.br.de/nachricht/1866-deutscher-krieg-bayern-koeniggraetz-100.html. Abgerufen am 8.2.2023.

Lermann, Hilde: *Sophie von Wittelsbach. Die kleine Schwester der Kaiserin Sisi.* München 1997.

Marie Valérie von Österreich: *Das Tagebuch der Lieblingstochter von Kaiserin Elisabeth.* München 2005.

Nöhbauer, Hans F.: *Die Chronik Bayerns.* München 1987.

Quaeitzsch, Christian: *Träumen und schwitzen unter Glas: Der Wintergarten Ludwigs II.* In: Schlösserblog Bayern. URL: https://schloesserblog.bayern.de/residenz-muenchen/traeumen-und-schwitzen-unter-glas-der-wintergarten-ludwigs-ii. Abgerufen am 23.2.2023.

Sepp, Christian: *Sophie Charlotte. Sisis leidenschaftliche Schwester*. München 2017.

Wiesneth, Alexander: *Ein Vorkommniß weittragendster Bedeutsamkeit ist mit meteorartiger Plötzlichkeit eingetroffen – Die Verlobung König Ludwigs II*. In: Schlösserblog Bayern. URL: https://schloesserblog.bayern.de/geheimnisse/ein-vorkommniss-weittragendster-bedeutsamkeit-ist-mit-meteorartiger-ploetzlichkeit-eingetroffen-die-verlobung-koenig-ludwigs-ii.

Entdecken Sie weitere inspirierende Geschichten!

Laura Baldini, Lehrerin einer neuen Zeit
(Maria Montessori), ISBN 978-3-492-06240-4

Laura Baldini, Ein Traum von Schönheit
(Estée Lauder), ISBN 978-3-492-06299-2

Eva-Maria Bast, Die vergessene Prinzessin
(Alice von Battenberg), ISBN 978-3-492-06260-2

Eva Grübl, Botschafterin des Friedens
(Bertha von Suttner), ISBN 978-3-492-06286-2

Petra Hucke, Die Architektin von New York
(Emily Warren Roebling), ISBN 978-3-492-06238-1

Petra Hucke, Die Entdeckerin des Lebens
(Rosalind Franklin), ISBN 978-3-492-06289-3

Agnes Imhof, Die geniale Rebellin
(Ada Lovelace), ISBN 978-3-492-06217-6

Lea Kampe, Der Engel von Warschau
(Irena Sendler), ISBN 978-3-492-06215-2